MORD BEI NORDWEST

W0403935

Christiane Franke lebt an der Nordsee, wo ihre bislang neunzehn Romane spielen. Sie ist Herausgeberin von Anthologien, war 2003 für den Deutschen Kurzkrimipreis nominiert und erhielt 2011 das Stipendium der Insel Juist »Tatort Töwerland«.

Dieses Buch ist ein Roman. Handlungen und Personen sind frei erfunden. Ähnlichkeiten mit lebenden oder toten Personen sind nicht gewollt und rein zufällig.

CHRISTIANE FRANKE

MORD BEI NORDWEST

Küsten Krimi

emons:

Lust auf mehr? Laden Sie sich die »LChoice«-App runter, scannen Sie den QR-Code und bestellen Sie weitere Bücher direkt in Ihrer Buchhandlung.

Bibliografische Information der Deutschen Nationalbibliothek
Die Deutsche Nationalbibliothek verzeichnet diese Publikation in der Deutschen Nationalbibliografie; detaillierte bibliografische Daten sind im Internet über http://dnb.d-nb.de abrufbar.

FSC www.fsc.org MIX Papier aus verantwortungsvollen Quellen FSC® C083411

© Emons Verlag GmbH
Alle Rechte vorbehalten
Umschlagmotiv: shutterstock.com/Heide Pinkall
Umschlaggestaltung: Nina Schäfer, nach einem Konzept von Leonardo Magrelli und Nina Schäfer
Umsetzung: Tobias Doetsch
Gestaltung Innenteil: César Satz & Grafik GmbH, Köln
Lektorat: Marit Obsen
Druck und Bindung: CPI – Clausen & Bosse, Leck
Printed in Germany 2019
ISBN 978-3-7408-0622-4
Küsten Krimi
Originalausgabe

Unser Newsletter informiert Sie regelmäßig über Neues von emons:
Kostenlos bestellen unter
www.emons-verlag.de

Dieses Werk wurde vermittelt durch die Literarische Agentur Thomas Schlück GmbH, 30161 Hannover.

… aber die Liebe ist die größte unter ihnen.

1. Korinther 13,13

Dienstag

»Pass auf, dass die Flaschen nicht klirren«, ermahnte Fynn seinen Kumpel Kilian. »Ich hab keinen Bock, dass sie uns erwischen.«

Gemeinsam mit ihrem Klassenkameraden Leon hatten sich die beiden nach dem Frühstücksdienst im Inselheim Rüstringen von den anderen abgesetzt. Den Zettel mit den Fragen für die Inselrallye hatten sie in Kilians Rucksack gesteckt. Zu den sechs Flaschen Jever, die sie gleich trinken wollten. Die sie aber nicht trinken durften, schließlich waren sie erst vierzehn. Doch gerade das war der Reiz. Wann bot sich schon mal eine solche Gelegenheit? Fernab von zu Hause, ohne Eltern. Und die Lehrer, die den Törn begleiteten ...

»Kannste vernachlässigen«, hatte Fynn seinen Freunden gesagt. Er war der Anführer. Er kannte sich aus.

Fynn sah auch deutlich älter aus als vierzehn. Er war groß. Und kräftig. Für ihn war es kein Problem gewesen, das Bier zu besorgen. Er wurde nicht nach seinem Perso gefragt.

Sie liefen über den Dünenweg des Inselheims zum Deich. Hier im Westen war die Deichkrone asphaltiert. Deichsicherung nannte man das, genau wie die laufenden Arbeiten, die dafür sorgen sollten, dass die Insel in den Herbst- und Frühjahrsstürmen von der rauen und aufgepeitschten Nordsee nicht »weggerissen« wurde.

Kilian sah sich um. Hinter ihnen war niemand zu sehen. »Was meinste?«, fragte er. »Jetzt?«

»Quatsch«, sagte Leon mit einem kurzen Blick über seine Schulter. »Lass uns lieber noch ein Stück laufen. Womöglich kommen die anderen auch gleich hier lang. Weißt doch, wie gern Frau Meyer am Wasser entlang in den Ort läuft.«

»Och, die alte Heulsuse.« Fynn grinste. »Wir müssen nur rufen: ›Da ist sie ja, die Kegelrobbe‹, schon fängt sie wieder an zu flennen. Vor der brauchen wir keinen Schiss zu haben.«

»Nee, vor der nicht. Aber von dem Buschhorn möchte ich nicht erwischt werden.«

»Ich auch nicht«, gestand Kilian. Fynn zuckte lediglich mit den Schultern.

Schweigend liefen sie den Deichweg entlang. Nach einer Weile streckte Fynn den Arm aus. »Da vorn. Wir gehen hinter die Granitsteine. Da sieht uns keiner. Die leeren Pullen können wir gleich dort lassen.«

Die anderen beiden nickten. Die großen Granitsteine waren für die Deichsicherung vorgesehen, wie ihnen Herr Buschhorn gestern im Inselunterricht erklärt hatte. Entlang der Dünen warteten jede Menge solcher Steine darauf, verarbeitet zu werden. Weiter vorn waren die gewaltigen Haufen höher und durch Zäune geschützt, hier allerdings war der Zugang frei und die Haufen nur circa drei Meter hoch. Sie schlenderten langsam daran vorbei, auf der Suche nach der perfekten Stelle.

»Hier«, entschied Fynn. »Hier ist es gut.« Schon begann er, über die Steine zu klettern. »Pass auf, dass du nicht hinfällst und die Flaschen kaputtgehen«, warnte er Kilian, als er auf einmal etwas sah, das seinen Atem stocken ließ. »Bleibt, wo ihr seid«, sagte er tonlos. »Da liegt jemand.«

Schnell kam er zurück. »Kilian, du rennst ein paar Meter vor und schmeißt die Pullen weg, irgendwo zwischen die Steine. Ich rufe den Notarzt. Obwohl, der Typ da ist garantiert tot. Sein ganzes Gesicht ist voller Blut.«

***

Christine Delvental schminkte sich gerade vor dem Badezimmerspiegel die Lippen, als ihr frisch angetrauter Ehemann Phillip das Hotelzimmer betrat. Er hatte sich nach dem Aufwachen als Erster fertig gemacht und war dann ans Wasser gegangen. Es war sein erster Aufenthalt auf Wangerooge, und Christine schmunzelte angesichts seiner Freude, so nah am Wasser zu wohnen, und seiner Begeisterung für die Insel als solche. Christine selbst war schon öfter nicht nur auf Wangerooge, sondern auch in diesem Hotel gewesen. Sie liebte die familiäre Atmosphäre im Atlantic und vor allem den mediterranen Hotelgarten mit den vielen Olivenbäumen, der ein Gefühl von Süden und Leichtigkeit auf diese Insel brachte, die doch eher für ihren rauen Nordseecharme bekannt war.

»Also, Sprotti, das Wasser ist da«, verkündete Phillip, als habe er eigenhändig dafür gesorgt. »Wenn wir uns mit dem Frühstück beeilen, kannst du auch noch ein bisschen durch die Wellen waten.« Er schüttelte das kleine Handtuch, das Christine bei Inselaufhalten stets dabeihatte, um sich nach einem Strandspaziergang mit »Wassertreten« die Füße zu trocknen und sauber zu wischen, über dem Mülleimer aus. Sand rieselte hinab, dann hängte er das Handtuch über die Heizung.

Christine lächelte. »Also von der Nordsee lasse ich mich nicht hetzen, dass das mal klar ist«, sagte sie. »Außerdem ist die ein paar Stunden nach ihrem Verschwinden schon wieder da. Ich möchte jetzt ganz gemütlich mit dir frühstücken.« Sie drückte ihrem Mann einen Kuss auf den Mund und grinste, weil das keinen Farbabdruck auf seinen Lippen hinterließ. Seit sie Phillip kannte, benutzte sie kussechte Lippenstifte.

Sie verließen das Zimmer und gingen in den rustikal eingerichteten Frühstücksraum. Obwohl das Hotel voll belegt war, bekamen sie gleich einen Platz. Sie hatten sich kaum gesetzt, als Joanna auch schon nach ihren Getränkewünschen fragte.

Christine mochte die junge Frau, die auf angenehme Art bemüht war, den Hotelgästen jeden Frühstückswunsch zu erfüllen. Auch bei ihren früheren Aufenthalten hatte sie nie das Gefühl gehabt, zahlender Gast, sondern eher eine willkommene Freundin zu sein. Sie bestellte Ostfriesentee für zwei, Rührei für sich und zwei Spiegeleier für Phillip, der bereits am Büfett und gerade damit beschäftigt war, Saft einzuschenken. Ein glückliches Gefühl durchströmte sie, als sie ihm zusah.

Am Nachbartisch schien es nicht so friedlich zuzugehen.

»Wo steckt er denn schon wieder?«, fragte einer der drei Männer, die dort saßen. Er gehörte zu einer Vierergruppe, die Christine und Phillip gestern schon aufgefallen war. »Er meint immer, ’ne Extrawurst kriegen zu müssen. Wir haben doch einen Zeitplan. Es ist einfach zum Kotzen, wie der sich aufführt.«

Den Mann, der sich aufregte, schätzte Christine auf Mitte vierzig. Mindestens. Seine Frisur mit dem in der Mitte der Stirn spitz zulaufenden Pony erinnerte sie an die Journalistin Krone-Schmalz.

»Nun bleib mal ganz geschmeidig«, sagte sein Sitznachbar, ein deutlich jüngerer Mann. »Vielleicht hat er nur verpennt.« Er schob seinen Stuhl zurück. »Ich geh hoch und klopf an seine Zimmertür.«

»Ja klar, Marcel, immer schön schleimen«, stänkerte der Ältere.

»Leck mich doch, Oliver.« Der Mann namens Marcel drehte sich um und ging davon. Der dritte Mann am Tisch löffelte still sein Müsli.

Phillip kam zurück und stellte den Multivitaminsaft vor Christine ab.

»Danke.« Sie lächelte ihn an.

Sie sah ihrem Mann hinterher, als er zum Büfett zurückging. *Ihrem Mann.* Es war ein eigenartiges, ein warmes Gefühl, wieder verheiratet zu sein. Auch wenn sie sich an den neuen Nachnamen erst gewöhnen musste. Am Telefon meldete sie sich manchmal noch mit »Cordes« statt mit »Delvental«. Sie hoffte, sie würde die Namensänderung schnell verinnerlichen. Schließlich liebte sie ihn aus tiefstem Herzen, und in nicht einmal acht Monaten wurden sie Eltern. Automatisch glitten Christines Hände auf ihren flachen Bauch. Sie hatte nicht erwartet, noch schwanger werden zu können, es war ein überraschendes Hochzeitsgeschenk gewesen, das sie nur zu gern angenommen hatte.

Joanna kam mit dem Kännchen Tee. »Die Eier sind gleich fertig«, sagte sie freundlich.

Christine lächelte sie an. »Alles gut, nur keine Hektik. Wir sind im Urlaub und haben Zeit.«

Kurz nachdem sie sich und Phillip Tee eingeschenkt hatte, kehrte Marcel zum Nebentisch zurück. »Erik rührt sich nicht«, sagte er und nahm wieder Platz. »Vielleicht ist er gestern noch irgendwo versackt?«

Der dritte Mann, der bislang schweigend sein Müsli gegessen hatte, sah auf. »Wo soll man denn hier versacken? Auf der Insel macht doch alles schon vor Mitternacht dicht.«

»Ist doch egal, Lars«, sagte der ältere Mann namens Oliver. »So haben wir wenigstens freie Bahn beim Dreh, und Erik funkt uns nicht dazwischen.« Er grinste. »Vielleicht ist er von irgendeiner Touristin abgeschleppt worden, der er sich als der große Filmproduzent vorgestellt hat. Würde zu gern sehen, wie die reagiert, wenn sie erfährt, dass er nur Dokumentarfilme fürs Fernsehen dreht.«

»Hör auf zu stänkern, Oliver. So schlimm ist Erik nun auch wieder nicht«, sagte Marcel. »Aber wie du ganz richtig sagst: Wir kriegen den Dreh auch allein hin. Ist schließlich alles vorbereitet.«

»Hier, bitte schön.« Phillip stellte einen Teller mit geräuchertem Lachs und Käsevariationen auf den Tisch. »Was magst du für Brot?« Schon wollte er wieder davoneilen.

Christine zwinkerte ihm zu. »Ganz lieb, danke. Aber du brauchst mich nicht bemuttern. Ich bin nur schwanger. Nicht krank.« Sie stand auf und drückte Phillip sanft auf seinen Stuhl, ehe sie selbst zum Büfett ging, um eine kleine Brotauswahl zusammenzustellen.

***

Selten in seinem Leben hatte Fynn sich so beschissen gefühlt wie in dem Moment, als er die Leute der Rettungswacht mit Trage und Notfallkoffer auf sich zukommen sah. Er hoffte, dass Kilian die Bierflaschen weit genug weg zwischen den Granitsteinen entsorgt hatte, damit niemand dahinterkam, dass sie hier eine kleine Privatparty hatten feiern wollen. Das würde nämlich zu einem Rausschmiss aus der Schule führen. Und den konnte er sich ja nun gar nicht leisten, wo er doch in allem den Vorstellungen seines Vaters entsprechen und so wie er Jura studieren sollte, um anschließend die Kanzlei zu übernehmen. Fuck! Warum musste gerade heute hier ein Toter liegen?

Die Rettungssanitäter kamen im Laufschritt näher.

»Wo liegt die Person?«, rief einer von ihnen.

»Da.« Fynn zeigte auf die Stelle.

Die Sanitäter kletterten vorsichtig über die Steine. Keine zwei Minuten später war die anfangs vorherrschende Geschäftigkeit verebbt. »Keine Vitalfunktion«, hörte Fynn einen der Männer sagen. Er selbst hockte mit Kilian und Leon am Rand des Deichsicherungsweges, die Füße gegen die kleinen Betondreiecke gestemmt, die die Sturmwellen brechen sollten.

»Ich glaub, wir müssen hierbleiben«, sagte Leon. »Das ist jedenfalls im Fernsehkrimi immer so. Die Zeugen müssen dableiben und Aussagen machen.«

»Wir sind keine Zeugen«, widersprach Fynn. »Wir haben den Typ nur gefunden.«

»Deswegen sind wir trotzdem Zeugen«, beharrte Leon. »Gleich kommt die Polizei, dann werden wir befragt und müssen unsere Personalien angeben und sagen, was wir hier gemacht haben.«

»Wir wollten wegen der Inselrallye den schnellsten Weg ins Dorf nehmen. Das werdet ihr sagen!«, befahl Fynn. »Kein Wort vom Bier. Verstanden?« Er sah Kilian streng an. »Du hast die Flaschen doch richtig zertrümmert?«

»Klar«, erwiderte Kilian. »Volle Lotte über die Granitsteinhaufen geschmissen. Hab's klirren gehört. Die können uns nicht draufkommen.«

***

Die Nordsee war bereits wieder auf dem routinemäßigen Rückzug, als Christine und Phillip den Frühstücksraum verließen und Hand in Hand an der Wasserkante entlang gen Westen liefen. Die Schuhe behielten sie an, denn trotz Sonnenscheins und obwohl die Temperaturen für Anfang November sehr mild waren, lockte das Nordseewasser nicht gerade mit angenehmer

Wärme. Im Gegenteil. Es war lausekalt, wie Christine feststellte, als sie ihre Hand ins kühle Nass hielt. Und kalte Füße mochte sie nicht, nicht einmal im Urlaub.

»Da war ja eben richtig was los am Nebentisch«, sagte sie, als sie vom Strand hinauf auf den befestigten Deich liefen, wo linker Hand Berge von dicken Granitsteinen darauf warteten, zur Deichsicherung verarbeitet zu werden. »Ich stelle es mir aber auch schwierig vor, als Filmteam ständig zusammen und unterwegs sein zu müssen. Sind ja schließlich alles kreative Köpfe, da hat bestimmt jeder so seine eigenen Ideen hinsichtlich eines Drehs.«

Hajo Albrecht, der Chef des Hotels Atlantic, hatte ihnen erklärt, dass das Filmteam eine Dokumentation über Plastikmüll an den Stränden der Ostfriesischen Inseln drehen wollte. Vor allem, weil die Inselgemeinden nun ihren Plan, den Gast aktiv in die Müllbeseitigung einzubeziehen, umsetzten: An den Strandübergängen waren große grobmaschige Behältnisse aufgestellt worden, in die die Gäste den Müll werfen konnten, den sie am Strand auflasen. Drei Teile Müll, das müsste doch jeder schaffen, lautete die Devise. Für eine bessere Umwelt. Für die Befreiung der Weltmeere von dem immer größer werdenden Plastikproblem. Christine hatte Berichte im Fernsehen gesehen, in denen ganze Plastikinseln zwischen Hawaii und Kalifornien gezeigt worden waren, viermal größer als die Bundesrepublik.

»Tja«, entgegnete Phillip lax, »so ist das nun mal, wenn man im Team zusammenarbeitet. Da kannst du ebenso ein Lied von singen wie ich.«

»Na ja«, entgegnete Christine lachend, »in meinem Job ist Kreativität nicht so gefragt, bei mir geht es um Fakten, Sorgfalt und die richtigen Schlussfolgerungen.« Als Oberkommissarin des K1 der Polizeiinspektion Wilhelmshaven war sie mit den eher heftigeren Straftaten betraut, hatte so manchen Mordfall aufklären müssen. Phillip hingegen war Architekt und plante große Logistikzentren. Auch da musste die Kreativität oft untergeordnet werden. »Ist ja auch egal. Wir haben Urlaub und müssen uns um die beruflichen Befindlichkeiten anderer

Leute Gott sei Dank keine Gedanken machen.« Sie blieb stehen und gab ihm einen Kuss.

Nachdem sie ein paar Schritte weitergelaufen waren, stutzte sie. »Was ist da denn los?«

Weiter hinten sah man einen Polizisten in Uniform und mehrere Rettungssanitäter in knallig orangen Jacken. Der Polizist hockte bei drei Personen, die am Wegesrand saßen.

»Da muss etwas passiert sein.« Schon legte sie einen Zahn zu.

»Christine. Bitte«, protestierte Phillip. »Du hast Urlaub. Dein Kollege da vorne wird das auch ohne dich schaffen.«

»Phillip. Rettungsdienst *und* Polizei! Da ist ganz klar was passiert.« Sie ließ Phillips Hand los, mit der er sie zurückhalten wollte, und erhöhte das Tempo.

Ein wenig außer Atem erreichte sie die ungleiche Menschengruppe. Jetzt erst bemerkte sie, dass die drei Personen, bei denen der Polizist hockte, Jugendliche waren.

»Cordes, Kripo Wilhelmshaven«, stellte sie sich vor. »Was ist denn geschehen?«

»Christine!«, rief Phillip von hinten.

Einer der Sanitäter sah sie an. »Haben Sie Ihren Dienstausweis dabei?«

»Natürlich. Moment.« Christine zog ihr Portemonnaie aus der Tasche ihrer Daunenweste, hielt dann aber inne. »Nein, hab ich nicht. Ich bin im Urlaub hier. Und … ich heiße auch gar nicht mehr Cordes, sondern Delvental. Seit letzter Woche.« Sie kam sich wie eine Hochstaplerin vor. Phillip hatte recht gehabt, sie zurückhalten zu wollen. Aber nun war sie vorgeprescht und wollte auch dabei bleiben.

Die beiden Rettungssanitäter, der Polizist und die drei Jugendlichen sahen Christine interessiert an. Hinter den Granitsteinen machte sie einen Arzt aus, der eine anscheinend leblose Person untersuchte.

Der Polizist stand auf. »Moin, Christine«, grüßte er freundlich und gab ihr die Hand. »Erinnerst du dich? Ich bin der Nachfolger von Bernd Tönjes. Stefan Knudsen. Wir haben uns im letzten Jahr bei einer Fortbildung in Aurich kennengelernt. Oda war auch dabei. Ich hatte gerade den Posten hier übernommen. Kurz nach der Remberg-Sache. Das war Bernds letzte richtig große Aktion. Ich hab beinahe das Gefühl, dabei gewesen zu sein, so oft hat Bernd davon erzählt.« Er wandte sich an die Rettungssanitäter. »Alles gut, ich kenne die Kollegin. Frau Delvental hat damals in dem Fall der am Dünenübergang gefundenen Frau ermittelt.«

»Ja. Sophia Remberg«, erinnerte sich Christine. Sie drehte sich zu Phillip um, der mürrisch dreinblickend hinter ihr stand. »Phillip, das ist Stefan Knudsen, der Inselpolizist. Stefan, das ist mein Mann. Phillip Delvental.«

Stefan trat auf Phillip zu und reichte auch ihm die Hand. »Herzlichen Glückwunsch zur Hochzeit.« Dann wandte er sich wieder an Christine. »Sag bloß, ihr verlebt eure Flitterwochen hier? Hättet ihr euch nicht besser was außerhalb deines Dienstbereiches aussuchen sollen?« Er zwinkerte amüsiert.

»Meine Frau hat Urlaub. Sie ist nicht im Dienst«, stellte Phillip mit scharfem Unterton klar. Irritiert warf Christine ihm einen Blick zu.

»Also, was ist passiert?«, fragte sie dann.

»Diese drei jungen Herrschaften hier haben einen Toten gefunden«, antwortete Stefan Knudsen. »Da hinten. Zwischen den Granithaufen. Wie es aussieht, hat er eine gewaltige Kopfwunde.«

»Zwischen den Steinen?« Christine sah die Jungs an.

»Na ja«, sagte der eine. »Wir machen gerade eine Inselrallye. Von der Schule aus. Sollen Fragen beantworten und die Insel erkunden. Uns hat halt interessiert, was da so ist, bei diesen Steinen.«

Christine schmunzelte ob der Vehemenz, mit der der junge Mann seine Aussage machte. Garantiert war da noch was anderes im Spiel gewesen als bloß reine Neugierde. Irgendwas, das nicht für die Erwachsenen bestimmt war. Sie ging darüber hinweg und wandte sich an Knudsen. »Kann es ein Unfall gewesen sein?«

»Christine. Bitte.« Das war Phillips warnende Stimme.

Stefan Knudsen ignorierte ihn. »Nee. Also, wir können es zwar nicht ausschließen, aber wäre er auf den Steinen herumgeklettert und gestürzt, hätte sein Kopf in einer Blutlache liegen müssen. Da ist aber nichts.«

»Also hat er sich die Verletzung nicht hier zugezogen?«

»Ich vermute mal nicht.«

»Er wird kaum stark blutend hierhergelaufen sein«, überlegte Christine. »Also ist davon auszugehen, dass eine andere Person beteiligt war.«

»Könnte sein. Bislang haben wir im direkten Umfeld der Leiche allerdings nichts gefunden, was auf die Anwesenheit einer zweiten Person hindeutet. Auch nichts, was als Tatwerkzeug in Frage kommt.«

»Wisst ihr, wer das Opfer ist?«

»Warum willst du das wissen, Christine?«, fragte Phillip scharf. »Damit sollen sich deine Kollegen auseinandersetzen. Wir haben Urlaub. Es sind unsere Flitterwochen, verdammt!«

Knudsen sah sie fragend an.

Christine holte tief Luft. »Natürlich ist das die Sache meiner Kollegen«, sagte sie. »Dennoch würde ich gern wissen, wer es ist. Nenn es weibliche Neugier.«

Aber es war nicht nur die Neugier.

»Kein Insulaner«, antwortete Knudsen jetzt. »Aber ich glaub, es könnte Erik Sander sein. Der dreht hier nämlich mal wieder einen Film. Einen Ausweis hat er aber nicht dabei.«

Sofort dachte Christine an den fehlenden Mann vom Nachbartisch.

***

»Tja, meine Liebe«, sagte Hendrik Siebelt, Erster Kriminalhauptkommissar und Chef der Wilhelmshavener Polizeiinspektion, zu Kriminalhauptkommissarin Oda Wagner, »du darfst mal wieder auf Staatskosten nach Wangerooge fahren. Es gibt einen männlichen Toten, der vermutlich erschlagen wurde.«

Er las die Informationen, die der Inselpolizist an die Polizeiinspektion übermittelt hatte, von einem Zettel ab. »Erik Sander, Produktions- und Aufnahmeleiter einer Produktionsfirma, die fürs Fernsehen arbeitet. Er sollte mit seinem Team einen Dokumentarfilm zum Thema Plastikmüll in den Meeren drehen und war zusammen mit seinen Kollegen im Hotel Atlantic in der Peterstraße untergebracht. Da ist aber kein Zimmer frei. Lemke hat dich und Niedsteit im Hotel Hanken einquartiert. Das liegt ja in unmittelbarer Nachbarschaft. Die Kriminaltechniker sind schon auf dem Weg nach Harle zum Flugplatz.«

»Mit Nieksteit?« Oda runzelte die Stirn. So gern sie früher mit dem quirligen Kollegen zusammengearbeitet hatte, jetzt sträubte sich ihr inneres Gefieder bei dem Gedanken, ihn an ihrer Seite zu wissen. In letzter Zeit war er mehr durch seine Unstetigkeit und häufige kurze Krankmeldungen aufgefallen, als durch Einsatzfreude zu glänzen. Wenngleich Oda zugeben musste, dass Nieksteits Arbeit, so er denn zum Dienst erschien, nicht zu beanstanden war. Dennoch. Christine und sie waren über die Jahre zu einem super Vor-Ort-Team geworden, Lemke und Nieksteit bildeten das Backoffice. Und so sollte es bleiben.

Allerdings hatte sich Nieksteits Verhalten in den letzten Wochen stark verändert, und zufällig beobachtete Situationen hatten in Oda den Eindruck erweckt, dass der junge Kollege in Schwierigkeiten steckte. Sie hatte ihn darauf angesprochen, doch er hatte alles mit der ihm eigenen Leichtigkeit abgetan.

»Nun guck nicht so. Lemke brauche ich hier. Und Christine ist in den Flitterwochen«, sagte Siebelt.

»Ja, auf Wangerooge«, entgegnete Oda. »Und wenn ich mich nicht irre, haben sie und Phillip sich in das Hotel eingebucht, in dem auch der Tote gewohnt hat. Christine liebt das Atlantic.« Ihre Augen funkelten, als sie voller Elan hinzufügte: »Da hat sie sich genau den richtigen Ort zur richtigen Zeit ausgesucht. Glaub mir, sie wird nicht untätig zusehen, während Nieksteit und ich dort ermitteln.«

»Oda. Christine ist in den Flitterwochen«, wiederholte Siebelt nachdrücklich. »Da denkt sie bestimmt an ganz andere Dinge als daran, einen Todesfall aufzuklären.«

»Ich weiß nicht, Chef. An andere Dinge hat sie bestimmt auch schon vorher gedacht.« Sie grinste. Dass Christine schwanger war, brauchte sie Siebelt nicht zu erzählen. War nicht ihre Aufgabe. Überdies war Christine noch ziemlich am Anfang, sie hatte ja selbst erst kurz vor der Hochzeit davon erfahren. Oda war sich sicher, dass einer wie Siebelt nicht erwartete, dass seine Mitarbeiterin mit einundvierzig Jahren noch schwanger werden könnte. Es entsprach nicht Siebelts Weltbild, wie sie aus seinen Reaktionen ableiten konnte, wenn er mal wieder Zeitungsmeldungen vorlas, laut denen eine Prominente mit Mitte, Ende vierzig oder sogar Anfang fünfzig ein Kind zur Welt gebracht hatte.

»Egal. Halt Christine da raus. Du nimmst Nieksteit mit. Lemke hat das Zimmer erst einmal für drei Nächte gebucht.«

»*Das* Zimmer?«, entfuhr es Oda entsetzt. »Wir sollen uns ein Zimmer teilen?«

»Unsinn.« Siebelt sah sie an, als sei sie blöd. »Zwei Einzelzimmer natürlich. Also: Fahr nach Hause, pack ein paar Klamotten ein, und dann nichts wie los. Lemke hat bei den Inselfliegern Bescheid gesagt, dass ihr kommt und so schnell wie möglich rübermüsst.«

***

Nieksteit saß in der Küche seiner Wohnung auf einem Stuhl, den Kopf auf die Hände gestützt. Eigentlich hatte er heute einen Tag freigenommen, aber nun gab es einen ungeklärten Todesfall auf Wangerooge, und er sollte mit Oda Wagner rüberfahren. Voraussichtlich für mehrere Tage. Das ging nicht! Das konnte er nicht! Schweiß trat auf seine Haut, tränkte sein T-Shirt unter dem Pullover. Er wischte sich mit der Hand über den Mund. Er konnte nicht weg. Nicht auf die Insel. Gab es dort überhaupt eine Spielhalle? Selbst wenn, wie sollte er Oda erklären, dass er dort seine Zeit verbrachte? Peinlich genug, dass sie ihn an einem Tag, an dem er sich krankgemeldet hatte, vor der Spielhalle gesehen hatte. Und später wollte sie wissen, ob er ein Spielhallen-Problem hatte?

Natürlich hatte er kein Problem mit Spielhallen. Er hatte eines ohne. Allein der Gedanke, einen oder mehrere Tage nicht an einem der Automaten sitzen zu können, im diffusen Dämmerlicht der Räume, in denen Töne und wechselnde Lichtreflexe Glück oder Pech der Spieler anzeigten, beschleunigte seinen Puls, ließ ihn schwitzen. Aber vielleicht gab es ja einen Glücksspielautomaten in einer der Gaststätten. Dann könnte er dort ein Bierchen trinken und wie zufällig, nur mal so zur Ablenkung, spielen. Dazu müsste er Oda allerdings abschütteln. Ob sie sich abschütteln ließe? Sicher wäre sie alarmiert, wenn sie mitbekam, dass er sich an einen Automaten setzte.

Nein. Es ging wirklich nicht. Er konnte Oda nicht begleiten. Er musste Siebelt anrufen und um Vertretung bitten. Aber mit welcher Begründung?

Wieder fuhr er sich mit der Hand über den Mund. Warum zum Teufel musste so eine Gewalttat ausgerechnet dann geschehen, wenn Christine im Urlaub war? Warum auf dieser Insel, der einzigen, für die die Polizeiinspektion Wilhelmshaven zuständig war? Wäre es doch bloß auf einer der Nachbarinseln passiert, für die waren die Kollegen aus Aurich und Wittmund zuständig.

Er sah auf die Uhr. Die Zeit drängte. Sein Herz klopfte, dröhnte laut. Er griff zum Telefon. Wählte. Als sein Chef sich meldete, brauchte er die Schwäche in seiner Stimme nicht vorzutäuschen. Erschöpft gestand er, er fühle sich zu krank, um Oda auf die Insel zu begleiten.

***

»Versteh mich doch bitte.« Christine hielt Phillip an der Hand fest und zwang ihn dazu, ebenfalls stehen zu bleiben. »Der Tote ist einer der vier Männer aus unserem Hotel. Die drei anderen haben sich beim Frühstück darüber aufgeregt, dass er schon wieder sein eigenes Ding macht. Sie sind als Team hier. Und es gibt Unstimmigkeiten zwischen ihnen, von denen ich weiß. Da hab ich doch das Gefühl, irgendwie an der Sache beteiligt zu sein. Ich kann nicht so tun, als ginge mich das nichts an. Du weißt doch, dass man eine Spur so schnell wie möglich verfolgen muss. Ich kann mich nicht einfach zurücklehnen und wertvolle Zeit verstreichen lassen, bis die Kollegen auf die Insel kommen. Ich muss mit den Teamkollegen des Opfers reden. Sie nach ihren Alibis fragen, ehe sie sich die Antworten zurechtlegen können.«

Phillip sah sie kühl an. »Natürlich verstehe ich, dass man in einem solchen Fall die Spuren so schnell wie möglich sichern muss. Aber ich wiederhole mich gern: Du bist nicht im Dienst. Du befindest dich im Urlaub. Und in keinem normalen Urlaub. Du bist auf Hochzeitsreise.«

»Phillip, bitte.«

»Nein. Nicht: Bitte! Ich hätte deinem Wangerooge-Flitterwochen-Vorschlag von Anfang an nicht zustimmen sollen. Wir hätten nach Österreich an irgendeinen schönen See fahren sollen, an dem du entspannen könntest und nichts mit irgendwelchen Mordfällen zu tun gehabt hättest. Außerdem hast du dich bei den Leuten vom Rettungsdienst als Christine Cordes vorgestellt. Was meinst du eigentlich, wie ich mich dabei fühle? Ich hatte gedacht, du freust dich darauf, den Namen deines ungeliebten Ex-Mannes abzulegen und *meine* Frau zu sein. Aber da scheine ich mich ja gründlich geirrt zu haben.« Er schüttelte ihre Hand ab und ging weiter.

Fassungslos sah Christine ihm nach. »Das war doch bloß ein Reflex«, rief sie. »Natürlich habe ich mich riesig darauf gefreut, deine Frau zu werden! Ich muss mich nur eben erst noch an meinen neuen Nachnamen gewöhnen.« Sie eilte ihm hinterher. »Bitte Phillip. Ich mach auch nur diese eine Befragung. Wenn die Kollegen vom Festland hier sind, lasse ich sie arbeiten, und wir beide flittern hemmungslos. So, wie geplant.« Sie wollte ihm einen Kuss geben, aber er wich ihren Lippen aus.

»Den Start in unsere Ehe habe ich mir anders vorgestellt«,

sagte er knapp. Dann wandte er sich um und steuerte den Übergang zur Gaststätte Saline an.

***

Es wunderte Oda nicht wirklich, dass Siebelt, kaum dass sie zu Hause angekommen war, anrief und ihr mitteilte, Nieksteit sei erkrankt und könne nicht mitfliegen.

»Der hörte sich wirklich total mies an«, beeilte sich ihr Chef zu sagen. Natürlich hatte er Nieksteits häufige Kurzerkrankungen mitbekommen, und Oda hatte ihm auch ihre Befürchtungen, Nieksteit könnte private Probleme haben, mitgeteilt. Siebelt hatte ihr zugehört, sie allerdings zu beruhigen versucht, und wollte nun unnötigen Spekulationen vorbeugen.

Sie nickte, während er mit ihr sprach. »Jaja, kein Problem. Ich krieg das auch allein hin«, gab sie zurück.

Nachdem das Gespräch beendet war, drückte sie ihren Schlafanzug so fest in die Reisetasche, dass er garantiert total zerknüddelt auf der Insel ankam. Aber das war egal.

»Nimm's nicht so dramatisch. Du hast ja noch den Kollegen vor Ort«, hatte Siebelt gesagt. »Der unterstützt dich schon. Du kennst ihn doch bereits.«

Natürlich kannte sie Stefan Knudsen. Aber es ging nicht darum, allein auf Wangerooge ermitteln zu müssen. Das wäre kein Problem. Immerhin hatte sie genügend Berufserfahrung. Es ging um Nieksteit. Darum, dass sie befürchtete, er könnte die Kontrolle über sein Leben verlieren. Andererseits hatte sie erst vor Kurzem das Gespräch mit ihm gesucht. Ihm Hilfe angeboten. Die er abgelehnt hatte, weil er keine bräuchte. Nun denn, er war alt genug. Dennoch …

Es klingelte an der Tür. Das war bestimmt der Kollege von der Bereitschaftspolizei, der sie nach Harlesiel fahren würde. Sie besaß ja kein eigenes Auto, und mit dem Fahrrad konnte sie schwerlich mit Gepäck und in angemessener Zeit zum Anleger radeln. Sie schlüpfte in ihre Jacke, steckte ihr Handy in die Tasche, nahm ihre Wohnungsschlüssel und schloss hinter sich ab.

Jürgen hatte sie bereits darüber informiert, dass sie dienstlich fortmusste.

Auf dem Weg nach Harlesiel plauderte der Kollege Herz unverblümt drauflos. »Also, ich komm gern mit«, bot er ihr an. »Zahnbürste und Zahnpasta kann ich auf Wangerooge kaufen und T-Shirts und Unterhosen bestimmt auch. Ich kann ja die ganze Zeit in Uniform rumlaufen, da brauch ich keine anderen Klamotten. Ich helfe dir wirklich gern, du brauchst es nur zu sagen und beim Chef anzumelden. Der macht da bestimmt mit.«

Oda griente. Herz war ein feiner Kollege, den sie wirklich mochte. Er war ambitioniert und voller Tatendrang. »Ganz lieb von dir, aber lass mal. Du wirst in Wilhelmshaven gebraucht. Ich krieg das auf der Insel schon hin. Da ist schließlich der Kollege Knudsen, der mich unterstützt.« Und Christine ist auch da, dachte sie, sprach es allerdings nicht aus. Obwohl sie vermutete, dass Christine es sich zumindest zum jetzigen Zeitpunkt nicht nehmen lassen würde, an den Ermittlungen beteiligt zu sein, sollte sie sich besser schnell zurückziehen. Schließlich war sie in den Flitterwochen.

Herz zog einen enttäuschten Flunsch. »Schade. Aber beim nächsten Mal denkst du an mich, ja?«

»Klar. Jemanden wie dich kann ich immer gebrauchen.«

***

Neugierig sah Stefan Knudsen zu, wie die Kollegen der Kriminaltechnik in ihren weißen Einmalschutzanzügen über die Granitsteine kletterten und mit ihren Untersuchungen begannen. Er durfte es offen ja nicht zugeben, aber endlich war mal was los auf der Insel. Natürlich mochte er die gemütlichen Routinearbeiten in der Nebensaison. Da wurde höchstens mal ein Fahrrad als gestohlen gemeldet, das dann meistens an anderer Stelle wiederauftauchte, weil irgendein Depp es einfach benutzt und irgendwo stehen gelassen hatte. Viele Insulaner waren etwas nachlässig mit dem Anschließen ihrer fahrbaren Untersätze, und einige Räder verschwanden tatsächlich auf Nimmerwiedersehen. Die Diebe waren anscheinend so dreist und gaben die geklauten Fahrräder bei der Gepäckbeförderung zum Festland als ihre eigenen auf. Das wurde allerdings nicht offen kommuniziert, schließlich war Wangerooge, genau wie die anderen Ostfriesischen Inseln, ein Urlaubsparadies. Allerdings wurden in den letzten Jahren auch Straftaten gemeldet, die es früher gar nicht gab. Damals schlossen die Insulaner ihre Wohnungen und Häuser nicht einmal ab, wie er von seinem Vorgänger erfahren hatte.

Egal. So schlimm war es wirklich nicht, man konnte kaum von einer hohen Kriminalitätsrate auf Wangerooge sprechen. Umso interessanter war das, was sich nun in unmittelbarer Nähe abspielte. Zumal es sich bei dem Toten um den Aufnahmeleiter einer Fernsehproduktionsfirma handelte, der seine Kindheit auf der Insel verbracht hatte. Erst kürzlich hatte im »Inselboten« gestanden, dass der gebürtige Wangerooger Erik Sander wieder herkommen und seinen Dokumentarfilm über Plastikmüll zu Ende drehen würde. Einmal, bei den Dreharbeiten im Sommer, hatten sie persönlich Kontakt miteinander gehabt, als dem Filmteam vermeintlich eine Kamera gestohlen worden war. Zum Glück hatte sich herausgestellt, dass der Kameraassistent sie einfach nur beim Mittagessen neben dem Tisch im Restaurant abgestellt und dann vergessen hatte. Danach hatten sie sich zwar zugenickt, wenn sie sich über den Weg gelaufen waren. So, wie man sich eben zunickt, wenn man sich vom Sehen kennt. War trotzdem was anderes, als wenn die Leiche jemand komplett Unbekanntes gewesen wäre.

Einer der Techniker kam auf ihn zu. Seiner Frau Martina hatte Knudsen bereits bei Eintreffen des Teams eine Nachricht geschickt, dass sie für die Kollegen einen Kuchen backen sollte, sie buk für ihr Leben gern, und alles, was sie zauberte, schmeckte einfach genial. Unwillkürlich lächelnd fuhr er sich mit beiden Händen über den stattlichen Bauch und nickte dem Kriminaltechniker zu.

»Tja«, sagte der und schob sich die Kapuze vom Kopf. »Eines steht schon mal fest: Der Fundort ist nicht der Tatort. Der Mann wurde hier abgelegt, die Kopfverletzungen hat er sich woanders zugezogen. Zwischen den Granitsteinen gibt es etliche Blutspuren, doch auf dem Weg ist nichts. Er muss hierhertransportiert worden sein.«

Stefan Knudsens Mund wurde trocken. Oje, das war ja nun wirklich ein Fall für die Kripo. Wie gut, dass Christine Cordes, ach nee, Delvendingsbums – so genau hatte er es sich nicht gemerkt bei all der Hektik –, schon auf der Insel war. »Also war es kein Unfall?«

»Sieht nicht danach aus. Es gibt mehrere Kopfverletzungen, das war kein einfacher Sturz.«

»Wat für 'n Schiet. Aber danke für die Info. Ihr guckt doch noch weiter nach Blutspuren, um den Tatort zu ermitteln?«

»Da müssten wir die Insel Zentimeter für Zentimeter absuchen, und das ist kaum machbar«, sagte der Kriminaltechniker. »Natürlich werden wir das Umfeld genau unter die Lupe nehmen, aber ihr solltet schon mal anfangen, die Insulaner und Gäste nach Hinweisen zu fragen. Kann man heutzutage auch über Facebook machen. Ich hab schon von erstaunlichen Erfolgen bei der Suche nach Hinweisen aus der Bevölkerung über die sozialen Medien gehört.«

»Das darf ich als Inselpolizist nicht«, widersprach Stefan Knudsen.

»Ja nee, ist schon klar, aber die von der Polizeiinspektion können das. Die Kollegen müssten ohnehin bald hier sein, hab Bescheid bekommen, dass sie im Anflug sind.«

***

Enttäuscht und traurig lief Christine in den Ort zurück. Warum nur konnte Phillip nicht verstehen, dass es wichtig war, die Spuren in diesem Fall zeitnah zu verfolgen? Sie musste doch zumindest so lange zur Verfügung stehen, bis Oda und Konsorten aufschlugen. Denn natürlich ging sie davon aus, dass Oda den Fall übernehmen würde. Und nur zu gern würde sie ihn dann sogleich an sie übergeben.

In der Zeitung hatte sie gelesen, dass heute auf den gesamten Ostfriesischen Inseln ein sogenannter »Müllsammel-Tag« anberaumt war. Ergänzend zum Internationalen Tag der Küstenreinigung in Zusammenarbeit mit dem NABU, der traditionell im September stattfand, sollte so ein »Müllsammel-Tag« neuerdings monatlich stattfinden. Um die Strände sauber zu halten einerseits, aber auch, um an die Gefahren zu erinnern, denen die Weltmeere und die darin lebenden Tiere durch das achtlose Wegwerfen von Müll ausgesetzt waren.

Beim Frühstück hatte Christine aufgeschnappt, dass das Männerquartett diese Aktion als das zentrale Element des Dokumentarfilms betrachtete. Sie hatten sich darüber unterhalten, wo sie am meisten Müllsammler antreffen würden und an welchen Punkten abseits des Hauptstrandes gedreht werden sollte. Ein Teil der Aufnahmen für den Film, so hatte Christine mitbekommen, war wohl schon während der Saison gemacht worden. Sie zog ihr Handy aus der Jackentasche und wählte die Nummer ihres Chefs.

»Ich bin's, Christine«, sagte sie, als er sich meldete.

»Christine! Na, so eine Überraschung«, rief Siebelt aus. »Ist was passiert? Oder hast du einfach nur Sehnsucht nach uns?«

»Nein, das nun nicht gerade. Es geht um den Toten. Ich kam hinzu, als die Rettungskräfte und Knudsen vor Ort waren.«

»Oh. Das ist natürlich nicht gerade ein Flitterwochen-Highlight.«

»Nein. Schickst du Oda?«

»Klar. Eigentlich sollte Niesteit mit, aber der ist krank. Daher kommt sie erst mal allein. Sie hat ja Knudsen zur Unterstützung.«

»Ich bin ja auch noch da«, meinte Christine.

»Nee, Frollein, du hast Urlaub.«

»Aber bis Oda hier ist, könnte ich die Filmcrew doch schon mal über den Tod ihres Kollegen informieren. Und eine erste Befragung vornehmen. Was meinst du?«

»Was sagt denn dein Mann dazu?«

»Der war natürlich dabei, als wir auf Knudsen und die Leiche stießen. Kannst dir sicher vorstellen, dass er nicht gerade begeistert ist. Dennoch, ich habe das Gefühl, ich muss mich kümmern. Zumal mir die Kollegen des Opfers schon aufgefallen sind, wir wohnen alle im selben Hotel. Aber sobald Oda da ist, überlasse ich ihr das Feld.«

»Das ist lieb von dir. Und auch, wenn ich es offiziell nicht dürfte, nehme ich das Angebot gerne an. Aber wirklich nur, bis Oda vor Ort ist. Versprochen?«

»Versprochen.«

Christine entdeckte das Filmteam am Strand, auf Höhe der Surfschule, die auch um diese Jahreszeit noch Kurse anbot. Wind und Wellen waren schließlich der Hauptmotor fürs Surfen, und in Neoprenanzügen ließ sich auch die kühle Nordsee aushalten.

Sie ging auf die drei Männer zu, die gerade ein junges Paar interviewten. Der mit dem spitzen Pony stellte die Fragen, der eher schweigsame Kollege filmte, und der jüngste, Marcel hieß er, angelte den Ton. Der befragte Mann trug lange Dreadlocks, die Frau Pumphosen und einen achtlos gebundenen, dünnen Dutt, der Christine unwillkürlich an eine Zeichnung von Wilhelm Busch erinnerte, auch wenn die Frau in Buschs Karikatur deutlich voluminöser war.

Christine wartete, bis das Interview beendet war. Dann trat sie auf den Kameramann zu. »Entschuldigen Sie bitte«, sagte sie. »Wie es der Zufall will, wohnen wir im selben Hotel. Mein Name ist Christine ...« Sie zögerte kurz, dann lächelte sie zufrieden und ergänzte: »Delvental.«

»Hören Sie«, entgegnete der Kameramann unwirsch, »wir sind hier am Arbeiten, wie Sie bemerkt haben dürften. Also lassen Sie uns in Ruhe, wir haben einen Drehplan zu erfüllen, und auf dem stehen Sie nicht drauf.« Er wandte sich an seinen Kollegen, der nun auf ein in eine Art Kissen gehülltes iPad schaute. »Wie ist denn die Aufnahme geworden, Marcel?«

Christine sah ihn entgeistert an. Auf den Gedanken, dass der Mann sie für eine sensations- oder kameralüsterne Person halten könnte, wäre sie im Leben nicht gekommen. Doch selbst dann würde sie sich diesen Ton nicht bieten lassen.

»Stopp«, sagte sie barsch. »Sie haben mich falsch verstanden. Um es korrekt auszudrücken: Ich bin Kriminaloberkommissarin Christine Delvental.«

Der ältere Mann im Team drängte sich vor sie. »Moin. Mein Name ist Oliver Beerbaum. Ich bin der Regisseur des Films. Sie wohnen also bei uns im Hotel? Nichts für ungut, wir können uns gern morgen beim Frühstück über den Dreh unterhalten, aber wir müssen uns an den Zeitplan halten. Da können Sie Kommissarin sein, so viel Sie wollen.«

»Ich interessiere mich nicht für Ihren Film. Es geht um Ihren vierten Mann. Denjenigen, den Sie heute beim Frühstück vermisst haben.«

»Ach, Erik. Kein Grund zur Panik. Der macht gern mal sein eigenes Ding. Nix, worum die Polizei sich kümmern müsste. Der taucht schon wieder auf. Brauchen tun wir ihn ohnehin nicht wirklich, er quatscht uns nur immer rein. Also stecken Sie Ihr hübsches Näschen nicht in unsere Angelegenheiten. Wir müssen zügig arbeiten, das Warten auf Erik hat uns schon genug Zeit gekostet. Also: Tschüss.«

»Tja.« Christine sah dem Mann geradewegs in die Augen. »Leider muss ich Ihnen mitteilen, dass Sie Ihre Dreharbeiten unterbrechen müssen. Mit dem Eintreffen Ihres Kollegen ist nicht mehr zu rechnen. Eben deshalb muss ich ja mit Ihnen reden.«

»Was soll das heißen, Erik kommt nicht, und Sie müssen mit uns reden?«

Christine seufzte. Dieser Oliver Beerbaum schien etwas begriffsstutzig zu sein. Dabei könnte man die simplen Tatsachen – Kriminalkommissarin, »Erik kommt nicht« und »Wir müssen reden« – doch ganz schnell in einen Zusammenhang bringen. Der Einfachheit halber fasste sie alles in einem klärenden Satz zusammen: »Ihr Kollege Erik Sander wurde heute Morgen im Westen der Insel tot aufgefunden.«

***

Normalerweise bevorzugte Oda die Fährverbindung mit der anschließenden Fahrt in der blauen Insel-Bimmelbahn. Das allein war schon Urlaub. Entschleunigen. Runterkommen. Nicht umsonst hing am Hafen von Wangerooge das Schild: »Gott schuf die Zeit. Von Eile hat er nichts gesagt.« Es dauerte eben, bis man mit der Fähre und der Bahn im Dorf ankam, und bis die Koffercontainer entladen waren, dauerte es noch mal. Meistens holte sich Oda in der Zwischenzeit einen Kaffee am Kiosk vor dem Bahnhof. Der auch Dosenbier führte, wie Jürgen bei einem ihrer gemeinsamen Wangerooge-Besuche begeistert festgestellt hatte. Dosenbier gab es sonst nicht auf der Insel. Zumindest in den Supermärkten nicht. Und so sehr Jürgen sonst auf Nachhaltigkeit und Glasflaschen setzte: Bei ihren Inselumwanderungen ein Döschen Bier und keine schwere Glasflasche im Rucksack mitschleppen zu müssen, heiligte die Mittel.

Auf die gemütliche Schiffs- und Bimmelbahnfahrt musste Oda heute leider verzichten. Sie gab es nur ungern zu, aber jedes Mal, wenn sie beruflich nach Wangerooge fliegen musste, hoffte sie, dass es nicht stürmisch war. Obgleich sie in den großen Urlaubsfliegern keine Angst hatte – was ja widersinnig war, denn gerade da stellte sich die Frage, wie sich so viel Gewicht am Himmel hielt, ohne runterzufallen –, flößten ihr die zehnsitzigen Maschinen der Inselflieger Respekt ein. Zumal sie auf dem mittleren Platz sowohl die linke als auch die rechte Flugzeuginnenseite berühren konnte, wenn sie beide Arme ausstreckte. Und so eine kleine Maschine wackelte in der Luft auch viel mehr als ein großes Flugzeug.

Heute war das Wetter zum Glück wie fürs Fliegen gemacht. Kein Wölkchen am Himmel und kaum Wind. Neugierig sah Oda beim Start aus dem Fenster. Wie schnell die Landschaft kleiner wurde. Die Nordsee hatte sich mal wieder verzogen, und so lag das silbrig in der Sonne glitzernde Wattenmeer unter ihr. Das Flugzeug war als kleiner Schatten auf dem graubraunen Wattboden zu sehen, zwischen mäandernden Prielen, die wie ein Geflecht aus Adern im Schlick lagen. Oda war begeistert. Schnell machte sie mit ihrem Handy ein paar Fotos, die sie

Jürgen schicken wollte, wenn sie wieder festen Boden unter den Füßen hatte. Dann lehnte sie sich entspannt zurück.

Mit sich und der Welt im Reinen, gestand Oda sich ein, dass sie im Grunde froh über diese kleine Auszeit von zu Hause war. Das hatte nichts mit Jürgen zu tun, beileibe nicht, aber so war sie abgelenkt von dem, was sie in letzter Zeit im Übermaß beschäftigte: der Umstand, dass ihr Sohnemann Alex mit seinen gerade mal neunzehn Jahren Vater wurde. Dass seine Freundin Leonie fast zwei Jahre älter war, machte die Sache nicht besser, denn beide befanden sich noch in der Ausbildung. Leonie war mitten im Bachelorstudium, Alex hatte gerade erst angefangen. Zwar erkannten die beiden durchaus die Notwendigkeit einer fundierten Berufsausbildung und wollten das Studium auf keinen Fall schmeißen, doch Oda hielt sich nicht für antiquiert, wenn sie den Standpunkt vertrat, man solle durch die Ausbildung eine solide Basis schaffen, *bevor* man eine Familie gründete. Überhaupt: So lange kannten sich Leonie und Alex ja noch gar nicht. Und wie würde das Leben ihres Sohnes zwischen Studieren und Windelnwechseln wohl aussehen? Leonie wollte genauso wie Alex ihr Ding durchziehen, das stand fest. Also würden die Großeltern in besonderem Maße gefragt sein. Aber Leonies Eltern wohnten in Cloppenburg. Da brachte man nicht mal eben für ein paar Stunden einen Säugling hin. Blieb nur Oda. Und sie freute sich auf ihr Enkelkind, ehrlich. Doch sie sperrte sich dagegen, als familiärer Babysitter benutzt zu werden. Jürgen hatte sie, vernünftig wie immer, darum gebeten, abzuwarten und alles auf sich zukommen zu lassen, aber er hatte gut reden. Er war ja nicht Alex' Vater. Der hatte sich in den Jahren seit ihrer Trennung ganz entspannt aus allem rausgehalten. Zwar hatte er den gesetzlich vorgeschriebenen Unterhalt für seinen Sohn gezahlt und sich ab und zu mit Alex getroffen, aber ein inniges Verhältnis pflegten die beiden nicht.

Das Flugzeug ging in den Sinkflug. Keine Minute später setzte es auf der Landebahn direkt hinter dem Deich auf und steuerte das Wangerooger Flughafengebäude an. Der Pilot stieg aus und öffnete die Türen. Das Pärchen in der Reihe vor Oda hatte als Erstes wieder Boden unter den Füßen, nun konnte Oda die Lehne der Vorderbank runterklappen und ebenfalls aus der Maschine klettern. Sie bückte sich unter der Tragfläche hindurch, lief um das Heck der Maschine auf die andere Seite und nahm ihre Reisetasche in Empfang. Als sie den Ausgang ansteuerte, entdeckte sie unter den Wartenden Stefan Knudsen, der sie mit einem breiten Grinsen empfing.

»Moin, Oda!« Er nahm ihr die Reisetasche ab. »Ich hätte mir ein netteres Wiedersehen gewünscht«, sagte er, als sie das Flughafengebäude verließen. »Aber zumindest hatte ich Glück im Unglück: Christine war heute Morgen mit am Leichenfundort.«

Überrascht sah Oda ihn an. »Christine?«

»Sie hat mit ihrem Mann einen Spaziergang in Richtung Westen gemacht und ist uns quasi direkt in die Arme gelaufen. Ihr Mann war ziemlich sauer, als sie mit mir und den Rettungsleuten sprechen wollte. Zumal sie sich den Sanitätern als Christine Cordes vorgestellt hat. Kannst dir sein Gesicht vorstellen. Humor scheint der nicht gerade zu haben.« Er nahm die Reisetasche in die andere Hand. »Was haste da denn drin? Ist ganz schön schwer.«

Oda schmunzelte. »Da sind Rollen dran. Man kann den Griff rausziehen, dann geht es ganz einfach.« Sie strahlte ihn an wie ein Honigkuchenpferd, als er stutzte, etwas verlegen grinste und schließlich die Stange aus der Halterung unter dem Taschenboden zog. »Aber du irrst dich, Christines Mann ist ein wirklich Netter. Die beiden sind auf Flitterwochen hier. Und wenn die frisch Angetraute dann sozusagen über eine Leiche stolpert und sich statt für ihn für den Fall interessiert … Nee, da hab ich Verständnis für Phillip, dass der das nicht gerade toll findet.«

»Ja, gut. Das ist natürlich ein Argument. Aber er war nicht gerade gnädig, das muss man schon sagen. Jedenfalls wollte sie keine Zeit verlieren und die erste Befragung der Kollegen des Toten übernehmen. Sie kannte die schon, weil sie zufällig im selben Hotel wie sie wohnen«, erklärte Knudsen.

Sie marschierten in Richtung Ortskern, immer geradeaus, vorbei an der Inselschule und an den beiden Supermärkten auf der anderen Seite der Charlottenstraße. Der Flugplatz lag strategisch günstig am Rande des Dorfes, aber irgendwie auch mittendrin. Man brauchte keine zehn Minuten zu Fuß bis zur Hauptgeschäftsstraße, der Zedeliusstraße.

»Der Fundort ist nicht der Tatort?«, fragte Oda.

»Nee. Die von der Kriminaltechnik suchen zwar noch, gaben mir aber den Tipp, einen Aufruf um Mithilfe bei Facebook zu starten.« Die Rollen der Reisetasche klackerten lautstark über die Klinkersteine der Bürgersteige. »Aber das kann ich ja nicht einfach so auf eigene Faust machen. Ist besser, wenn das von offizieller Seite kommt.«

»Hast recht«, erwiderte Oda. »Ich werde es so schnell wie möglich veranlassen.«

Sie hatten das Hotel Hanken erreicht und betraten das Foyer. Odas Zimmer war bereits bezugsfertig, sie brachte nur kurz ihre Reisetasche nach oben und ging direkt wieder runter zu Knudsen.

»Ist schon jemand von der Kriminaltechnik im Hotelzimmer des Opfers?«, fragte sie.

»Jo«, gab Stefan Knudsen zurück. »Ist nicht weit, nur ein paar Schritte.«

***

Betreten standen die drei Männer vor Christine. Das junge Paar aus Gerresheim, mit dem sie über Müllvermeidung und die Müllsammel-Aktion auf den Inseln geredet hatten, war von ihnen inzwischen weitergeschickt worden. Obwohl die beiden offensichtlich gern geblieben wären, um mehr über den Toten aus dem Filmteam zu erfahren.

Doch das war nichts für fremde Ohren.

»Um Gottes willen«, sagte Oliver Beerbaum zum wiederholten Mal. »Was ist passiert?«

»Vielleicht hatte er eine Herzattacke«, mutmaßte Lars

Schneider, der Kameramann. »Kommt bei Workaholics wie Erik ja öfter vor.«

»Ist er verunglückt?« Marcel Krieger, der Kameraassistent, wandte sich nervös an Beerbaum. »Was machen wir denn jetzt? Wenn Erik nicht mehr dabei sein kann?«

»Wir machen weiter wie geplant. Wir schaffen das auch ohne Erik. Ich habe das Konzept schließlich gemeinsam mit ihm erarbeitet. Es nützt ja nichts. Wir können nicht in Trübsal versinken. Der Beitrag muss gedreht werden, der Sendetermin steht fest. Außerdem sind wir die Ersten, die dieses Thema auf den Ostfriesischen Inseln aufgreifen. Wenn wir jetzt einfach aufhören, ist damit keinem gedient. Am allerwenigsten Erik. Es ist der letzte Beitrag, in dem sein Name auftaucht. Allein ihm zu Ehren müssen wir durchhalten.«

Das klang kollegial. Und professionell. Aber auch ein wenig … unsensibel.

»Wann haben Sie Ihren Kollegen das letzte Mal gesehen?«, fragte Christine.

»Das muss gestern so gegen siebzehn Uhr dreißig gewesen sein. Da haben wir Feierabend gemacht«, antwortete Beerbaum.

»Oliver, Marcel und ich sind dann zusammen in der Pizzeria essen gewesen«, ergänzte Lars Schneider. »Erik wollte mal wieder nicht mit. Er sagte immer, er brauche die kreative Einsamkeit mit sich selbst, um neue Projekte zu überdenken.«

»Wissen Sie, was Ihr Kollege im Westen der Insel gewollt haben könnte?«, fragte Christine. Ein Hund kam angerannt, tobte neugierig um sie herum.

»Lotte! Aus!«, rief das dazugehörige Frauchen. Kurz wandte ihr der Hund den Kopf zu, sprang dann jedoch gleich wieder begeistert von einem zum anderen. Marcel Krieger griff in seine Jackentasche, holte etwas heraus, bückte sich und streckte die Hand aus. Ein Leckerli lag darauf.

»Hast wohl gerochen, dass ich das in der Tasche habe, was?« Er lachte. Der Hund nahm vorsichtig den Hundebonbon, wedelte mit dem Schwanz und lief zu seiner Besitzerin zurück, die ihn inzwischen zwei weitere Male gerufen hatte.

»Nee«, antwortete Oliver Beerbaum auf Christines Frage. »Erik hat nach Feierabend gern sein eigenes Ding gemacht. Wie Lars gerade schon sagte. Er sah sich nicht als Teamplayer. Ich sag das ja nicht gern, aber Erik tat immer so, als sei er der Boss und wir seine Untertanen. Mit denen er nach Feierabend nix zu tun haben wollte. So als wäre er was Besseres.«

»Oliver!«, sagte Lars Schneider entrüstet.

»Ach, ist doch wahr. Warum soll ich lügen? Erik hielt sich für den King, den Kopf des Ganzen. Das konnte er vor dem Sender ja auch gut verkaufen. Aber sagt doch mal selbst, brauchen wir ihn bei unseren Drehs? Nicht wirklich. Er meinte immer, uns reinfunken zu müssen. Aber da hab ich dagegenhalten können.« Er lächelte Christine an. »Verstehen Sie mich bitte nicht falsch. Beim Film kommt das oft vor, kreative Köpfe geraten gern mal aneinander. Jeder möchte seine Ideen durchsetzen. Und Erik meinte, ihm als Produktions- und Aufnahmeleiter würde stets das letzte Wort gehören. Dabei ist es im Grunde sein Job, meine Arbeit möglich zu machen, und er verfügt bei Weitem nicht über die praktischen Erfahrungen, die ich aufweisen kann. Aber egal. Man soll über einen Toten nicht schlecht reden.«

Christine betrachtete ihn interessiert. Ihre Freundin Doreen, die als Psychologin in einer Justizvollzugsanstalt arbeitete, hätte an ihm garantiert ihre helle Freude. Beerbaum sah sich klar im Aufwind, nun, da Sander nicht mehr lebte. »Aber Sie haben doch als Team gut zusammengearbeitet?«, hakte sie nach.

»Auf jeden Fall«, beeilte sich Lars Schneider zu sagen. Überrascht sah Christine ihn an. »Wir kannten einander, wussten, wie jeder arbeitet. Da ergab ein Handgriff den nächsten. Wie bei den Rädern eines Uhrwerkes.«

Aus dem Augenwinkel registrierte Christine, dass Beerbaum und Marcel Krieger sich einen verstohlenen Blick zuwarfen. Hier war etwas nicht ganz koscher. Das spürte sie. Doch dem würden ihre Kollegen nachgehen müssen. Sie selbst war ja in Urlaub. In den Flitterwochen!

»Was haben Sie denn gestern Abend gemacht?«, fragte sie unvermittelt. »Nach Ihrem Besuch in der Pizzeria?«

»Wieso?«, wollte Oliver Beerbaum wissen. »War das, woran Erik gestorben ist, etwa keine Herzattacke?«

»Nein. Wie es momentan aussieht, war Gewalt im Spiel. Also beantworten Sie bitte die Frage.«

»Wir haben Skat gespielt«, sagte Marcel Krieger rasch. »Im Hotel.«

»Skat. Im Hotel. Nicht in einer der Kneipen?«

»Wir sind nach einem langen Drehtag froh, keine Menschen mehr um uns haben zu müssen«, erklärte Beerbaum. »Zwar treffen wir bei diesem Film überwiegend auf engagierte und positiv gestimmte Menschen, aber es gab auch einige, denen wir mit unseren Fragen über die Müllsammel-Aktion auf den Keks gegangen sind. Besonders, wenn wir sie dabei ertappt haben, wie sie achtlos Dinge weggeworfen haben oder einfach über angespülten Müll hinweggestiegen sind. Stimmt's?« Er sah seine Kollegen auffordernd an.

»Jo«, sagte Lars Schneider. »Und Erik hat diese Leute systematisch bloßgestellt, das muss man zugeben. Er hat einfach nicht lockergelassen, wenn die weitergehen und nicht mit uns sprechen wollten. Der ist denen hinterher, hat sie festgehalten, das kam nicht bei jedem gut an. Einer hat ihm sogar angedroht, ihm eine zu knallen, wenn er ihn nicht in Frieden ließe.«

»Oh. Dann war Ihr Kollege ein radikaler Umweltschützer? Oder war er generell so aufbrausend?«

»Auf jeden Fall ein Umweltschützer durch und durch«, bestätigte Beerbaum. »Erik beschäftigte sich schon seit Jahren mit der Umweltbelastung der Meere. Hat unter anderem für ein Umweltmagazin auf Helgoland über die Lummen gedreht. Auf die Gefahren hingewiesen. Nicht nur für Vögel, die Plastiknetzreste für ihren Nestbau verwenden und deren Nachwuchs in diesem Plastikzeugs elendig umkommt. Er wollte die Welt mit seinen Beiträgen wachrütteln. Entsprechend kompromisslos hat er die Filme gestaltet. Sie gefallen nicht jedem.«

Eine Möwe kreiste kreischend über ihren Köpfen, weiter hinten tollten zwei Hunde, und ein Vater spielte mit seinem Sohn Fußball auf dem harten Watt-Untergrund.

»Wie standen Sie denn zu dem Thema?«, wollte Christine wissen.

»Natürlich sind wir gegen den Plastikmüll. Das steht wohl außer Frage«, sagte Beerbaum. »Darum machen wir den Job doch auch.«

»Drehen Sie ausschließlich Dokumentarfilme für den Umweltschutz?«

»Das nicht«, räumte Beerbaum ein. »Aber eben überwiegend Dokumentationen.«

»Gut. Kommen wir noch mal auf den gestrigen Abend zurück. Sie sagten, Sie hätten Skat gespielt.«

»Das ist richtig. Und ich hab verloren. Hatte den ganzen Abend ein saumiserables Blatt.« Lars Schneider zuckte mit den Schultern.

»Meines war ganz passabel. Ich hab gewonnen«, sagte Marcel Krieger.

»Wo im Hotel haben Sie denn gespielt?«, fragte Christine, die mit Phillip nach dem Abendessen in Kruses Fischlokal ins Hotel zurückgegangen war. Im Frühstücksraum, in dem man abends sicher auch sitzen und Karten spielen konnte, hatte sie niemanden gesehen.

»Bei mir auf dem Zimmer«, sagte Beerbaum wie aus der Pistole geschossen. »Das ist ziemlich geräumig.«

***

Es waren wirklich nur circa fünfzig Meter vom Eingang des Hotels Hanken zum Hotel Atlantic. Als sie die Eingangstür öffneten, ließ Oda Stefan Knudsen den Vortritt. Der strebte sogleich nach rechts ins Büro und begrüßte den Hotelchef.

»Moin, Hajo. Ich habe meine Kollegin Oda Wagner vom Festland dabei, die die Ermittlungen in dieser unangenehmen Angelegenheit leitet. Oda: Das ist Hajo Albrecht, der Chef des Atlantic.«

Albrecht stand auf, und sie begrüßten einander per Handschlag.

»Meine Kollegen von der Spurensicherung sind im Zimmer von Herrn Sander?«, fragte Oda.

Albrecht nickte, wenig begeistert darüber, dass die Polizei in seinem Hotel Untersuchungen anstellte. Das konnte Oda voll und ganz verstehen.

»Wir sind ja bald wieder weg«, sagte sie freundlich. »Aber wir müssen eben auch hier nach Hinweisen suchen, die zur Aufklärung der Tat beitragen können.«

»Sicher«, sagte Albrecht und nickte wieder. »Es ist nur so, dass es nicht nur für mich, sondern vor allem für die anderen Hotelgäste kein wirklich schönes Gefühl ist, wenn die Polizei eines der Hotelzimmer auf den Kopf stellt.«

»Daran lässt sich leider nichts ändern«, erklärte Oda. »Aber Sie können ganz beruhigt sein. Die Kollegen von der Kriminaltechnik werden schnell wieder verschwinden, denn es ist ziemlich unwahrscheinlich, dass Herr Sander hier ums Leben kam.«

Bestürzt sah Albrecht Oda an. »Sie meinen … Er könnte … hier?« Entsetzen sprach aus seinem Blick.

»Nein, nein«, gab Oda leichthin zurück. »Keine Panik. Dann hätten die Kollegen schon etwas gesagt. In dem Fall hätten sie eine Menge Blut im Zimmer gefunden.« Sie lächelte dem Hotelbesitzer aufmunternd zu. »Sobald die Kollegen fertig sind, können Sie das Zimmer reinigen lassen und es anderweitig vermieten. Um die persönlichen Sachen des Toten kümmern wir uns. Übrigens, ich würde es gern übernehmen.«

Albrecht sah sie überrascht an. »Na ja. Also wenn Sie möchten …«

Oda nickte. »Klar. Ist ja, wie gesagt, kein Tatort, und meine Kollegin Christine Cordes, ach nee, Christine Delvental hat mir schon so oft vom Atlantic vorgeschwärmt … Da kann ich das Nützliche mit dem Angenehmen verbinden.« Sie zog ihr Portemonnaie aus der Gesäßtasche, fischte eine Visitenkarte heraus und reichte sie Albrecht. »Da steht meine Telefonnummer drauf. Ich würde mich freuen, wenn es klappt und ich das Zimmer bekommen kann.«

Albrecht nahm die Karte entgegen. »Ist gut«, sagte er etwas überrumpelt.

Oda wandte sich an Knudsen. »Dann lass uns doch mal nach oben zu den Kollegen gehen«, schlug sie vor. »Wo müssen wir denn hin?«, fragte sie Albrecht.

»Erster Stock links.«

***

»Wieso willst du denn hier ein Zimmer beziehen? Du hast doch schon eines im Hanken«, fragte Stefan Knudsen, als er hinter Oda her die Treppe hinauflief.

»Och, hier bin ich näher am Geschehen«, antwortete Oda. »Dafür wird man im Hanken sicher Verständnis haben.«

Knudsens Handy klingelte. Oda ging ungerührt weiter, Knudsen blieb auf der Treppe stehen. So groß war das familiengeführte Hotel dann doch nicht, und ein wenig Abstand war angebracht, denn wer wusste schon, aus welchem Grund die Rufnummer der Inselpolizeistation diesmal gewählt worden war.

»Polizeistation Wangerooge, Polizeikommissar Knudsen am Apparat.«

»Lothar Buschhorn«, meldete sich der Anrufer. »Ich bin als hauptverantwortlicher Lehrer mit einigen Klassen unserer Schule im Inselheim Rüstringen und habe vorhin die Rettung und den Leichenwagen hier bei uns im Westen gesehen. Ist eine Leiche angespült worden?«

Knudsen bemühte sich, ruhig zu bleiben. Manche Touristen waren wirklich zu dreist und nicht selten sensationslustig. Das brachte ihn oft an die Grenzen seiner Zurückhaltung. »Nein, es gab keine Wasserleiche«, sagte er beherrscht.

»Gut«, entgegnete Herr Buschhorn. »Dann könnte es vielleicht sein, dass jemand ums Leben gekommen ist, weil er verletzt war?«

Augenblicklich wurde Knudsen aufmerksam. »Wie kommen Sie darauf?«, fragte er verhalten.

»Na ja. Also, wir haben nicht nur Fünftklässler dabei, müssen Sie wissen, sondern auch ältere Jugendliche, und die glauben ja, wir Lehrer seien auch nur hier, um Spaß zu haben, und sie könnten uns austricksen. Da haben sie mit mir allerdings den Falschen erwischt. Entsprechend drehe ich bei unseren Aufenthalten auf der Insel zweimal täglich meine Runden, und Sie glauben ja gar nicht, wie viele Jugendliche ich schon mit Alkohol erwischt hab, die noch gar keinen trinken dürfen.«

Stefan Knudsen wurde ein wenig ungeduldig. »Ja, gut«, sagte er. »Aber was hat das mit den Rettungskräften und dem Leichenwagen zu tun?«

»Es war auch Polizei vor Ort, hab ich gesehen.« Buschhorns Tonfall wurde jetzt lehrerhaft. »Und bei meinem Rundgang bin ich auf Flecken gestoßen, von denen ich annehme, dass es Blutflecken sind.«

Jetzt war Knudsen ganz Ohr. »Wo?«, fragte er.

»Beim Bauhof. Also, hier im Westen«, fügte Buschhorn hinzu. »Es sind Flecken unterschiedlicher Größe, aber ich wette, das sind Blutflecken. Ich hab mir erst nichts dabei gedacht, weil ich selbst manchmal heftiges Nasenbluten hab, und ich nehme Blutverdünner, da läuft das einfach so raus, aber jetzt ... Es passt zumindest dazu, dass Sie sagen, die abtransportierte Person sei nicht ertrunken. Und warum sonst sollten Ihre Kollegen in weißen Schutzanzügen auf dem Deichsicherungsweg zwischen den Granitsteinen rumturnen, wenn nicht wegen einer Gewalttat?«

»Wo sind Sie jetzt?«

»Wieder im Inselheim.«

»Bleiben Sie, wo Sie sind. Ich komme und bringe die Kollegen von der Kriminaltechnik mit. Oder nein, vielleicht können Sie noch mal zum Bauhof laufen und dafür sorgen, dass die Spuren nicht vernichtet oder zertrampelt werden?«

»Klar«, gab Buschhorn selbstsicher zurück. »Ich schnappe mir ein paar Schüler und passe auf.«

***

Zielsicher steuerte Christine nach dem Gespräch mit den drei Männern das Hotel Atlantic an. Sie wusste, dass die Kollegen von der Kriminaltechnik am Deich vorerst fertig waren und sich nun Sanders Zimmer vornehmen wollten. Das war Routine. Zu ärgerlich, dass sie derzeit keine Handhabe hatte, sie dazu zu bringen, auch Beerbaums Zimmer auf Fingerabdrücke zu untersuchen. Sie bezweifelte nämlich stark, dass sich Lars Schneider und Marcel Krieger am Tatabend tatsächlich dort aufgehalten hatten. Aber noch gab es keine Verdachtsmomente gegen einen von ihnen. Und allein die Tatsache, dass die Männer Kollegen waren und im gleichen Hotel wohnten wie das Opfer, reichte nicht. Trotzdem kam es ihr eigenartig vor, dass die Filmleute ein Hotelzimmer zum Kartenspielen bevorzugten. Aber das musste sie notgedrungen erst einmal so hinnehmen, wie es ihr erzählt worden war.

Sie hielt inne. Nein. Sie musste nichts »erst einmal« hinnehmen. Das hatte sie in diesem Fall anderen zu überlassen. Sie würde ein handschriftliches Protokoll verfassen und es Oda geben, wenn die auftauchte. Da fiel ihr ein, dass sie gar kein Papier dabeihatte. Sicher könnte Hajo Albrecht ihr welches geben, denn der kleine Hotel-Notizblock vom Nachttisch bot sich für ausführliche Gesprächsprotokolle nicht eben an. Spontan entschloss sie sich jedoch anders und lief am Hotel vorbei auf die Inselbuchhandlung zu. Dort bekam man nicht nur die neuesten Bücher, sondern auch Schreibwaren. Und zauberhafte kleine Geschenke. Sie hatte dort einen Becher mit der Aufschrift »Lieblingsmensch« gesehen. Den würde sie sich bei dieser Gelegenheit schön einpacken lassen und Phillip schenken.

Als Christine mit einem Block Papier und dem Geschenk den Eingangsbereich des Hotels betrat, lief sie Hajo Albrecht in die Arme, der ihr erzählte, dass Oda bereits auf der Insel war. Ein wenig hin- und hergerissen zwischen Erleichterung darüber, die Verantwortung für diesen Fall nun also direkt wieder abgeben zu können, und Enttäuschung aus demselben Grund, ging sie hinauf in das Zimmer, in dem Sander gewohnt hatte. Ihre Kollegin stand mit dem Rücken zu ihr im Türrahmen.

»Hallo, Oda«, grüßte Christine.

Oda drehte sich schmunzelnd um. »Moin, Frau Delvental«, antwortete sie, »du kannst selbst in den Flitterwochen die Finger nicht von der Arbeit lassen, hab ich gehört.«

Sie begrüßten sich mit einem freundschaftlichen Wangenkuss.

»Ich hab mir das nicht ausgesucht«, gab Christine zurück. »Wir sind am Strand entlang in Richtung Westen gelaufen. Als ich das Aufgebot an Rettungskräften und daneben Stefan Knudsen in seiner Polizeiuniform gesehen habe, konnte ich gar nicht anders, ich musste dahingehen. Und dann wohnte der Tote auch noch in meinem Hotel. Da konnte ich doch nicht einfach weiterspazieren!«

»Nee.« Oda grinste breit. »Hätte ich genauso gemacht.« Sie beugte sich durch die geöffnete Tür ins Zimmer. »Habt ihr schon was, Kollegen?«

»Oda, wir sind keine Dampflok! Das braucht Zeit«, gab der Chef der Kriminaltechniker zurück. »Setz dich mit Christine irgendwohin, wo ihr uns nicht stört, trinkt einen Kaffee oder was auch immer … Ich melde mich, sobald wir hier fertig sind.«

»Gut. Dankeschön, mein Lieber. Ich weiß ja, dass ich mich auf dich verlassen kann. Anschließend müsst ihr übrigens noch mal in den Westen. Zum Bauhof. Da will ein Zeuge jede Menge Blutflecken entdeckt haben. Knudsen ist schon auf dem Weg dorthin.«

»Alles klar.« Der Kriminaltechniker wandte sich wieder seiner Arbeit zu, und Oda packte Christine am Ellbogen. »Gehen wir zu dir?«

»Zu mir?« Irritiert sah sie Oda an.

»Auf dein Zimmer. Oder gibt es hier im Hotel eine Möglichkeit, woanders als auf der Treppe miteinander zu reden?«

»Wir könnten ins Frühstückszimmer, aber lass uns lieber rausgehen. Auf die Promenade. Beim ›Digger's‹ gibt es nicht nur köstlichen Milchkaffee, sondern obendrein phantastische, süchtig machende Mini-Donuts. Das ist jetzt genau das Richtige. Warte draußen auf mich, ich bin gleich wieder da.«

Christine brachte Papier und Geschenk in ihr Zimmer. Phillip war nicht da, aber sie hatte auch nicht damit gerechnet, ihn hier anzutreffen. Sicher genoss er am Strand die Inselluft. Damit er das Päckchen nicht entdeckte, versteckte sie es hinter ihren Pullovern im Schrank, dann sperrte sie das Zimmer ab und ging hinunter. Oda stand im Eingangsbereich und betrachtete die vielen Bilder, Urkunden und Embleme, die überall hingen.

»Wow«, sagte sie, »hier haben ja schon allerhand Berühmtheiten gewohnt.« Sie zeigte auf Autogrammkarten von Udo Jürgens, Dieter Thomas Heck, Lale Andersen und weiteren Prominenten.

»Ja«, stimmte Christine zu. »Früher gehörte der Familie Albrecht auch das Strandhotel Gerken, die meisten Autogrammkarten stammen noch aus der Zeit, hab ich gehört.«

»Irre«, sagte Oda begeistert.

***

Phillip Delvental sah seine Frau und deren Kollegin laut schnatternd aus dem Hotel auf die Promenade laufen. Als würden sich alte Freundinnen seit Längerem endlich einmal wiedersehen. Er blieb stehen und blickte den beiden nach. Ein eigenartiges, unschönes Gefühl breitete sich in ihm aus. Eine gewisse emotionale Distanz. Eine Distanz, die er nicht wollte. Und doch war sie plötzlich da. Lag es an ihm?

Auf dem Weg vom Westen zurück ins Dorf hatte er sich selbst gescholten, dass er Christine Vorwürfe gemacht hatte, ihren Kollegen in den ersten Stunden der Ermittlungen helfend zur Seite stehen zu wollen. Sie war doch ebenso wie er von diesem Verbrechen überrascht worden. Verständlich, dass sie alles für die ermittelnden Kollegen festhalten und notieren wollte. Dass sie sich den Männern jedoch als Christine Cordes vorgestellt hatte … Dieser Moment hatte etwas in ihm zum Klingen gebracht, das er längst vergessen geglaubt hatte.

Einmal schon, nur ein einziges Mal zuvor, hatte er einer Frau einen Heiratsantrag gemacht. In überaus romantischer Umgebung. Im Urlaub, zu dem er sie eingeladen hatte. Am Millstätter See. Sie hatte genauso reagiert, wie er es sich ausgemalt hatte. Die folgenden Tage waren der Himmel auf Erden gewesen. Voller Euphorie. Etwas später, die Vorbereitungen zur Hochzeit waren in vollem Gang, hatte sie ihm ganz beiläufig mitgeteilt, dass sie keine Kinder wollte.

Fassungslos hatte er ihr zugehört. Wie konnte sie zustimmen, seine Frau zu werden, und ihm dann eine richtige Familie verwehren? Das ging doch nicht! Eindringlich hatte er auf sie eingeredet. Hatte ihr klarzumachen versucht, dass die Ehe doch darauf abzielte, eine Familie zu gründen. Dass man andernfalls gar nicht heiraten musste.

Sie jedoch hatte betont, dass sich ihre Karriere nicht mit Kindern vereinbaren ließe. Und dass sie keinesfalls daran dachte, am Herd zu versauern. Sie wolle ebenso wie er ihr Ding durchziehen, schließlich habe sie nicht so lange gelernt und studiert, um dann alles brachliegen zu lassen.

Daraufhin hatte er die Verlobung gelöst. Schriftlich. Die Tatsache, dass sie noch nicht zusammenwohnten, hatte sich als erleichternd herausgestellt. Er hatte nur ein neues Türschloss einbauen lassen müssen. Als sie randalierend vor der Tür stand und ihre persönlichen Dinge abzuholen verlangte, war ihm klar geworden, dass sie tatsächlich nicht die Richtige für ihn war. Auf dieses unschöne Verhalten angesprochen, hatte er den anderen Mietern des Hauses erklärt, dass sie das Ende der Beziehung nicht akzeptieren wolle. Selbstredend hatte er ihren persönlichen Kram in einen Umzugskarton gepackt, bei der Nachbarin gegenüber deponiert und ihr Bescheid gegeben. Direkt am nächsten Tag hatte sie ihn abgeholt. Aber auch er hatte in der Wohnung nicht weiter bleiben wollen und sich nach einem eigenen Haus umgesehen. Als Christine ihn dort zum ersten Mal besucht hatte, war es jungfräulich gewesen. Rein von irgendwelchen anderen Frauen. Außer seiner Mutter natürlich.

Er griff in die Tasche seiner Jacke. Umfasste die kleine Schachtel, die sich darin befand und die ein Armband verbarg, das er gerade beim Inseljuwelier gekauft hatte. Aus einem Impuls heraus, als seine Art, Christine um Verzeihung für sein Verhalten zu bitten. Er wusste doch, wie sehr sie ihren Beruf liebte. Hätte er als ihr Ehemann sie nicht unterstützen und an ihrer Seite stehen sollen, zumindest so lange, bis die Kollegen vom Festland die Ermittlungen übernahmen? Aber nun musste er sehen, dass sie wohl genauso karrieresüchtig war wie seine ehemalige Verlobte. In völliger Übereinstimmung lief sie mit Oda vom Hotel zur Promenade. Er musste ein Narr gewesen sein, als er sich auf dem Rückweg in den Ort einredete, sie würde meinen, was sie gesagt hatte, und ihrer Kollegin den Fall überlassen, sobald sich die Gelegenheit ergab.

Als wäre die Schachtel glühend heiß, zog er die Hand aus der Tasche. Schloss den Reißverschluss, damit er sich an ihrem Inhalt nicht mehr verbrennen konnte. Dann schlug er ebenfalls den Weg zur Promenade ein.

***

Während sie zum »Digger's« gingen, begann Christine, Oda über das zu informieren, was sie bisher wusste. Sie ergatterten einen der zur Strandbar gehörenden Strandkörbe, so saßen sie zwar geschützt, konnten den Strand und das Meer allerdings nicht sehen. Doch es wurde windiger, und mit dem Wind kam die Kälte.

Der Milchkaffee wurde gebracht, und Oda löffelte den wunderbar festen Milchschaum, bevor sie sich den Mini-Donut in den Mund steckte. »Wow«, sagte sie, »du hast nicht übertrieben. Das ist der beste Donut ever.« Sie leckte sich die Zuckerkrümel von der Oberlippe.

»Ich hab mir Papier gekauft«, erzählte Christine, »und werde dir nachher alles noch mal aufschreiben.« Auch sie löffelte zuerst den Milchschaum und biss dann die Hälfte des Schmalzgebäcks ab.

»Ist lieb, brauchst du aber nicht.« Oda tippte sich an die Stirn. »Ist längst alles da oben abgespeichert. Außerdem muss ich mit den drei Männern ohnehin noch mal selbst reden. Du hast ihnen gesagt, dass ich komme?«

»Natürlich. Sie wissen Bescheid. Die Telefonnummer des Regisseurs habe ich notiert. Schick ich dir als Kontakt rüber.« Christine zog ihr Handy aus der Tasche, tippte darauf herum und steckte es dann mit einem zufriedenen »Erledigt« zurück. Zeitgleich piepte Odas Handy.

»Danke. Phillip war bestimmt nicht gerade begeistert, dass ihr gleich am dritten Tag über eine Leiche gestolpert seid, was?«

»Nein. Das war er wirklich nicht. Wir haben uns sogar ein wenig gestritten, aber was soll ich machen? Ich kann doch nicht einfach daran vorbeigehen. Ich glaube, Stefan Knudsen war erleichtert, als ich dazustieß.« Christine trank einen Schluck von ihrem Milchkaffee, dann sah sie Oda erneut an. »Nieksteit ist schon wieder krank?«

»Jo. Er hat behauptet, es ginge ihm nicht gut, und er könne mich unmöglich begleiten.« Oda schwieg. Christine ebenso. »Glaub mir, da ist was im Busch«, orakelte Oda. »Der hat mit irgendwas zu kämpfen. Er hat sich verändert in den letzten Monaten.«

»Aber du hast doch mit ihm gesprochen, und er hat gesagt, es sei alles in Ordnung«, wandte Christine ein.

»Ach was, da ist nix okay. Das hab ich im Urin. Er hat mir weismachen wollen, es sei nur Zufall gewesen, dass er mit diesem Kerl vor der Spielhalle stand, als wir vorbeifuhren. Die liege halt auf dem Weg zur Apotheke. So 'n Quatsch. Aber ich kann ja nix machen. Dem ist nur zu helfen, wenn er sich auch helfen lassen will.« Sie seufzte und ließ den Blick über die Promenade schweifen. »Ey, guck mal!«, rief sie. »Da ist doch Phillip.«

Sie stand auf und winkte. »Phillip!« Doch der Mann reagierte nicht. »Phillip!« Sie rief noch einmal, und auch Christine steckte ihre Nase aus dem Strandkorb. Phillip jedoch drehte sich um und ging in die andere Richtung. Christine lehnte sich wieder zurück.

»Er muss wirklich stocksauer sein«, sagte sie leise.

»Dabei hast du doch gar nichts getan«, sagte Oda verblüfft.

»Wir sitzen hier nur, damit du mich auf den Stand der Dinge bringen und dich dann wieder deinen Flitterwochen widmen kannst.«

»Ich befürchte, das sieht er anders.«

»Na, du wirst ihm das schon erklären«, sagte Oda zuversichtlich. »Ihr habt ja nun auch wieder Zeit für euch. Und für den unwahrscheinlichen Fall, dass du erneut über eine Leiche stolperst, rufst du mich an und gehst an ihr vorbei. Ich bin ja jetzt da.«

»Aber du kannst das doch nicht alles allein machen«, gab Christine zu bedenken.

»Ach was, ich hab ja Stefan Knudsen«, meinte Oda. »Der freut sich schon, mal mit mir ermitteln zu dürfen. Und falls alle Stricke reißen, weiß ich ja, wo ich dich finde. Ab morgen wohne ich übrigens auch im Atlantic. Ich übernehme Sanders Zimmer.«

Christines Augen begannen zu leuchten. »Wir könnten ja guter Bulle, böser Bulle spielen. Also, du als offiziell Ermittelnde und ich als einfacher Hotelgast, der im Frühstücksraum den Lauschposten bezieht, nachdem du das Hotel verlassen hast.«

Oda schmunzelte. »Ich befürchte, da kannst du lauschen, so viel du willst, zu hören bekommst du nichts. Erstens wird dein Phillip da nicht mitspielen – wer will schon Statist in seinen eigenen Flitterwochen sein –, und zweitens ist dem Filmteam inzwischen bekannt, dass du Kriminalbeamtin bist. Da werden die drei in deiner Gegenwart garantiert nichts verlauten lassen, was sie in Schwulitäten bringen kann.« Sie tätschelte Christines Hand, als ihr Handy klingelte. »Wagner.«

»Baumann hier. Wir sind mit dem Zimmer von Sander durch. Nix, was relevant wäre, zumindest nichts, was auf Anhieb Rückschlüsse zulässt.«

»Danke. Dann macht ihr euch jetzt auf den Weg zum Bauhof?«

»Jo. Packen hier gerade alles zusammen.«

»Prima. Bis später.« Sie beendete das Gespräch. »Lüppt alles«, sagte sie zu Christine und grinste. »Du siehst, du kannst jetzt hemmungslos weiterflittern. Hast du Siebelt übrigens schon die frohe Kunde überbracht?« Ihr Blick richtete sich dabei auf Christines noch immer flachen Bauch.

»Nein. Ich werde die kritischen zwölf Wochen abwarten. Schließlich weiß man ja nie …«

***

Sie hatten ihre Ausrüstung zusammengepackt, brachten sie jedoch nicht ins Hotel, sondern schleppten sie mit sich mit, als sie die Gaststätte Düne 17 ansteuerten. Der Sinn nach weiteren Interviews in Sachen Strandmüll war ihnen erst mal vergangen. Sie würden nachher weitermachen, zunächst aber brauchten sie eine Pause. Natürlich hätten sie sich der schweren Sachen solange entledigen können, doch die Kommissarin hatte erwähnt, dass die Kriminaltechniker Eriks Zimmer auseinandernahmen. Ohne sich groß abzusprechen, waren sie daher Olivers Vorschlag gefolgt, sich gleich auf ein Bierchen hierherzubegeben.

Sie setzten sich unter die grün-weiß gestreifte Markise, an einen Tisch unterhalb eines Heizstrahlers. Drinnen war das Rauchen nicht gestattet, Oliver Beerbaum jedoch war leidenschaftlicher Raucher. Marcel Krieger schmökte auch gern mal eine, nur Lars Schneider lehnte es komplett ab.

Außer ihnen saßen lediglich zwei weitere Besucher draußen, aber das lag sicher nicht nur an den kühlen Temperaturen, sondern auch daran, dass die Saison Anfang November auslief. Noch knapp anderthalb Wochen, dann würden die meisten Lokale bis zur Weihnachtssaison schließen. Kurzzeitig brummte es dann wieder auf der Insel. Erst nach den Heiligen Drei Königen machten viele Insulaner Urlaub, in den Tropen oder irgendwo, wo es warm war. Denn während der Saison hatte kaum einer von ihnen Zeit, Sonne, Strand und Meer zu genießen.

Die Bedienung stellte drei große Biere vor sie hin. Wortlos hoben sie sie an die Lippen. Nachdem die Gläser wieder auf dem Tisch standen, fragte Oliver Beerbaum: »Wie bist du darauf gekommen, zu behaupten, wir hätten Skat gespielt?«

Marcel Krieger wurde rot. »Es ist mir einfach so rausgerutscht.« Er streckte den Rücken durch. »Außerdem habt ihr mir nicht widersprochen. Im Gegenteil. Du hast sogar gesagt, wir hätten bei dir auf dem Zimmer gespielt. Und du, Lars, hast behauptet, du hättest verloren, weil du den ganzen Abend ein schlechtes Blatt gehabt hast.«

Schweigend griffen sie wieder zum Glas.

»Also hat keiner von uns tatsächlich ein Alibi, das irgendjemand bestätigen könnte«, stellte Oliver Beerbaum fest. »Was habt ihr denn wirklich gemacht?«

***

»Ja gut, wenn du meinst. Dann lasse ich dich jetzt mit der Arbeit allein.« Christine winkte dem Ober.

Sie fühlte sich ein wenig unbehaglich. Als würde sie einerseits Oda im Stich lassen, andererseits aber war sie nun mal in den Flitterwochen. Und Phillip hatte ein Anrecht auf ihre ungeteilte Aufmerksamkeit. Zweisamkeit war der Plan gewesen. Saunieren, schmusen, sich gegenseitig verwöhnen.

Sie nahm ihr Handy aus der Weste, die sie über dem kuscheligen Hoodie trug, und wählte Phillips Nummer. Nach dem fünften Klingeln rechnete sie bereits damit, auf die Mailbox sprechen zu müssen, doch dann hörte sie seine Stimme: »Delvental.«

Sie biss sich auf die Unterlippe. Selbstverständlich hatte Phillip ihre Nummer unter ihrem Namen eingespeichert. Wenn sie anrief, leuchtete ihr Kosename »Sprotti« auf. Dass er sich nun so förmlich meldete, war ein sicheres Zeichen dafür, dass er immer noch sauer war. Sehr sauer. Sie beschloss, das zu ignorieren.

»Hallo, mein Schatz, ich bin's«, sagte sie bemüht fröhlich. »Ich habe Oda über alles informiert und kann ihr den Fall nun überlassen. Wo steckst du denn?«

»Ich bin am Ostende«, erwiderte ihr Mann. »Lass dir also ruhig Zeit, ich denke, ich werde erst am späten Nachmittag wieder im Dorf sein.«

Christine runzelte die Stirn. »Am Ostende?«, hakte sie nach. Sie könnte schwören, dass Oda sich vor einer halben Stunde nicht geirrt hatte, als sie meinte, Phillip gesehen zu haben.

»Ja. Als du dich wegen des Toten mit Beschlag hast belegen lassen, habe ich mir gedacht, ich kann ja auch das andere Inselende erkunden. Und stell dir vor: Hier liegt keine Leiche. Also zumindest keine menschliche. Eine tote Möwe habe ich allerdings gesehen. Aber wegen der wirst du kaum aktiv werden wollen. Wir hätten heute Morgen gleich diesen Weg einschlagen sollen. Je weniger Leute, desto besser. Umso mehr Zeit bleibt für uns.«

»Ja«, antwortete sie irritiert. »Das hätten wir tun sollen. Meldest du dich, wenn du wieder im Ort bist? Ich laufe hier auch noch ein wenig herum. Ich mag jetzt nicht ins Hotelzimmer gehen und dort auf dich warten.«

»Klar.« Phillip klang gönnerhaft. »Ich kann dir nur noch nicht sagen, wann das sein wird. Im Moment sitze ich auf einer gefundenen Plastiktüte, schaue aufs Wattenmeer und hänge meinen Gedanken nach. Ich gönn mir eine Auszeit.«

»Phillip!« Christine wollte noch mehr sagen, doch sie hörte nur: »Bis später«, dann hatte er aufgelegt.

Nachdenklich ließ sie das Handy sinken. Oda, die alles mitbekommen hatte, schwieg.

Der Kellner kam mit der Rechnung, doch bevor Christine ihr Portemonnaie gezückt hatte, hatte Oda die Sache in die Hand genommen. »Zusammen, bitte«, sagte sie. »Und ich hätte gern einen Bewirtungsbeleg. Ist ein Arbeitstermin.«

***

»Also. Was habt ihr nach dem Abendessen wirklich gemacht?«, wiederholte Oliver Beerbaum und sah seine beiden Kollegen an. Lars Schneider und Marcel Krieger schwiegen. »Ihr müsst mir die Wahrheit sagen«, forderte er. »Ich weiß doch, dass keiner von euch was mit Eriks Tod zu tun hat. Zugegeben, wir hatten alle unsere Schwierigkeiten mit ihm. Aber ihn umbringen? Nein, das hättet ihr nicht getan.«

»Und was ist mit dir?«, fragte Lars lakonisch. »Du tust ja grad so, als ob nur Marcel und ich in Verdacht geraten könnten. Das ist doch bei dir nicht anders. Wer hat schließlich laut dagegen angewettert, wenn Erik beim Dreh mal wieder eigene Vorstellungen hatte? Das warst du. Marcel und ich sind Zeugen, dass ihr euch permanent in der Wolle hattet. Stimmt's, Marcel?«

Der Kameraassistent nickte nur.

Lars sah ihn wütend an. »Stimmt's?«

»Ja«, gab Marcel zu.

Oliver merkte, dass er so nicht weiterkam. »Mensch, Jungs. Es bringt doch nichts, wenn wir uns gegenseitig fertigmachen. Keine Ahnung, mit wem Erik sich gestern angelegt hat. Ich jedenfalls war im Zimmer, nachdem wir Pizza essen waren.«

»Was hast du denn im Fernsehen geguckt?«, fragte Lars provozierend.

»Ich hab gelesen«, gab Oliver kiebig zurück. Das fehlte ja wohl noch, dass der Kamerafuzzi hier den großen Mann markierte.

»Was?«

»Wie, was?«

»Was du gelesen hast.« Lars starrte ihm geradewegs in die Augen.

»Den neuen Fitzek.« Oliver lehnte sich gelassen zurück. Wenn dieser kleine Furz meinte, ihm ans Bein pinkeln zu können, hatte er sich gewaltig geschnitten.

»E-Book oder Buch?«

»Buch. Kann ich dir zeigen. Liegt auf meinem Nachttisch.« Oliver grinste breit. »Und du?«

Kampfbereit sah Lars ihn an. »Ich hab meine Sportklamotten angezogen und bin eine Runde gejoggt. Bis zum Café Neudeich und zurück. Dann hab ich mir beim ›Friesenjung‹ einen Cocktail zum Mitnehmen geholt und bin auf mein Zimmer gegangen.«

»Kann das jemand bezeugen?«, hakte Oliver nach.

»Wie denn? Ich war allein.«

»Hast du die Quittung noch? Kannst du denjenigen beschreiben, der dir den Cocktail gemixt hat? Was war das überhaupt für einer?«

»Sag mal, was glaubst du, wer du bist?«, empörte sich Lars. »Wenn ich dir sage, ich hab mir 'nen Cocktail geholt, dann war das so. Ich würde dir ja gern den Plastikbecher zeigen, doch den haben die Zimmermädchen natürlich inzwischen entsorgt.«

»Leute, nun fahrt doch mal runter«, bat Marcel. »Keiner von uns hat was mit Eriks Tod zu tun. Das wissen wir. Gerade *weil* keiner von uns für gestern Abend ein Alibi hat. Konnte ja keiner ahnen, dass wir eins brauchen würden. Ich war übrigens auch im Zimmer. Habe mir auf meinem Tablet einen Film angesehen. Dafür hatte ich mir nach Drehschluss extra ein paar Bierchen im Supermarkt geholt und auf die Fensterbank gestellt. Das stand auf Kipp. Die Heizung hatte ich ausgemacht, sodass die kalte Luft reinkommen konnte und die Bierchen kalt waren, als ich zurückkam.«

»Gut«, stellte Oliver fest. »Nun wissen wir also, weshalb du dir ein Alibi ausgedacht hast, Marcel, und warum wir dem so spontan beigepflichtet haben. Keiner von uns hat Zeugen für das, was er getan hat. Hast du übrigens ein Skatblatt im Gepäck?«

Verblüfft sah Marcel ihn an. »Nee. Wieso?«

»Mensch, das ist ja wohl das Naheliegendste überhaupt. Was, wenn die Polizei uns danach fragt und keiner von uns hat ein Blatt dabei? Wie wollen wir denn dann Skat gespielt haben?«

»Ey, cool. Du denkst wirklich an alles«, sagte Marcel mit Bewunderung in der Stimme.

»Ich geh nachher eines im Supermarkt besorgen«, schlug Lars vor. »Das mische ich dann ein paarmal ordentlich, und schon sieht es benutzt aus.«

»Sehr gut«, lobte Oliver. Er blickte Lars und Marcel fordernd in die Augen. »Solange wir alle bei dieser Version bleiben, können die uns nichts. Habt ihr verstanden?«

»Ja, klar.« Beide nickten.

***

Wir geben sicherlich ein eigenartiges Bild ab, dachte Stefan Knudsen, wie wir hier mit sechs Mann im Kreis stehen, das rot-weiße Absperrband halten und die von Buschhorn entdeckten Flecken sichern. Er hatte die Rolle Polizeiabsperrband mitgenommen, als er zum Bauhof geradelt war, um den mutmaßlichen Tatort zu sichern. Der Lehrer hatte ihn bereits erwartet. Er war in Begleitung von vier Schülern, drei davon kannte Knudsen: Es waren die Jungs, die heute Morgen den toten Aufnahmeleiter gefunden hatten. Nach anfänglicher Spannung war ihnen inzwischen langweilig geworden. Buschhorn und Knudsen unterhielten sich zum Zeitvertreib über Fußball. Sie waren beide Werder-Bremen-Fans.

Eine Gruppe Mädchen kam vorbei. Sie guckten neugierig.

»Was machen Sie denn hier, Herr Buschhorn?«, fragte eines von ihnen. Sie trug eine knallrote Steppjacke.

»Wir unterstützen die Polizei dabei, zu verhindern, dass Blutspuren zertrampelt werden«, erklärte der Lehrer freundlich.

»Echt?« Die fünf Mädchen machten große Augen.

»Dürfen wir mal gucken?«, fragte die in der roten Jacke.

»Ey, Julchen, hast doch gehört, was Herr Buschhorn gesagt hat«, pfefferte Fynn ihr kaugummikauend entgegen, ehe der Lehrer antworten konnte. »Hier is nix mit gucken. Seht zu, dass ihr Land gewinnt.«

»Na, na, na. Nun wollen wir doch mal recht freundlich bleiben«, bestimmte Buschhorn, sagte aber ebenfalls: »Hier gibt es derzeit nichts zu sehen. Und das Warten ist langweilig. Also geht weiter.«

In diesem Moment entdeckte Knudsen die Kriminaltechniker, die auf Fahrrädern auf sie zukamen. Ihre Ausrüstung transportierten sie in einer angehängten »Wippe«, wie die großen Kofferkarren mit Fahrradbereifung genannt wurden. »So, meine Herrschaften, ich glaube, das Warten hat ein Ende«, erklärte er. »Vielen Dank für Ihre Zeit, die Kollegen sind da, nun können wir hier übernehmen.«

***

»Na ja, wenn dein Männe sich noch am Ostende aufhält, kannst du mich doch bei der Zeugenbefragung unterstützen«, schlug Oda vor, als sie bezahlt hatten.

Sie verlor kein Wort darüber, dass sie Christines Mann nicht glaubte. Denn sie hatte sich nicht geirrt, als sie ihn vorhin gesehen und ihm gewunken hatte. So schnell konnte er es unmöglich zum östlichen Ausläufer der Insel geschafft haben. Keine Ahnung, was Phillip für ein Spiel spielte, aber seltsam war es auf jeden Fall.

Christine nickte. Oda könnte schwören, dass auch sie Phillip vor einer halben Stunde erkannt hatte. Ganz schön verzwickt und irgendwie verdammt dubios. Warum verhielt er sich so? War ja wohl klar, dass Christine sich nicht absichtlich in einen Mordfall gestürzt hatte. Woher hätte sie auch wissen sollen, dass sie auf dem Spaziergang in die Ermittlungen eines Mordfalles geraten würden?

Arme Christine. Sie wirkte verstört. Kein Wunder. Vielleicht hatte sie Phillip doch ein wenig zu schnell geheiratet? Immerhin kannten sich die beiden noch nicht so lange. In den ersten Jahren wurde die Realität von der Verliebtheit meist ein wenig verschleiert. Darum hatte Oda ja auch so lange damit gewartet, mit Jürgen eine gemeinsame Wohnung zu beziehen. Sie waren schließlich keine siebzehn mehr. Da musste man die Macken des anderen schon ziemlich gut kennen, um sich auf dieses Abenteuer einzulassen.

»Ja«, sagte Christine kleinlaut. Das passte eigentlich gar nicht zu ihr.

Oda griff zu ihrem Handy, öffnete den Kontakt, den Christine ihr geschickt hatte, und drückte auf »Anrufen«.

»Oliver Beerbaum«, meldete sich der Regisseur nach viermaligem Klingeln.

»Oda Wagner. Kripo Wilhelmshaven. Herr Beerbaum, ich muss mit Ihnen und Ihren Kollegen hinsichtlich des Todesfalles von Erik Sander reden. Meine Kollegin hat Sie ja bereits darauf hingewiesen. Wo kann ich Sie treffen?«

Der Regisseur wirkte überrumpelt. »Ähh, jetzt?«

»Genau. Jetzt. Wo sind Sie gerade?«

»Ähh ... in der ›Düne 17‹. Ich sitze hier mit unserem Kameraassistenten bei einem Bier. Lars Schneider, der Kameramann, ist schon los. Wir machen gerade eine Pause, bevor wir uns nachher zum weiteren Dreh wiedertreffen.«

»Dann bleiben Sie dort einfach gemütlich sitzen, ich komme mit meiner Kollegin zu Ihnen.«

***

»Sie kommen her«, sagte Oliver und legte das Handy auf den Tisch. »Los, Lars, du musst jetzt die Spielkarten kaufen. Und dann ab ins Hotel. Hast ja gehört, was ich gesagt habe.«

Lars deutete auf die Ausrüstung, die neben dem Tisch stand. »Und was ist damit? Das krieg ich nicht alles mit.«

»Nimm das, was du kannst, den Rest übernehmen Marcel und ich. Beeil dich.«

»Okay.« Lars stand auf, schnappte sich sein Heiligtum, die Kamera, und lief los.

Oliver lehnte sich zurück. Er winkte die Bedienung heran und bestellte einen Kaffee. »Du auch?«, fragte er Marcel. Der nickte. »Also zwei, bitte.«

»Kommt.« Die Bedienung nahm die leeren Biergläser und verschwand.

Dafür kam die blonde Kommissarin in Begleitung einer kleineren, dunkelhaarigen Frau auf sie zu. Das musste die Kommissarin namens Wagner sein, die er eben am Apparat gehabt hatte. Er stand auf.

»Moin. Herr Beerbaum?«, fragte sie.

»Genau der.« Er reichte ihr die Hand. Auch Marcel stand auf. »Nehmen Sie doch Platz«, bat Oliver. Wir haben uns gerade einen Kaffee bestellt.«

Wie aufs Stichwort trat der Kellner an den Tisch und stellte die beiden Tassen ab. Seine Frage nach ihren Getränkewünschen verneinten beide Frauen. Nun gut, es war ja auch kein Kaffeeklatsch, den sie hier abhielten.

»Herr Beerbaum, bislang deutet alles darauf hin, dass Ihr Kollege bei einer handgreiflichen Auseinandersetzung ums Leben kam«, begann Oda Wagner. »Wissen Sie, was er gestern Abend vorhatte?«

»Nö. Keine Ahnung. Wir haben zwar zusammen gearbeitet, aber wir waren nicht befreundet oder so. Erik hat nach Feierabend überwiegend sein eigenes Ding gemacht. Stimmt's, Marcel?«

Marcel nickte. »Jo. Wir anderen gehen meistens zusammen essen, aber Erik war selten dabei. Haben wir Ihrer Kollegin auch schon erzählt. Keine Ahnung, was der gestern noch gemacht hat.«

»Vielleicht hatte er Freunde im Ort?«

Oliver zuckte mit den Schultern. »Davon hat er nix gesagt. Glaub ich auch nicht. Sonst hätten wir das sicher mitgekriegt. Die Insel ist ja ziemlich klein. Da läuft man sich doch zwangsläufig über den Weg.«

Marcel hob protestierend die Hand. »Warte, Oliver. Da war vorgestern einer, den er mit Namen angesprochen hat. Als wir die Befragung in der Zedeliusstraße durchgeführt haben.«

»Ja, aber der wollte sich nicht äußern«, gab Oliver zurück. »Der ist gleich weitergelaufen.«

»Wer das war, wissen Sie nicht?«, fragte Christine Delvental.

»Nö. War auch nicht wichtig. Man kann ja keinen dazu zwingen, vor die Kamera zu treten.«

»Aber Sie sind sich sicher, dass die beiden sich kannten?«

»Klar«, antwortete Marcel. »Erik hat ihn doch mit Vornamen angesprochen.«

»Und der wäre?«

»Weiß ich nicht mehr. Der Typ hat auch nur ›Moin, Erik‹ gesagt und ist weitergegangen.«

»Nun gut. Sie sind schon ein paar Tage hier?«, wollte die Dunkelhaarige wissen.

»Seit einer knappen Woche«, antwortete Oliver.

»Ist in dieser Zeit irgendetwas Außergewöhnliches vorgefallen?«

»Nicht dass ich wüsste. Oder, Marcel?«

Marcel schüttelte den Kopf. »Nö. Mir ist auch nichts aufgefallen. Da war nur … aber das ist ja kein Grund …«

Sofort wurde die Kommissarin hellhörig. »Was denn?«

»Na ja. Erik hat einige Touristen ganz schön angepöbelt, wenn die keinen Müll mitgenommen haben oder über welchen drübergestiegen sind. Das fanden manche nicht so gut. Einmal mussten wir sogar dazwischengehen, weil ein Typ sich so aufgeregt hat, dass er auf Erik losging. Und dann wollte er sich bei der Kurverwaltung über ihn beschweren. Aber wie gesagt, das war ein Fremder, ein Tourist. Ich glaub, aus Bayern oder so, der sprach jedenfalls mit Dialekt. Das kann nichts mit Eriks Tod zu tun haben.«

»Können Sie den Mann beschreiben?«

»Wir müssten ihn aufgenommen haben«, meinte Marcel. »Schließlich filmen wir schon, wenn wir die Leute ansprechen, um später genügend Material zum Schneiden zu haben. Je facettenreicher die Reaktionen der Angesprochenen sind, desto interessanter wird der Beitrag.«

»Gut. Können Sie uns ein Bild von dem Mann zukommen lassen?«

»Klar. Geht das per Mail? Dann geh ich das Material nachher mit Lars zusammen durch, wir koppeln eine Aufnahme raus und schicken sie Ihnen zu. Haben Sie eine E-Mail-Adresse?«

Oda Wagner lüpfte ihren Po und zog aus der Gesäßtasche ihrer Jeans eine Visitenkarte hervor. »Hier.« Sie legte sie auf den Tisch.

Bevor Marcel danach greifen konnte, hatte Oliver sie schon an sich genommen. Gleich mal klarstellen, wer hier der Ansprechpartner war. Die Karte war noch körperwarm.

Christine Delvental beugte sich vor. »Können Sie uns sonst etwas über Herrn Sander sagen? Hatte er zu Hause Stress oder Ärger?«

***

Von wegen, sie wolle lieber durch den Ort schlendern, als allein im Hotel auf ihn zu warten. Phillip presste die Kiefer aufeinander, als er Christine mit Oda und zwei Männern des Filmteams in der »Düne 17« sitzen sah. Es schien ihr sehr recht zu sein, dass er angeblich am Ostende war. Das hatte er bewusst behauptet, um zu gucken, was sie mit der freien Zeit anstellen würde. Und wie er es bereits vermutet hatte, dachte Christine gar nicht daran, Oda den Fall zu überlassen. Statt ein wenig zu bummeln und in den Geschäften zu shoppen, saß sie mit ihrer Kollegin in einer Zeugenbefragung.

Phillip spürte, wie ein Kälteschauer ihn durchfloss. Hatte er tatsächlich eine Frau geheiratet, der die Karriere über alles ging?

***

Interessiert registrierte Oda, dass Oliver Beerbaum die Visitenkarte einsteckte, die doch eigentlich der Kameraassistent haben sollte.

»Tja, also, wie gesagt, so genau kannten wir Erik persönlich nicht«, sagte Beerbaum nun. »Als Aufnahmeleiter war er ein engagierter Mensch, der sich den Schutz der Umwelt auf die Fahne geschrieben hatte. Ehrgeizig und teilweise etwas verbissen in seinen Ansichten, wie Marcel es gerade schon beschrieben hat. Wenn er zum Beispiel jemanden sah, der einfach so irgendetwas fallen ließ, statt es in einem Mülleimer zu entsorgen, sah er schon mal rot und sprach die Person an. Das war teilweise unangenehm. Also für uns als Team. Wir können uns ja nicht um alles kümmern. Wir machen unseren Job und sind nicht für das Verhalten anderer zuständig. Erik jedoch meinte, wir alle tragen Verantwortung für die Erde und die nachfolgenden Generationen und müssen den Umweltsündern klarmachen, dass sie falsch handeln. Er konnte jedoch auch sehr charmant sein und Leute um den Finger wickeln. So lange alle das taten, was er wollte, war er Prinz Charming in Reinkultur.«

»Er war auch total kreativ«, ergänzte Marcel Krieger. »Ständig hatte er Ideen, wie etwas noch besser umgesetzt werden könnte. Stets machte er sich Gedanken darüber, wie man eine Einstellung optimieren kann.«

Oda blickte zu Beerbaum. »Eine Einstellung optimieren. Das hört sich nach Einmischung in Ihren Bereich an. Sie sind doch der Regisseur, oder?«

Beerbaum fischte eine Zigarette aus der auf dem Tisch liegenden Packung und zündete sie an. Tief inhalierte er den Rauch. »Das stimmt. Und Eriks Kreativität, wie Marcel es gerade so freundlich bezeichnete, bedeutete für uns eine Menge mehr Arbeit, größeren Zeitaufwand, Änderungen des geplanten Ablaufs. Aber er war für den Kostenplan zuständig und hatte das Sagen, also haben wir gemacht, was er wollte.«

»Sie arbeiteten schon länger mit ihm zusammen?«, fragte Christine.

»Das hier ist mein dritter Film mit Erik.« Beerbaum zog an der Zigarette.

»Dann werden Sie aber doch sicher etwas über sein Privatleben wissen?«, vermutete Christine.

»Nö. Ich weiß nur, dass er immer mal wechselnde Freundinnen hatte, aber nichts Festes.«

»Hobbys?«

»Ich glaub, er spielte Darts. Hat mal so eine Bemerkung gemacht, als wir in einer Kneipe waren, wo man das spielen konnte und wo wir anderen alle abgeluscht haben.«

Oda wartete ab. Doch es kam nichts mehr.

»Gut. Dann danke für Ihre Zeit. Sie bleiben doch auf der Insel? Wir werden garantiert noch mal mit Ihnen reden müssen.« Sie stand auf, auch Christine erhob sich. Die beiden Männer blieben sitzen.

»Natürlich.« Beerbaum drückte die Kippe im Aschenbecher aus. »Wir müssen schließlich den Film fertigstellen.«

Oda sah ihn an, und als wäre es ihr erst jetzt eingefallen, fragte sie: »Ach, wissen Sie, wo wir Ihren anderen Kollegen erreichen?«

***

Interessiert sah Stefan Knudsen dem Chef der Kriminaltechniker zu, wie er mit seinen Männern die Flecken untersuchte. Bereits nach einer Viertelstunde nickte Baumann. »Es sind definitiv Blutspuren.« Er fotografierte die Flecken und die Umgebung mehrfach, dann kratzte er einige Proben aus dem Beton, die er in dafür vorgesehene Tütchen gab.

Die Jugendlichen und ihr Lehrer sahen von etwas weiter weg zu. Sie fanden es spannend, die Arbeiten zu beobachten. Und da es in diesem Fall lediglich um die Sammlung von Spuren ging und sich die Aufmerksamkeit nicht auf einen verstorbenen Menschen richtete, dessen Privatsphäre geschützt werden musste, hatten Knudsen und die Kriminaltechniker nichts gegen Publikum gehabt.

Baumann verstaute die Proben in dem Metallkoffer, der seine Ausrüstung beinhaltete, und zog den weißen Einmalanzug aus. »Wird allerdings 'ne Weile dauern, bis ich sagen kann, ob es sich um Sanders Blut handelt. Ich muss das Blut der Probe erst extrahieren, bevor ich Vergleiche anstellen kann. Das ist hier vor Ort nicht möglich. Kann sein, dass ich zwei Tage brauche, aber natürlich gebe ich mir Mühe, es schneller zu schaffen.« Er griff zum Handy und rief Oda Wagner an. Kurz schilderte er, was er gerade schon gesagt hatte, und fragte abschließend: »Liegt sonst noch was an?«

Oda schien zu verneinen, denn Baumann sagte: »Okay, dann packen wir zusammen. Wir kriegen noch den letzten Flieger zurück aufs Festland, wenn wir uns beeilen. Ich melde mich so bald wie möglich.«

***

Lars Schneider saß in seinem Hotelzimmer und mischte die gekauften Karten. Die Verpackungsfolie hatte er gleich nach dem Kauf in einen Mülleimer in der Zedeliusstraße geworfen. Er mischte in Dauerschleife. Mischte und mischte. Ließ die Karten fallen, hob sie wieder auf. Eine Sisyphusarbeit. Aber es war ein super Einfall von Marcel gewesen, zu behaupten, sie hätten Skat gespielt. Überhaupt, Marcel. Den musste er sich noch vornehmen. Der Kleine durfte sich nicht verplappern. War doch jetzt ohnehin egal und ging niemanden was an. Das war eine Sache zwischen ihm und Nadine.

Er verschränkte die Finger ineinander und ließ sie knacken. Dann griff er erneut zum Kartenstapel.

***

»Ich glaub, ich geh mal gucken, ob Phillip zurück ist«, sagte Christine, als sie die »Düne 17« mit den beiden Männern hinter sich gelassen hatten.

»Mach das. Ist wohl besser. Nicht dass er jetzt auf dich wartet und sauer wird.«

»Er hat zwar gesagt, er meldet sich, wenn er wieder im Dorf ist«, meinte Christine, »aber ich bin lieber früher da, mache mir im Zimmer einen Tee und lese einfach noch etwas. Er wird bestimmt bald eintrudeln. Wir beide sehen uns dann sicher morgen. Oder vielleicht auch nachher. Ich kann Phillip fragen, ob wir zusammen essen gehen wollen«, bot sie an.

»Nee, lass mal«, erwiderte Oda. »Ich komm allein klar. Tut einfach so, als gäbe es mich und den Fall gar nicht.«

»Das sagst du so leicht.« Christine verzog den Mund. Sie wollte sich von Oda verabschieden, aber die hob den Finger an die Lippen. Sie hatte die Handynummer von Lars Schneider eingetippt, der sich nun zu melden schien.

Kurz darauf steckte Oda das Telefon wieder ein. »Ich komm mit zu deinem Hotel«, sagte sie. »Schneider ist auf seinem Zimmer.«

Gemeinsam gingen sie zügigen Schrittes weiter.

***

Lars Schneider erwartete die beiden Kommissarinnen im Eingangsbereich des Hotels. Christine Delvental erkannte er auf Anhieb wieder, die andere musste ihre Kollegin Oda Wagner sein.

»Ich dachte, wir setzen uns in den Frühstücksraum«, sagte er nach der Begrüßung. Wenn die geglaubt hatten, er würde mit ihnen auf seinem Zimmer reden, waren sie auf dem Holzweg. Das war viel zu intim. Womöglich müsste er auf dem Bett sitzen, damit die Kommissarinnen auf den beiden Stühlen Platz nehmen konnten. Nee, nee. Nicht mit ihm.

»Das ist eine gute Idee«, sagte Christine Delvental. »Möchte noch jemand ein Wasser? Ich würde nämlich gern eines trinken.«

Der kleine Kühlschrank im Hotelflur hielt stets Getränke für die Gäste bereit, sie mussten sich nur in eine Verbrauchsliste eintragen, dann wurde am Ende des Aufenthaltes abgerechnet.

Lars schüttelte den Kopf, Oda Wagner hingegen sagte: »Gern.«

Wenig später saßen sie sich im Frühstücksraum gegenüber.

»Herr Schneider«, begann Oda Wagner, »wissen Sie, ob Herr Sander Freunde auf der Insel hatte?«

»Ich denke, Sie haben bereits mit Oliver und Marcel gesprochen?«, fragte er scheinbar arglos. »Ich habe Erik nicht besser gekannt als die beiden. Und ehrlich gesagt mochte ich ihn nicht besonders. Er war ein Despot. Meinte, den großen Max markieren zu können. Ständig änderte er den Drehplan, obwohl er ihn gemeinsam mit Oliver erstellt hatte. Er hat ihn in unserer Gegenwart teilweise wie einen kleinen Jungen behandelt.« Lars machte eine kurze dramatische Pause. Besser, schon mal ein bisschen was aus dem Sack zu lassen. Er wusste schließlich nicht, was die anderen beiden, vor allem, was Marcel gesagt hatte. Er musste auf der Hut sein. »Ich für meinen Teil kam allerdings ganz gut mit ihm aus. War kein Problem, wenn man tat, was er wollte. Und mir war ja daran gelegen, langfristig an seinen Produktionen mitzuwirken. Als freier Mitarbeiter hat man es nicht leicht.«

»Eigenartig«, sagte Christine Delvental. »Sie sind vier Kollegen, die nicht zum ersten Mal mehrere Tage zusammen in einem Hotel verbringen und quasi rund um die Uhr aufeinanderhocken – und wissen nichts übereinander?«

»Na ja. Dass wir nichts voneinander wissen, kann man so nun nicht sagen. Wir kriegen schon das eine oder andere mit. Zum Beispiel wurde Erik, vor allem wenn wir in größeren Städten gedreht und in größeren Hotels gewohnt haben, an der Bar gern von den Frauen angehimmelt. Er sah nicht nur gut aus, auch sein Einsatz für die Umwelt kam bei denen supergut an.«

»Das heißt, er hatte mit einigen dieser Frauen was laufen?«, fragte Oda Wagner.

Lars gab sich Mühe, sich das, was er wirklich dachte, nicht anmerken zu lassen. »Keine Ahnung. Wir sind ja nicht mit auf sein Zimmer, wenn er mit der jeweiligen Dame verschwand. Oft sind wir ohnehin schon vorher hoch. Also, ich zumindest. Ich kann das nicht mehr, die Nächte durchmachen.«

»Okay«, meinte Oda Wagner. »Das ist doch schon mal ein Anfang. Ihre Kollegen haben ebenfalls gesagt, dass Herr Sander wechselnde Beziehungen hatte.«

Prima. Glück gehabt. Alles richtig gemacht. Lars lächelte die Kommissarinnen an. »Das ist allerdings auch nichts wirklich Persönliches. Sind eben nicht alle auf feste Partnerschaften aus. Das kann schließlich jeder so handhaben, wie er möchte. Vielleicht hatte Erik einfach noch nicht die Richtige gefunden. Und diese kleinen Affären … Die kriegt man zwangsläufig mit, wenn man gemeinsam in einem Hotel untergebracht ist.«

»Aber Privates sonst nicht?«, hakte Christine Delvental nach.

»Na ja. Nicht viel. Erik war da ziemlich verschlossen. Aber manchmal hat er doch ein Wort über Privates verloren. So wie neulich, als wir nach unserer Ankunft vom Flugplatz in den Ort liefen. Oliver und Marcel gingen vorneweg. Da zeigte Erik auf die Inselschule und meinte, die hätte er bis zur zehnten Klasse besucht.«

***

Überrascht sah Christine Oda an. Die gab sich Mühe, ihre eigene Verblüffung zu verbergen, wie Christine an ihrem Gesichtsausdruck erkennen konnte. Das war ja ein ganz neuer Ansatz. Wenn Sander hier zur Schule gegangen war, musste er aus damaliger Zeit noch Leute kennen. Christine spürte, wie ihr Jagdfieber zu lodern begann.

In diesem Moment öffnete sich die Eingangstür des Hotels, und Phillip trat ein. Christine biss sich auf die Lippen. Hätte er nicht eine halbe Stunde später auftauchen können? Sie lächelte tapfer, als ihr Mann auf den Frühstücksraum zusteuerte, in dem sie auf der rechten Seite, mit Blick in den wunderschönen, von Olivenbäumen gezierten Garten, saßen.

»Hallo, Sprotti.« Phillip kam näher und drückte ihr einen Kuss auf die Stirn. »Bist du immer noch am Arbeiten?«

Er war nach wie vor sauer. Ganz klar. Noch nie hatte er seinen Spitznamen für sie in der Öffentlichkeit ausgesprochen. Auch sein Tonfall sprach Bände.

Sie fasste seine Hand. »Wir sind hier gleich fertig. Wenn du schon vorgehen magst, ich bin in einer Viertelstunde oben.« Auf diese Art versuchte sie, erhobenen Hauptes aus der Situation herauszukommen. Es gäbe nichts Peinlicheres, als wenn Lars Schneider mitbekäme, dass sie derzeit gar nicht im Dienst war.

»Dann bis gleich.« Phillip nickte Oda und Lars Schneider zu. »Schönen Abend noch.« Schon war er verschwunden.

Christine sog die Luft ein. Es war wohl ein Fehler gewesen, die Flitterwochen auf Wangerooge zu verbringen, aber wer, verdammt noch mal, hätte schon ahnen können, dass sie gleich am dritten Tag in einen Mordfall stolpern würde? Schließlich gab es hier so gut wie keine Tötungsdelikte. Wangerooge war Urlaub. Paradies auf Zeit. Strand, Sand, Sonne, Wind, Wellen und Idylle. Mit Kriminalität hatte das hier nichts zu tun! Sie lächelte Oda und Schneider entschuldigend an. »Also, wo waren wir stehen geblieben?«

»Herr Schneider sagte gerade, dass Erik Sander bis zur zehnten Klasse die hiesige Inselschule besucht hat.« Oda wandte sich wieder Lars Schneider zu. »Dann wird er wohl seine Eltern besucht haben, wenn Sie Feierabend machten.«

»Die leben nicht mehr hier«, sagte Schneider. »Also, die Mutter nicht. Die lebt irgendwo auf dem Festland. Der Vater ist verstorben. Das hat Erik jedenfalls gesagt, als ich ihn gefragt hab, ob er auf der Insel zu Hause ist. Da meinte er, dass er nur einen Teil seiner Kindheit hier verbracht habe. Zu Hause sei er überall, wo seine Projekte stattfinden.« Er zuckte mit den Schultern. »Irgendwie tat er mir in dem Moment leid. Mein Zuhause ist jedenfalls da, wo meine Tochter ist.«

Christine, die sich schon erheben wollte, setzte sich wieder. »Ihre Tochter?«, fragte sie. »Sind Sie alleinerziehender Vater?«

»Um Gottes willen, nein«, gab Schneider zurück. »Aber egal, was kommt, da, wo Luisa ist, bin ich zu Hause.«

Das klang ganz schön pathetisch, aber gut, in dieser Hinsicht verfügte Christine ja bislang über keine Erfahrung. Wenn ihr eigenes Kind erst geboren war, würde sie es vielleicht gar nicht mehr so kitschig finden.

»Das kann ich verstehen«, kam es überraschend von Oda.

Christine stand nun doch auf. »Ich denke, wir haben dann erst einmal genug gehört, Herr Schneider. Wir sehen uns sicher morgen beim Frühstück. Falls Ihnen noch etwas einfällt, das wichtig sein könnte …«

»… dürfen Sie sich gern jederzeit an mich wenden«, vollendete Oda den Satz. Wieder zückte sie eine ihrer Visitenkarten und schob sie über den Tisch. »Ab morgen wohne ich übrigens ebenfalls in diesem Hotel. Ich werde das Zimmer Ihres Kollegen übernehmen.«

***

Phillip war nach der Episode im Frühstücksraum mit gemischten Gefühlen ins Zimmer hinaufgegangen, hatte dort die Flasche Bier, die er sich zuvor unten aus dem Getränkekühlschrank genommen hatte, geöffnet und sich auf einen der beiden Sessel gesetzt, die Zimmertür fest im Blick. Ihm war klar geworden, dass seine Frau nicht so einfach von dem Fall ablassen würde, und nun überlegte er, wie er sich Christine gegenüber verhalten sollte. Nichts lag ihm ferner, als ihre junge Ehe durch einen Streit in den Flitterwochen zu belasten. Doch Christine müsste eigentlich wissen, dass es in ihrem Leben nun jemanden gab, der vor ihrer Arbeit, der an erster Stelle stand. Dementsprechend musste sie sich verhalten. Erst kamen er und das Baby. Dann kam lange nichts. Er hatte gedacht, darüber wären sie sich einig. Er setzte die Flasche an die Lippen und trank einen Schluck. Dann stand er auf und nahm das kleine Päckchen vom Juwelier aus seiner Jackentasche. Es würde ihr dieses Armband schenken. Damit konnte er unterstreichen, wie sehr er sie liebte.

Er setzte sich wieder und lehnte sich zurück. Vorhin hatte er darüber nachgedacht, den Urlaub auf der Insel kurzerhand abzubrechen. Doch jetzt sah er in der Situation eine Möglichkeit, seine Position als Ehemann zu festigen. Er würde nicht zulassen, dass Christine in die Ermittlungen abtauchte. Er würde darauf drängen, dass sie wie geplant entspannte Flitterwochen verbrachten.

Es klopfte.

»Ist offen«, rief er, und Christine trat ein.

»Entschuldige, es hat etwas länger gedauert, aber ich dachte, du bist noch auf dem Rückweg vom Ostende ins Dorf. Du hattest doch gesagt, du meldest dich, wenn du zurück bist.« Sie trat an seinen Sessel.

Er zog sie auf seinen Schoß. Umschloss sie mit seinen Armen. »Ich hab einfach nicht mehr daran gedacht, weil ich dich im Hotel vermutete, und dort warst du ja auch.« Er gab sich ganz verständnisvoll. »Hast du denn mit Oda alles besprochen, sodass sie nun komplett übernehmen kann?«

»Na ja«, sagte Christine abwägend, »natürlich habe ich sie über alles informiert, und weil du ja am Ostende warst, haben wir auch direkt noch mal mit allen drei Männern ausführlich gesprochen.«

»Na, dann kann Oda nun gut allein weitermachen, und wir genießen unseren Urlaub. Schau mal, was ich für dich entdeckt habe.«

Er reichte ihr die kleine Schachtel.

Sie sah auf das Geschenk, dann in sein Gesicht. »Am Ostende?«

»Nein, du Dummchen, vorhin, als ich wieder im Ort war.«

»Ach so. Danke schön.« Sie entfernte das Geschenkpapier und öffnete die Schachtel. Als sie das modische Armband mit dem vergoldeten Anhänger in Form eines Ankers sah, lächelte sie. »Das ist aber lieb«, sagte sie. »Hast du gesehen, dass ich es im Schaufenster bewundert habe?« Sie streifte es sich über das rechte Handgelenk.

»Natürlich. Ich registriere alles, was du in meiner Gegenwart tust.«

Christine stand auf, ging zum Schrank und öffnete ihn. Kurze Zeit später überreichte sie ihm ebenfalls ein Geschenk. »Da haben wir wohl beide die gleiche Idee gehabt«, sagte sie und setzte sich auf das Bett, während er das Geschenk auspackte. Ein Becher. Die Aufschrift »Lieblingsmensch« freute ihn.

»Dann ist ja alles wieder in Ordnung, und wir können unseren Urlaub ungestört fortsetzen«, sagte er. »Dem steht doch nichts entgegen?« Er hob die Augenbrauen bei dieser Frage.

»Im Prinzip nicht.« Christine sah ihn ein wenig unbehaglich an. »Aber Oda ist ganz allein hier, Nieksteit hat sich krankgemeldet.«

Phillip runzelte die Stirn. »Du willst mir damit doch wohl nicht sagen, dass du noch weiter in diesem Fall ermitteln musst?«

»Nein, natürlich muss ich das nicht. Offiziell habe ich ja Urlaub.«

»Du hast nicht nur offiziell Urlaub, du *hast* Urlaub. Mehr noch: Es sind deine Flitterwochen!« Phillip wollte sich jetzt gar nicht mehr zusammenreißen, ihm platzte langsam der Kragen. »Soll dein Chef eben dafür sorgen, dass Oda Verstärkung bekommt. Diese Verstärkung wirst jedenfalls nicht *du* sein. Dafür werde ich sorgen.«

»Phillip, ich kann dich natürlich verstehen …«

»In diesem Punkt bin ich zu keinem Kompromiss bereit.« Er wollte sich nicht beschwichtigen lassen und sah sie mit funkelnden Augen angriffslustig an. »Ich glaube, du solltest dir mal darüber klar werden, wer künftig die erste Rolle in deinem Leben spielt.«

Christine wurde blass. »Phillip, du weißt, dass du für mich der wichtigste Mensch bist. Und in wenigen Monaten sind wir zu dritt. Dann werde ich ohnehin nicht mehr so arbeiten können wie bisher.« Sie sah ihn flehentlich an. »Bitte, ich kann Oda in dieser Situation nicht alleinlassen. Das musst du doch verstehen. Ich stecke ja quasi schon mittendrin im Geschehen. Da kann ich nicht einfach als Zaungast zuschauen.«

»Das kannst du nicht? Daran sieht man, dass dir dein Job wichtiger ist als dein Mann!«

»Das stimmt nicht«, brauste Christine auf. »Und das weißt du auch. Ich habe es dir eben noch einmal gesagt.«

Schweigen breitete sich im Zimmer aus. Phillip merkte, dass er übers Ziel hinausgeschossen war. Hilflos hob er die Schultern. »Es tut mir leid, Sprotti.«

Christine erhob sich und ging ins Bad. Nach einigen Minuten kam sie ins Zimmer zurück. Ihr Gesichtsausdruck wies eine Distanz auf, für die er im Moment sogar Verständnis hatte. Er hatte es übertrieben. Mit entschuldigendem Blick trat er auf sie zu und umfasste ihre Hände. »Ich freue mich auf den Abend mit dir«, sagte er. »Und ich habe auf dem Rückweg vom Ostende im Café Pudding einen dieser netten kleinen Nischenplätze für uns reserviert. Mit perfektem Blick auf die Nordsee und die Containerschiffe.« Er verbesserte sich. »Zumindest auf deren Lichter. Es ist ja inzwischen schon zu dunkel, um die Schiffe als solche zu sehen.«

***

»Tja, Chef, es sieht so aus, als sei Sander hier aufgewachsen und zur Schule gegangen. Das hat uns einer seiner Kollegen gerade gesagt. Seine Mutter lebt aber nicht mehr hier, und der Vater ist verstorben.« Oda lief während des Telefonats mit Hendrik Siebelt die Peterstraße entlang zum Hotel Hanken. Sie wollte zumindest noch schnell den Schlafanzug und die Kulturtasche aus ihrem Koffer nehmen, bevor sie etwas essen ging. Sie rechnete nicht damit, dass Christine sich heute Abend noch melden würde, Phillips Gesicht vorhin hatte Bände gesprochen. Er war absolut nicht damit einverstanden, dass Christine sich an den

Ermittlungen beteiligte. Natürlich konnte Oda das verstehen, obgleich sie davon ausging, dass Jürgen ihr im umgekehrten Fall freie Hand lassen würde. Aber Jürgen war Journalist und an allem Aktuellen interessiert.

Oda war gespannt, wie Christine sich in den nächsten Tagen verhalten würde. Ein wenig tat sie ihr leid, denn ihre Kollegin saß nun eindeutig zwischen zwei Stühlen. Und Oda ahnte, dass ihr Herz doch sehr für die Ermittlungen schlug.

»Das heißt, seine Vergangenheit ist zusätzlich zu berücksichtigen«, schlussfolgerte Siebelt.

»Ihr müsst für mich mehr über den Toten herausfinden. Ich werde morgen zur Schule gehen, um zu sehen, ob es dort eventuell noch jemanden gibt, der Sander als Schüler gekannt hat. Ihr könnt in der Zwischenzeit recherchieren, wo seine Mutter jetzt lebt. Sanders Teamkollegen haben übrigens behauptet, er habe ständig wechselnde Beziehungen gehabt. Lass Lemke doch mal die sozialen Netzwerke nach ihm durchforsten. Wer weiß, auf was wir dort stoßen. Fallen gelassene Frauen, eifersüchtige Ehemänner …«

»In Ordnung«, sagte Siebelt. »Ich hab übrigens auch Neuigkeiten, ich kann dir einen Kollegen schicken, der heute seinen ersten Tag bei uns hatte. Er wird ab sofort unsere Abteilung erweitern.«

Oda verdrehte die Augen, obwohl ihr Chef es nicht sehen konnte. »Nee, lass mal, ich kriege das hier schon allein hin.« Sie stockte. »Moment. Wie kommt es, dass wir Zuwachs bekommen?«

»Na, uns ist doch eine zusätzliche Stelle bewilligt worden. Hab ich euch das nicht gesagt?«

»Nee.«

»Oh, hab ich dann wohl vergessen. Ist aber ja nicht weiter wild. Hauptsache, er ist da.«

»Wie alt ist dieser Typ denn?« Auf einen Frischling, den sie anlernen musste, hatte sie nun wirklich keinen Bock.

Sie konnte Siebelt am anderen Ende der Leitung förmlich grinsen hören. »Keine Angst, es ist kein Polizeischulabsolvent.

Sven Lürssen ist Kriminaloberkommissar und hat bis vor Kurzem in Osnabrück gearbeitet.«

Kriminaloberkommissar Sven Lürssen. Aha. Den kannte sie bislang noch nicht. Zumindest bekamen sie niemanden, der rangmäßig über ihr stand oder gleichgestellt war. Das war immerhin etwas.

Doch Oda blieb skeptisch. »Warum ist er dort weg? Hat er sich mit seinen Kollegen verkracht?«

»Nein, daran lag es nicht«, sagte Siebelt. »Er hat gute Beurteilungen. Wollte wohl an die Nordsee. So jedenfalls hab ich es verstanden. Passt doch ganz gut, dass er zu uns stößt, nun, da Niekstеit uns überraschend verlässt.«

Oda schluckte. »Das ist jetzt nicht dein Ernst«, sagte sie mit trockener Kehle. »Niekstеit verlässt uns? Warum weiß ich das nicht? Und weshalb?« Sie verstand die Welt nicht mehr. Sie und Niekstеit hatten doch immer ein wunderbares Verhältnis zueinander gehabt. Zugegeben, er hatte sich in der letzten Zeit verändert. Und sie hatte ihm nicht abgenommen, als er behauptete, bei ihm sei alles in Ordnung. Aber dass er die Abteilung verlassen wollte, darauf wäre sie im Leben nicht gekommen.

»Tja, mich hat er damit auch kalt erwischt. Er ist vorhin hier gewesen. Hat seine Krankmeldung vorbeigebracht, und da hat er es mir gesagt. Er meint, er sei dem Druck nicht mehr gewachsen und bräuchte ärztliche Hilfe. Er fällt wohl erst mal eine ganze Zeit aus und möchte dann einen reinen Bürojob und nichts mehr mit Kapitalverbrechen zu tun haben.«

»Bleibt er denn in Wilhelmshaven?«, fragte Oda.

»Das steht noch nicht fest. Es wird sich im Laufe der nächsten Wochen ergeben. Also, soll ich dir den neuen Kollegen rüberschicken?«

»Das brauchst du nicht, ich schaffe das schon«, wiederholte Oda scharf. »Ich brauche hier niemanden. Vor allem nicht, wenn ich ihn nicht persönlich kenne. Was ist das denn überhaupt für ein Typ?«

»Meinst du jetzt körperlich? Also, er ist ziemlich kräftig,

Anfang vierzig, und seine Art, nun, die kann ich natürlich noch nicht beurteilen, er ist ja erst seit heute Morgen da.«

»Aber du wirst doch einen ersten Eindruck von ihm haben?«

»Ach, weißt du, erste Eindrücke können täuschen«, wich Siebelt aus.

Das sagte eine Menge. Also war ihm der Neue nicht eben sympathisch.

»Na, dann ist es umso vernünftiger, du behältst ihn bei euch und lernst ihn erst einmal etwas besser kennen. Wie gesagt, ich komme hier hervorragend allein klar. Sei so lieb und kümmere dich um die Informationen zu Erik Sander, dann ist mir schon sehr geholfen.«

Sie machte eine kurze Pause, aber am anderen Ende der Leitung blieb es still. Siebelt hatte offensichtlich nicht das Bedürfnis, etwas zu erwidern. Nun gut.

»Ich mache jedenfalls Schluss für heute und wünsche dir einen entspannten Feierabend. Falls etwas ist, du weißt, wie du mich erreichen kannst. Also, bis morgen.« Damit beendete Oda das Gespräch.

Sie stand schon vor dem Hoteleingang, als sie es sich anders überlegte und weiter in die Hauptgeschäftsstraße lief. Sie brauchte jetzt unbedingt Schokolade.

***

»Die Karten habe ich so oft gemischt, dass sie jetzt aussehen, als seien sie schon vielfach benutzt worden«, sagte Lars Schneider. Er saß mit seinen beiden Kollegen in der Pizzeria, der Kellner hatte eben das Essen vor ihnen abgestellt. »Die Kommissarinnen haben mich im Hotel aufgesucht, ich wusste erst nicht, was ich sagen sollte. Aber dann habe ich ganz allgemein von Eriks wechselnden Frauenbeziehungen gesprochen und gehört, dass ihr das auch gesagt habt.« Er sah seine Kollegen an. »Namen habt ihr nicht genannt?«

Marcel schüttelte den Kopf, und Oliver entgegnete schroff: »Natürlich nicht.«

»Gut. Die beiden haben mich nach Eriks Freunden auf der Insel gefragt.«

»Uns auch«, sagte Marcel sofort. »Aber wir haben gesagt, dass uns keine bekannt sind. Bis auf den einen, der uns bei der Befragung im Ort entgegenkam und den er gegrüßt hat. Aber von dem wissen wir ja nicht, wer das war. Es sah auch nicht so aus, als ob sich die beiden gut kannten.«

»Dann ist ja alles in Ordnung.« Lars griff zu seinem Besteck und wandte sich seiner Pizza zu. Er hatte eine klassische Pizza Hawaii bestellt, Marcel Spaghetti Carbonara, Oliver eine Pizza Prosciutto Funghi. Schinken und Pilze. »Mir ist bei der Befragung allerdings eingefallen, dass Erik auf dem Weg vom Flugplatz ins Dorf gesagt hat, er sei hier zur Schule gegangen. Das rutschte ihm so raus, als wir an der Inselschule vorbeigelaufen sind. Hab ich den beiden Kommissarinnen auch so gesagt.« Er schnitt ein Stück Pizza ab und schob es sich in den Mund.

Oliver legte sein Besteck beiseite. »Erik ist hier zur Schule gegangen?«

Lars nickte. »Bis zur zehnten Klasse.«

»Na, dann wird er hier garantiert noch Freunde von früher oder zumindest alte Bekannte gehabt haben«, sagte Oliver zufrieden. Er winkte dem Kellner. »Mögt ihr noch ein Bier? Geht auf meine Rechnung.«

Lars und Marcel nickten, und der Kellner tippte die Bestellung in seinen elektronischen Block ein. Als er den Tisch wieder verlassen hatte, sagte Oliver: »Das sind wirklich wunderbare Nachrichten, Lars. Dann sind wir nicht mehr die Einzigen auf Wangerooge, die mit Erik zu tun hatten. Dementsprechend werden wir nicht weiter im Fokus der Ermittlungen stehen, wir waren ja nur Arbeitskollegen.«

Er griff wieder zu Messer und Gabel. »Wer weiß, was für alte Fehden hier noch schlummern. Hätten wir mal eher wissen sollen. Aber egal, solange keiner von uns umfällt, können die unser falsches Alibi nicht knacken.« Er fuhrwerkte fröhlich auf seinem Teller herum, um sich gleich darauf ein weiteres dickes

Stück Pizza in den Mund zu schieben. »Ich wusste doch, alles ist gut.« Dabei grinste er über das ganze Gesicht.

***

Der Weg vom Hotel zum Café Pudding war nicht weit. Trotzdem hatte Christine ihre dicke braune Steppjacke angezogen und sich einen Schal um den Hals geschlungen. Sobald die Sonne weg war, wurde es empfindlich kühl. Kein Wunder, es war ja mitten im Spätherbst. Hand in Hand stiegen sie die Treppenstufen zum Café hinauf.

Phillip hatte nach ihrer Hand gegriffen, so als sei alles in Ordnung. Christine jedoch war ob ihres letzten Disputs nachdenklich geworden. Dennoch, sie wollte ihre Flitterwochen nicht gefährden. Grundsatzdiskussionen konnten sie auch führen, wenn sie wieder zu Hause waren. Außerdem wusste sie noch nicht, ob und in welchem Umfang sie sich weiter im Fall Sander engagieren würde. Darüber konnten sie also immer noch streiten, wenn es so weit war.

Der Kellner wies ihnen die reservierte Nische zu, sie setzten sich auf die gepolsterte Bank und nahmen die Speisekarten in Empfang. Christine bestellte eine Apfelschorle, Phillip wählte ein Bier. Von ihrem erhöhten Platz aus konnten sie über die Köpfe der anderen Gäste hinweg nach draußen in die Dunkelheit schauen. Weit entfernt leuchteten die Positionslichter einiger Containerschiffe, die vor der Insel auf Reede lagen. An der Treppe zum Strand stand ein großes Schild, auf dem die verschiedenen Fahrtrouten der Schiffe nach Hamburg, Bremerhaven und Wilhelmshaven eingezeichnet waren. Christine war von den Containerriesen jedes Mal begeistert.

»Na, Sprotti, wonach steht dir der Sinn?« Phillip klang wie immer. Er klappte seine Speisekarte zu. »Ich nehme das Schnitzel mit Bratkartoffeln.«

Christine schmunzelte. Ein echtes Wiener Kalbsschnitzel aß Phillip für sein Leben gern. »Ich nehme die Scholle mit Salat.«

»Aber Sprotti, du brauchst doch jetzt nicht mehr auf deine Linie zu achten. Schließlich musst du für zwei essen.«

Fast hätte Christine einen scharfen Kommentar losgelassen, aber sie wusste, dass Phillip es nur gut meinte. »Nee, lass mal, rund werde ich von ganz allein, und Nährstoffe nehme ich auch genügend zu mir.«

Phillip legte den Arm um sie. »Darauf passe ich schon auf.« Er drückte ihr einen Kuss auf die Stirn.

Zu gern hätte sie in diesem Moment gesagt, dass sie glücklich war, doch eine kaum greifbare Traurigkeit erfüllte sie. Würde sie in Zukunft immer mehr Rücksicht auf ihren Mann nehmen müssen, als er auf sie? Sie ärgerte sich ein wenig darüber, dass sie, nur um ihn bei Laune zu halten, nicht vorgeschlagen hatte, dass Oda ja mit ihnen zusammen hätte essen können.

Nein, ganz klar: Sie durfte sich nicht unterbuttern lassen. Andererseits … Reagierte sie vielleicht über? Waren es die Schwangerschaftshormone, die sie so sensibel machten?

***

Nach dem Essen hatten sie im Café Treibsand noch gemeinsam ein paar Bierchen getrunken, nun steuerten sie das Hotel an. Olivers Zimmer befand sich im Erdgeschoss, das von Marcel und Lars im ersten Stock, und sie verabschiedeten sich von ihm im Eingangsbereich.

Als sie vor Lars' Zimmertür standen, bat er Marcel noch kurz zu sich herein.

»Setz dich«, sagte er und deutete auf den Stuhl. »Bloß damit zwischen uns alles klar ist. Du hast der Polizei nichts von Nadine gesagt, oder?«

Marcel schüttelte den Kopf. »Nein. Hab ich nicht.«

Lars nickte. »Gut. Geht ja auch niemanden etwas an. Nur Nadine und mich.«

Nun nickte Marcel. »Ist klar.«

»Hast du mit Oliver darüber gesprochen?«

»Nein. Ich möchte schließlich dein Assistent bleiben«, sagte Marcel ernst.

***

»Stell dir vor, Niekstelt hat sich längerfristig krankschreiben lassen und will nichts mehr mit Kapitalverbrechen zu tun haben.« Oda kam immer noch nicht darüber hinweg. Sie saß angezogen auf dem Hotelbett und telefonierte mit Jürgen. »Das hätte er mir doch sagen müssen. Mensch, wir arbeiten schon so lange zusammen, da erwartet man das einfach. Am liebsten würde ich ihn anrufen und zusammenstauchen.«

»Ich bezweifle, dass das was bringen würde«, meinte Jürgen. »Man lernt leider immer wieder, dass man den Leuten nur vor die Stirn schauen kann. Was in ihren Köpfen vor sich geht, kriegt man nicht mit. Hab ich schon oft erlebt.«

»Siebelt war auch total überrumpelt. Und es gibt bereits jemanden, der Nieksteits Platz einnehmen soll, das glaubt man doch nicht. Außerdem fällt bald auch noch Christine aus. Was für ein Mist.«

»Na, jetzt ist sie ja noch da, und sogar bei dir auf der Insel. Ich kann mir nicht vorstellen, dass sie einfach so weiterflittert, während du quasi direkt neben ihr einen Mordfall löst.«

»Da hast du dich leider geschnitten«, gab Oda zurück. »Christine würde wohl schon ganz gern. Aber du hättest Phillips Gesicht sehen sollen. Der ist so was von sauer darüber, dass Christine nicht einfach weitergegangen ist, als sie Polizei und Rettungskräfte gesehen hat. Sie tat mir direkt leid.«

»Aber Phillip ist doch eigentlich ein ganz vernünftiger Kerl«, meinte Jürgen.

»Das dachte ich bisher auch. Doch wie du gerade schon richtig sagtest, man entdeckt an seinen Mitmenschen immer wieder neue Facetten. Ich hoffe sehr, dass Christine diese Seite von Phillip nicht erst hier kennengelernt hat.«

»Hatte er sich denn bis zum Abendessen wieder beruhigt?«

»Keine Ahnung. Ich war allein essen. Christine hatte zwar

angeboten, dass wir zu dritt gehen, aber mir war klar, dass das bei Phillip nicht auf große Begeisterung stoßen würde. Darum hab ich ihr gleich gesagt, ich käme prima allein klar. Außerdem hatte ich keine Lust, mit einem genervten Phillip am Tisch zu sitzen.«

»Och, du warst allein essen?«, sagte Jürgen. »Meine arme Maus. Das ist ja blöd.«

»Ach Quatsch. War ganz okay. Ich habe über die Gespräche mit den Knaben vom Film nachgedacht, über Niekstelt und so weiter. Außerdem hatte ich mein Handy dabei, da habe ich gleich mal unseren neuen Kollegen gegoogelt.«

Jürgen lachte auf. »Und was hast du über ihn herausgefunden, du kleine Spürnase?«

»Er ist in der ›Neuen Osnabrücker Zeitung‹ recht häufig auf Fotos abgebildet. Hat wohl des Öfteren Spenden für die Teddy-Aktion der Polizei entgegengenommen. Du weißt schon, die haben wir doch auch in den Streifenwagen. Teddys als Trostspender für Kinder, die Opfer von Gewalttaten oder Verkehrsunfällen geworden sind. Er scheint gern in die Kamera zu grinsen. Und auf Facebook jagt ein Selfie das nächste.«

»Ich habe den Eindruck, dass er dir auf Anhieb sympathisch ist.«

»Du hast es erkannt.« Oda lachte auf. »Ich kann es kaum abwarten, ihn persönlich kennenzulernen.«

Mittwoch

Als habe der Herbst beschlossen, den Spätsommer wegen des Todes von Erik Sander zu verscheuchen und vollends das Zepter zu übernehmen, pfiff der Wind heute über die Insel. Oda beeilte sich, vom Hanken hinüber ins Atlantic zu laufen. Sie war früh aufgestanden, um das Filmteam noch vor Beginn der Dreharbeiten zu erwischen. Als sie nun an den Tisch der drei Männer trat, sahen die sie überrascht an.

»Guten Morgen«, grüßte Oda. »Ich muss mit jedem von Ihnen noch einmal einzeln reden. Passt es Ihnen gleich nach dem Frühstück?«

Oliver Beerbaum sah sie ungnädig an. »Nein«, sagte er nachdrücklich. »Wir haben gestern schon viel Zeit verloren, die müssen wir aufholen. Und wir wissen nicht, wie sich das Wetter entwickelt, die Prognosen sagen für den Nachmittag Starkregen voraus. Bis dahin sollten wir so viel wie möglich im Kasten haben.«

»Sorry, ich muss darauf bestehen.« Oda sah ihn mit falschem Bedauern an. »Wir werden jetzt gleich miteinander reden. Wenn Sie mitspielen, geht es sicher schnell. Herr Albrecht stellt uns netterweise sein Büro zur Verfügung. Wir können auch direkt beginnen. Einer von Ihnen begleitet mich, während die anderen weiter frühstücken. Wäre das ein Deal?«

Beerbaum kniff die Augen zusammen, konnte aber nichts dagegen sagen. Wie auch, in diesem Fall hatte Oda die Oberhand. Innerlich feixte sie. »Also, wer möchte als Erstes mit mir ins Separee?«

Lars Schneider stand auf. »Von mir aus können wir gern den Anfang machen«, schlug er vor. »Oder möchte einer von euch?«

Oliver Beerbaum schüttelte den Kopf, und Marcel Krieger sagte: »Nein, ist schon in Ordnung. Dann kann ich in Ruhe das Rührei essen. Ich würde ohnehin gern erst einmal fertig frühstücken, wenn das möglich ist, mein Magen verträgt eine

Unterbrechung während der Mahlzeiten nicht. Ich habe verschiedene Intoleranzen und muss nach festen Richtlinien essen.«

Oda sah ihn skeptisch an. »Gut, dann starten wir mit Ihnen, Herr Schneider.«

»Meinen Kaffee nehme ich mit, wenn das in Ordnung ist.«

»Von mir aus.« Oda ging voran. Auf dem Flur begegnete sie Christine und Phillip. »Guten Morgen, ihr zwei«, grüßte sie. »Das sieht alles sehr verlockend aus da drin. Guten Appetit.«

Christine sah sie aus großen Augen an. »Kann ich dir irgendwie helfen?«, fragte sie.

Oda winkte ab. »Danke für das Angebot, nicht nötig. Du bist ja im Urlaub.« Sie zwinkerte ihr zu. »Aber vielleicht kann ich dir für eine halbe Stunde mein Handy geben? Kann sein, dass der Chef anruft. Ist auf lautlos gestellt. Nur für den Fall, dass die Kollegen in Wilhelmshaven was Neues haben, könntest du das ja annehmen.«

»Sicher.« Christine streckte die Hand aus.

Oda registrierte Phillips ungehaltene Miene. Egal. Da musste er durch. Sie reichte Christine das Telefon und ging weiter.

***

Christine fühlte sich unwohl, als sie sich mit Phillip an einen der freien Tische setzte. Nicht nur, dass Oda jetzt die Gespräche allein führen musste, am Nachbartisch saßen zwei der Männer aus Erik Sanders Team und beäugten sie verstohlen. In einer solchen Situation war sie in ihrem ganzen Leben noch nicht gewesen. Zudem schien Odas Handy, das sie an den Rand des Tisches gelegt hatte, eine Heizung zu sein, denn Christine spürte, wie ihr Gesicht brannte. Auch die Übelkeit, die sie latent verspürte, konnte sie heute nicht zwingend nur ihrer Schwangerschaft zuordnen.

Joanna brachte den Tee, Christine und Phillip bestellten Spiegeleier, dann stand sie auf und ging zum Büfett. Heute kam ihr der Frühstücksraum sehr klein vor. Keine Möglichkeit, ungestört zu plaudern. Sie bemerkte, dass Oliver Beerbaum und Lars

Schneider schwiegen. Hatten sie etwas zu verbergen? Sicher würden sie sich unterhalten, wenn sie nicht da wäre oder die beiden nicht wüssten, dass sie bei der Kripo war. Aber es ging ihr ja selbst nicht anders. Auch sie verspürte keine Lust, in Gegenwart der Männer in ein Gespräch mit Phillip einzutauchen. Ihr Mann sah das offensichtlich anders.

»Was möchtest du denn heute machen?«, fragte er. »Wir könnten ans Ostende laufen oder aber, wie gestern geplant, in den Westen. Ich würde mir gern den Westturm aus der Nähe anschauen. Heute wird wohl keine Leiche auf unserem Weg rumliegen.« Phillip lachte, doch das fand Christine unangebracht. Sie stocherte in ihrem Müsli herum.

»Natürlich«, sagte sie schließlich, »lass uns den Westen erneut in Angriff nehmen. Im Osten warst du ja erst.« Diesen Seitenhieb konnte sie sich nicht verkneifen. »Es ist wirklich total interessant, zu sehen, wie der Westturm vermeintlich kleiner wird, je näher man ihm kommt. Das erinnert mich immer an die Geschichte von Michael Ende, in der sich Jim Knopf und Lukas, der Lokomotivführer, dem Scheinriesen Herrn Tur Tur nähern.«

Phillip nickte. »Klar, ich habe die Augsburger Puppenkiste als Kind auch immer gern geguckt. Wir müssen mal schauen, ob wir an die Filme irgendwie herankommen können, damit unser Kind sie später auch ansehen kann. Ich glaube, im Fernsehen gibt es die nicht mehr.«

Joanna brachte die Eier. Christine hatte gerade Salz darauf gestreut, als Odas Handy vibrierte.

»Entschuldigung«, sagte sie mit knallrotem Kopf, nahm das Telefon, schob den Stuhl zurück und stand auf. »Delvental?« Sie verließ den Frühstücksbereich.

»Oh, da habe ich mich wohl verwählt.« Eine männliche Stimme, die Christine unbekannt war, sprach forsch. »Ich wollte eigentlich mit Kriminalhauptkommissarin Wagner sprechen.«

Einen Moment lang überlegte Christine, was sie antworten sollte. Sollte sie sich als Kollegin zu erkennen geben, oder war in diesem Moment der Ausdruck Freundin angebracht? Sie entschied sich für eine neutrale Antwort. »Frau Wagner ist in einem Gespräch, kann ich ihr etwas ausrichten?«

»Nein ... Oder doch. Sie sind Frau Wagners Kollegin, Kriminaloberkommissarin Delvental, nicht wahr?«

»Genau.« Mittlerweile stand Christine draußen vor dem Hotel. Der Wind blies ihr kräftig entgegen. Doch sie wollte weder im Hotelflur noch im Frühstücksraum telefonieren. »Und wer sind Sie?«

»Ich bin Ihr neuer Kollege. Kriminaloberkommissar Sven Lürssen. Hatte gestern meinen ersten Tag. Hendrik Siebelt hat der Kollegin Wagner zwar angeboten, dass ich als Unterstützung auf die Insel komme, aber das hat sie abgelehnt. Darum habe ich mich hier mit den Hintergrundinformationen zu Erik Sander befasst. Die wollte ich nun durchgeben. Vielleicht könnten Sie die für Frau Wagner notieren?«

»Natürlich«, gab Christine zurück. Was war das denn für einer? Und wieso war er ihr neuer Kollege? Davon wusste sie ja gar nichts. »Bleiben Sie bitte einen Moment in der Leitung. Ich muss mir kurz etwas zu schreiben besorgen.« Sie ging zurück ins Hotel und klopfte an Albrechts Bürotür. »Entschuldigung, ich will gar nicht stören, ich brauche nur ein Blatt Papier und einen Stift.«

Oda zuckte mit den Schultern und den Mundwinkeln. »Keine Ahnung, wo sich das befindet. Halt, warte.« Sie ging zum Drucker und zupfte ein Blatt Papier heraus. Auf dem Schreibtisch lag ein Kugelschreiber, den sie Christine ebenfalls reichte.

»Danke.« Christine schloss die Tür. Gegenüber befand sich ein kleiner Tisch, auf dem eine Schale mit Äpfeln stand. Sie nahm die Schale und stellte sie auf den Fußboden. »Nun können Sie loslegen, ich bin bereit.«

»Erik Sander ist zwar in Wilhelmshaven geboren, aber auf Wangerooge aufgewachsen. Im Alter von sechzehn Jahren hat er die Insel wieder verlassen und in Oldenburg eine Ausbildung zum Schauwerbegestalter absolviert. Danach ist er nach Hannover gegangen, wo er BWL studiert und sich nebenbei in Richtung Filmgeschäft fortgebildet hat. Sein Vater ist vor sieben Jahren verstorben, seine Mutter hat bis vor drei Jahren noch auf Wangerooge gelebt, sie wohnt mittlerweile in Osnabrück. Sander ist nicht vorbestraft, nicht verheiratet und auch nicht geschieden. Kinder hat er ebenfalls nicht. Er spielt Darts, hat es auf Landesebene sogar unter die besten zwanzig geschafft. Und es gibt noch Verwandte auf der Insel: Onkel und Tante.«

Christine notierte die Namen: Suntje und Tjard Onnen. »Danke. Sagen Sie, ist Lemke krank?«

»Nein. Warum?«

»Normalerweise ist er derjenige, der uns mit diesen Informationen versorgt. Deshalb wundere ich mich.«

»Das wollte ich übernehmen. Damit wir uns zumindest schon mal am Telefon kennenlernen.«

»Aha. Und beim Chef ist auch alles in Ordnung?«

»Natürlich. Er hat mich ja zu dem Fall hinzugezogen.«

Eigenartig. Was war denn in Wilhelmshaven los? Christine biss sich auf die Unterlippe. »Entschuldigen Sie, wenn ich das frage, vielleicht ist da etwas an mir vorbeigegangen, oder ich habe nicht richtig aufgepasst. Sie sagten, Sie sind der neue Kollege?«

»Das stimmt.«

»Ich wusste gar nicht, dass wir Verstärkung bekommen.«

»Och, das war schon länger geplant, und nun, da der Kollege Niksteit längerfristig ausfällt, passt das ja auch ganz gut.«

»Ah. Na dann: Willkommen im Team«, gelang es Christine zu sagen.

»Danke. Ich freue mich schon darauf, Sie und Frau Wagner persönlich kennenzulernen. Wir werden sicher befruchtend zusammenarbeiten. In meiner Osnabrücker Zeit war ich sehr erfolgreich, was die Aufklärung von Gewaltverbrechen betrifft. Meine Erfahrung möchte ich gern auch in Wilhelmshaven einbringen und dem Team zur Verfügung stellen.«

Die Bürotür ging auf. Lars Schneider kam heraus, ließ die Tür offen stehen und marschierte davon.

Christine konzentrierte sich wieder auf das Telefonat. »Gut.

Dann ... Danke erst einmal«, sagte sie. »Ich denke, Frau Wagner wird sich später noch mit Ihnen in Verbindung setzen. Ich bin ...«

Lürssen fiel ihr ins Wort: »In den Flitterwochen, ich weiß Bescheid.«

Christine hätte schwören können, dass er dabei zwinkerte, jedenfalls klang ein gewisser Unterton heraus, dem der angemessene Respekt gegenüber einer noch unbekannten und zudem gleichgestellten Kollegin fehlte. Na, das konnte ja was werden. Christine sah Oda und Lürssen schon voreinander stehen und kampfeslustig mit den Säbeln rasseln.

Aber was hatte es zu bedeuten, dass Niemksteit länger ausfiel? Davon wusste sie überhaupt nichts. Für einen Moment war sie versucht, ihn anzurufen. Dann aber entschied sie, dass sie zunächst mit Oda darüber reden wollte. Vielleicht wusste ihre Kollegin mehr und hatte es ihr im Vorfeld der Hochzeitsvorbereitungen nur noch nicht sagen wollen.

Sie bückte sich, hob die Schale mit den Äpfeln auf, stellte sie zurück auf den Tisch und ging wieder in den Frühstücksraum, aus dem ihr Oliver Beerbaum entgegenkam.

»Deine Eier sind inzwischen kalt«, sagt Phillip in frostigem Tonfall, als sie sich ihm gegenüber an den Tisch setzte.

»Entschuldigung.« Sie griff zum Besteck. Mechanisch aß sie die kalten Eier. Sie schmeckte ohnehin nichts. Phillip schob seinen Stuhl zurück.

»Ich gehe schon mal aufs Zimmer. Anscheinend können wir unsere Flitterwochen vergessen, wenn dir die Arbeit so wichtig ist, dass du nicht einmal ungestört mit mir frühstücken kannst.« Er sah auf seine Armbanduhr. »In einer halben Stunde bin ich abmarschbereit. Ich würde mich sehr freuen, wenn du mich begleitest.« Er nickte ihr zu, nahm den auf dem Tisch liegenden Zimmerschlüssel und ging davon.

Christine sah ihm nach und bemerkte, dass Lars Schneider und Marcel Krieger sie interessiert beobachteten. Automatisch presste sie die Zähne aufeinander, lockerte die Kiefer jedoch sofort wieder und gab Joanna ein Zeichen. »Kann ich bitte noch eine Tasse Tee bekommen?« Sie reichte der jungen Frau ihre Tasse mit dem inzwischen kalten Getränk.

Joanna nickte. »Sehr gern.«

***

Lars beugte sich zu Marcel vor. Ärgerlich, dass der Mann der Kommissarin aufgestanden war. Er hatte geplant, die Zeit, in der Oliver mit der Wagner sprach, zu nutzen, um Marcel noch einmal einzubläuen, ja nichts von Nadine zu sagen. Doch das war nun nicht möglich. Sie könnte mithören. Deshalb zischte er nur: »Es bleibt dabei: kein Wort über Nadine.«

Marcel nickte.

***

»Machen Sie es bitte kurz«, sagte Oliver Beerbaum in einem Tonfall, der das Wort »bitte« absurd erscheinen ließ. Oda fragte sich, ob er seine Haare tönte oder gar färbte, denn es blitzte kein einziger silberner Schimmer darin auf. »Ich kann Ihnen heute nicht mehr erzählen als gestern«, sagte er selbstsicher.

Oda lächelte ihn an. »Genau bei dem, was Sie mir gestern *nicht* gesagt haben, würde ich gern ansetzen.«

»Wie meinen Sie das?«

»Es hieß, Erik Sander sei sehr kreativ gewesen, habe ständig die geplanten Kameraeinstellungen verworfen und andere gefordert.«

»Ja und?«

»Er war kein guter Teamplayer und hat Ihnen in Ihre Arbeit hineingefunkt. Das muss Sie wütend gemacht haben. Immerhin sind Sie kein Unbekannter in Sachen Regie, sondern haben auf Landesebene bereits einige Preise abgeräumt.« Oda lächelte weiter. »Ich habe mich, was Ihre Person angeht, ein wenig schlaugemacht. Sie scheinen teilweise etwas aufbrausend zu sein und hatten durchaus Kontroversen mit Sander. Das jedenfalls hat mir Ihr Kollege Schneider vorhin verraten.«

Beerbaum kniff die Augen zusammen. »Ja und? Das gehört dazu. Der eine hat gewisse Vorstellungen, der andere ebenso. Selbst wenn es einen vorher festgelegten Ablaufplan gibt. So ist das nun mal. Vieles entscheidet sich direkt vor Ort. Das weiß Lars auch. Sie sollten ihn lieber mal fragen, wie sein Verhältnis zu Sander war. Als Produktions- und Aufnahmeleiter in Personalunion konnte sich Erik nämlich die Kameramänner aussuchen. Sind ja alles freie Mitarbeiter. Hat Lars Ihnen auch erzählt, dass Erik überlegt hat, Marcel Krieger eine Chance zu geben und den nächsten Dokumentarfilm mit ihm als Kameramann zu drehen? Da hätte der gute Lars ziemlich alt ausgesehen. Wäre wahrscheinlich rausgeflogen. Und überhaupt, das ist doch alles müßig. Ich habe schließlich ein Alibi für die Tatzeit.« Er grinste breit. »Lars, Marcel und ich haben Skat gespielt.« Er schob seinen Stuhl zurück. »Wenn Sie mich nun entschuldigen. Die Arbeit wartet.«

»Natürlich«, gab Oda gelassen zurück. »Sie können schon mal damit beginnen. Aber schicken Sie mir bitte noch Marcel Krieger herein. Er kann dann später zu Ihnen stoßen. Sie sagten ja, so wichtig sei die Kameraassistenz nicht.«

Beerbaum, der schon halb an der Tür war, fuhr herum. »Verdrehen Sie mir bloß nicht das Wort im Mund«, sagte er in warnendem Ton.

Oda hob die Brauen. »Sonst?«, fragte sie amüsiert.

***

Als Beerbaum in den Frühstücksraum zurückkehrte, stand Christine auf, noch bevor sich Marcel Krieger erhob. Sie nahm Odas Handy und lief vor in das Büro. Die Tür stand offen.

»Entschuldige«, sagte sie, »aber ich muss dir dein Handy zurückgeben. Phillip möchte zum Westende laufen, ich kann ihn jetzt unmöglich wieder vor den Kopf stoßen.«

Oda zeigte sich verständnisvoll. »Klar. Ist auch wirklich blöd, dass ausgerechnet jetzt hier ein ungeklärtes Gewaltverbrechen stattgefunden hat. Damit kann nun niemand rechnen.«

»Nee«, erwiderte Christine voller Überzeugung.

»Obwohl«, gab Oda zu bedenken. »Wir hatten hier schon mal einen Mordfall.«

»Oda! Wir sind in Ostfriesland. Nicht in Palermo oder sonst wo. Wirf einen Blick auf die Statistik. Dass innerhalb weniger Jahre gleich zwei Gewaltverbrechen auf ein und derselben Ostfriesischen Insel stattfinden, ist statistisch gesehen unvorstellbar.« Sie reichte Oda das Telefon und den DIN-A4-Zettel. »Egal. Da hat ein KOK Lürssen angerufen. Er hat mir Informationen über Erik Sander durchgegeben.« Sie sah Oda in die Augen. »Warum hab ich denn nicht gewusst, dass wir einen neuen Kollegen bekommen? Dass Niekstcit langfristig ausfällt?« Sie konnte nicht verhindern, dass ihre Enttäuschung in ihrer Stimme mitschwang.

»Hab ich auch nicht gewusst«, sagte Oda knapp. »Was meinste, wie baff ich war, als Siebelt mir gestern am Telefon anbot, er könnte mir den neuen Kollegen rüberschicken? Niekstcit fällt anscheinend aus gesundheitlichen Gründen aus, auch Stand gestern.«

»Hast du mit ihm gesprochen?«

»Mit Niekstcit?«

Christine nickte.

»Nee. Ich musste das erst mal sacken lassen. Sonst hätte ich ihn so zusammengefaltet, dass der nicht mal mehr die Namen seiner Eltern gewusst hätte. Ich bin so was von enttäuscht von ihm! Hab doch geahnt, dass da was nicht stimmt. Mensch, der hätte sich doch an mich wenden können.«

Hinter Christine räusperte sich jemand. Sie wandte sich um. Marcel Krieger stand in der Bürotür. »Gut, dann gehe ich jetzt«, sagte sie zu Oda. »Wir reden später weiter. Ich hab dir aufgeschrieben, was Lürssen durchgegeben hat. Klappt es mit dem Zimmer hier?«

Oda nickte. »Jo. Die KTU hat Sanders Zimmer freigegeben, ich ziehe gegen Mittag um.«

***

Marcel Krieger wartete, bis die blonde Kommissarin gegangen war, dann schloss er die Bürotür.

»Setzen Sie sich«, bat Oda Wagner. »Ist Ihnen etwas eingefallen, was Sie mir vielleicht besser unter vier Augen berichten möchten?«

Marcel war sich noch unschlüssig. Einerseits hatte er Lars versprochen, die Sache mit Nadine nicht zu erwähnen. Andererseits ... Lars hatte so sehr darauf gedrängt, dass Marcel unsicher geworden war. Immerhin war das mit dem Alibi gelogen. Und auch noch auf seinem Mist gewachsen. Er ließ sich auf der vorderen Kante des Stuhles nieder und senkte den Blick. »Also, eigentlich nicht«, sagte er.

Die Stimme der Kommissarin klang sympathisch, als sie sagte: »Ich will es Ihnen mal etwas einfacher machen. Natürlich geht es in so einer kleinen Arbeitsgruppe nicht immer harmonisch zu. Wer wüsste das besser als ich. Und man möchte ja auch niemandem etwas unterstellen. Man denkt, das wollen auch die anderen nicht. Stimmt's?« Sie lächelte ihn an, als er nun den Blick hob.

»Genau. Das stimmt. Schließlich arbeiten wir zusammen. Und auch, wenn es mal etwas Knatsch gab, das kommt eben vor. Jemanden im Streit zu töten ist etwas komplett anderes.« Offen sah er ihr in die Augen. Er fühlte sich verstanden.

»Sehen Sie, da sind wir uns doch einig. Deswegen ist es wichtig, dass Sie mir sagen, was Sie wissen.«

Sofort verschloss er sich wieder. Er würde sich nichts entlocken lassen. Ein Mann, ein Wort.

»Ich finde es ehrenwert, dass Sie tatsächlich nichts sagen wollen. Sie haben da anscheinend einen anderen Ehrenkodex als Ihre Kollegen«, meinte Oda Wagner.

Marcels Kopf zuckte nach oben. »Wie meinen Sie das?« Er war alarmiert, aber immer noch auf der Hut. Schließlich konnte es sein, dass die Kommissarin ein mieses Spiel mit ihm spielte.

»Nun, Lars Schneider hat ausgesagt, dass Ihr Regisseur, Herr Beerbaum, sich mehrmals heftig mit Sander gestritten hat. Sanders Einmischung in kreative Fragen kommt bei einem Egozentriker, wie Beerbaum einer zu sein scheint, garantiert nicht gut an. Da kann der schon mal wütend werden. Hab ich recht?«

Marcel nickte. »Das war tatsächlich nicht immer einfach. Die beiden haben sich ziemlich in die Plünnen gekriegt. Peinlich war es vor allem, wenn wir mit Touristen drehten, uns genau an den Ablaufplan hielten und Erik dann von oben herab behauptete, die Einstellung sei in dieser Art doch scheiße. Man müsse da ganz anders rangehen, um die Leute ins richtige Bild zu setzen. Mir kam es so vor, als ob er sich einen Spaß daraus machte, Oliver derart auflaufen zu lassen.«

»Ihr Aufnahmeleiter scheint Sie ohnehin ganz gern gegeneinander ausgespielt zu haben.«

»Wie meinen Sie das?«

»Na, wenn er Ihnen in Aussicht stellt, bei der nächsten Doku anstelle von Schneider die Kameraführung zu übernehmen, dann finde ich das schon ziemlich heftig. Also, nichts gegen Sie, ich kann Ihr Können überhaupt nicht beurteilen, aber dem Schneider gegenüber ist das doch unfair. Finden Sie nicht?«

Marcel senkte den Blick. Sollte er, oder sollte er nicht? Nee, besser, er hielt weiterhin die Schnauze. Schließlich war Erik getötet worden. Nicht Lars. Andererseits gab es das erfundene Alibi. Warum nur hatte er das gemacht? Es wäre viel einfacher gewesen, wenn sie ohne Alibi dagestanden hätten. Was, wenn Lars und Oliver irgendwelche Sachen über ihn behauptet und ihn dadurch ans Messer geliefert hatten? Dass die Kommissarin schon wusste, dass Erik überlegt hatte, ihn an Lars' Position zu setzen, sprach doch Bände.

Er hob die Hand und knabberte an der Haut seines linken Daumens. Dann entschloss er sich zu reden.

***

Als Christine das Hotelzimmer betrat, war Phillip gerade dabei, sich seinen karierten Kaschmirschal umzubinden. Er wandte ihr das Gesicht zu und sah sie wortlos an.

»Ich hab Oda das Handy zurückgegeben«, erklärte Christine

mit kräftiger Stimme. Sie würde sich von Phillip nicht in die »Arme Sünder«-Ecke stellen lassen. »Und du brauchst mich gar nicht so anzusehen. Als wir uns kennenlernten, wusstest du, was ich beruflich mache. Ich werde mich sicher nicht davor drücken, meine Kollegin zu unterstützen. Natürlich nur, wenn es nötig ist. Denn ich möchte die Zeit hier mit dir verbringen. Falls du damit allerdings ein Problem haben solltest, dann sag es frei heraus. Dieses Geeiere der letzten vierundzwanzig Stunden kann ich nämlich nicht brauchen. Es kann immer mal etwas Unvorhergesehenes dazwischenkommen, dann muss man umdisponieren. Oder sich eben zumindest zum Teil anpassen.« Sie sah ihm fest in die Augen. »Also. Wenn du magst, ich würde jetzt sehr gern mit dir in den Westen laufen.«

Er lachte auf. »Das ist schön, Sprotti. Zieh dich an. Ich habe Obst aus dem Frühstücksraum mitgenommen.« Er wies auf seinen Rucksack. »Und zwei kleine Flaschen Wasser habe ich auch eingepackt. Wenn du so weit bist, können wir starten.«

***

Leise begann Marcel zu berichten. Er schämte sich inzwischen dafür, Lars von dem erzählt zu haben, was er bei der Feier gesehen hatte. Vielleicht hätte er einfach den Mund halten sollen. Er konnte ja die komplett falschen Schlüsse gezogen haben. Selbst wenn alles darauf hindeutete, dass Lars' Freundin Nadine einen One-Night-Stand mit Erik gehabt hatte.

Eigentlich hatte er es Lars auch nur deshalb gesteckt, weil er denselben Mist erlebt hatte. Seine Ex-Freundin Lena war ebenfalls auf Erik hereingefallen. Sie hatte danach die Beziehung zu ihm beendet, behauptet, Erik würde sie lieben und sie wären ein Paar. Waren sie aber nicht. Lena bedeutete für Erik nur eine weitere Kerbe auf seinem Schwert. Als Lena das erkannt hatte, hatte sie die Beziehung zu Marcel retten wollen. Aber auch wenn er sich gewünscht hätte, dass sie wieder zueinanderfanden, ging das nicht.

Er hatte Lena geliebt. Ein Teil von ihm liebte sie immer noch.

Manche Nacht träumte er von ihr. Aber er hatte die Beziehung nicht einfach fortsetzen können, als sei nichts geschehen. Schließlich arbeitete er mit Erik zusammen. Wollte sein Kameramann werden, wie Erik es ihm in Aussicht gestellt hatte. Er hätte das Gefühl gehabt, in der Beziehung zu dritt zu sein, und den Argwohn Lena gegenüber nicht unterdrücken können. Hätte jedes Mal, wenn sie nicht erreichbar und er nicht mit Erik zu Dreharbeiten unterwegs war, befürchtet, die beiden könnten sich wieder treffen. Sein Vertrauen in sie war einfach erloschen. Deswegen hatte es keine Versöhnung gegeben.

Und dann, im August, kam das Sommerfest der Produktionsfirma und mit ihm die Erkenntnis, nicht nur richtig gehandelt zu haben, sondern auch den nächsten Leidtragenden über Eriks sorglosen Umgang mit den Freundinnen anderer Männer informieren zu müssen.

»Was haben Sie denn gesehen?«, fragte Oda Wagner sanft.

»Na ja. Lars hatte ziemlich getankt, Gin Tonic mit mehr Gin als Tonic. Darum ist er schon recht früh sturzbetrunken auf sein Zimmer gegangen. Nadine hat sich zwar furchtbar über ihn aufgeregt, ist aber noch geblieben. Und Erik hat sich um sie gekümmert. Ich hab wirklich überlegt, dazwischenzugehen und Nadine von Erik wegzulotsen, aber dann hab ich mir gedacht, ich bin ja nicht ihr Kindermädchen. Sind beide alt genug, um zu wissen, was sie tun.« Er biss am Fingernagel des linken Daumens herum. Das machte er blöderweise immer, wenn er nervös war. Und so sehr er auch versuchte, das zu unterlassen, so oft ertappte er sich dabei, dass er es doch tat.

Oda Wagner sah ihn schweigend und abwartend an.

»Ich weiß auch nicht, warum ich geblieben bin. Hätte aufs Zimmer gehen und schlafen können, spät genug war es, aber irgendein kleines Teufelchen hat mir ins Ohr geflüstert, ich müsse bleiben und gucken, ob Erik Nadine rumkriegt. Vielleicht brauchte ich das als Bestätigung dafür, dass Lena eigentlich gar nicht anders konnte, als Eriks Verführungskünsten zu erliegen. Keine Ahnung.«

»Lena ist Ihre Ex-Freundin?«

»Ja.«

»Und sie hatte was mit Erik Sander?«

»Sagen wir mal so: Er hat sie angemacht, und sie hat sich in ihn verliebt. Hat gedacht, er liebt sie auch. War natürlich ein Trugschluss. Jedenfalls sind wir wegen ihm auseinander.«

»Und trotzdem arbeiteten Sie weiterhin mit Sander zusammen? Waren Sie nicht sauer auf ihn?«

»Klar. Was glauben Sie denn? Nur sind Jobs wie meiner leider nicht so reichlich gesät. Als Freelancer muss man sehen, dass man zurechtkommt.« Er biss sich auf die Unterlippe. »Außerdem ist das mit Lena schon über ein Jahr her.«

»Aha.« Die Kommissarin dachte einen Moment nach, dann fragte sie: »Und Ihr Warten an der Hotelbar hat sich schließlich gelohnt, nehme ich an? Wenn man es denn so bezeichnen möchte.«

Marcel nickte zerknirscht. »Zumindest haben die beiden ziemlich beschwipst und lachend Arm in Arm die Hotelbar verlassen. Ich hab gesehen, wie Erik Nadine an den Hintern fasste, und sie hat gekichert.«

»Daraus haben Sie dann geschlossen, dass sie zusammen in das Hotelzimmer von Erik Sander gegangen sind«, stellte Oda Wagner fest.

»Jo.« Er schwieg einen Augenblick, aber die Kommissarin schwieg ebenfalls. »Am nächsten Morgen war die Stimmung beim Frühstück irgendwie angespannt. Nadine wollte sich nicht an den langen Gemeinschaftstisch setzen, den das Hotelpersonal für uns alle vorbereitet hatte, sie zog Lars mit an einen Zweiertisch in einiger Entfernung. Lars wollte das nicht, aber Nadine hat leise und inständig auf ihn eingeredet.«

»Was für Sie ein weiteres Indiz dafür war, dass Sander und Schneiders Freundin die Nacht zusammen verbracht hatten«, mutmaßte die Kommissarin.

Marcel hob fragend die Schultern. »Die ganze Nacht vielleicht nicht, aber zumindest einige Stunden. Vor allem, weil Erik ständig zu Nadine hinübersah. Mit einem vielsagenden Grinsen. Er war irgendwie so selbstherrlich. Ekelhaft.« Er biss sich erneut auf die Lippen und senkte den Blick. »'tschuldigung, das habe ich nicht so gemeint. Es war nur so, dass ich in dem Moment nicht Nadine, sondern eher Lena gesehen habe. Mir wurde klar, dass sie auch böse auf ihn reingefallen ist, dass sie eigentlich nie eine Chance gehabt hatte, standhaft zu bleiben.«

»Und deshalb haben Sie Lars Schneider darüber informiert?«

»Na, das ist doch wohl selbstverständlich. Ich musste ihn schließlich vor Erik warnen. Ihm sagen, dass der keine Rücksicht nimmt, nicht mal auf Kollegen, sondern sich gnadenlos an deren Freundinnen ranmacht.«

»Wie hat Schneider reagiert?«

»Wie wohl? Er hat getobt! Und gesagt, er wird sich Erik vorknöpfen. Wie Erik es wagen könne, was mit seiner Freundin anzufangen, noch dazu beim Sommerfest der Produktionsfirma und in dem Hotel, in dem wir alle gemeinsam untergebracht waren. Wo jeder es mitkriegen konnte. Vor allem aber war er sauer, weil Erik natürlich wusste, dass Nadine und Lars eine kleine Tochter haben.«

»Das haben Sie ganz selbstlos getan?«, fragte Oda Wagner.

»Wie meinen Sie das?«

»Sie haben es ihm ganz selbstlos mitgeteilt? Da steckte kein Fünkchen Taktik dahinter?«

»Taktik? Nee. Warum denn?« Wieder wanderte sein Daumen zum Mund. Er biss ein Stück Nagelhaut ab. »Ich habe es als meine Pflicht angesehen, es Lars zu sagen. Er ist nicht nur mein Kollege, sondern auch so etwas wie ein Freund.«

»Ein Freundschaftsdienst also.«

Marcel nickte erleichtert. Sie hatte begriffen, was er ausdrücken wollte. »Genau.«

Oda Wagner legte den Kopf schräg. »Auch, wenn Ihnen klar gewesen ist, dass Sie damit einen Streit zwischen Ihrem Freund und dem Aufnahmeleiter auslösen würden.«

»Hm, irgendwie schon. Aber Lars hätte auch die Schnauze halten können. Er musste sich nicht zwingend mit Erik streiten. Er hätte sich Nadine schnappen und mit ihr reden können. Liegt immer an zwei Leuten, wenn so was passiert. Nicht nur an einem. Auch wenn der eine in diesem Fall ein Frauenaufreißer ist.« Wieder biss er auf der Nagelhaut herum. Bekam das letzte Fitzelchen aber nicht zu fassen. Überhaupt, er hatte genug gesagt. »Normalerweise hätte ich gar kein Wort darüber verloren. Aber … wo Erik nun tot ist … musste ich es wohl sagen.«

»Vor allem, weil Ihr Freund Lars dadurch ein klassisches Motiv bekommt. Mord aus Eifersucht.«

Marcel riss die Augen auf. »Das habe ich aber nicht gewollt. Und auch nicht gemeint.«

Die Kommissarin lächelte ihn wohlwollend an. »Natürlich nicht. Sie haben im Hinterstübchen vielleicht nur den Gedanken gehabt, dass der Job als Kameramann für Sie näher rückt, wenn sich Erik Sander und Lars Schneider streiten. Sander könnte Schneider einfach so aus dem Team schmeißen. Stimmt's?«

Marcel sah betreten auf die Tischplatte und atmete ein.

»So viel also zum Thema Freundschaft«, stellte Oda Wagner kühl fest. »Aber Sie können ja ganz entspannt sein. Sie und Ihre Kollegen haben gemeinsam Skat gespielt. Also kann es keiner von Ihnen gewesen sein. Nicht wahr?«

Marcel hörte den unverhohlenen Zweifel in diesem Satz und wünschte sich, er hätte den Mund gehalten.

***

Schwer bepackt mit der Kameraausrüstung in einer der Wippen liefen Lars und Oliver an den Strand. Der Wind pfiff kräftig. Sand wurde so stark aufgewirbelt und in ihre Gesichter geweht, dass die Körner wie klitzekleine Nadelstiche brannten. Die wenigen Menschen, die sich am Spülsaum der herannahenden Nordsee und auf der Promenade aufhielten, waren dick eingemummelt.

Oliver hatte den Zeitplan gestrafft. Sie würden richtig ranklotzen und einiges über Bord werfen müssen, was ursprünglich geplant gewesen war. Der Beitrag wurde ja ohnehin später noch geschnitten, das gab ihnen einen gewissen Handlungsspielraum. Vordringlich wollten sie die Befragung der Inselgäste zum Thema Müll fortsetzen. Sie darauf hinweisen, wie wichtig es war, den angespülten Müll aufzusammeln und in die von der Inselverwaltung an den Dünenübergängen bereitgestellten Strandmüll-Boxen zu werfen. Die letzten Jahre hatten bewiesen, dass diese einfache Aktion einen wichtigen Beitrag gegen die Verschmutzung der Strände darstellte. Dabei ging es gar nicht nur um die Verschmutzung, sondern vielmehr um den Schutz der Tierwelt. Um ihre Behauptungen zu untermauern, boten sie Zweiflern an, sich ein Video anzuschauen, das diese Tatsachen schonungslos offenbarte. Erik hatte zudem immer einen Stapel Flyer der Nationalparkverwaltung Niedersächsisches Wattenmeer dabeigehabt, die er den Menschen überreichte.

»Warum hast du gegenüber der Kommissarin den Streit zwischen mir und Erik erwähnt?«, beschwerte sich Oliver stocksauer, als sie unterhalb der Promenade die Ausrüstung auspackten. »Wir waren uns doch einig: Wir haben Skat gespielt.«

»Das eine hat ja mit dem anderen nichts zu tun«, gab Lars gelassen zurück. »Deswegen kann ich ruhig sagen, dass ihr euch gestritten habt. Das hätten die sowieso erfahren. Haben doch ganz viele Leute mitgekriegt. Und ich hätte blöd dagestanden, wenn ich es unerwähnt gelassen hätte. Dann wären den Polizisten vielleicht auch Zweifel an unserem Alibi gekommen. Also bleib mal ganz ruhig.«

»Dir ist klar, dass du mir damit ein Motiv untergeschoben hast?«

»Quatsch. Du hast ein Alibi. Die können uns nichts. Alles ist gut. Beruhige dich wieder.«

***

Christine hörte Odas Stimme in Albrechts Büro, als sie mit Phillip das Hotel verließ. Irgendwie kribbelten ihre Fingerspitzen. Zu gern wäre sie jetzt bei dem Gespräch dabei. Vier Ohren hören bekanntlich mehr als zwei, und wer wusste schon, was der Kameraassistent Oda erzählte. Sie hatte das Gefühl, ihre Kollegin im Stich zu lassen.

Phillip schien zu ahnen, was ihr durch den Kopf ging. Er fasste sie an der Hand und zog sie mit sich. »Komm, Sprotti«, sagte er. »Den heutigen Tag haben wir ganz für uns. Wir lassen uns von nichts und niemandem in irgendetwas hineinziehen. Schließlich haben wir uns den Urlaub redlich verdient.« Er lächelte sie an, blieb stehen und zog sie in seinen Arm. »Frau Delvental. Heute bist du nur für deinen Mann da!«

Christine erwiderte seinen Kuss. Doch ihre Gedanken waren nicht bei Phillip, sondern bei Oda. Und den Männern des Kamerateams.

***

Kriminalkommissar Heiko Lemke war mies drauf. Da wurde ihm gestern bei Dienstbeginn einfach so ein neuer Kollege präsentiert. Was war das denn für eine miserable Teamarbeit? Bislang hatte er den Chef für sein umsichtiges Vorgehen innerhalb der Abteilung respektiert. Siebelt hatte stets dafür gesorgt, dass niemand bevorzugt wurde. Okay, da war Odas Beförderung gewesen, aber das war nichts, was Siebelt allein beschlossen hatte. Dafür gab es geregelte Abläufe und Vorgaben innerhalb der Polizeibehörde.

Und Niesksteit hatte sich krankschreiben lassen und eine längere Auszeit angekündigt? Aus heiterem Himmel, ohne Vorwarnung? Lemke war zutiefst enttäuscht, dass sein Kollege ihm nichts davon gesagt hatte, dass er nicht mehr in ihrer Abteilung arbeiten wollte. Was war nur los mit ihm? Bis vor einem Dreivierteljahr war doch alles in Ordnung und Nieksteit fast nie krank gewesen. Und jetzt? Immer mal einen Tag, auch zwei oder drei. Selbst jetzt duckte sich Nieksteit mal wieder weg und versteckte sich hinter einem gelben Schein. Dafür tauchte dieser Lürssen auf. Das empfand Lemke als persönlichen Angriff.

Als Lürssen gestern in Siebelts Begleitung hereinstolziert war, hatte Lemke gedacht, er befände sich im falschen Film. Als ob er ein Anrecht darauf hätte, hatte der Neue sich kurzerhand auf Nieksteits Platz gesetzt. Lemke hatte Siebelt fragend angesehen, doch vom Chef kam nur ein Nicken und ein: »Ist schon in Ordnung. Niekstelt hat ja heute frei.« Mehr nicht. Dann hatte er sich umgedreht und war gegangen. Lürssen hatte sogleich begonnen, mit seinen Ermittlungserfolgen bei der Kripo Osnabrück zu prahlen, das konnte Lemke nicht aushalten. Er war dem Chef hinterhergelaufen.

In Siebelts Büro hatte er ihn zur Rede gestellt. Aber auch der Chef war von Lürssens plötzlichem Auftauchen anscheinend überrascht worden. Dass Lürssen ohnehin in absehbarer Zeit das Team ergänzt hätte, stand auf einem anderen Blatt. Im Zuge von Neuorganisationen war ihrer Abteilung ein weiterer Mitarbeiter zugestanden worden. So einfach war das. Mehr steckte nicht dahinter. Das hatte Lemke beruhigt. Zunächst jedenfalls. Bis er Lürssen wieder gegenübergesessen hatte, der sofort weiter mit seinen angeblichen Fahndungserfolgen prahlte. Besserwisserisches Arschloch.

Seit Lemke Lürssen klargemacht hatte, dass er an seinen Heldentaten aus Osnabrück nicht interessiert war, herrschte eine Art Burgfrieden. Ein knapper Kommentar, dass hier keine selbst angepriesenen Lorbeeren zählten, sondern nur das aktuelle Verhalten, hatte genügt. Und dass er das Fenster aufgerissen hatte, da es seiner Meinung nach im Raum furchtbar nach Eigenlob stank.

Nun durchforstete er im Internet die sozialen Netzwerke nach Erik Sander. Der war bei Instagram, Twitter und Facebook angemeldet, die Fotos auf den jeweiligen Portalen zeigten allerdings nur Sander selbst. Keine Frauen, die an seiner Seite in die Kamera strahlten. Über eine Suchmaschine stieß Lemke auf den Dartverein, den Lürssen bereits ausfindig gemacht hatte. Dabei war Recherche und Beschaffung von Hintergrundwissen eigentlich sein Job! Und Lemke war niemand, der sich auf Auskünfte anderer verließ. Auf keinen Fall auf solche von Leuten, die er erstens kaum kannte und die er zweitens nicht mochte. Allerdings stimmten Lürssens Informationen. Sander hatte es auf Bundesebene tatsächlich unter die Besten geschafft. Er war im vergangenen Jahr sogar mit zu den Qualifikationsturnieren für die World Professional Qualifiers gefahren. Aber keiner der deutschen Teilnehmer hatte es geschafft, dort weiterzukommen.

Ein weiterer Zeitungsartikel vermeldete, dass Sander den Verein verlassen hatte. Von den Beweggründen stand dort nichts. Auch nichts davon, dass Sander in einem anderen Verein weiterspielte. Lemke tippte die Telefonnummer des Vereines ein. Er war gespannt, zu erfahren, warum ein so engagierter und erfolgreicher Spieler wie Sander das Dartspielen aufgegeben hatte.

***

Oda sah Marcel Krieger nach, als er das Hotel in Richtung Strand verließ. Sie verschränkte die Arme vor der Brust. Es war schon erstaunlich, wie unterschiedlich sich Menschen in einer Gruppenbefragung verhielten und was sie in einer Einzelvernehmung von sich gaben. Schon zerrte einer über den anderen etwas ans Licht, was die eigene Person entlasten sollte, den anderen jedoch belastete. Interessant. Jeder dieser drei Männer hatte aus irgendeinem Grund einen gewaltigen Zorn auf Erik Sander gehegt. Ob die Skat-Geschichte vorgeschoben war? Leider ließ sie sich bislang nicht widerlegen. Aber sie standen auch noch ganz am Anfang der Ermittlungen. Und Oda würde nicht lockerlassen. Sie ließ niemals locker. Da war sie wie ein Terrier. Einmal in etwas verbissen, zog sie es gnadenlos durch.

Sie nahm ihre Jacke und stiefelte durch den Ort bis zur Polizeistation. Als sie die Tür öffnete, stieg verlockender Kaffee- und Kuchenduft in ihre Nase.

»Moin, Stefan, ich bin's, Oda«, rief sie und öffnete die Zwischentür, die den öffentlichen Bereich vom nicht öffentlichen trennte. Eigentlich müsste sie geschlossen sein, doch Knudsen hatte einen kleinen Holzkeil zwischen Tür und Rahmen geklemmt. Bei der Fortbildung in Aurich hatten sie zusammen ein Rollenspiel durchziehen müssen. An sich war so was nicht wirklich Odas Ding, aber es hatte sie doch verblüfft, wie sehr sie in die fiktive Figur des Opfers eines Überfalls eingetaucht war, die der Polizei den Tathergang schildern sollte. Knudsen war damals ihr Gegenüber gewesen. »Ich brauch deine Unterstützung.« Sie setzte sich an den Schreibtisch, obwohl sie zu gern dem Geruch in die kleine Küche gefolgt wäre.

»Und die kriegst du natürlich!« Gut gelaunt betrat Stefan Knudsen durch die Verbindungstür den Raum. In der linken Hand balancierte er ein Kuchentablett. »Zitronenkuchen. Vegan. Laktose-, ei- und glutenfrei«, sagte er stolz. »Hat meine Frau für euch gebacken. Weil sie nicht wusste, wer von euch welche Allergie hat, hat sie die sichere Alternative gewählt. Schmeckt super. Ich hab den schon öfter gegessen.« Er zwinkerte ihr zu. »Low Carb isser allerdings nich. Ist Dinkelmehl drin.«

»Egal. Ich ess alles.« Oda griff beherzt zu. Zitronenzesten im Zuckerguss verliehen dem Kuchen etwas verlockend Sündhaftes. »Hmm. Lecker! Oberlecker sogar! Kannst deiner Frau sagen, das Rezept hätte ich gern.« Sie griff zu ihrer Kaffeetasse und trank einen Schluck.

»Klar. Kein Ding.« Auch Stefan kaute bereits. »Und was ist nun mit unserem Toten? Habt ihr was rausgefunden? Gab es im Filmteam Zoff?« Man sah ihm seine Neugier förmlich an.

»Ich glaube, ganz so harmonisch, wie die drei uns weismachen wollten, verlief die Arbeit im Team nicht. Jedenfalls hatte jeder von ihnen auf die eine oder andere Art ein Problem mit Sander. Der war übrigens ein halber Insulaner, hatte Familie auf der Insel. Onkel und Tante.«

»Ach ja. Die Onnens.«

»Sag bloß, du kennst die?«

»Hör mal. Wangerooge ist nicht Berlin. Klar kennt man sich. Obgleich ich auch nicht wusste, dass die beiden mit Sander verwandt sind, nur dass er von der Insel stammt, das stand nämlich in der Inselzeitung, als die im Sommer angefangen haben, hier ihren Film zu drehen. Martina wusste das von den Onnens, sie war zur gleichen Zeit auf der Inselschule wie Erik Sander. Das hat sie mir gestern Abend erzählt, als ich ihr sagte, was passiert ist.«

»Martina?«

»Meine Frau. Die ist hier aufgewachsen. Wegen ihr hab ich mich hierher versetzen lassen. Sie wollte partout nicht aufs Festland ziehen. Nicht ›nach Deutschland‹, wie die Insulaner gern sagen.«

»Dann hast du gewusst, dass Sander mal hier gewohnt hat?«, fragte Oda perplex.

»Schon. Das ist aber ja lange her«, rechtfertigte sich Knudsen.

»Das ist scheißegal! Das kannst du doch nicht einfach für dich behalten, verdammt!«

»Tut mir leid. Woher sollte ich wissen, dass seine Kindheit für dich wichtig ist.«

»In einem solchen Fall ist verdammt noch mal alles wichtig!« Oda war richtig sauer, versuchte sich aber wieder zu beruhigen. »Ich muss mit den Onnens reden.«

»Kein Ding.« Stefan sah sie um Verzeihung bittend an. »Nur, hatten die beiden meines Wissens kaum noch Kontakt zu ihrem Neffen. Suntje ist zwar Sanders Tante, aber rückblickend macht es auf mich nicht den Eindruck, als ob sie noch regen Anteil an seinem Leben gehabt hätten. Bei den Insulanerabenden kam in der Vergangenheit durchaus mal das Gespräch auf ihn, wenn er hier gedreht hat, doch von Suntje oder Tjard habe ich dazu nie etwas gehört. Aber klar, am besten, du fragst die beiden selbst.«

»Jo.« Oda nickte. »Und es wäre gut, wenn du mich begleitest. Ist bestimmt nicht schlecht, im Mikrokosmos der Insel nach außen sichtbar als Polizei aufzutreten. Da macht deine Uniform schon was her.«

Keine Viertelstunde später klingelten sie an der Tür der Pension Sanddorn. Eine ältere Dame von Anfang siebzig öffnete.

»Moin, Suntje«, grüßte Stefan freundlich. Er wies auf Oda. »Das ist meine Kollegin Kriminalhauptkommissarin Oda Wagner. Sie kommt aus Wilhelmshaven.«

Suntje Onnen wurde blass. »Was ist passiert? Ist was mit Thomas?«

»Nee. Also, nicht dass ich wüsste«, sagte Stefan in beruhigendem Ton, woraufhin Suntje Onnen erleichtert durchatmete.

Oda sah Stefan fragend an.

»Thomas ist der Schwiegersohn der Onnens«, erklärte er.

Suntje Onnen nickte. »Genau. Gott sei Dank. Das können wir nun wirklich nicht auch noch gebrauchen. Aber was führt euch dann zu uns?«

»Es geht um Erik.«

»Oh.« Ihre Augen weiteten sich. »Sach nich, er ist der Tote, den man bei den Granitsteinen am Westende gefunden hat?«

Stefan nickte. »Leider doch. Mein Beileid.«

»Um Gottes willen! Was ist denn passiert? Ich meine, wie ist er gestorben? Wenn du hier mit der Kripo auftauchst …« Sie sah Stefan mit offenem Mund an. »Wie furchtbar!« Dann trat sie einen Schritt zurück. »Kommt doch erst mal rein.«

»Es scheint, als wäre er erschlagen worden«, gab Oda zur Auskunft.

»Wie furchtbar«, wiederholte Suntje Onnen. »Ist meine Schwester schon informiert worden?«

»Ich gehe davon aus, das haben die Kollegen in Osnabrück übernommen«, sagte Oda. »Verheiratet war er ja nicht, sodass seine Mutter die nächste Angehörige ist.«

»Meine arme Schwester. Da denkt man, es läuft endlich alles wieder in guten Bahnen, und dann so etwas.« Suntje Onnen lief voraus in einen Wintergarten, in dem mehrere Tische standen. Heide in Zink-Übertöpfen und kleine Hirsche aus Holz bildeten zusammen mit bunten Laubblättern und Kastanien die Tischdekoration. »Das ist unser Frühstücksraum«, erklärte sie und blickte Oda an. »Nehmen Sie bitte Platz.« Sie wischte sich mit der Hand über die Augen. »Entschuldigung. Das überfordert mich jetzt doch ein wenig. Ich muss meinem Mann Bescheid geben.«

Sie verschwand und kehrte kurz darauf in Begleitung eines sympathisch wirkenden athletischen Herrn mit grauen, kurz geschorenen Haaren zurück. Die beiden setzten sich Oda und Stefan gegenüber.

»Frau Onnen«, begann Oda, »hat Ihr Neffe Ihnen von irgendwelchen Streitigkeiten berichtet? Gab es Ärger im Filmteam?«

Anstelle von Suntje Onnen antwortete ihr Mann. »Nein. Wir wussten nicht mal, dass Erik auf der Insel war.«

»Nicht?«, fragte Oda überrascht.

»Nein.« Tjard Onnen zuckte mit den Schultern. Er lächelte schief. »Ist eben so: Wenn die Kinder erwachsen werden, leben sie ihr eigenes Leben. Familie passt da oft nicht mehr rein.«

»Tjard«, kam es scharf von seiner Frau.

»Nee, Suntje, das is so. Die Kinder werden erwachsen, und Onkel und Tante fallen hinten rüber. Guck dich doch bei unseren Freunden um. Ist überall das Gleiche. Wenn wir was über Erik erfahren, dann doch nur über deine Schwester.« Er sah Oda an. »Suntje und Anne, also Eriks Mutter, sind Schwestern. Peter, Annes Mann und Eriks Vater, ist vor sieben Jahren gestorben. Die beiden haben auch auf Wangerooge gelebt, aber vor vier Jahren hat sich Anne in einen Gast verliebt. Die beiden haben geheiratet, und Anne ist zu ihm nach Osnabrück gezogen. Wenn Erik mal auf der Insel war, dann meist wegen irgendwelcher Dreharbeiten. Er war immer sehr beschäftigt. Da hatte er keine Zeit für Familienbesuche. War aber auch egal. Man gewöhnt sich daran. Hat eben alles seine Zeit. Früher war es eine enge Beziehung, nun hat sie sich überlebt. Wenigstens haben wir einmal eine gehabt, an die wir auch gern zurückdenken. Stimmt's, Suntje?«

Seine Frau nickte. »Erik war als Erwachsener einfach kein Familienmensch mehr. Früher war das ganz anders. Da war er zweites Kind in unserem Haus und wuchs gemeinsam mit unserer Tochter auf. Das Filmgeschäft hat ihn verändert. Meistens erfuhren wir nur durch Zufall, dass er auf Wangerooge war, weil wir ihm auf der Zedeliusstraße begegneten. Und manchmal haben wir es sogar erst durch einen Beitrag im Fernsehen gesehen, den er hier auf der Insel gedreht hatte.«

»Wissen Sie, ob Ihr Neffe auf der Insel freundschaftliche Kontakte oder Ähnliches pflegte?«

»Das kann ich Ihnen leider nicht beantworten. Wie gesagt, wir hatten kaum noch Kontakt.«

»Vielleicht denken Sie noch einmal nach. Können Sie uns die Namen früherer Freunde nennen? Wohnen einige davon vielleicht noch auf Wangerooge?«

»Phhh …« Die ältere Dame ließ mit einem lang gezogenen Atemstoß die Luft aus ihren Lungen entweichen. Es klang beinahe wie das Schnauben eines Pferdes. »Da sollten Sie besser meine Schwester fragen. Die weiß das sicher. Ich habe keine Ahnung, mit wem Erik früher eng befreundet war. Er hatte als kleiner Junge mit vielen Kindern aus seiner Klasse zu tun, aber nachdem er in die Pubertät kam, haben wir von seinen Freundschaften nicht mehr viel mitbekommen. Sie wissen ja, wie das ist: Irgendwann kommen sie in ein Alter, in dem sie draußen ›abhängen‹, wie man so schön sagt, sich möglichst außerhalb der Reichweite der Eltern treffen. Es war eine Clique von vielleicht zehn Leuten. Die hat er dann nicht mehr hergebracht. Außerdem hatte ich mit den Feriengästen viel zu tun. Damals hab ich alles allein gemacht, die Reinigung der Zimmer, Frühstück, Wäsche, den Garten … Heinke und Erik brauchten mich ja nicht mehr so, da konnten wir das Geld für Angestellte sparen. Wieso fragen Sie überhaupt nach Freunden von früher? Stöbern Sie lieber in seinem aktuellen Leben. Vielleicht ist er ja einem Verrückten begegnet. So was kommt vor. Liest man immer wieder in der Zeitung. Und warum sollte das nicht auch mal auf Wangerooge passieren?«

»Das stimmt.« Oda sah sie freundlich an. »Wir müssen alles in Betracht ziehen, Frau Onnen.«

Im Flur waren Schleifgeräusche zu hören. Kurz darauf stand eine Frau im Türrahmen, auf einen Rollator gestützt. Oda schätzte sie auf nicht einmal fünfzig.

»Guten Tag«, sagte die Frau undeutlich.

Sofort stand Suntje Onnen auf. »Heinke!« Sie blickte zu Oda. »Entschuldigen Sie mich bitte.«

»Unsere Tochter«, erklärte Tjard Onnen. Seine Frau half Heinke, den Rollator zu drehen, dann waren die beiden verschwunden. »Ja, nun«, fuhr er nüchtern fort, »viel mehr können wir Ihnen nicht sagen. Ist wohl so, dass die jungen Leute irgendwann Wichtigeres zu tun haben, als sich um ihre Tanten und Onkel zu kümmern. Wie gesagt, eigentlich erfuhren wir nur über Anne, an welchen Projekten Erik gerade beteiligt war. Oder aus der Fernsehzeitung. Wenn es Wangerooge-Beiträge waren, stand's auch noch in der Inselzeitung. Eigentlich habe ich immer gedacht, auch das erledigt sich spätestens dann, wenn Anne nicht mehr da ist.« Er schluckte. »Und nun hat es sich auf ganz andere, grausame Art schon jetzt erledigt. Weiß meine Schwägerin eigentlich vom Tod ihres Sohnes? Wir haben nämlich noch nichts von ihr gehört.«

Oda nickte zuversichtlich. »Ich habe Ihrer Frau schon gesagt, dass das die Osnabrücker Kollegen übernommen haben. Sicher braucht Ihre Schwägerin etwas Zeit für sich, um den Verlust überhaupt zu realisieren.«

»Bestimmt.« Für Tjard Onnen schien das Gespräch beendet zu sein, aber Oda fiel noch etwas ein.

»Ihre Tochter und Erik Sander … Sie sagten, Herr Sander sei wie ein weiteres Kind im Haus gewesen. Die beiden waren altersmäßig nicht weit auseinander?«

»Nein. Warum?«

»Könnte Ihre Tochter uns vielleicht helfen, was Freunde von früher betrifft?«

Auch Onnen stand auf. »Nein. Heinke erlitt vor zwei Jahren einen Schlaganfall. Leider verging zu viel Zeit, bevor sie im Krankenhaus behandelt werden konnte. Seither arbeiten wir mit Reha-Maßnahmen, versuchen alles, um ihr wieder ein normales Leben zu ermöglichen. Wir dürfen sie auf keinen Fall mit dem Tod ihres Cousins konfrontieren. Die beiden haben sich früher sehr nahgestanden. Nicht auszudenken, was diese Nachricht bei ihr auslösen könnte.« Er biss sich auf die Unterlippe.

»Oh.« Oda empfand automatisch Mitleid. Es musste schwer sein, das eigene Kind in einer solchen Situation zu wissen. Ihr setzte ja schon die Tatsache, dass Alex Vater wurde, gewaltig zu. Sie stand auf. »Ich denke, das war's fürs Erste. Danke.« Sie reichte Onnen die Hand. »Falls Ihnen noch etwas einfällt, ich bleibe auf der Insel, und wie Sie uns auf der Polizeistation erreichen, wissen Sie vermutlich.«

Onnen nickte. »Natürlich. Zur Not habe ich auch Stefans Handynummer. Wir singen zusammen im Shantychor.«

Oda warf Stefan einen verblüfften Blick zu. »Echt? Du singst Shantys?«

»Jo. Und in der Laienschauspielgruppe bin ich auch. Meist als jugendlicher Liebhaber.« Bei den letzten Worten funkelten seine Augen verschmitzt, und Oda musste sich ein Lachen verbeißen.

Sie hatten den Frühstücksraum schon fast verlassen, als Oda noch etwas einfiel. »Herr Onnen, als wir ankamen und Stefan Ihrer Frau sagte, dass ich von der Kripo bin, fragte sie nach Ihrem Schwiegersohn. Hat er einen gefährlichen Beruf, oder warum dachte sie sofort an ihn?«

Onnen schüttelte den Kopf. »Nein. Er ist Koch. Aber außer Heinke ist er unser einziger Verwandter auf Wangerooge. Vermutlich deshalb.«

»Ihre Tochter und Ihr Schwiegersohn wohnen mit im Haus?«, fragte Oda. So groß war ihr die Pension von außen gar nicht erschienen, als dass sie neben Gästezimmern auch Platz für zwei Wohnungen bieten könnte.

»Nein. Heinke und Thomas haben nicht weit von hier ein eigenes Häuschen. Aber Heinke kommt allein nicht gut klar. Deswegen ist sie tagsüber bei uns und geht erst nach dem Abendessen rüber.«

***

Mehr oder weniger schweigend war Christine neben ihm am Strand entlanggelaufen. Phillip hatte sie aus dem Augenwinkel beobachtet. Obwohl sie seine Hand hielt, war sie in Gedanken nicht bei ihm, sondern garantiert bei ihrer Kollegin und den Ermittlungen in diesem Mordfall. Normalerweise plauderte

Christine über alles und jeden. Über Dinge, die sie in der Tagespresse gelesen hatte, die sie interessant fand oder über die sie sich aufregte, über die Schwangerschaft und über Namen für das Baby. Jetzt aber war sie mit ihren Gedanken weit weg. Er spürte den Zwiespalt, in dem sie sich befand. Und irgendwie konnte er sie verstehen.

Heute Nacht war er um fünf wach geworden und hatte nicht wieder einschlafen können. Hatte sich bemüht, alles noch einmal neu zu betrachten, sein eigenes Verhalten zu reflektieren, während sie süß und selig neben ihm schlief. Christine war anders als Beate. Das hatte er sich immer wieder gesagt. Schließlich erwarteten sie ihr gemeinsames Baby. Christine hatte sich so gefreut, als sie die Schwangerschaft bemerkt hatte. Er hatte sich gefragt, wie er sich in einer ähnlichen Situation verhalten würde. Wie würde er reagieren, wenn es Probleme bei einem seiner Großprojekte gab? Wenn ein Problem aufploppte? Die ehrliche Antwort war: Er würde sich ebenso wenig aufhalten lassen. Als würde sich ein Nebel heben, hatte er in diesem Moment erkannt, dass Christine so war wie er. Sie brannte für ihren Beruf, es war nicht nur ein Job für sie, sondern eine Berufung. Leider hatte er beim Frühstück schon wieder die Eifersucht auf ihren Job gespürt und das Gefühl nicht komplett unterdrücken können. Das ärgerte ihn. Er hoffte, es würde ihm gelingen, solche Kurzschlussreaktionen künftig zu vermeiden.

Weiter vorn konnte man schon die Fahne mit dem Rüstringer Friesen im Wind wehen sehen, ein Hinweis darauf, dass das Inselheim mit Klassen des Neuen Gymnasiums Wilhelmshaven belegt war. Phillip blieb stehen. Er stellte sich vor Christine, nahm auch ihre andere Hand, lächelte sie an und nickte ihr zu. »Okay, Sprotti, es tut mir leid. Ich möchte mich für mein Verhalten entschuldigen. Ich hab nachgedacht, und ich kann dich verstehen. Es geht um deinen Job, dein Arbeitsgebiet, und eigentlich ist es auch dein Fall. Ich sehe doch, wie hin- und hergerissen du bist. Wenn was mit einem meiner Großprojekte wäre, würde ich wohl ebenso reagieren. Wobei das ja noch was ganz anderes ist, da müsste ich, egal wo auch immer auf der Welt ich mich gerade aufhalte, zurückkommen. Ich will dich jedenfalls nicht davon abhalten, Oda bei den Ermittlungen zu unterstützen. Aber ich würde mich sehr freuen, wenn du unseren Flitterwochen trotz allem ein wenig mehr Gewicht beimessen könntest als dem Fall. Und eines garantiere ich dir: Unseren nächsten Urlaub verbringen wir außerhalb deines Dienstbereiches.«

***

»Das ist natürlich echt scheiße, dass die Tochter der Onnens einen Schlaganfall hatte. In dem Alter. Die ist doch bestimmt noch nicht mal fünfzig«, sagte Oda, nachdem sie die Pension verlassen hatten.

»Nee, Anfang vierzig. Das war wirklich tragisch«, entgegnete Stefan Knudsen. »Als Thomas damals von der Arbeit nach Hause kam, hat er sie gefunden. Da lag sie aber wohl schon ein paar Stunden hilflos am Boden. Natürlich ist sie gleich mit dem Rettungshubschrauber ins Krankenhaus geflogen worden, aber zu dem Zeitpunkt war einfach schon 'ne Menge kaputt im Gehirn. Zuerst war sie sogar halbseitig gelähmt, monatelang. Mittlerweile kann sie zumindest einigermaßen laufen. Und das mit dem Sprechen klappt auch wieder so weit, dass man sie verstehen kann. Da ist die Familie sehr zufrieden. Tjard sagte mal, man muss dankbar für Kleinigkeiten sein.«

»Ja, durch Krankheiten wird man demütig«, sagte Oda. »Man sollte überhaupt jeden Tag dankbar sein, dass man gesund ist. Ich denke, alle anderen Dinge bekommt man schon irgendwie in den Griff.« Sie dachte an Alex und Leonie und die Schwangerschaft. Das galt auch für sie. Sie würden das hinkriegen. Alle gemeinsam. Irgendwie. Das hatten schon ganz andere Familien gemeistert.

Sie schüttelte die privaten Gedanken ab. »So, dann mal auf zur Inselschule. Wenn wir Glück haben, gibt's da noch wen, der oder die Erik gekannt hat.«

»Gute Idee«, sagte Stefan. »Der Rektor der Schule kam

als junger Lehrer auf die Insel und unterrichtet heute immer noch. Einen Versuch ist es auf jeden Fall wert.« Er sah auf seine Armbanduhr beziehungsweise das elektronische Ding, das um sein linkes Handgelenk gebunden war. »Es müsste gleich Pause sein.«

Verblüfft sah Oda ihn an. »Woher weißt du das denn?«

»Unsere Lütte ist gerade eingeschult worden. Und der Unterricht beginnt um acht Uhr. Kann man sich ausrechnen.«

»Hut ab.« Oda hob anerkennend den Daumen. »Also, auf geht's.«

Nach wenigen Minuten erreichten sie ihr Ziel. In dem roten Backsteingebäude in der Charlottenstraße herrschte noch jene Stille, die Schulen früher während des Unterrichts eigen war. Vielleicht lag es auch daran, dass die Inselschule eine überschaubare Größe hatte und keines dieser Oberzentren war. Sie erinnerte sich mit einem Lächeln an ihre eigene behütete Grundschulzeit zurück.

»Welche Schulformen werden denn hier unterrichtet?«, fragte Oda, als sie das Gebäude betraten.

»Alle. Also, Grundschule bis zur vierten Klasse, Förderschule, Haupt- und Realschule komplett und Gymnasium bis zur zehnten.«

»Wow.«

»Jo. Auf diese Weise müssen die Kinder nicht so früh aufs Festland. Zumal das bei uns auch nicht so einfach geht, immerhin ist Wangerooge tideabhängig. Die von Langeoog können in Esens zum Gymnasium gehen und abends wieder nach Hause kommen. Aber das ist auf den meisten anderen Inseln nicht der Fall.« Er klopfte an die Lehrerzimmertür. Kurz darauf wurde die Tür ein Stück weit geöffnet.

Eine junge Frau mit zum Pferdeschwanz zusammengebundenen braunen Haaren blickte Knudsen überrascht an. »Stefan, was machst du denn hier?«, fragte sie, sichtlich beeindruckt von seiner Uniform.

»Meine Kollegin und ich möchten mit Herrn Saathoff reden.«

»Kommt rein.« Sie öffnete die Tür ganz. »Er sitzt da hinten.«

Sie deutete auf einen Tisch am Fenster, an dem drei Männer saßen.

»Danke.« Knudsen ging auf den Tisch zu.

Oda registrierte das Interesse, das ihnen vom Kollegium entgegenschlug. »Moin«, grüßte sie laut und folgte ihm.

Einer der drei Männer stand auf. »Moin.« Er streckte ihr die Hand hin. »Heiner Saathoff, ich bin der Rektor der Inselschule. Also, der Klassen fünf bis zehn. Wie kann ich Ihnen helfen?«

Mit wenigen Worten erklärte Oda, weswegen sie hier waren. Saathoff bat sie, Platz zu nehmen. Die Schulglocke läutete zum Pausenende, und die beiden anderen Männer standen auf.

»In welcher Klasse bist du jetzt, Heiner?«, fragte einer von ihnen.

»In der achten.«

»Ich sag Bescheid, dass du später kommst. Hast du eine Aufgabe für sie?«

Saathoff blickte Oda an. »Was meinen Sie, wie lange wird es dauern?«

Oda hob abwägend die Hände. »Keine Ahnung. Zehn Minuten vielleicht?«

»Nee«, antwortete Saathoff seinem Kollegen. »Sag denen, sie sollen sich ruhig verhalten, ich bin gleich da.«

»Ist gut.« Der Lehrer entfernte sich.

»Also«, nahm Saathoff den Faden wieder auf, »es geht um Erik Sander. Den Dokumentarfilmer. Inwieweit glauben Sie, dass ich Ihnen helfen kann?«

»Wir hörten, er sei hier zur Schule gegangen«, erklärte Oda.

Saathoff nickte. »Das stimmt. Er war in der Abschlussklasse, als ich an die Schule kam. Ich musste sie unplanmäßig übernehmen, weil der eigentliche Klassenlehrer an einem Herzinfarkt gestorben war. Das war damals meine allererste eigene Klasse. Die vergisst man nicht. Vor allen Dingen ein paar der Pappenheimer nicht, die versuchten, einem Lehrerfrischling das Leben schwer zu machen.«

»Sander gehörte zu diesen Pappenheimern?«

Saathoff schmunzelte. »Ja. Er, Frank Dombrowski und Kai Kreyenburg. Die drei waren eine richtige Herausforderung. Kreyenburg war der Schlimmste. Ständig hat er versucht, den Unterricht zu stören. Dabei war er recht einfallsreich, obwohl ich die meisten Streiche aus meiner eigenen Schulzeit kannte. Stinkbomben werfen bei einer Klassenarbeit zum Beispiel, oder mein Oberhemd mit dieser Zaubertinte zu bespritzen, die dann später von allein wieder verschwindet, die Kreide zu verstecken, die Tafel mit Seifenwasser abzuwischen, damit die Kreide nicht mehr darauf schreibt, an den ersten Tagen immer die Namen vertauschen, all so 'n Kram.«

»Dann waren die drei enge Freunde?«, fragte Oda.

»Ich glaub schon. Ich habe sie auch abends öfter zusammen gesehen, wenn sie am Strand in einem der Strandkörbe saßen und Bier tranken. Aber kurz vor den Sommerferien muss etwas vorgefallen sein. Bei der Abschlussfeier gingen sie einander merklich aus dem Weg, und auch auf dem Klassenfoto standen sie nicht mehr nebeneinander.«

»Alle getrennt, oder nur einer?«

»Das weiß ich nicht mehr genau. Ist fast dreißig Jahre her. Müsste ich nachgucken. Wir haben die alten Abschlussfotos archiviert.«

»Das wäre sehr nett«, sagte Oda. »Wissen Sie, ob die beiden anderen noch auf Wangerooge leben?«

Saathoff überlegte, Knudsen jedoch war schneller: »Frank Dombrowski lebt hier. Er singt mit mir im Shantychor. Er müsste es jedenfalls sein, altersmäßig kommt das hin.«

»Stimmt«, bestätigte Saathoff. »Er arbeitet für die Deutsche Bahn. Sitzt am Schalter beim Bahnhof.«

»Und der andere?«

»Kreyenburg hat nach der zehnten Klasse auf einem Internat auf dem Festland Abitur gemacht. Soweit ich weiß, hat er Jura studiert und ist Rechtsanwalt. Aber wo … keine Ahnung.«

***

Entgegen seiner Gewohnheit hatte Lemke die Mittagspause nicht im Aufenthaltsraum der Polizeiinspektion verbracht. Er verspürte keine Lust, auch noch in seiner Freizeit mit Lürssen zu tun zu haben. Darum hatte er sich seine Jacke geschnappt und war in die Marktstraße gelaufen. Bei einem Bäcker hatte er sich einen Kaffee und zwei belegte Brötchenhälften gekauft. Was für eine Geldverschwendung, hatte er gedacht, als er in die erste Hälfte biss, denn sein Mittagsbrot befand sich in seiner Aktentasche. Er nahm sich jeden Morgen etwas von zu Hause mit. Manchmal wärmte er sich Reste vom Vortag in der Mikrowelle der Polizeiinspektion auf, heute hatte er sich ein Spiegeleibrot eingepackt. Zwei große Scheiben Graubrot mit Salami und zwei von beiden Seiten durchgebratene Spiegeleier. Das mochte er auch kalt essen. Aber er konnte ja schlecht bei einem Bäcker seine Brotdose auspacken. Also gab es die Mittagsration eben zum Abendbrot. Jetzt saß er wieder am Schreibtisch und telefonierte mit Oda.

»Is gut, ich hole den Chef. Also in fünf Minuten. Bis gleich.« Lemke legte auf und schob den Bürostuhl zurück.

»Bis gleich?«, fragte Lürssen.

»Eine Videokonferenz mit Oda auf Wangerooge. Sie hat einiges erfahren, da macht es Sinn, dass wir alle gleichzeitig informiert werden.«

»Dann öffne ich schon mal das Videoprogramm.« Lürssen griff zu seiner Computermaus.

»Das lass mal besser«, sagte Lemke forsch. »Wir führen die Konferenz nicht von hier aus.« Damit drehte er sich um und verließ den Raum. Ein bisschen Bewegung konnte nicht schaden, selbst wenn es nur die paar Meter hinüber zu Siebelts Büro waren. Er meinte, ein leises »Arschloch« zu hören, die Blöße jedoch, sich umzudrehen und den Neuen zur Rechenschaft zu ziehen, wollte er sich nicht geben. Überhaupt, er nahm sich vor, mal dezent bei den Kollegen in Osnabrück nachzufragen, was die von Lürssen hielten. Und warum er von dort weggewollt hatte.

»Chef, Oda will 'ne Videokonferenz«, sagte er, nachdem er Siebelts Büro betreten hatte. »Sie hat neue Infos.«

»Dann mal los.« Siebelt hievte sich aus seinem Sessel. »Was sagste eigentlich zu dem neuen Kollegen?«

Lemke sah ihn wortlos von der Seite her an.

»Schon gut. Dein Blick spricht Bände.« Siebelt seufzte. »Aber er soll echt was draufhaben.«

»Angeben kann er jedenfalls«, meinte Lemke knapp. »Ziemlich ätzend, das.« Er ging zurück in sein Büro und holte seinen Laptop. Lürssen sah ihn fragend an.

»Besprechungsraum«, wies Lemke ihn an. »Da ist es mit mehreren bequemer.«

Kurz darauf stand der Laptop in der Mitte des Konferenztisches. Siebelt und Lürssen nahmen links und rechts neben Lemke Platz. Mit wenigen Klicks startete er das Videoprogramm, und erfreulicherweise kam die Verbindung gleich zustande.

»Moin, ihr Lieben«, grüßte Oda gut gelaunt aus der Inselpolizeistation, neben ihr grinste Stefan Knudsen in die Kamera. War schon prima, dieses technische Mittel zur Verfügung zu haben.

»Moin, Oda«, grüßten Siebelt und Lemke, während Lürssen steif sagte: »Moin, Frau Wagner.«

Oda lachte auf. »Na, das förmliche Sie lass mal bleiben, Sven. Ich denk, wir sagen Du, wie üblich unter Kollegen.«

Lürssen nickte zufrieden.

»Also«, begann Oda, »lasst mich mal resümieren, was wir hier haben. Interessanterweise hat sich herausgestellt, dass jedes einzelne Mitglied des Filmteams ein mehr oder weniger großes Problem mit Sander hatte. Das wurde mir allerdings nicht von den jeweiligen Personen selbst, sondern immer von einem der Kollegen angetragen. Nehmen wir Oliver Beerbaum. Er fühlte sich durch Erik Sander in seiner Kreativität gestört. Ständig schmiss der irgendwelche Planungen über Bord, mischte sich ein. Da gab es wohl regelmäßig Zoff. Beerbaum ist von den dreien derjenige, der die Marschrichtung vorgibt, habe ich das Gefühl. Marcel Krieger, der Kameraassistent, möchte gern den Job von Lars Schneider übernehmen. Sander soll einverstanden gewesen sein, was für Schneider ein Grund gewesen sein könnte, ihn umzubringen, weil er sich verraten fühlte. Mir gegenüber hat Krieger zudem behauptet, Lars Schneider aus reiner Freundschaft von einer Affäre von dessen Lebensgefährtin mit Sander erzählt zu haben. Daraus ergibt sich natürlich für Schneider ein zusätzliches Motiv. Eifersucht. Kampf um die Frau. Mit der er eine zweijährige Tochter hat. Allerdings hat Marcel Krieger im Grunde dasselbe Motiv. Dem ist die Freundin letztes Jahr durch genau so eine Affäre mit dem Aufnahmeleiter abhandengekommen. Zu meinem Bedauern geben sich die drei für den Tatabend gegenseitig ein Alibi. Sie wollen im Zimmer von Beerbaum Skat gespielt haben.«

»Ist schwer zu widerlegen«, meinte Siebelt. »Wenn alle im gleichen Hotel wohnen, wird man keine Zeugen für das Gegenteil finden.«

»So sieht das wohl aus«, sagte Oda.

»Na ja, ich würde mal sagen: Beerbaum und Schneider hätten ein Motiv. Bei Marcel Krieger sehe ich auf Anhieb noch keines«, meinte Lemke. »Wenn das mit der Freundin schon ein Jahr zurückliegt, konnte er, was den Job angeht, durch Sanders Tod doch nur verlieren.«

»Da gebe ich dir recht, doch er war derjenige, der den Skatabend erwähnte, dem die beiden anderen sofort beigepflichtet haben«, gab Oda zu bedenken. »Aber weiter im Text: Wir haben eben mit dem Rektor der Inselschule gesprochen. Der konnte sich glücklicherweise noch an Erik Sander erinnern, und zwar als einen der drei Banausen der Abschlussklasse, die er vor beinahe dreißig Jahren bei seinem Dienstantritt auf der Insel übernahm. Auch Erik Sanders Mitbanausen sind ihm noch im Gedächtnis geblieben. Einer davon lebt bis heute auf Wangerooge, der andere ist irgendwo auf dem Festland als Anwalt tätig.«

Sie gab die Namen durch, und Lemke schrieb eifrig mit.

»Lasst die doch mal durch unsere Mühlen laufen, vielleicht stoßen wir auf irgendwas. Der Rektor sagte, es habe damals kurz vor der Abschlussfeier Streit gegeben, jedenfalls hätten die Freunde auf den Fotos bewusst nicht mehr nebeneinandergestanden. Da könnte eventuell ein längst vergessen geglaubtes Motiv liegen. Stefan und ich wollen gleich mit Frank Dombrowski sprechen. Vielleicht haben sich die beiden vorgestern getroffen, und es kam zu einem Streit.« Oda fuhr sich mit der rechten Hand an den Hals, strich sich über den Kehlkopf, dann meinte sie: »Es ist, als würde man eine Nadel im Heuhaufen suchen.«

»Es muss keiner von der Insel gewesen sein«, trumpfte Lemke auf. »Vielleicht suchen wir an der komplett falschen Stelle. Laut Fahrplan ging um sechs Uhr früh ein Schiff ab Wangerooge. Der Täter hätte also ganz entspannt die Insel verlassen können, bevor Sanders Leiche überhaupt gefunden wurde.«

»Klar könnte der Täter die Insel inzwischen verlassen haben«, meinte Oda. »Daher müssen wir auch im Berliner Umfeld des Toten suchen. Gibt es eigentlich schon Ergebnisse hinsichtlich der Blutuntersuchung? Stimmt das Blut von der Straße beim Bauhof mit dem von Sander überein?«

»Leider haben wir noch nichts gehört, dauert wohl noch, bis die Spuren ausgewertet sind«, sagte Lemke.

»Im privaten Umfeld kann ich die Koordination übernehmen«, schlug Lürssen vor. »Damit habe ich jede Menge Erfahrung.«

Lemke warf ihm einen scharfen Blick zu. Der wollte ihm die Arbeit wegnehmen. Er kniff die Augen zusammen. Aber dazu würde er es nicht kommen lassen. Lürssen sollte sich um die technischen Dinge kümmern, das jedenfalls machte Niksteit bislang. Er nahm sich vor, ein ernstes Wort mit dem Chef zu reden. Denn sich von Lürssen verdrängen zu lassen, das kam gar nicht in Frage. »Ich habe übrigens mit dem Vorsitzenden des Dartvereins telefoniert, in dem Sander Mitglied war«, sagte er. »Er zeichnete das Bild eines charismatischen, wenngleich leicht aufbrausenden Mannes. Vor einem Vierteljahr gab es ziemlichen Krach wegen irgendeines bundesweiten Cups, der im letzten Monat ausgetragen wurde. So ganz hab ich das nicht verstanden, aber da vertreten wohl immer zwei Spieler ihr Bundesland, und

Sander wollte unbedingt einer dieser beiden sein, also hat er den eigentlich dafür vorgesehenen Spieler mit unfairen Tricks aus dem Rennen geschmissen. Das kam jedoch erst im Nachhinein heraus.«

»Na gut«, meinte Siebelt. »Aber das hat mit unserem Fall nichts zu tun. Sander ist getötet worden. Nicht der, dessen Platz er eingenommen hat.«

»Das zwar nicht, aber vielleicht war der andere so sauer, dass er sich nun gerächt hat. Möglich wäre es.«

»Hat derjenige denn den Platz nicht wiederbekommen, als Sander aufflog?«

»Nein, wie gesagt, es kam erst im Nachhinein raus. Und Sander hat auch nicht den angestrebten Sieg davongetragen.«

»Also gut, überprüf das«, stimmte Siebelt zu. »Und dann sollten wir mit der Freundin von Lars Schneider sprechen. Wie hat er reagiert, als er von ihrer Affäre mit Sander erfuhr? Hier sehe ich derzeit das größte Motiv.«

»Ich kümmere mich gleich darum«, sagte Lürssen schnell.

Lemke presste verärgert die Kiefer aufeinander. Nein, so ging das nicht. Das durfte er gar nicht erst einreißen lassen.

***

Zufrieden beendete Oda die Telefonkonferenz. So langsam kam die Sache ins Laufen. Sie rieb sich die Hände. »Gut. Was meinste, wollen wir zu Dombrowski?«

»Geht klar. Er müsste um diese Uhrzeit am Schalter im Bahnhof sitzen. Jetzt wird wenig los sein, die Mittagspause ist vorbei, und die nächste Fähre geht erst um fünfzehn Uhr dreißig.«

Knudsen verschloss die Tür der Polizeistation und hängte das Schild raus, auf dem die Telefonnummer stand, unter der er in dringenden Fällen zu erreichen war. Dann liefen sie los.

Odas Handy klingelte, es war Alex. Sofort nahm sie das Gespräch an. »Hallo, mein Schatz. Das ist ja schön, dass du dich meldest. Kann ich dich vielleicht später zurückrufen? Ich bin gerade auf Wangerooge und auf dem Weg zu einem Zeugen.«

»Mama, Leonie hat Blutungen! Die Frauenärztin hat sie direkt von der Praxis ins Klinikum geschickt. Es besteht die Gefahr, dass sie das Baby verliert«, rief ihr Sohn aufgeregt.

»Oh.« Oda wusste im ersten Moment nicht, was sie sagen sollte. »Bist du bei ihr?«

»Nein, aber auf dem Weg. Ich fahre gerade durch den Stadtpark.« Wie Oda liebte auch Alex das Fahrradfahren und hatte darum einen Bluetooth-Ohrstöpsel für sein Handy. »Mama, es geht ihr ganz schlecht!«

»Beruhige dich, mein Schatz«, beschwichtigte Oda ihren Sohn. »Es ist gut, dass die Frauenärztin sie gleich in die Klinik geschickt hat, dort ist sie in guten Händen. Seit wann hat sie denn die Blutungen?« Sie bemerkte, dass Stefan Knudsen sie fragend von der Seite her ansah.

»Seit heute Vormittag. Sie hatte Bauchschmerzen, ist nach der ersten Vorlesung auf die Toilette gegangen und hat es bemerkt. Da hat sie mir sofort 'ne Nachricht geschickt und ist zur Ärztin.«

»Nun versuch mal, ruhig zu werden«, riet Oda ihrem Sohn. »Du hilfst Leonie nicht, wenn du hektisch und aufgeregt zu ihr gehst. Vertrau darauf, dass die Ärzte ihr helfen können. Die sind erfahren in diesen Dingen. Und viele Frauen haben unvorhergesehene Blutungen in der Schwangerschaft, das kann durchaus harmlos sein. Es kann alles gut gehen.«

Ein verräterischer Gedanke blitzte in ihr auf. Was, wenn es nicht gut ging? Was, wenn Leonie das Baby verlor? Dann wäre Alex eine gewaltige Verantwortung los. Natürlich würde sie die beiden in ihrer Traurigkeit trösten. Und wenn sie zusammenblieben und sich irgendwann ganz bewusst für Nachwuchs entscheiden würden, wenn es nicht einfach nur »passieren« würde, wäre sie garantiert die allerbeste Oma aller Zeiten.

Sie schämte sich sofort für diese Überlegungen und biss sich auf die Unterlippe. »Jetzt fahr erst einmal zu ihr und warte ab, was die Ärzte sagen. Lass uns später telefonieren. Okay?«

»Ja. Okay. Und danke, Mama. Hast bestimmt recht. Wird alles nicht so schlimm sein. Weißt du, wir freuen uns inzwischen riesig auf den kleinen Zwerg! Es ist beinahe so, als wäre er schon ein Teil unseres Lebens.«

Oda schluckte. Ein Teil ihres Lebens. Wie naiv die beiden doch waren.

***

Kai Kreyenburg hatte es nicht in die Ferne gezogen, wie Lemke feststellte. Er hatte zwar in Göttingen Jura studiert, war aber danach in einer großen Oldenburger Sozietät als Rechtsanwalt für Familienrecht eingestiegen und hatte es inzwischen zum Partner gebracht. Und die Telefonnummer der Kanzlei stimmte mit einer der Nummern auf der Anruferliste von Sanders Handy überein. Erst vor wenigen Tagen hatte man von dort aus bei dem Aufnahmeleiter angerufen. Lemke griff bereits zum Telefon, als der Neue mit Begeisterung in der Stimme ein Telefonat beendete.

»Ey, wie cool ist das denn!«

»Was?«, fragte Lemke.

»Manchmal hat man eben einfach Glück!« Lürssen war sichtlich mit sich zufrieden. »Die Freundin von dem Schneider, diese Nadine, also die leben ja eigentlich alle in Berlin. Aber sie hat Freunde in Oldenburg. Und weil Lars Schneider zum Dreh auf Wangerooge ist, ist sie mit ihm zusammen hochgekommen, um die Zeit bei den Freunden zu verbringen. Da kann ich mich gleich selbst auf den Weg machen, und wir müssen das nicht irgendwelchen fremden Kollegen überlassen. Geile Feile, das!« Lürssen klatschte begeistert in die Hände.

Irgendwelche fremden Kollegen? Was bitte war Lürssen denn in dieser Polizeiinspektion? Ein fremder Kollege. Nichts anderes. *Noch* nichts anderes zumindest. Es gefiel Lemke gar nicht, wie Lürssen sich hier aufspielte. Der tat ja gerade so, als gehörte er schon lange zum Team. Und noch weniger gefiel ihm, dass der Neue kurzerhand einen Termin in Oldenburg ausgemacht hatte. Da blieb ihm nichts anderes übrig, als Lürssen auch in die Kanzlei zu schicken, in der Kreyenburg arbeitete. Zweimal

Fahrtkosten in ein und derselben Angelegenheit zu ein und demselben Ort ließen sich schließlich schlecht verkaufen.

Aber zumindest hatte er dann den Rest des Tages Ruhe vor dem Kerl. Das war schon viel wert. Er wählte die Telefonnummer der Kanzlei.

***

Tatsächlich hielt sich der Andrang an den beiden Bahnschaltern in Grenzen. Es ging sogar relativ ruhig zu, was sicherlich daran lag, dass die Herbstferien in allen Bundesländern beendet waren. Anfang November war absolute Nebensaison.

Frank Dombrowski saß am linken Schalter. Nahe des Ausgangs zum Bahngleis. Eine Frau mit Kleinkind war vor ihnen an der Reihe, doch die war schnell bedient.

Dombrowski sah Knudsen überrascht an, als er ihn erkannte. »Nä«, sagte er und schüttelte abwehrend den Zeigefinger, »das kann ich nicht machen.«

»Was kannst du nicht machen?«

»Deiner Begleitung eine günstige Überfahrt verkaufen.« Nun sah Dombrowski Oda an. »So leid es mir tut, aber Sie werden den normalen Tarif bezahlen müssen. Hin und zurück oder nur einfache Fahrt?«

Oda verzog das Gesicht. »Weder noch.« Sie griff in die Gesäßtasche ihrer Jeans, zog ihren Dienstausweis heraus und hielt ihn Dombrowski unter die Nase. »Kriminalhauptkommissarin Oda Wagner. Kripo Wilhelmshaven. Wir müssen mit Ihnen sprechen.«

Manchmal liebte sie ihren Job, vor allem, wenn sie selbstgerechte Kerle wie diesen in die Schranken weisen konnte.

Verunsichert sah Dombrowski erst sie, dann Knudsen an. »Kripo? Ich hab aber doch nix gemacht!«

Die Tür zur Bahnhofstraße ging auf, ein Mann mit Rollkoffer trat an den benachbarten Schalter.

»Sie sind zusammen mit Erik Sander zur Schule gegangen, und der kam jetzt auf Wangerooge gewaltsam ums Leben«, sagte Oda. »Darum interessiert uns auch seine Vergangenheit. Ihr ehemaliger Lehrer, Herr Saathoff, kann sich noch gut an Sie, Sander und Kai Kreyenburg erinnern. Nicht zuletzt wegen Ihrer zahlreichen Streiche.«

Dombrowski runzelte die Stirn. »Ach, das ist doch schon Ewigkeiten her. Und garantiert verjährt. Wir waren schließlich nicht kriminell. Und mit dem Tod von Erik hab ich nichts zu tun.« Er schob seinen Drehstuhl zurück und stand auf. »Wir sollten lieber draußen reden. Maren, ich bin mal kurz in einem Gespräch. Kann ich dich allein lassen?«, fragte er die Kollegin am anderen Schalter.

»Natürlich. Ist ja kaum was los.«

»Kommen Sie«, bat Dombrowski.

Gemeinsam verließen sie das Bahnhofsgebäude in Richtung Bahngleis. Die blau-weiße Inselbahn stand wartend bereit. Noch saß niemand darin. Anders als in der Hauptsaison, wo die Inselgäste sich oft schon eine Stunde vor der Abfahrt gen Hafen Plätze in den Waggons sicherten.

Dombrowski zündete sich eine Zigarette an. Tief inhalierte er den Rauch. »Ich weiß, ich sollte aufhören«, sagte er, ohne dass Oda oder Knudsen ein Wort darüber verloren hätten. »Ist ungesund, zu teuer und eigentlich auch nicht mehr gesellschaftsfähig. In meinem Bekanntenkreis raucht kaum noch jemand. Eigentlich hab ich auch schon lange aufgehört. Aber manchmal brauch ich das einfach.« Wieder inhalierte er tief. »Was wollen Sie denn wissen?«

»Sie, Kreyenburg und Sander waren richtig dicke Freunde, sagte man uns.«

Dombrowski lachte auf. »Ja. Das waren wir. Eine Zeit lang. Wie das bei Teenagern so ist. Sich auflehnen gegen die Eltern. Gerade gegen kleinkarierte Inseleltern. Wir haben es unseren Familien und den Lehrern ganz schön schwer gemacht.«

»Und doch haben Sie sich kurz vor der Abschlussfeier gestritten«, sagte Oda. »So sehr, dass Sie auf dem Klassenfoto nicht einmal mehr nebeneinanderstanden. Was ist denn damals passiert?«

»Passiert? Nix ist passiert. Es ging um den Abschlussball. Ich wollte Heinke bitten, meine Tanzpartnerin zu sein. Die war ein Jahr unter uns. Wir waren nur eine kleine Klasse, darum wurden auch Mädchen aus den unteren Jahrgängen gefragt. Aber Erik ist vollkommen ausgerastet, als ich beiläufig erwähnte, ich würde seine Cousine fragen wollen. Das fand ich echt gemein. Ich war nämlich Mädchen gegenüber ziemlich schüchtern, Heinke aber kannte ich durch Erik ganz gut. Da hab ich gedacht, das ist am einfachsten für mich. Erik wurde von den Mädchen angehimmelt, der konnte sich aussuchen, wen er mitnahm. Dass der mich anbrüllt und mir verbietet, Heinke zu fragen, damit hätte ich im Leben nicht gerechnet. Ich hab gedacht, ich bin im falschen Film. Natürlich wusste jeder, dass die beiden seit ihrer Kindheit wie Pech und Schwefel zusammenklebten, aber dass der sich so anstellen würde ... Nur wegen des blöden Abschlussballs.« Dombrowski schüttelte den Kopf. Dann lachte er wieder. Er schien ein Mensch zu sein, der vieles mit Humor nahm.

Wieder zog er an seiner Zigarette. »Ich hab mir von Erik jedenfalls nichts vorschreiben lassen und Heinke trotzdem gefragt. Zugegeben, ich hab sie ein wenig überreden müssen, weil sie meinte, sie müsse mit Erik zum Ball, aber am Ende hat sie doch zugestimmt. Vielleicht, weil ich ein bisschen geflunkert und behauptet hab, Erik würde eine andere fragen wollen. Da wirkte sie zuerst ziemlich bedröppelt, und ich hab mich auch ein büschen geschämt, aber was hätte ich machen sollen? Ich brauchte eine Begleitung. Erik hat getobt, dass ich das erfunden hab. Ich fand, er sollte sich nicht so anstellen. Aber er hat's mir nicht verziehen, obwohl er dann mit unserer Schulschönheit als Ballbegleitung antanzte. Egal, er und Heinke sind wie die meisten anderen unserer Mitschüler nach der Schule aufs Festland, und Erik wurde der große Filmemacher. Kannte uns alte Mitschüler einfach nicht mehr, als er nach zig Jahren das erste Mal wieder nach Wangerooge kam.« Dombrowski zuckte mit den Schultern. »Ich kann Ihnen über den Erik von heute also nichts sagen. Den kenn ich nicht. Hab auch nur das mitgekriegt, was alle Insulaner mitkriegen, wenn er hier auf der Insel dreht, so wie jetzt gerade.«

»Er hat sich nicht bei Ihnen gemeldet? Wollte nicht bei einem Bier über die alten Zeiten reden?«, fragte Oda.

»Nä. Er hat mir bloß überheblich zugenickt, wenn wir uns mal zufällig im Ort getroffen haben.« Dombrowskis Mundwinkel verzogen sich unschön bei diesem Satz. »Vor ein paar Tagen hielt er mir allerdings grinsend ein Mikro unter die Nase. Wollte, dass ich irgendwas zum Thema Umweltschutz sage. Ich bin aber weitergegangen. Vor der Kamera reden ist nich so mein Ding. ›Kleiner Stinker‹, hat er mir hinterhergerufen. Als wären wir nie enge Freunde gewesen. Wahrscheinlich bin ich in seinen Augen ohnehin ein Loser. Der kleine Bahnbeamte, während er so was wie berühmt geworden ist.«

»Gab es damals auch Streit mit dem Dritten in Ihrem Bunde, mit Kai Kreyenburg?«, fragte Oda.

Dombrowski zündete sich die nächste Zigarette an. Die ersten Touristen kamen auf den Bahnsteig und stiegen in die blauen Waggons, obwohl es bis zur Abfahrt noch dauerte. »Mit Kai?« Er steckte die Schachtel ein. »Keine Ahnung. Zwischen ihm und mir jedenfalls nicht. Wir haben uns weiterhin gut verstanden. Natürlich ist der Kontakt im Laufe der Jahre weniger geworden. Ist eben so, die Lebenswege gehen auseinander. Aber wenn er hier ist, meldet er sich meistens, dann gehen wir auf ein Bier raus. Oder ’ne Pizza essen. Mit Erik war das anders. Nach dem Zoff wegen des Abschlussballs hatte ich gar keinen Kontakt mehr mit ihm. Er wollte das nicht. Hat alles total abgeblockt. Ich hab mich zwar bemüht, aber er wich mir aus. Seine Adresse auf dem Festland hat er mir erst gar nicht gegeben. Und damals gab’s kein WhatsApp, keine SMS, ich hatte nicht mal eine E-Mail-Adresse, das war alles noch in den Anfängen. Können sich die Kids heutzutage gar nicht mehr vorstellen. Kai hat damals versucht, zwischen uns zu vermitteln. Er und Erik haben sich wohl mal in Oldenburg getroffen, als Erik da die Ausbildung machte. Er fand es schade, dass wir kein Trio mehr waren. Aber Erik wollte nicht.« Dombrowski schmiss die Kippe auf den Bahnsteig und trat sie aus. »Egal. Das ist alles Schnee von anno Tobak. Ich kann damit leben.«

***

Sven Lürssen hatte sich mit der Lebensgefährtin von Lars Schneider in einem Café in der Oldenburger Innenstadt verabredet. Selbstverständlich war er nicht pünktlich. Er bestellte seine Gesprächspartner generell eine Viertelstunde früher ein. *Sie* sollten warten müssen, nicht er. Er war die Polizei. Lürssen nannte das seine persönliche Zeugenzermürbungsstrategie. Während sie auf ihn warteten, sollten sie sich Gedanken darüber machen, was er wohl von ihnen wollte. Oft drängte in dieser Wartezeit das schlechte Gewissen nach vorn, und im Gespräch gaben sie dann unbeabsichtigt Dinge preis, die sie eigentlich verbergen wollten.

Er trat ein und schob den schweren Vorhang beiseite, der den Innenbereich des Cafés vor der ebenfalls eindringenden Kälte schützen sollte. Blieb stehen. Scannte den Raum. Entdeckte sie an einem Zweiertisch im hinteren Bereich. Herauszufinden, wie sie aussah, war kinderleicht gewesen. Einmal Facebook checken, Instagram … Über das Datenschutzgesetz konnte man wahrlich lachen, so offen, wie viele Leute private Dinge und Fotos in den sozialen Medien posteten.

Bedächtig schlenderte er an den Tisch. »Frau Hoffmann?« Sie nickte. »Kriminaloberkommissar Lürssen. Kripo Wilhelmshaven.« Er zog den Stuhl ihr gegenüber unter dem Tisch hervor und setzte sich. Sie rührte nervös in ihrer Tasse, an der nur am Rand noch etwas Milchschaum klebte. Sie musste schon länger als die von ihm eingeplante Viertelstunde hier sitzen.

»Es geht um Erik Sander«, sagte er und bestellte einen Kaffee.

Nadine Hoffmann nickte. »Lars hat mich angerufen. Furchtbar, das Ganze. Er scheint verunglückt zu sein?« Die Art, wie sie fragte, ließ ihn vermuten, dass sie gern ein Ja als Antwort erhalten wollte. Doch er vermutete, dass Schneider seiner Freundin viel eher gesagt hatte, Sanders Tod sehe nicht nach einem Unfall aus.

»Nein. Seine Kopfverletzung hat er sich nicht dort zugezogen, wo er aufgefunden wurde. Dementsprechend gehen wir davon aus, dass es kein Unfall war.«

»Nicht?« Ihre Stimme klang ein wenig piepsend.

»Nein.« Er sah sie an und schwieg.

Nervös fummelte sie an den Bändern ihrer weißen Rüschenbluse, über der sie eine Strickjacke trug. »Warum wollen Sie denn mit mir sprechen?«, fragte sie zaghaft. »Lars arbeitet doch mit Erik zusammen. Wollen Sie wissen, wie Lars sich mir gegenüber über Erik geäußert hat? Haben Sie ihn etwa in Verdacht, was mit Eriks Tod zu tun zu haben?«

Lürssen lehnte sich zurück. Er verschränkte die Arme vor der Brust. Wartete ab. Es gab nichts Geileres, als aus einer eindeutigen Machtposition heraus eine Befragung zu führen. Die Aussicht darauf war es, was ihn damals dazu gebracht hatte, sich bei der Polizei zu bewerben. Er liebte seinen Job. Er war wichtig. Man musste ihn wichtig nehmen. Niemand durfte ihn hänseln, so wie früher in der Schule. Damals zählte er nicht gerade zu den beliebtesten Mitschülern. Vor allem den Sportunterricht hatte er als erniedrigend empfunden. Gut, er war ein wenig moppelig gewesen. Und nicht gerade ein Talent in Sachen Ballsport. War immer als Letzter gewählt worden, wenn Mannschaften gebildet werden sollten. Auch beim Bockspringen oder beim Turnen am Stufenbarren hatte er kläglich versagt. Inzwischen aber hatten sich die Grenzen verschoben. *Er* hatte die Grenzen verschoben. Er stand auf der Seite der Macht.

»Wie hat Ihr Freund reagiert, als er von der Affäre zwischen Ihnen und Erik Sander erfuhr?«, fragte er, anstatt ihre Frage zu beantworten.

Nadine Hoffmann wurde blass. »Woher wissen Sie?«

Lürssen verzog gelangweilt das Gesicht. Wäre es Sommer und er trüge eine Sonnenbrille, würde er sie sich jetzt auf die Stirn schieben.

»Hat Lars …« Nadine Hoffmann sah ihn fragend an, doch

ehe er reagieren konnte, antwortete sie sich selbst. »Nein. Das hätte er nicht getan. War es Marcel?«

Lürssen fuhr sich mit Daumen und Zeigefinger der rechten Hand ans linke Nasenloch. Da musste ein Popel sitzen. Das spürte er beim Luftholen. Er ließ seine Fingerspitzen kurz in die Nasenlöcher gleiten und betrachtete das Ergebnis. Tatsächlich. Er wischte den Popel in der vorderen Tasche seiner Jeans ab. »Es ist vollkommen wurscht, woher wir das wissen. Uns interessiert, wie Ihr Freund reagiert hat.«

Er sah, wie es in Nadine Hoffmanns' Kopf arbeitete. Sein Kaffee wurde gebracht, er gab großzügig Zucker und einen Schuss Milch hinein.

»Es gab Krach«, gestand sie schließlich.

»Und?« Gelassen rührte er in seinem Kaffee.

Sie reckte kampfbereit das Kinn. »Was und? Wir haben uns gefetzt. Ist doch wohl logisch. Er hat mich als Hure beschimpft, ich hab ihm vorgeworfen, ein absoluter Vollversager zu sein. Was man sich eben so an den Kopf wirft, wenn ein Streit eskaliert.« Sie umklammerte ihre leere Tasse.

»Möchten Sie vielleicht noch einen Kaffee?«, fragte Lürssen zuvorkommend und lächelte. Immer die Position wechseln. Mal nett sein, dann wieder streng und fordernd. Zuckerbrot und Peitsche. Das funktionierte schon seit Tausenden von Jahren.

Nadine Hoffmann nickte. »Gern«, sagte sie leise.

Er gab der Bedienung ein Zeichen. »Haben Sie sich denn inzwischen wieder versöhnt?«

Ohne Vorwarnung begann Nadine Hoffmann zu weinen. Lürssen griff zu einer der dünnen Papierservietten, die im Spender auf dem Tisch standen, und reichte sie ihr.

»Danke.« Sie schniefte und wischte sich damit über die Augen.

»Haben Sie?«, wiederholte er.

Sie schüttelte den Kopf. »Noch nicht wirklich. Er nimmt es mir ziemlich übel, dass … na ja. Ich war eben sauer auf ihn, dass er gerade an diesem besonderen Abend, es war das Sommerfest der Produktionsfirma, so früh sternhagelvoll war. Wir haben seit der Geburt unserer Tochter Luisa kaum noch die Möglichkeit, auf Partys zu gehen. Dazu wohnen unsere Eltern zu weit weg, Lars kommt ja aus der Gegend um Hannover und ich aus Dresden, da kann man die Kleine nicht mal eben schnell bei den Großeltern abgeben. Und Freunden mag man es auch nicht zumuten, ein so kleines Kind über Nacht zu nehmen. Ich hatte mich jedenfalls auf einen wunderbaren Abend gefreut, doch dann war Lars schon um halb elf so betrunken, dass er aufs Zimmer ging, um sich hinzulegen. Ich war wütend. Enttäuscht. Traurig. Verletzt. Alles auf einmal. Und dann war da Erik.« Sie verzog die Mundwinkel. »Er war ein ziemlicher Charmeur. Er streichelte mich mit Worten und Blicken. Das tat unheimlich gut nach diesen Monaten seit der Geburt, in denen ich primär Mutter war, unter Schlafmangel litt und aus den bekleckerten Jogginghosen und T-Shirts gar nicht mehr herauskam. In denen Lars sich beschwerte, ich würde mich nicht um ihn kümmern. Ich musste doch auch erst lernen, Mutter zu sein. Ich wollte und will es beiden recht machen. Lars und Luisa. Bei Lars habe ich es wohl nicht geschafft. Ich vermisste seine Aufmerksamkeit mir gegenüber als Frau. Seine Wärme. Und als er sich am Abend des Sommerfestes so schnell betrank … Wie gesagt, ich war vollkommen enttäuscht. Und sauer. Sagte ich ja schon. Erik hat das ausgenutzt. Er ließ mein Glas immer wieder füllen, ich hab das gar nicht so mitgekriegt. Wir haben uns unterhalten, er hat mir zugehört, wir haben getrunken … Ich hätte vermutlich merken müssen, dass mein Glas irgendwie nie leer wurde. Hab ich aber nicht.« Sie senkte verlegen den Blick. »Und dann ist es passiert, ich bin mit ihm auf sein Zimmer. Im Nachhinein wundert mich das nicht. Ich war betrunken. Fühlte mich vernachlässigt. Sehnte mich nach Zärtlichkeit. Und dann war es auch schon wieder vorbei.« Sie hob den Kopf, und ihre Augen blitzten. »Ich bin nicht lange bei Erik geblieben. Wir hatten wilden Sex, danach schlief er ein.« Sie schnaubte ironisch. »Total romantisch. In dem Moment wurde mir klar, was ich gemacht hatte. Ich war schlagartig wieder nüchtern, habe mich angezogen und bin in unser Zimmer gegangen. Das war gegen vier Uhr morgens. Lars hat tief und fest geschlafen. Ich hab mich ausgezogen und zu ihm ins Bett gelegt.«

Lürssen kniff grimmig die Augen zusammen. »Sie haben meine Frage nicht beantwortet. Haben Sie sich nun wieder versöhnt? Hat Ihr Freund Ihnen verziehen?«

Sie richtete sich auf und machte auf einmal einen starken Eindruck. »Nein. Das habe ich Ihnen auch bereits gesagt, und zwar bevor ich Ihnen erklärte, wie es dazu gekommen ist. Lars sagte, er wolle es versuchen, doch aktuell behauptet er, dass es ihm wohl nicht gelingen wird, zumal Erik ihm anscheinend immer mal wieder unter die Nase reibt, dass er mit mir im Bett war. Das ist so ätzend! Lars hätte nichts erfahren, hätte Marcel mich nicht verpetzt.«

Hm. Das schien ihm jetzt doch etwas komplizierter zu sein als erwartet. Dass Erik Sander mit dem One-Night-Stand herumprahlte und so die Versöhnung mit dem Vater ihrer Tochter sabotierte, könnte ein Anlass für Nadine Hoffmann gewesen sein, aktiv Gegenmaßnahmen zu ergreifen. War sie deshalb mit nach Oldenburg gereist? Um sich heimlich mit Sander zu treffen und ihn zum Umdenken zu bewegen? Obwohl von ihrer Seite aus ja eigentlich eher Marcel Krieger eine Abreibung verdient gehabt hätte. Und der lebte noch.

Allerdings hatte Lemke das mit der Sechs-Uhr-Fähre herausgefunden. Vielleicht tat Nadine Hoffmann nur so naiv und war in Wirklichkeit ein durchtriebenes Luder? Sie sah ja verdammt scharf aus. Trug Overknee-Stiefel mit hohen Absätzen, einen schwarzen Rock, der im Stehen sicher oberhalb des Knies endete, im Sitzen aber deutlich mehr Oberschenkel zeigte, und der Ausschnitt ihrer verspielten weißen Rüschenbluse war überaus großzügig. Hatte sie sich für ihn so aufgebrezelt? Zeit genug hatte er ihr gelassen, immerhin waren zwischen dem Telefonat und dem Treffen anderthalb Stunden vergangen.

»Sagen Sie, wo sind Sie eigentlich am Montagabend gewesen?«, fragte Lürssen unvermittelt.

»Hier. Also, in Oldenburg. Bei meinen Freunden.«

»Und Ihre Tochter ist jetzt gerade bei denen?«

»Luisa? Nein. Ich wollte doch Zeit mit meinen Freunden verbringen. Ein wenig ausgehen. Sie ist bei Lars' Eltern in Hannover. Die freuen sich, wenn sie die Kleine mal für ein paar Tage haben. Lars und ich haben sie auf dem Weg hierher dort vorbeigebracht.«

»Aha. Und was haben Sie am Montagabend mit Ihren Freunden unternommen?« Lürssens Puls beschleunigte sich vor Vorfreude. Das konnte jetzt echt was werden. Das spürte er.

»An dem Tag leider nichts. Silvie und Peter waren am Montag auf einer Hochzeit.«

Lürssen zog ungläubig die Augenbrauen zusammen.

»Sie brauchen gar nicht so zu gucken. Das stimmt. Sie können sie fragen. Das Brautpaar wollte unbedingt an diesem Datum heiraten, Montag hin oder her. Irgendeine Kartenlegerin hatte der Braut prophezeit, dass die Ehe dann bis an ihr Lebensende halten würde. Und die Braut ist wohl sehr abergläubisch. Die standesamtliche Trauung war um fünfzehn Uhr, danach wurde gefeiert. Ich lag schon im Bett, als die beiden nach Hause kamen. War froh, mal eine Nacht durchschlafen zu können. Silvie und Peter wussten das, darum haben sie mich am Dienstag auch ausschlafen lassen. Sie mussten ja ohnehin zur Arbeit.«

Lürssen schnalzte begeistert mit der Zunge. »Also haben Sie kein Alibi«, stellte er fest.

***

Um draußen zu sitzen, war es dann doch zu kühl. Anders als bei den Lokalen an der Promenade im Ort, gab es im Westturmcafé keine Fleecedecken und Kissen. So hatten sich Christine und Phillip drinnen ein nettes Plätzchen am Fenster gesucht, mit Blick auf weidende Kühe und die Fahrradstraße, die vom Westturm und der dazugehörigen Jugendherberge in den Ort führte. In der Nachsaison gingen die Uhren auf der Insel langsamer. Gemächlicher. Als hätten die Menschen, die bei dem jetzt wieder herbstlich goldenen Wetter zu Fuß vom Ort in den Westen liefen, mehr Zeit. Eben kam ein älteres Ehepaar herein.

Christine bestellte sich Sanddorntee. Und ein Stück Apfelkuchen mit Schlagsahne. Phillip bevorzugte einen Ostfriesentee mit Rum, dazu eine Sanddorntorte. Die Bedienung brachte Tee und Kuchen, und Phillip stach seine Gabel beherzt in die Torte. »Mhmm, schmeckt echt klasse«, sagte er mit vollem Mund. »Musst du unbedingt probieren.« Er lud den nächsten Bissen auf die Gabel und hielt sie ihr hin.

Ein wohliges Gefühl breitete sich in Christine aus. Nach den Spannungen der letzten anderthalb Tage war sie froh, wieder die Nähe zu ihrem Mann zu spüren. Sie hatte schon befürchtet, ihn in den letzten achtundvierzig Stunden verloren zu haben, und war sehr dankbar, dass Phillip nicht mehr von ihr forderte, sich komplett aus den Ermittlungen rauszuhalten. Wie sollte das auch gehen? Dazu müssten sie den Urlaub abbrechen oder zumindest in ein anderes Hotel ziehen. Und selbst dann …

Phillip lächelte sie an. »Was hältst du von Katharina, wenn es ein Mädchen wird?«, fragte er.

Sie lächelte verlegen zurück. Irgendwie konnte sie sich jetzt nicht wirklich auf die Suche nach dem perfekten Namen für ihr Kind konzentrieren.

***

Eigentlich war es Quatsch, nun noch in die Kanzlei von Kai Kreyenburg zu müssen. Der konnte schließlich einfach nur so bei seinem alten Kumpel angerufen haben. Das mochte sich der verklemmte Lemke zwar nicht vorstellen können, aber viele Menschen pflegten langjährige Kontakte, selbst wenn es nur telefonisch war. Sven Lürssen hatte es im Urin, dass diese flotte Schnitte Nadine irgendwie in der Sache drinhing. Dass die kein Alibi hatte, sprach Bände. Er hatte sie am Ende ihres Gesprächs um ein Foto gebeten. Wie sie ihn da angesehen hatte! Köstlich. Natürlich hatte er gleich klargestellt, dass er es für die Ermittlungen brauchte.

Immerhin befand sich die Kanzlei des Anwalts in relativer Nähe zum Bahnhof. In dem zugehörigen Parkhaus hatte er nämlich den Wagen abgestellt, die dortigen Parkgebühren waren noch moderat. Nun schlenderte er gemütlich vom Café zur Kanzlei. Er glaubte nicht, dass der Anwalt ihn groß weiterbringen würde. Andererseits, wenn er schon die Gelegenheit hatte, allein Befragungen durchzuführen, wollte er das auch auskosten. Er sah auf die Uhr. Sehr gut. Auch hier betrat er eine Viertelstunde nach der vereinbarten Uhrzeit die Büroräume.

Mit siegessicherem Schritt näherte er sich der Anmeldung. Hinter dem Empfangstresen saß eine hübsche junge Frau von vielleicht Mitte zwanzig. Ihre langen braunen Haare fielen ihr offen über die Schultern. Die Lippen waren herzförmig und knallrot angemalt, sie trug einen BH mit mindestens Körbchengröße D. Oder einen Push-up. Lürssen fuhr sich mit der Zunge über die Oberlippe. Was war das heute nur für ein geiler Tag! Er hob anerkennend die Augenbrauen. »Moin. Kriminaloberkommissar Sven Lürssen, Kripo Wilhelmshaven. Ich habe einen Termin mit Herrn Kreyenburg.« Das Hochgefühl, das ihn gerade durchflutete, klang in seinen Worten mit.

Die junge Frau lächelte ihn freundlich an. »Kann ich Ihren Dienstausweis sehen?«

»Natürlich.« Er ließ seine Stimme bewusst eine Oktave tiefer klingen und blickte ihr direkt in die Augen, während er den Ausweis aus der Innentasche seiner dunkelgrauen Multifunktionsjacke zog und ihn ihr reichte. Sie nahm ihn, blickte kurz darauf und gab ihm das Kärtchen zurück. Die Nägel ihrer Hände leuchteten im gleichen Rot wie ihr Mund. Erneut fuhr seine Zunge über seine Lippen.

»Es tut mir leid«, sagte die junge Frau bedauernd, »aber Sie sind zu spät. Herr Kreyenburg hat jetzt Besuch von einem Mandanten. Sie können natürlich gern im Wartebereich Platz nehmen, ich versuche dann, Sie vor dem nächsten Termin dazwischenzuschieben.«

Augenblicklich sank Lürssens Stimmung. »Was soll das denn heißen? Ich bin bei einem anderen Termin aufgehalten worden. Das muss man doch mit einrechnen!« Er war wütend.

»Außerdem bin ich nicht zu meinem Vergnügen hier. Es geht um Ermittlungen in einem Mordfall.«

Die junge Frau behielt ihre Freundlichkeit. »Das mag sein, doch auch Herr Kreyenburg hat verschiedene Terminvereinbarungen. Wir konnten ein kleines Zeitfenster für Sie freischaufeln, weil Ihr Kollege von Mordermittlungen sprach. Nun aber müssen Sie leider noch etwas warten.« Sie deutete auf einige Stühle, die entlang des Flures standen.

Er kniff die Augen zusammen. »Na gut. Ich hoffe, es dauert nicht zu lange.«

Die junge Frau zuckte mit den Schultern. Dabei wusste sie garantiert ganz genau, wie viel Zeit für den Mandanten eingeplant war. Dummes Luder.

»Ich werde rausgehen und die Wartezeit für ein Telefonat nutzen. Rufen Sie mich bitte, wenn Herr Kreyenburg fertig ist. Nicht dass noch mal einem Mandanten der Vorzug gegeben wird.«

Diesmal verzog *sie* die Augenbrauen. Und lächelte auf eine herablassende Art.

***

In der Polizeistation ließ sich Oda auf Knudsens Stuhl fallen. »Also auch hier eine kalte Spur«, sagte sie enttäuscht. »Ich jedenfalls sehe keinen Grund, warum wir an Dombrowskis Aussage zweifeln sollten. Sie passt zu dem, was der Rektor der Schule sagte, dieser Saathoff.« Sie legte den Kopf in den Nacken und bewegte ihn hin und her, bis es knackte. »Hast du mal 'nen Kaffee? Und noch ein Stück von dem leckeren Kuchen?«

»Klar!« Knudsen verschwand in der kleinen Küche und kam kurz darauf mit dem Kuchenteller zurück. »Kaffee läuft«, sagte er. Er griff zu einer Scheibe Kuchen und biss hinein. Oda tat es ihm nach.

»Warum hast du eigentlich nicht gesagt, dass Dombrowski mit in diesem Chor singt?«, fragte sie mit vollem Mund. »Und dass er Montag dabei war? Wie lang geht die Probe eigentlich?«

»Die Chorprobe? Bis halb zehn. Warum?«

»Ich habe nur überlegt, ob er sich danach noch mit Sander getroffen haben oder mit zu ihm nach Hause gegangen sein kann.«

Knudsen überlegte nur kurz. »Möglich wär das natürlich. Ilka und Frank wohnen im Westen. Sie betreibt dort einen kleinen Kiosk an ihrem Haus. Nix Großes, sie hat einen Raum im Erdgeschoss dafür hergerichtet und die Fensterscheibe in eine Kiosk-Scheibe umarbeiten lassen, die sie aufschieben kann.«

»Ach nee.« Odas Augen blitzten begeistert. »Das ist doch interessant.«

»Wie man's nimmt.« Knudsen stieß sich von der Schreibtischplatte ab. »Der Kaffee müsste jetzt durch sein. Ich hol uns mal eben zwei Becher.«

»Mir reicht einer«, sagte Oda lax.

»Hä?« Knudsen drehte sich zu ihr um.

»Schon gut. Sollte ein Witz sein.« Sie zwinkerte ihm zu. Dann griff sie zum Telefon und tippte die Ziffern für die Polizeiinspektion in Wilhelmshaven ein. »Hi Heiko«, sagte sie, als Lemke sich meldete. »Habt ihr schon was aus der Rechtsmedizin?«

»Das muss Gedankenübertragung gewesen sein«, entgegnete ihr Kollege. »Der Bericht kam vor einer halben Stunde. Ich hätte dich auch gleich angerufen. Also: Sander wurde tatsächlich erschlagen. Mit einem sehr harten, ungleichmäßigen Gegenstand. Es gibt mehrere Verletzungen auf der linken vorderen Schädelseite.«

»Also haben wir es wahrscheinlich mit einem Rechtshänder zu tun«, überlegte Oda. Knudsen kam mit zwei dampfenden Kaffeebechern zurück. »Warte mal, Heiko, ich stell eben auf laut, dann kann Stefan mithören.« Sie drückte auf die Taste, und Lemkes Stimme floss über den Lautsprecher in den Raum.

»Sieht ganz danach aus. Es muss zuvor schon zu Handgreiflichkeiten gekommen sein, denn Krüger hat Blutergüsse an den Armen und am Oberkörper festgestellt.«

»Obwohl Sander eine Steppjacke angehabt hat?«

»Jo. Er ist übrigens transportiert worden. Die Leichenflecken belegen das.«

»Wie sieht es mit seinen Fingernägeln aus? Irgendwelche DNA-Spuren?«

»Das ist noch nicht abschließend ausgewertet. Es wurde allerdings ein fremdes Haar an seinem Schal gefunden.«

»Was ist mit den Blutergebnissen?«

»Die Proben stimmen überein. Also, die von der Straße mit der von Sander. Der Tod muss zwischen einundzwanzig Uhr und zweiundzwanzig Uhr dreißig eingetreten sein. Nicht lang vorher hat er gegessen. Die Speisen waren noch recht unverdaut. Per Mail kam gerade auch noch ein Foto rein. Von Lars Schneider. Es zeigt den Urlauber aus Bayern, der sich mit Sander so heftig gestritten haben soll. Ich mail es dir gleich zusammen mit dem Obduktionsbefund rüber.«

»Gut. Ich werde mal zusehen, dass wir zumindest Fingerabdrücke von der restlichen Filmcrew kriegen. Wenn die nichts zu verbergen haben, werden sie sie mir geben. Ganz nach dem Motto: Besser haben als brauchen. Ich kann natürlich auch versuchen, Speichelproben zu bekommen. Dann hätten wir schon Vergleichsmuster für das Haar und die Fingernagelspuren, so es denn welche gibt. Stefan, du hast doch Röhrchen hier?«

Knudsen nickte. »Klar. Wir sind hier perfekt ausgestattet. Ich muss nur mal gucken, ob die das Haltbarkeitsdatum noch nicht überschritten haben. Wir brauchen die hier ja so gut wie nie, da vergess ich immer, das zu kontrollieren und neue zu bestellen.«

»Verfallsdatum? Stefan! Das sind Wattestäbchen in einer Plexiglasröhre. Die können doch nicht schlecht werden.« Oda musste lachen.

»Nee, da brauchste gar nicht so zu lachen. Die haben auch ein Verfallsdatum. Das kannste mir glauben. Das weiß ich, weil Martina von ihrer Frauenärztin mal so 'nen Test zur Stuhlprobe bekommen hat. Den hat sie artig ins Badezimmer gelegt, aber nicht benutzt. Als sie ihn dann benutzen wollte, war er abgelaufen.«

»Ach, echt? Okay.« Sie wandte sich wieder ihrem Telefonat mit Lemke zu und berichtete von dem Gespräch mit Dombrowski. »Kannst du ihn mal genauer unter die Lupe nehmen?«, bat sie. »Vielleicht ist er in grauer Vorzeit wegen irgendwelcher Gewaltanwendungen aktenkundig geworden.« Sie sah, dass Knudsen den Kopf schüttelte.

»Nee, das könnt ihr vergessen«, widersprach er. »Die Insel ist klein, da spricht sich alles in Windeseile herum. Wenn der seiner Ilka regelmäßig eine vernuscht hätte, wüsste ich es. Außerdem haben wir doch vorhin gesagt, dass er gar keinen Grund hatte, sich mit Sander in die Wolle zu kriegen.«

»Erstens könnte Dombrowski anderweitig gewalttätig gewesen sein, und zweitens wäre er kaum so naiv und hätte uns einen Grund auf dem Silbertablett serviert«, gab Oda zu bedenken.

»Ich lasse ihn durchs System laufen«, meinte Lemke. »Kann ja nicht schaden.«

»Hat Lürssen sich eigentlich schon gemeldet? Der war doch in Oldenburg bei der Freundin von Lars Schneider und dem Kreyenburg.« Oda griff zum Becher und trank einen Schluck Kaffee.

»Nein. Der Kollege glaubt, er wäre was Besonderes«, sagte Lemke sarkastisch. »Aber der wird mich noch kennenlernen. Mich behandelt der nicht wie seinen Handlanger, sage ich dir. Nicht mit mir!«

»Ui, Heiko, was sind das denn für Töne? Das kenne ich gar nicht von dir.« Oda staunte. An sich war Heiko Lemke die Ruhe in Person.

»Ach, du hättest den heute mal erleben sollen! Der riss gleich alles an sich. Dabei sollte der als Neuer ganz kleine Brötchen backen und erst mal gucken, wie der Hase hier läuft. Sich einfügen. Nicht den dicken Max rauskehren.«

»Oje. Das hört sich nicht nach großer Liebe an«, sagte Oda ein wenig sarkastisch und biss sich verärgert auf die Zunge. Zum Glück ging Lemke darüber hinweg.

»Ich melde mich, wenn ich was Neues für euch habe«, sagte er und legte auf.

Oda wandte sich dem Computer zu, öffnete den Mail-Account und die Mail mit dem Obduktionsbericht und dem Foto, das Lemke an sie weitergeleitet hatte. Mit wenigen Klicks druckte sie beides aus. Aufmerksam las sie Krügers Bericht, dann betrachtete sie das Bild. Sah ganz normal aus, der Typ. Sie reichte es Knudsen. »Kannst du mal im Rathaus nachfragen, ob der sich da beschwert hat? Bei dir war er nicht, oder?«

Knudsen warf einen Blick auf den Ausdruck. »Nö.«

»Hm. Lemke sagte, der Täter habe Sander mehrfach mit einem unregelmäßig geformten Gegenstand auf den Kopf geschlagen. Und dann transportiert. Fehlt nur noch das Transportmittel.«

»Könnte 'ne Wippe gewesen sein.« Knudsen hob abwägend die Schultern. »Aber in der Nähe vom Fund- oder dem mutmaßlichen Tatort haben wir keine gefunden.«

»Besitzt Dombrowski so ein Teil?«

»Keine Ahnung. Viele Insulaner haben so 'n Ding.«

»Müssen wir ihn also fragen. Und den Anhänger untersuchen, falls er einen besitzt.«

»Der Tote könnte auch getragen worden sein«, meinte Knudsen.

Oda verdrehte die Augen. »Kerl. Weißt du, wie schwer es ist, einen erwachsenen Menschen zu tragen, der zudem noch bewusstlos ist? Ich glaub kaum, dass das ausgerechnet in Sanders Fall einfach gewesen sein wird. Haben wir denn keine Hinweise aus der Bevölkerung?«

»Nee. Und ich glaube, wenn jemandem was aufgefallen wäre, hätte derjenige sich gemeldet. Wer weiß, wo Sander sich mit seinem Widersacher getroffen hat. Muss irgendwo gewesen sein, wo nicht so viele Menschen hinkommen. Bestimmt sogar.«

Oda umfasste ihren Becher mit beiden Händen. »Könnte Dombrowski irgendwas von Sander gewollt haben, was der nicht wollte? Könnten die zwei darüber in Streit geraten sein?«

»Phhh ... keine Ahnung. Frank sagte, die alte Freundschaft bestand nicht mehr. Weshalb hätte es da also irgendwelche Reibungspunkte geben sollen? Wobei ... da fällt mir was ein:

Frank schreibt Inselkrimis. Die veröffentlicht er über eine Internetplattform. Er behauptet, die gehen wie geschnitten Brot, aber dazu kann ich nichts sagen. Vielleicht ist das die Gemeinsamkeit? Der eine schreibt Bücher, der andere arbeitet für eine Produktionsfirma. Vielleicht wollte Frank Erik Sander dazu bringen, seine Bücher zu verfilmen.«

Sofort schoss Odas Daumen in die Höhe. »Bingo! Das ist doch mal was! Werden wir den guten Dombrowski also noch einmal zu diesem Thema interviewen.«

***

Sven Lürssen wartete einige Minuten, ehe er die Kanzlei erneut betrat. Er hatte überlegt, ob er Lemke beziehungsweise Oda Wagner anrufen und ihnen schon mal von dem Gespräch mit Nadine Hoffmann berichten sollte. Doch dann hatte er den Gedanken wieder verworfen. Das wäre so etwas wie vorauseilender Gehorsam gewesen. Und seiner absolut unwürdig. Immerhin war er nicht als kleines Licht nach Wilhelmshaven gewechselt. Er hatte in Osnabrück erheblich zu den beachtlichen Erfolgen des Teams beigetragen. Leider waren die dortigen Kollegen sehr egoistisch gewesen und hatten seinen Anteil am Erfolg der Ermittlungen heruntergespielt, wo es nur ging. Das war kein angenehmes Arbeiten mehr gewesen. Er hatte nicht länger mit derart profilierungssüchtigen Menschen zu tun haben wollen. Dann war ihm im Intranet die Vakanz in Wilhelmshaven ins Auge gefallen. Und siehe da, es hatte binnen Kurzem geklappt. Er war sich sicher, dass man seine Fähigkeiten hier bald zu schätzen wissen würde. Eine weibliche Kriminalhauptkommissarin, tsss. Wahrscheinlich hatten die keine kompetenten Männer in ihrer Abteilung. Aber das änderte sich ja nun. Jetzt war er da. Wo gab es das denn, dass eine Kollegin in der Abteilung einen höheren Rang bekleidete als er? Er würde an Oda Wagner vorbeiziehen.

Natürlich würde er sie nicht für alle sichtbar aus dem Weg räumen. Er ging subtiler vor. Gerissener. Außerdem hatte er sich fest vorgenommen, sich künftig strikt an die Regeln zu halten. Das hatte er in Osnabrück leider nicht getan. Aber auch wenn ihm das nicht noch mal passieren würde, ließen Regeln einen gewissen Handlungsspielraum zu. Aus diesem Grund hatte er auch das Telefonat mit Lemke nicht geführt. Er würde ihn vielleicht später, auf dem Rückweg nach Wilhelmshaven, anrufen – der polizeiliche Zivilwagen verfügte über eine Bluetooth-Freisprecheinrichtung –, ansonsten würde es auch morgen früh noch ausreichen. Es sei denn, Kreyenburg käme gleich mit einer ermittlungstechnischen Sensation daher.

Die junge Frau sah nur kurz auf, als er den Empfangsbereich betrat. »Einen Moment noch«, sagte sie mit einer Selbstverständlichkeit, die den bittenden Ton vermissen ließ, der ihm gegenüber angebracht war. Jetzt bat sie ihn nicht einmal mehr, auf den Flurstühlen Platz zu nehmen. Lürssen spürte, wie sein Blut in Wallung geriet. Langsam ging er zu der Stuhlreihe. Kam sich vor wie auf dem Amt, als er Platz nahm. Und schwor sich: Falls diese Frau jemals in die Verlegenheit käme, ihn um Unterstützung bitten zu müssen, würde er sie ebenfalls am langen Arm zappeln lassen.

Er griff zur »Nordwest-Zeitung«, die sichtlich zerlesen auf dem Nachbarstuhl lag. Es gab einen riesigen Beitrag über den wiederaufgerollten Fall des Krankenhauspflegers, der seinen Patienten in nachweislich über einhundert Fällen in Oldenburg und Delmenhorst zunächst ein lebensbedrohendes Medikament gespritzt hatte, um sie dann wiederzubeleben und als Held dazustehen. Das hatte allerdings nur selten geklappt. Dieser Mann hatte die größte Mordserie seit Ende des Zweiten Weltkrieges zu verantworten. Wie gestört musste man sein, um so nach Zustimmung und Beifall zu heischen?

»Herr Lürssen?« Die junge Frau stand am Ende des Flures. »Herr Kreyenburg hätte jetzt Zeit für Sie.«

Er legte die Zeitung auf den Nebenstuhl, ohne sie zusammenzufalten, und stand auf. Sollte sich doch die Empfangsmieze darum kümmern.

Das Büro des Anwalts wurde von warmen Holztönen dominiert, was für Beständigkeit und Verlässlichkeit stehen sollte, wie Lürssen sogleich analysierte. Für Kompetenz und Empathie. Geschickt ausgewählte Beleuchtungselemente verstärkten diesen Eindruck. Ganz schön raffiniert. Aber nicht raffiniert genug für ihn. Er durchschaute die Taktik.

»Herr Kreyenburg, ich will Ihre Zeit nicht länger in Anspruch nehmen als unbedingt nötig«, hob er an und nahm dem Anwalt gegenüber Platz. »Schließlich haben wir beide jede Menge anderer Dinge zu erledigen. Wie Sie inzwischen sicherlich wissen, geht es um Erik Sander.«

»Ja. Furchtbar. Er wurde Opfer eines Gewaltverbrechens, sagte meine Sekretärin?«

»Genau. Hatten Sie noch Kontakt zu ihm?«

»Wie kommen Sie darauf?« Kreyenburg lehnte sich entspannt in seinem großen Lederschreibtischstuhl zurück.

»Immerhin sind Sie früher sehr eng befreundet gewesen. Das jedenfalls sagte ihr ehemaliger Lehrer, Herr Saathoff.«

Ein sanftes Lächeln zog über Kreyenburgs Gesicht. »Stimmt. Früher waren wir befreundet. Aber das ist über zwanzig Jahre her. Wie kommen Sie jetzt auf mich?«

»Sie haben meine Frage nicht beantwortet. Hatten Sie Kontakt zu Sander?«

»Er steht auf der Liste derjenigen, die von der Kanzlei eine Weihnachtskarte zugeschickt bekommen.«

»Mehr nicht?« Lürssen lachte sich bereits innerlich ins Fäustchen. Wäre wirklich ein Ding, wenn der jetzt abstreiten würde, Sander angerufen zu haben. Die Sache begann, ihm richtigen Spaß zu machen.

»Schauen Sie. Man verändert sich im Laufe der Zeit. Alte Freunde gehen, neue kommen. Interessen verschieben sich.«

»Sie haben sich also in letzter Zeit nicht mit ihm getroffen?«

Kreyenburg runzelte die Stirn. »Worauf genau zielt Ihre Frage ab?«

Lürssen konnte ein breites Grinsen nicht verhindern. Wie geil war das denn? Kreyenburg schien tatsächlich Dreck am

Stecken zu haben. Das hatte er nicht erwartet. »Wo haben Sie sich getroffen? Und aus welchem Grund? Vermute ich richtig, dass es kein rein freundschaftliches Treffen war?«

Der Anwalt schob seinen Stuhl zurück. Stand auf und trat ans Fenster. Mit dem Rücken zu Lürssen sagte er: »Wie es der Zufall will, haben wir in der letzten Woche miteinander telefoniert.« Er drehte sich um. Sah Lürssen in die Augen. »Wir haben miteinander telefoniert. Uns nicht getroffen. Das möchte ich betonen. Die Angelegenheit war von meiner Seite aus rein beruflich.«

»Inwieweit?« Lürssen beugte sich neugierig vor.

»Insoweit, als dass ich Ihnen nichts darüber berichten darf. Schweigepflicht. Datenschutz. Persönlichkeitsrecht. Wie auch immer Sie das bezeichnen wollen.«

»Aha. Schweigepflicht. Datenschutz. Persönlichkeitsrecht.« Genüsslich und langsam sprach er die Worte nach und schnalzte vor Vergnügen mit der Zunge. »Ersparen Sie uns doch den Umweg über einen richterlichen Beschluss. Worüber haben Sie mit Erik Sander gesprochen, Herr Kreyenburg? Oder sollte ich besser sagen: gestritten?«

***

Auf dem Weg von der Polizeistation ins Hotel grübelte Oda vor sich hin. Es war bereits dunkel. Irre, wie schnell der in diesem Jahr lange Sommer vom Herbst eingeholt worden war. Fast schon war man der Meinung gewesen, es würde weiterhin so mild und sonnig bleiben, konnte sich Kälte und Regen kaum noch vorstellen, da war er auf einmal da, der Herbst. Zu gern würde Oda sich jetzt mit Christine austauschen, die Fakten mit ihr besprechen, abwägen und analysieren. Sie seufzte, was absolut untypisch für sie war. Eigentlich seufzte Oda nie. Oda packte an. Oda machte. Oda fand Lösungen.

Allerdings bemerkte sie seit einigen Monaten eine unschöne Veränderung bei sich selbst. Sie war nicht wirklich greifbar. Eher diffus. Plötzliche Stimmungsveränderungen. Traurigkeit, wo sie doch gar kein trauriger Mensch war. Ob das daran lag, dass Alex sich mit dem Studium auf dem Weg in ein eigenes, selbstbestimmtes und in naher Zukunft auch selbst finanziertes Leben befand? War es diese Art von Verlustgefühlen, die schon einige andere aus ihrem Bekanntenkreis beklagt hatten? Aber sie verlor Alex doch gar nicht. Er studierte an der Jadehochschule Medienwirtschaft und Journalismus, hatte sein Zimmer in ihrer Wohnung und, nun gut, inzwischen eine feste Freundin, bei der er sich überwiegend aufhielt.

Leonie. Die Schwangerschaft. Um Himmels willen! Leonie lag ja im Krankenhaus! Oda zog ihr Handy aus der Hosentasche und wählte die Nummer ihres Sohnes. Der meldete sich erst nach dem siebten Klingeln.

»Entschuldige, Mama, ich hab's nicht gehört«, sagte er zur Begrüßung.

»Wie geht es Leonie?«, fragte Oda besorgt. Sie hatte seiner Stimme keinerlei Hinweis anhören können. Nun jedoch registrierte sie die tiefe Freude, als er sagte: »Du hattest mal wieder recht, Mama! Es ist alles okay. War nichts Schlimmes. Wir sind so erleichtert und glücklich! Heute Nachmittag durfte ich beim Ultraschall dabei sein. Unser Krümel bewegt sich froh und munter in Leos Bauch. Wir haben vor Freude geweint.«

Oda presste die Lippen aufeinander. Tränen liefen ihr übers Gesicht. Überrascht stellte sie fest, wie sehr auch sie sich auf ihr Enkelkind freute.

***

Heiko Lemke hatte in der Personalakte nachgucken müssen, wo sein langjähriger Kollege Nieksteit wohnte. Bis zu diesem Moment war ihm nicht klar gewesen, wie sehr er Berufliches und Privates trennte. Ob Oda Nieksteits Adresse kannte? Er würde sie fragen, wenn der Einsatz auf Wangerooge beendet war.

Niekteit wohnte im Stadtteil Heppens. In einem Mehrfamilienhaus. Lemke drückte auf den Klingelknopf. Einmal.

Zweimal. Dreimal kurz hintereinander. Der Summer ertönte. Lemke drückte die Tür auf.

Das Treppenhaus war noch mit Terrazzoboden ausgelegt. Ein heute fast unbezahlbares Relikt vergangener Zeiten. Er stieg die Treppen hinauf. Auf einer der Etagen würde sein Kollege sicherlich an der geöffneten Tür warten. In Häusern wie diesem gab es überwiegend keine Gegensprechanlage. Grob fahrlässig, wenn man an die Sicherheit dachte. Andererseits: Als die Häuser errichtet worden waren, gab es diese Technik noch nicht. Seine Mutter und er hatten sich auch erst vor zehn Jahren eine Gegensprechanlage einbauen lassen. Obwohl sie nur ein Zweifamilienhaus bewohnten. Zwei alleinstehende Personen, die in Wohnungen lebten, die jede für sich gut und gern eine kleine Familie beherbergen konnte. Ihm war bewusst, welch ein Luxus das war. Als Kind hatte er mit den Eltern in der unteren Wohnung gewohnt. Er hatte keine Geschwister. Leider nicht. Er hatte sich sehr nach einer Schwester gesehnt. Mit einem Bruder hätte er nicht viel anfangen können. Damals war die Wohnung im Obergeschoss an einen Religionslehrer vermietet gewesen. Jetzt wohnte Lemke dort. Es machte keinen Sinn, sich anderswo für teures Geld eine Wohnung zu mieten, wenn er die Miete praktisch in die eigene Kasse einzahlen konnte. Das war sozusagen eine Investition in seine Rente. Wenn er das Geld nicht noch anderweitig benötigen würde. Lemke hoffte inständig, dass seine Mutter noch lange lebte. Was er an Unterstützung, Pflege, persönlichem Einsatz dazu beitragen konnte, das würde er tun.

Im dritten Obergeschoss war die Tür angelehnt. Sicherheitshalber warf Lemke einen Blick auf das Klingelschild. Es stand »Niekstein« darauf. Lemke klingelte trotzdem noch mal. Drückte die Wohnungstür auf.

»Niekstein?«, rief er. »Lemke hier.«

Er hörte rechts eine Klospülung rauschen. Gleich darauf wurde die Tür geöffnet, und Niekstein trat aus dem Bad, schloss noch den Reißverschluss seiner Jeans.

»Heiko. Was willst du denn hier?« Er war sichtlich perplex.

»Mit dir reden. Ich bin verdammt sauer und enttäuscht von dir. Warum hast du uns nicht wenigstens persönlich darüber in Kenntnis gesetzt, dass du mit uns nicht mehr zusammenarbeiten willst? Mensch, wir waren über so viele Jahre hinweg ein Team. Und jetzt verpisst du dich einfach klammheimlich? Haben wir das verdient?« Lemke spürte, wie er von seinen Gefühlen übermannt wurde.

Niekstelt spürte es offenbar auch. Er trat einen Schritt zurück. »Komm mit in die Küche«, sagte er und schloss die Wohnungstür. »Es tut mir leid, wenn das bei euch so rübergekommen ist. So unvermittelt, wie du vielleicht meinst, ist es aber nicht. Und ja, ich hätte mit euch reden müssen. Konnte ich aber nicht.« Er ging voraus in die ziemlich unaufgeräumte Küche. »Glaub mir, ich hasse mich selbst dafür. Ich habe schon längere Zeit mit diesem … Problem zu kämpfen. Hätten Oda und Christine mich nicht vor einiger Zeit erwischt, hätte ich sicher weitergemacht. Oda hat versucht, mit mir darüber zu reden, aber … ich hab mich geschämt. Und alles abgestritten.«

»Was denn?«, fragte Lemke verblüfft. Er hatte keine Ahnung, wovon Nieksteit sprach.

Der sah ihn ernst an. »Ich bin spielsüchtig. Automaten, Spielcasinos … Der Kick zu gewinnen, der Gedanke, das, was man verliert, wieder reinholen zu können. Du kennst das System.«

»Aber du kennst es doch auch«, sagte Lemke fassungslos.

Nieksteit lächelte müde. »Sicher. Aber es zu kennen und sich dem zu widersetzen, sind zwei vollkommen verschiedene Paar Schuhe. Ich brauche eine Auszeit. Professionelle Hilfe. Hab 'ne Therapie beantragt. Die wird wohl auch genehmigt. Der Arzt meint, ich habe gute Chancen, schnell einen Platz zu bekommen. Keine Ahnung, wie lange das dauert. Ich muss mein Leben auf den Prüfstein stellen. Herausfinden, ob diese Spielsucht mit meinem Job zu tun hat. Hat mein Arzt mir empfohlen. Weil es sein kann, dass ich in meinem tiefen Inneren eigentlich ganz was anderes machen will. Und deshalb im Spiel eine Art Ausflucht suche. Wenn ich das für mich geklärt habe und wirklich davon überzeugt bin, dass mein Job richtig für mich ist, und ich die Gründe für meine Spielsucht aufgearbeitet und ausgemerzt habe, dann komme ich zurück. Das verspreche ich dir. Ich mag euch doch alle. Offiziell heißt es allerdings, dass ich aus persönlichen Gründen nichts mehr mit Gewaltverbrechen zu tun haben möchte. Ich habe den Chef darum gebeten, das zu sagen, denn ich gebe nicht gern zu, was wirklich los ist. Im Gegenteil, ich schäme mich. Obwohl ich weiß, dass Spielsucht eine Krankheit ist.«

»Du hättest mit uns reden können«, sagte Lemke. »Wir sind doch irgendwie wie eine Familie. Einer kann sich auf den anderen verlassen. Wir vertrauen einander. Und wenn du krank bist, hätten wir dir vielleicht helfen können.«

»Entschuldige, wenn ich dich korrigiere. Wir *konnten* uns aufeinander verlassen. Bis mich die Spielsucht gepackt hat. Da hab ich mit dem Lügen angefangen. Und helfen hättet ihr mir auch nicht können, wie ich inzwischen erfahren hab. Eben *weil* ich es mit Lügen vertuscht habe, mich krankmeldete, wenn ich wieder mal die Nacht durchgezockt hatte. Immer tiefer hab ich mich reingeritten. Ich weiß, ich hätte mit euch reden können. Aber davor hatte ich Angst. Sogar neulich, als Oda mich darauf ansprach … Ich hab's einfach abgestritten. Und doch gemerkt, es geht so nicht weiter.«

Der Blick, mit dem Niekseit ihn ansah, versicherte Lemke, dass sein Kollege es ernst meinte. Mehr noch. In Niekseits Augen glitzerte es. Dieses Glitzern kannte Lemke nur bei Menschen, die nach einer Augen-OP eine künstliche Linse trugen. Oder bei Menschen, die sich bemühten, Tränen zurückzuhalten.

***

Oda fühlte sich seltsam beschwingt, als sie das Hotel betrat. Leonie und dem Baby ging es gut. Aus einer spontanen Laune heraus nahm sie sich einen Piccolo aus dem kleinen Kühlschrank. Sie würde in ihrem Zimmer mit sich selbst darauf anstoßen, dass sie Oma wurde. Rasch trug sie das Fläschchen in die Kladde ein und wollte schon die Treppe hinaufgehen, als ihr Blick auf ein hölzernes Wappen fiel, das an der Wand hing und, in unterschiedlicher Ausfertigung, an mehreren Stellen im unteren Hotelbereich präsentiert wurde. Einige Urkunden hatte sie ebenfalls schon gesehen, auf denen dieses Wappen prangte. Und Gruppenfotos von gut gelaunten Köchen.

Neugierig studierte sie das Wappen. Messer und Gabel gekreuzt in der Mitte. Eine Kochmütze. Eine Glocke. »Maîtres de la table« stand auf einem Band, das das Wappen umschloss.

Meister des Tisches. Das klang interessant.

Die Haustür ging auf. Wie ertappt wollte Oda die Treppe hinaufeilen, als Hajo Albrecht hereinkam. Sie lächelte. »Sagen Sie, was hat das eigentlich zu bedeuten?«, fragte sie ihn und zeigte auf das Wappen. »Auf einem der Fotos habe ich Sie in Küchen-Arbeitskleidung zwischen lauter Köchen entdeckt. Aber Sie führen hier doch gar kein Restaurant?«

Albrecht sah sie freundlich an. »Das sind nicht alles Sterneköche«, erklärte er. »Wir bezeichnen uns als Bruderschaft der Gaumenfreude, wir lieben gutes Essen, gute Getränke und die Kunst, erlesene Tafelfreuden zuzubereiten und zu genießen. Obwohl zu unserem Kreis natürlich auch ausgezeichnete Gastronomen gehören. Es handelt sich also eigentlich um eine rein private Angelegenheit von Menschen, die gern kochen, essen und genießen.«

»Klasse.« Oda nahm sich vor, das gleich mal zu googeln. Schließlich kochten Jürgen und sie auch furchtbar gern. Und liebten die ausgefallenere Küche.

»Schönen Abend noch«, sagte Hajo Albrecht und wandte sich ab.

»Ihnen auch.« Wieder schickte Oda sich an, die Treppe hinaufzugehen, als Christine und Phillip das Hotel betraten. Mittlerweile war es draußen stockduster.

»Hallo, Oda!« Christine trat erfreut auf sie zu, Phillip grüßte verhalten. »Was hat der Tag ergeben? Sind neue Ansätze aufgetaucht, die Licht ins Dunkel bringen?«

Oda blickte zwischen Christine und Phillip hin und her. Christines Augen funkelten vor Spannung, sein Blick wirkte desinteressiert. Am liebsten würde sie auf Christines Mann keine Rücksicht nehmen, aber …

»Ich gehe schon mal rauf«, sagte Phillip leichthin.

Christine nickte. »Bis gleich.«

Oda warf ihr einen fragenden Blick zu. Konnte es sein, dass sich die Wogen zwischen den beiden geglättet hatten? Wünschen würde sie es Christine allemal.

»Also? Was gibt's Neues?«

Donnerstag

»Guten Morgen, Sprotti! Hast du gut geschlafen?« Phillips gut gelaunte Stimme drang an Christines Ohr, während sie noch selig zwischen Träumen und Wachwerden dämmerte. »Ich mach dir einen Kaffee.«

Mit einem leisen Stöhnen griff sie zu ihrem Handy. Sieben Uhr dreißig. Sie riss die Augen auf. Halb acht? Was sollte das denn? Es war ja noch nicht mal richtig hell draußen! Grunzend drehte sie sich auf die andere Seite und zog sich die Decke über die Ohren. Nein, halb acht war im Novemberinselurlaub absolut keine Option zum Aufstehen. Frühstück ohnehin nicht vor neun, lieber halb zehn.

Sie hörte Phillip mit dem mitgebrachten Wasserkocher hantieren. Und spürte, wie sie innerlich ebenfalls zu kochen begann. Verdammt, warum konnte er nicht leise sein, wenigstens ihr zuliebe? Im Badezimmer gab es ebenfalls eine Steckdose. Dort hätte er den Wasserkocher einstecken können. Doch Phillip schüttelte fröhlich und lautstark die Instant-Kaffeetütchen, ließ das Wasser für Christines Empfinden extra lange kochen, bevor er den Stecker zog, und rührte dann klirrend mit dem Silberlöffel um, den sie seit Jahren auf Reisen dabeihatte. Mochten die Becher, die sie aus Gewichtsgründen extra in einem Geschäft für Campingbedarf gekauft hatte, auch ultraleicht sein, sie hatte als Ergänzung stets eine Stoffserviette und den Silberlöffel dabei, um der morgendlichen Kaffeezubereitung wenigstens einen gewissen Charme zu verleihen. Aber diesen Charme brauchte sie nicht früh um halb acht.

»Hier, Sprotti, dein Kaffee.« Sie hörte, dass Phillip den Becher auf ihren Nachttisch stellte. Wahrscheinlich erwartete er jetzt ein strahlendes Dankeschön. Verflixt noch mal, warum reagierte sie derart sensibel? War es wirklich der Mord an Erik Sander, der in ihre Flitterwochen funkte? Der Mord an einem Menschen, den sie beide nicht kannten? Oder war es doch etwas anderes? Hatten sie sich das Miteinander so sehr gewünscht, dass sie die Schwachpunkte des anderen einfach übersehen hatten?

Sie rührte sich nicht. Kniff die Augen zusammen und biss die Zähne aufeinander. Dämmerte sogar wieder ein wenig ein, bis Phillip sich erneut über sie beugte. »Dein Kaffee ist jetzt sicherlich kalt. Ich geh am Strand spazieren. Lass dir Zeit. Ich bin in einer Dreiviertelstunde zurück. Dann können wir frühstücken.«

Er drückte ihr einen Kuss aufs Haar, kurz darauf hörte sie die Zimmertür zufallen.

»Lass dir Zeit«? Scherzkeks. Mit einem Seufzen setzte sie sich auf. Griff zu dem lauwarmen Kaffee und trank einen Schluck. Dann nahm sie ihr Handy und öffnete die App des »Wilhelmshavener Kuriers«. Sie hatte nicht nur die Print-, sondern auch die Online-Version abonniert. Damit sie stets auf dem Laufenden war, vor allem, weil sie die Zeitung online lesen konnte, wenn sie mitten in der Nacht wach wurde, die gedruckte Ausgabe aber noch nicht in ihrem Briefkasten war. Schlaftrunken sah sie auf die Schlagzeile. Der VW-Konzern eröffnete eine Halle für Autozubehörteile auf dem Gelände des Jade-Weser-Ports. Alles, was Rang und Namen hatte, war dabei. Christine freute sich für die Stadt. Das war ein weiterer Meilenstein, der sicher nicht nur die Fahrzeugwirtschaft antrieb. Bestimmt würde es in nicht allzu ferner Zeit auch Bustouren über das Hafengelände geben. An einer solchen Führung durch den Bremerhavener Containerhafen hatte sie vor einigen Jahren selbst einmal teilgenommen. Die Eindrücke hallten bis heute in ihr nach.

Sie scrollte ein wenig nach unten. Und entdeckte einen Artikel, der sie vollends wach machte: »Filmproduzent auf Wangerooge getötet«, lautete die Überschrift.

***

Im November verging die Zeit auf Wangerooge wirklich langsamer. Wahrscheinlich lag es vor allem daran, dass es spät hell wurde. Und dass kaum noch Touristen hier waren. Da machte es für das Filmteam überhaupt keinen Sinn, morgens um sieben mit dem Dreh anzufangen. Also hatte Oda etwas länger geschlafen als zu Hause, wo sie sonst schon um acht Uhr geschniegelt, wenn auch nicht gebügelt am Schreibtisch saß, und war nach unten in den Frühstücksraum gegangen. Christine und Phillip waren noch nicht da, aber die drei vom Fernsehen belegten den Tisch hinten rechts in der Ecke. Oda setzte sich bewusst an den ersten Tisch auf der anderen Seite. Kurz darauf brachte Joanna ihr Kaffee.

Oda bestellte ein Rührei mit Speck und öffnete auf ihrem Tablet-PC die Seite des Kuriers. »Filmproduzent auf Wangerooge getötet« hieß es im unteren Drittel der Startseite. Autor des Artikels war Jürgen. *Ihr* Jürgen. Reflexhaft drückte sie den Rücken durch. Dann versuchte sie, sich zu entspannen. In all den Jahren, in denen sie zusammen waren, hatte Jürgen nie auch nur eine der Informationen, die er unter dem Siegel der Verschwiegenheit von Oda erhielt, für einen Artikel missbraucht. Interessiert las sie seinen Bericht, während sie das Rührei verspeiste. Jürgen berief sich auf Informationen der Pressesprecherin der Polizei Wilhelmshaven, Janina Schäfer, und eigene Recherchen über den Filmproduzenten.

»Haben Sie das schon gesehen?« Joanna trat an ihren Tisch und reichte Oda die »BILD«, die den gewaltsamen Tod des Filmproduzenten reißerisch auf der Titelseite präsentierte.

Verfluchter Mist. Sie hatte gedacht, es wäre ihnen gelungen, den Mord an Erik Sander auf der Insel »kleinzuhalten«. Jetzt aber war Aufregung vorprogrammiert. Garantiert liefen in der Polizeistation der Insel spätestens gegen Mittag die Telefondrähte heiß, weil etliche Gäste irgendwas gesehen haben wollten. Den Großteil der Hinweise konnte man getrost vergessen, auch wenn man ihnen nachgehen musste. Aber gut, man wusste nie, welche das waren.

***

Sven Lürssen hatte gut geschlafen. Es war ein interessanter Tag in Oldenburg gewesen. Natürlich war er nach seiner Rückkehr nach Wilhelmshaven nicht mehr in die Polizeiinspektion gefahren, sondern hatte die Gesprächsprotokolle zu Hause am Computer verfasst. Das war ohnehin viel bequemer. In Jogginghose und mit 'nem heißen Tee, über Netflix lief im Hintergrund eine Folge seiner Lieblingsserie ... Man musste Prioritäten setzen. Auch im Job. Und das würde er hier gleich von Beginn an tun. Wäre sowieso nur noch 'ne knappe Arbeitsstunde gewesen, das hätte sich gar nicht gelohnt. Die Protokolle hatte er selbstverständlich gleich an die Kollegen gemailt. Man musste schließlich Einsatz zeigen. Mit einem fröhlichen Pfeifen auf den Lippen betrat er nun das Gebäude in der Mozartstraße.

Lemke saß bereits am Schreibtisch. Dieser Streber. Aber der konnte ihm nicht das Wasser reichen. Der war ein Sesselfurzer. Eine Aktenassel. Verkroch sich in Recherchen, statt die Verbrecherjagd frontal anzugehen. In Zeiten wie diesen brauchte das Land Macher. Leute, die anpackten. Er war einer von denen. Lange hatte er überlegt, ob er in die Politik gehen sollte. Er traute sich zu, die Wähler auf seine Seite zu ziehen. Bislang hatte er jedoch Abstand davon genommen. Politik schien ein schmutziges Geschäft zu sein. Nicht dass er etwas gegen schmutzige Geschäfte hätte, durchaus nicht. Vorausgesetzt, dass sie ihm zum Vorteil gereichten. Und er bei diesen Geschäften die Fäden zog.

»Moin, Kollege.« Mit einem übertrieben freundlichen Lächeln setzte er sich Lemke gegenüber und stellte seinen Becher auf dem Schreibtisch ab. Den Kaffee hatte er sich aus dem Automaten gezogen.

»Moin.« Lemke sah nicht einmal von seinem Computer auf. Was bildete der sich eigentlich ein? Woher nahm der diese Arroganz? Na, der würde schon spuren, wenn er erst einmal mit ihm fertig war. Lürssen trank noch einen Schluck von seinem Automatenkaffee und griff zum Telefon. Falls Lemke gedacht haben sollte, er würde zuallererst ihm von den Gesprächen in Oldenburg berichten, hatte er sich getäuscht. Sollte er doch die Protokolle lesen. Er brauchte Lemke nicht. Er brauchte niemanden. Wie sehr Lemke aber sein Wohlwollen benötigte, das würde bald deutlich werden.

Zufrieden registrierte Lürssen, dass Oda Wagner überrascht war, die neuen Infos nicht von Lemke, sondern von ihm zu erhalten. Sie würde sich an einiges Neues gewöhnen müssen.

»Also, um es auf den Punkt zu bringen: Nadine Hoffmann und Lars Schneider haben sich wegen ihres Fremdgehens mit Sander heftig gestritten und sich noch nicht wieder versöhnt. Sie hofft, dass sie das wieder auf die Reihe kriegen. Immerhin haben sie ein gemeinsames Kind. Das haben sie auf der Fahrt in den Norden bei Schneiders Eltern abgegeben, damit sie in Oldenburg Zeit mit ihren Freunden verbringen kann. Nur hat sie kein Alibi für Montagabend. Sie hat gesagt, sie lag schon im Bett, als ihre Freunde nach Hause kamen. Sei froh gewesen, mal eine Nacht durchschlafen zu können. Ihre Freunde hätten das verstanden und sie am nächsten Tag ausschlafen lassen. Sie mussten zur Arbeit.«

»Das heißt, rein theoretisch hätte Nadine Hoffmann am Montag nach Wangerooge und Dienstagfrüh mit der ersten Fähre wieder zurückfahren können, ohne dass es jemand mitbekommen hätte?«, fragte Oda. »Stand ihr denn ein Auto zur Verfügung?«

»Ja. Lars Schneider hat sich in Oldenburg mit Marcel Krieger getroffen und ist mit ihm weitergefahren«, bestätigte Lürssen.

»Nun gut. Aber warum hätte sie das tun sollen? Mit Schneider hat sie während der Fahrt geredet. Könnte sie sich irgendwas davon versprochen haben, auch mit Sander zu reden? Dem wäre es meiner Einschätzung nach kaum gelungen, ihre Beziehung zu kitten. Und sie musste damit rechnen, dass Schneider das mitkriegt. Ziemlich riskant.«

»Wer weiß? Vielleicht wollte sie ihn anflehen, Lars Schneider gegenüber nicht mehr dauernd ihren Seitensprung zu erwähnen. Oder sie hatte die Affäre gar nicht aufgegeben, sondern plante ein heimliches Treffen mit ihm, und die Möglichkeit, entdeckt zu werden, war der besondere Kick?«

»Am Westende? Das dauert, bis man vom Inselbahnhof dorthin gelaufen ist. Andererseits kann man vom Hafen auch direkt in den Westen laufen. Das haben wir früher bei den Pfingsttörns von Alex' Judoverein gemacht. Aber das war im Sommer. Nicht Anfang November, wenn es früh dunkel wird. Nein, das macht keinen Sinn. Nichtsdestotrotz solltest du sicherheitshalber ihre Handydaten checken. Oder hast du das schon erledigt? War sie in einer der Wangerooger Funkzellen eingeloggt?«

»Na hör mal!«, entgegnete er empört. »Ich habe die Gespräche mit der Hoffmann und dem Kreyenburg doch gestern erst geführt. Und irgendwann hab auch ich Feierabend.«

»Na, dann klemm dich mal zügig dahinter. Feierabend hin oder her, in solchen Fällen geht es um Schnelligkeit. Das müsstest du doch eigentlich wissen, als Chefermittler von Osnabrück.«

Lürssen hörte ein klein wenig Häme in Odas Stimme, als sie das sagte. Na warte, dachte er. Du wirst mich auch noch kennenlernen. Jetzt jedoch riss er sich zusammen und berichtete ihr von seinem Gespräch mit Kreyenburg.

***

Nachdem sie das Telefonat mit dem selbstverliebten Neuen beendet hatte, betrachtete Oda erneut den großen Artikel auf der Titelseite der »BILD«. Sie überlegte nur kurz, dann nahm sie das Boulevardblatt und ging hinüber zum Tisch des Kamerateams.

»Guten Morgen, die Herren.« Sie legte die Zeitung neben den Brotkorb. »Möglich, dass Sie sich heute bei den Dreharbeiten einem Riesenandrang ausgesetzt sehen.« Sie tippte mit dem Zeigefinger auf das Foto von Erik Sander, unter dem in riesigen Buchstaben die heutige Schlagzeile prangte: »Filmproduzent auf Wangerooge brutal erschlagen.«

Beerbaum blickte auf den Artikel, dann sah er zu ihr hoch. »Hat man wohl mit rechnen müssen, dass das der Presse nicht verborgen bleibt«, sagte er gelassen. Die anderen beiden schwiegen und blickten unbehaglich auf die Zeitung. »Und garantiert wird der Sender Eriks Tod auch noch ausschlachten, spätestens zur Erstausstrahlung. ›Der letzte Film des berühmten Todesopfers‹ oder so.«

»Wäre schön, wenn Sie im Laufe des Vormittags auf die Wache kämen«, sagte Oda. »Der Vollständigkeit halber müssen wir Ihre Fingerabdrücke nehmen.«

»Fingerabdrücke?« Lars Schneiders Kopf fuhr hoch. »Warum das denn? Wir haben doch nichts mit Eriks Tod zu tun!«

»Das ist reine Routine. Dadurch lassen sich Ihre Fingerabdrücke gegebenenfalls von denen des Täters unterscheiden.« Dass sie an der Leiche bislang noch gar keine Fingerabdrücke gefunden hatten, musste sie denen ja nicht auf die Nase binden. Tauchte die Tatwaffe doch noch auf, waren sie jedenfalls gewappnet. »Ach, es wäre außerdem prima, wenn Sie bei der Gelegenheit auch einen Speicheltest machen lassen könnten. Die Teststäbchen haben wir ebenfalls auf der Wache.«

Beerbaums Miene verfinsterte sich. »Was soll das jetzt? Fingerabdrücke *und* Speichelprobe? Sie führen doch was im Schilde.«

Oda lächelte die drei Männer harmlos an. »Nein. Da geheimnissen Sie viel zu viel hinein. Es geht tatsächlich nur darum, Sie als Täter ausschließen zu können. Denn Sie haben ja zur Tatzeit miteinander Karten gespielt.«

***

Mit ziemlicher Wut im Bauch stellte Lürssen die Anfrage nach den Funkzellen, in denen Nadine Hoffmanns Handy am Montagabend eingeloggt war. Was meinte die Wagner eigentlich, in welchem Ton sie mit ihm sprechen konnte? Das ließen sich vielleicht der abkömmliche Kollege Niiekstein und der obrigkeitsergebene Lemke bieten. Aber er doch nicht! Er schnaubte aufgebracht, mahnte sich dann jedoch zur Ruhe. Erneut griff er zum Telefon und wählte Nadine Hoffmanns Handynummer. Sie meldete sich nicht. Stattdessen ging unverzüglich die

Sprachbox der jungen Frau an. Verfluchter Mist. Wenn er doch wenigstens nach dem Namen der Freunde gefragt hätte, bei denen sie wohnte. Die besaßen mit Sicherheit einen Festnetzanschluss. Er starrte auf den Zettel mit seinen Notizen, dann tippte er die Nummer der Kanzlei von Kreyenburg ein. Die Empfangsdame meldete sich. Der Stimme nach war es dieselbe Frau, die ihn gestern so eiskalt hatte auflaufen lassen. Das steigerte seine Wut.

»Lürssen, Kripo Wilhelmshaven. Ich muss mit Herrn Kreyenburg reden.«

»Es tut mir sehr leid, aber Herr Kreyenburg ist gerade in einem Mandantengespräch.« Er hörte ihr an, dass es ihr keineswegs leidtat.

»Dann richten Sie ihm aus, dass er mich unverzüglich zurückrufen soll. Andernfalls schicke ich Ihnen zwei uniformierte Kollegen, um ihn abzuholen und zur Vernehmung herzubringen. Wenn er nicht mit uns kooperieren will, muss ich eben andere Saiten aufziehen.«

Entgegen seiner Erwartung reagierte Kreyenburgs Sekretärin alles andere als erschrocken. »Ich richte es ihm gern aus«, sagte sie nach wie vor so freundlich, dass er sie am liebsten gepackt hätte. »Darf ich die Nummer notieren, die mir gerade im Display angezeigt wird?«

***

Pünktlich auf die Minute betrat Phillip nach einer Dreiviertelstunde das Hotelzimmer. Christine steckte sich noch die Ohrringe ein, nahm ihre Handtasche und sah ihren Mann freundlich an. »Ich bin so weit.«

Sie sagte nicht, dass die Zeit zwar zum Duschen, aber nicht zum Haarewaschen gereicht hatte und sie deshalb ihr Haar am Hinterkopf zum Knoten aufgesteckt hatte. Das würde wie ein Vorwurf klingen. Den sie ihm insgeheim jedoch tatsächlich machte. Eigenartig. In diesem Hotel hatte sie in der Vergangenheit so entspannte Stunden verlebt, hatte hier eine kleine

Ruheoase gefunden, und nun, wo sie mit Phillip da war, fühlte sie sich gehetzt. Aber wahrscheinlich lag das an den äußeren Umständen. Ganz bestimmt sogar.

Phillip hängte seinen Mantel an den Garderobenhaken. »Ist verdammt kalt geworden. Du musst dich nachher warm anziehen, wenn wir laufen. Und zumindest Handschuhe mitnehmen. Hast du eine Mütze dabei?«

Ein wenig irritiert sah Christine ihn an. »Lass uns doch erst mal frühstücken. Und dann planen wir den Rest des Tages. Eins nach dem anderen, wir stehen doch unter keinem Termindruck.«

»Ich mein ja nur. Nicht dass du dir noch eine Erkältung holst.« Phillip verschwand kurz im Bad, dann gingen sie gemeinsam in den Frühstücksraum. Oda schob gerade ihren Stuhl zurück und stand auf, als sie eintraten.

»Guten Morgen, meine Liebe«, sagte Christine. »Magst du nicht noch auf einen Kaffee bei uns bleiben?« Es war ihr egal, was Phillip darüber dachte. Oda war ihre Kollegin, fast eine Freundin. Und sie hatte keine Lust, immer nur auf Phillips Befindlichkeiten Rücksicht zu nehmen.

»Gern. Für eine Tasse Kaffee mit euch reicht die Zeit immer.« Oda sah zum Tisch der Filmcrew, wo die drei Männer sich durchaus lebhaft, wenn auch in leisem Ton miteinander unterhielten.

Joanna kam, Christine bestellte für Phillip und sich Tee und weich gekochte Eier, während ihr Mann bereits am Büfett den Orangensaft einschenkte.

»Ich hab die drei gerade für Fingerabdrücke und Speichelproben auf die Wache bestellt«, sagte Oda leise. »Sie geben sich zwar gegenseitig ein Alibi, aber ich weiß nicht. Besser, wir nehmen die Proben, um sie mit den Spuren von der Leiche und dem mutmaßlichen Tatort abzugleichen. Verweigern können sie sie ja schlecht, weil sie doch das Kartenspiel-Alibi haben.«

Phillip trat an den Tisch, stellte die beiden Saftgläser an seinen und Christines Platz. »Möchtest du auch noch einen?«, fragte er Oda freundlich.

»Das ist lieb, aber danke nein. Ich hatte vorhin schon einen Saft und muss gleich los.«

»Verständlich. Dann lass dich von uns nicht aufhalten.« Philip sah Christine an. »Möchtest du lieber Wurst oder Käse?«

Christine blickte auf. »Ich mach das gleich schon selbst. Danke.« Sie wandte sich wieder Oda zu. »Du glaubst auch, das Alibi ist vorgeschoben?«

»Ach, irgendwie traue ich dem Braten nicht. Das wirkte mir zu sehr wie aus dem Hut gezaubert. Aber wenn die drei zusammenhalten, kann es niemand widerlegen. Es sei denn, die Proben sagen etwas anderes.«

***

In die dicke Jacke gehüllt, die sie aus ihrem Zimmer geholt hatte, machte sich Oda auf den Weg zur Polizeistation. Diesmal ging sie am Strand entlang, auch wenn das ein kleiner Umweg war. Doch sie wollte den Anblick des Meeres in sich aufsaugen, den Sand über den Strand wehen sehen. Da lief sie gern ein Stück an der Promenade entlang und wandte sich erst hinter dem »Digger's« wieder dem Ort zu. Unterwegs nahm sie ihr Handy aus der Tasche und rief Alex an. Es war viertel nach neun, um diese Zeit war er sicher zu erreichen.

»Hallo, Mama«, begrüßte ihr Sohn sie aufgeräumt. »Was machen deine Ermittlungen? Steht heute groß in der Zeitung. Jürgen hat einen Artikel geschrieben.«

»Keine Sorge, ich bin dran, Junior. Aber bislang sind noch nicht alle Spuren ausgewertet, und es geht nur langsam voran. Die Kollegen des Toten geben sich gegenseitig ein Alibi, und im Grunde hatte er keine familiären oder freundschaftlichen Beziehungen mehr auf der Insel. Wir tappen da ziemlich im Dunkeln. Aber sag, wie geht es Leonie? Hast du heute schon mit ihr telefoniert?«

»Klar, Mama. Ist alles paletti. Die Blutungen haben aufgehört, sie muss allerdings noch ein paar Tage im Krankenhaus bleiben. Zur Sicherheit.«

»Na, da bin ich beruhigt. Grüß sie schön, wenn du sie siehst oder sprichst.«

»Mach ich, Mama. Und dir drücke ich die Daumen, dass du den Täter bald erwischst! Du schaffst das schon. Wer sonst, wenn nicht du?«

Es war zu süß, was für ein Vertrauen Alex in ihre Arbeit hatte. »Danke, du kleiner Charmeur! Bis bald.«

»Bis bald, Mama.«

Sie steckte das Handy wieder weg und bog in die Charlottenstraße ein. Kurz darauf betrat sie die Polizeistation. Der Duft von Kaffee schlug ihr verlockend entgegen. Sie öffnete gerade die Tür zum internen Bereich, als die Filmcrew eintrat.

»Da sind wir«, sagte Beerbaum mürrisch. »Wenn es sich schon nicht ändern lässt …«

»Leider nicht.« Oda machte ein bedauerndes Gesicht. »Einen Moment bitte.« Sie drehte sich um. »Stefan, wo sind denn die Utensilien für die daktyloskopischen Abdrücke? Und die Teststäbchen?«, rief sie.

»Hier.« Stefan Knudsen kam nach vorne, zwei Kaffeebecher in der Hand, die er auf dem Schreibtisch abstellte. Er öffnete eine Schublade und holte die Teströhrchen heraus. »Das mit den Fingerabdrücken müssen wir leider noch auf die althergebrachte Art erledigen«, sagte er. »Ich hab keinen Fingerabdruckscanner. Aber Feuchttücher, damit können Sie nachher die Stempelkissenfarbe abwischen.«

Er nahm einen der Pappstreifen, auf denen sich untereinander zweimal fünf Felder befanden. »Wer möchte als Erster?«

Beerbaum trat vor. »Ich.«

Nacheinander presste Knudsen Beerbaums Finger zuerst auf das Stempelkissen, dann auf die einzelnen Felder der Streifen. Nachdem alle drei Männer das Prozedere durchlaufen und die Finger wieder gereinigt hatten, waren die Speichelproben an der Reihe.

»Das möchte ich nicht«, sagte Beerbaum.

Oda sah ihn fragend an.

»Es geht mir ums Prinzip. Nicht dass ich etwas zu verbergen

hätte, aber Sie haben uns nicht gesagt, wofür und wie lange Sie diese Proben archivieren.«

Oda hob die Augenbrauen.

»Ich möchte einfach nicht, dass meine DNA in Ihren Polizeiarchiven gespeichert wird.« Beerbaum sah sie trotzig an.

Nachsichtig blickte Oda zurück. »Das verstehen Sie falsch«, stellte sie klar. »Ihre Speichelproben werden mit den an der Leiche und am mutmaßlichen Tatort gefundenen Spuren abgeglichen. Wenn sie nicht übereinstimmen, werden die Daten wieder gelöscht. Es sei denn, wir stellen fest, dass Ihre DNA zu Spuren passt, die bei einem anderen Verbrechen sichergestellt wurden. Die DNA von Spuren wird nämlich tatsächlich dauerhaft archiviert. Falls Sie also in der Vergangenheit straffällig geworden, aber bisher noch nicht überführt worden sind, können Sie die Speichelprobe selbstverständlich verweigern«, sagte sie provozierend.

Beerbaums Augen schossen Blitze auf Oda. »Natürlich habe ich kein Verbrechen begangen«, stellte er klar. »Also: Her mit dem Stäbchen.«

Auch Krieger und Schneider unterzogen sich freiwillig dem Speicheltest.

»Gut, dann haben wir in diesem Fall unsere Pflicht und Schuldigkeit getan und können uns endlich wieder unserer Arbeit widmen?«, erkundigte sich Beerbaum nach wie vor gereizt.

»Selbstverständlich«, sagte Oda. »Und falls Ihnen noch etwas einfällt, Sie wissen, wo Sie mich finden.«

***

Nicht wirklich zufrieden konzentrierte sich Lürssen auf das Protokoll auf dem Monitor des PCs. Gern hätte er mit Lemke geredet, ein scheinbar freundschaftliches Verhältnis zu ihm aufgebaut. So hatte er es auch in Osnabrück gemacht. Sich vertrauensvoll gegeben. Informationen über die Kollegen gesammelt, die er zu gegebener Zeit gezielt verwenden konnte.

Lemke aber zeigte ihm deutlich, dass er keinen Wert auf ein Gespräch legte. Vielleicht sollte er es noch einmal von vorn angehen. Jeder Mensch war irgendwo zu knacken, hatte einen Punkt, an dem der Panzer durchlässig war. Er würde diesen Punkt bei Lemke finden. Mit dem Chef kam er ganz gut aus, aber der war auch ein Gemütsmensch. Und ein guter Golfspieler, wie Lürssen durch seine Nachforschungen im Vorfeld erfahren hatte. Es war immer wichtig zu wissen, mit wem man es zu tun hatte. Bei Lemke hatte er eigentlich nicht mit Problemen gerechnet. Allerdings hatte er über ihn auch so gut wie nichts herausgefunden. Er tauchte in keinem Verein auf, war weder bei Facebook noch bei Instagram oder Twitter. Vielleicht hätte ihn das stutzig machen sollen. Doch er hatte Lemke schlicht für einen langweiligen Menschen gehalten. Umso mehr wurmte ihn dessen ablehnendes Verhalten.

Das Telefon klingelte. Ehe er das Gespräch annehmen konnte, war Lemke schon am Apparat.

»Nein, ich habe nicht angerufen. Vielleicht war es mein Kollege.« Lemke bedeckte die Sprechmuschel mit der anderen Hand und sah ihn an. »Hast du heute früh bei Nadine Hoffmann angerufen?«

»Wer sonst?« Lürssen ärgerte sich über die Kurzsichtigkeit seines Kollegen. Lemke müsste eigentlich wissen, dass nur er es gewesen sein konnte. Schließlich war er es ja auch gewesen, der mit Nadine Hoffmann persönlich gesprochen hatte. Er machte eine fordernde Bewegung. »Gib her.« Kurz darauf hielt er den Hörer in der Hand. »Moin, Frau Hoffmann. Sie haben mir das Foto noch nicht geschickt, das brauchen wir. Und es wäre hilfreich, wenn Sie uns Namen und Kontaktdaten Ihrer Freunde geben könnten, damit wir Ihre Angaben schnell und einfach überprüfen können.«

»Natürlich. Ich hab nichts zu verbergen. Also, meine Freunde heißen Silvie und Peter Meissner. Sie sind tagsüber aber nicht zu Hause zu erreichen. Peter arbeitet bei einer Firma, die Bäder einbaut. Ich müsste mich noch mal genau erkundigen, wie die heißt, so genau weiß ich das nicht, denn Silvie ist ja meine Freundin. Sie arbeitet bei einem Rechtsanwalt. Am Empfang.«

»Bei einem Rechtsanwalt?« Lürssen spürte, wie seine sämtlichen inneren Antennen zu vibrieren begannen.

»Ja. Er heißt Kai Kreyenburg. Wenn Sie mit Silvie reden wollen, ich kann Ihnen gern die Telefonnummer der Kanzlei geben. Die hab ich eingespeichert. Moment ...«

»Nicht nötig«, entgegnete Lürssen, wobei er sich Mühe gab, weiterhin freundlich und neutral zu klingen. »Kann es sein, dass Sie Herrn Kreyenburg hinsichtlich Ihres Problems mit Herrn Sander um Rat gefragt haben?« Es war ein Schuss ins Blaue, aber er vermutete, dass er direkt ins Schwarze getroffen hatte, als er hörte, wie Nadine Hoffmann am anderen Ende der Telefonleitung schluckte.

»Wie kommen Sie darauf?«, fragte sie mit brüchiger Stimme.

»Die Telefonnummer der Kanzlei war auf der Anrufliste des Ermordeten.« Ganz bewusst wählte er diese drastische Formulierung. »Sander erhielt letzte Woche einen Anruf von Kreyenburg. Da fällt es nicht schwer, eins und eins zusammenzuzählen. Haben Sie sich an Kreyenburg gewandt? Worum ging es? Was sollte er in Ihrem Auftrag bei Sander erreichen?«

Einen Moment lang schwieg Nadine Hoffmann. Dann begann sie zu sprechen. »Ich bin wieder schwanger. Und ich weiß nicht, wer der Vater ist. Lars oder Erik. Ich habe Erik über Herrn Kreyenburg darum gebeten, für einen Vaterschaftstest zu Verfügung zu stehen, denn ich muss Gewissheit haben. Ich möchte Lars natürlich nicht einfach das Kind eines anderen Mannes unterschieben.«

»Sie haben sich sicher gedacht, wenn das Kind von Sander ist, wird der dazu stehen und Sie als Lebensgefährtin an seine Seite holen?« Lürssen kannte sich in solchen Fällen aus. Das las man schließlich tagtäglich in der Klatschpresse. Das gab's nicht erst seit Boris Beckers Besenkammer-Affäre.

»Um Himmels willen, nein. Natürlich nicht. Ich wollte von Silvies Chef ursprünglich einfach nur einen Rat, wie ich mich verhalten soll. Ich hab auch gar nicht damit gerechnet, dass

Herr Kreyenburg überhaupt Zeit für mich hat, denn ich hab Silvie gleich gesagt, dass ich das Honorar von dem nicht zahlen kann, aber das ist ein ganz Freundlicher. Dem war es egal, er hat gesagt, er nimmt es als Freundschaftsdienst für Silvie, und darum konnte ich mit ihm sprechen.«

»Was hat er Ihnen denn geraten?«

»Er meinte, er würde Erik von früher kennen. Da könnte er zunächst ganz zwanglos Kontakt mit ihm aufnehmen. Er wollte sich dann wieder melden.«

»Hat er das getan?«

»Nein. Aber damit habe ich so schnell auch nicht gerechnet. Ich war ja erst letzte Woche Freitag bei ihm.«

***

»Geht doch schon mal vor, bitte«, sagte Marcel zu seinen Kollegen, nachdem sie wenige Meter gegangen waren. »Ich muss noch mal zurück.«

»Wieso das denn?«, fauchte Oliver ihn an.

»Mensch, ich muss aufs Klo! Hatte gerade schon so 'n Rumoren im Bauch, aber jetzt kann ich's gleich nicht mehr halten. Dünnpfiff, wenn du verstehst.«

Angewidert sah Oliver ihn an. »Okay. Weißt ja, wo wir sind.«

Marcel nickte, drehte sich um und rannte zurück. Als er die Tür zur Polizeistation öffnete, wurde er langsamer. Er musste ja nicht wirklich auf die Toilette. Das war nur vorgeschoben. Er wollte noch einmal allein mit der Kommissarin sprechen.

Die hob erstaunt den Kopf, als sie ihn sah. »Nanu, Herr Krieger. Haben Sie etwas vergessen?«

Marcel schob unbehaglich die Hände in seine Hosentaschen. »Wie man's nimmt. Ich fühle mich nicht wohl dabei, eher wie ein Verräter, aber ich denke, ich muss Ihnen alles sagen, was ich weiß.«

Oda Wagner stand auf, und auch ihr Kollege hob interessiert den Kopf. »Das ist richtig. Wenn es dazu beiträgt, denjenigen zu finden, der Ihren Kollegen getötet hat, müssen Sie das.«

»Also, ich glaube nicht, dass Lars es war, aber ich meine, Sie sollten wissen, dass er wegen des One-Night-Stands mit Erik nicht nur stocksauer auf Nadine war, sondern die Beziehung zu ihr inzwischen beendet und sie auch rausgeschmissen hat, jedenfalls theoretisch. Das Sorgerecht für Luisa möchte er allerdings behalten. Er meint, Nadine sei nicht reif genug, die Kleine allein zu erziehen. Das will er vorerst seinen Eltern überlassen, weil er ja viel unterwegs ist. Deswegen hat er auch zugestimmt, dass Nadine mit in den Norden kommt und sie Luisa auf dem Weg hierher bei seinen Eltern abgeben. Nadine denkt, es ist nur für ein paar Tage, aber Lars will Luisa dort lassen. Damit sie von dem, was bei ihrer Rückkehr zu Hause los sein wird, nichts mitkriegt. Denn Nadine wird sicher nicht sang- und klanglos ausziehen. Die wird sich mit allen Mitteln wehren. Und das mitzuerleben, möchte Lars der Kleinen ersparen.«

»Oh. Das klingt wirklich heftig.« Die Kommissarin machte ein Plopp-Geräusch mit den Lippen. »Und warum haben Sie mir das nicht gleich gesagt?«

»Ich … also, ich kam mir ja schon mies vor, dass ich Ihnen gestern das von Nadines Seitensprung erzählt hab. Aber je mehr ich drüber nachdenke, desto überzeugter bin ich, dass Sie alles wissen sollten.« Er senkte verlegen den Kopf.

»Na, dann danke für die Info.«

»Ja. Okay … ich geh jetzt besser wieder. Hab den anderen beiden gesagt, ich müsste dringend zur Toilette. Schönen Tag noch.« Rasch drehte Marcel sich um und verließ das Haus.

***

»Wenn man solche Freunde hat …« Oda wandte den Blick von der inzwischen wieder geschlossenen Tür ab. »Ich vermute immer mehr, dass die gar nicht wirklich zusammen waren am Montagabend. Warum sonst hätte Krieger das jetzt erzählen sollen? Er verpetzt einen Kollegen. Kurios, das Ganze.«

»Stimmt«, entgegnete Knudsen. »Allerdings beinhaltet diese Geschichte kein Motiv, Erik Sander umzubringen. Da wäre

Schneider als Mordopfer viel wahrscheinlicher, vorausgesetzt, seine Freundin hat Wind von der Sache mit dem Sorgerecht bekommen. Hat sich Lemke schon wegen der Auswertung der Funkzellenüberprüfung von Nadine Hoffmanns Handy gemeldet?«

»Nee, aber ich kann ihn mal anrufen. Und dann machen wir uns auf den Weg zu Dombrowski.«

Wie schon am Vortag war an den Schaltern im Bahnhofsgebäude wenig los. Frank Dombrowski lehnte klönend am Schreibtisch seiner Kollegin, einen Becher Kaffee in der Hand. Er stieß sich ab, als er sie sah.

»Moin. Habt ihr noch was vergessen? Oder geht es heute um Fahrkarten?« Er griente.

Oda griente zurück. »Moin. Stefan sagt, Sie schreiben Inselkrimis?«

»Jo. Wollen Sie einen kaufen?« Schon bückte er sich zu einer seiner Schreibtischschubladen hinab. »Die gehen weg wie warme Semmeln.« Er tauchte mit einem Buch in der Hand wieder auf.

»Nee danke. Ich komme im Moment sowieso nicht zum Lesen«, wehrte Oda ab. »Mich würde nur interessieren, ob Sie mit Sander über die Verfilmung Ihrer Bücher gesprochen haben.«

Dombrowski schnaufte. »Wie man's nimmt. Versucht habe ich es tatsächlich. Immerhin habe ich eine große Leserschaft und werde regelmäßig gefragt, wann die Bücher denn verfilmt werden. Können Sie gern auf meiner Facebook-Seite nachgucken. Und da Erik und ich früher befreundet waren, dachte ich, ich kann ihn ja mal darauf ansprechen, er hätte sicher Spaß daran, auf Wangerooge zur Abwechslung einen Spielfilm zu drehen. Ostfriesland ist doch derzeit Sehnsuchtsort für viele.«

»Und, wollte Sander Ihre Bücher verfilmen?«

»Nein.« Dombrowskis Antwort fiel derart knapp aus, dass Oda ihn fragend ansah.

»Einfach nur nein? Ohne Begründung?«

Dombrowski verschränkte missgelaunt die Arme vor der

Brust. Seine Kollegin sah neugierig herüber. »Ich habe ihm vor zwei Monaten mein neuestes Buch geschickt.«

Seine Kollegin grinste.

»Und dazugeschrieben, dass es bereits dreizehn sehr gute Rezensionen gibt. Dass nach der Verfilmung gefragt wird. Er könne doch mal mit einem der Sender reden, für die er dreht. Schließlich werden die Ostfriesen-Krimis von Klaus-Peter Wolf auch verfilmt. Die Menschen lieben mittlerweile die Ostfriesischen Inseln, das sehe ich hier in meinem Job tagtäglich. Von Jahr zu Jahr wächst der Ansturm. Stimmt's, Maren?«

Seine Kollegin nickte. »Ja, das stimmt. Die Inselbahn könnte gerade in der Hochsaison gut und gern einige Waggons mehr haben. In diesem Jahr konnten wir zumindest einen der Flachwagen durch einen weiteren Personenwaggon ersetzen und durch das neue Gepäcksystem und den Hubwagen die Container schneller vom Zug holen. Dadurch nahmen die Beschwerden der ankommenden Gäste ab, denen es zu lange dauert, bis sie ihre Koffer in Empfang nehmen können. Obwohl es immer noch viel zu viele gibt. Aber was sollen wir machen? Weitere Waggons können wir nicht anhängen, weil der Bahnhof zu kurz ist. Wir sagen den Neuankömmlingen schon immer: ›Gott schuf die Zeit …‹«

»Das steht ja auch auf dem Schild am Hafen«, meinte Oda.

»Genau. Die Gäste sollen hier entschleunigen. Runterkommen. Sich entspannen. Aber beschweren geht vor. Dabei sehen die Leute doch, dass wir uns bemühen. Nur haben wir eben auch alle nur zwei Hände, und ein beladener Container wiegt nun mal achthundert Kilogramm.«

»Wahnsinn«, sagte Oda und wandte sich wieder Dombrowski zu. »Aber Sander wollte Ihr Buch nicht verfilmen?«

»Er hat mir nicht einmal geantwortet. Dabei hatte ich ihm noch überhaupt keine Honorarvorstellung für die Filmvorlage genannt. Das fand ich nicht nur schwach, das fand ich schäbig. Um unserer alten Freundschaft willen hätte er mir antworten müssen. Aber sich gar nicht zu rühren … Das habe ich nicht verdient.«

»Dann werden Sie ihn sicher angesprochen haben, als er letzte Woche auf die Insel kam.« Oda sah ihn lauernd an. Sie bemerkte, dass er überlegte. Hin- und hergerissen war, was er preisgeben sollte.

»Das stimmt.« Er senkte den Kopf. »Ich hab ihn angesprochen. Bin ihm nach Feierabend zufällig auf der Höhe des Inselfriedhofes begegnet. Da war er allein. Er ist früher schon immer viel auf dem Inselfriedhof gewesen. Das ist wohl ein besonderer Ort für ihn. Keine Ahnung, ob er Friedhöfe als solche mochte, oder nur diesen, weil seine Großeltern hier begraben sind. Und sein Vater inzwischen auch. Er war wohl deshalb da. Jedenfalls hab ich ihn angesprochen. Und gefragt, warum er mir nicht geantwortet hat. Er hat nur verächtlich geguckt. Ich würde doch wohl nicht allen Ernstes erwarten, dass er sich so einen Scheiß anguckt, hat er gesagt. Das müssen Sie sich mal vorstellen! ›So einen Scheiß!‹ Das sagte er von meinem Buch! Da wurde ich sauer.« Kampfbereit sah Dombrowski Oda an.

Die Tür der Bahnhofshalle ging auf. Ein älteres Ehepaar trat ein. Dombrowskis Kollegin Maren wandte sich ihnen zu, ein deutliches Bedauern auf dem Gesicht, weil sie nun nicht weiter zuhören konnte.

»Lassen Sie uns vor die Tür gehen«, schlug Oda vor.

»Jo. Ich hole nur eben meine Jacke.«

Draußen steckte Dombrowski sich eine Zigarette an.

»Sie sagten, Sie wurden sauer, weil Sander Ihr Buch als ›Scheiß‹ bezeichnet hatte.«

Dombrowski zog an der Zigarette, bevor er antwortete. »Ich war sogar ziemlich sauer. Aber das war ja schon am Freitag. Und soviel ich weiß, wurde er Montagnacht getötet.«

»Och«, gab Oda zurück, »wenn man so richtig sauer ist, dann hält das Gefühl oft einige Tage lang an. Das hat nichts zu sagen. Gibt es Zeugen für Ihren Streit?«

»Keine Ahnung. Hab ich nicht drauf geachtet. Glaub ich aber nicht. Sind nur noch wenige Touristen da, Fußgänger hätte ich sicher bemerkt, und die Segelschiffe liegen um diese Jahreszeit schon längst in den Hallen an Land. Die Segler haben meist ein Fahrrad dabei, das hätte ich vielleicht im Eifer des Gefechts nicht mitgekriegt, wenn da einer an uns vorbeigeradelt wäre.«

»Im Eifer des Gefechts hört sich gut an. Kam es denn zu Handgreiflichkeiten?«

»Was heißt Handgreiflichkeiten? Ich hab ihn am Kragen gepackt. Das schon. Aber er hat mich weggestoßen.«

»Wir bräuchten trotzdem Ihre Fingerabdrücke«, klärte Oda ihn auf. »Am besten kommen Sie nachher in die Polizeistation.«

»Warum denn das?«, beschwerte sich Dombrowski. »Tut mir ja leid, dass ich Ihnen nicht gestern schon gesagt habe, dass wir uns gestritten haben. Aber das war am Freitag. Am Montag war ich zur Chorprobe. Das hat Stefan gestern schon bestätigt.«

»Sie wohnen im Westen. Und der mutmaßliche Tatort liegt im Westen. Interessanter Zufall, finden Sie nicht?«

»Das ist absoluter Unsinn«, fauchte Dombrowski. »Stefan, nun sag doch auch mal was. Deine Kollegin spinnt ja.« Er warf die Kippe auf den Fußboden, trat sie aus und zündete sich eine neue Zigarette an.

»Besitzen Sie eine dieser Wippen, Herr Dombrowski?«, fragte Oda.

»Was soll das denn jetzt schon wieder?«

»Beantworten Sie meine Frage«, forderte Oda gelassen.

»Natürlich besitzen wir eine. Meine Frau betreibt einen kleinen Kiosk. Einiges lassen wir über die Spedition anliefern, aber anderes, so wie Süßigkeiten und so, das holen wir direkt am Bahnhof ab. Dafür brauchen wir die.«

»Gut. Dann werden Stefan und ich nachher rausfahren und uns von Ihrer Frau diese Wippe zeigen lassen. Aber erst kommen Sie mit zur Polizeistation, und wir nehmen Ihre Fingerabdrücke. Das dauert nicht lang.« Plötzlich kam ihr eine Idee. »Geht schon mal vor«, bat sie, »ich suche noch eben das WC auf.«

Diesen Trick hatte doch Marcel Krieger vorhin benutzt. Sie machte es ihm nach. Kaum waren die beiden Männer um die Ecke gebogen, zog sie eine Packung Taschentücher aus ihrer

Jackentasche, fischte eines heraus, bückte sich und nahm die Zigarettenkippe damit auf.

***

Das Telefonklingeln hörte Lürssen schon im Flur. Er kam gerade aus der Teeküche. Warum, zum Henker, nahm Lemke nicht ab? Er beschleunigte seinen Schritt und hastete zum Apparat. Lemke saß seelenruhig auf der anderen Seite des Schreibtisches. Er hätte das Gespräch ebenso annehmen können, schließlich befand sich der Apparat mittig auf einem Schwenkständer. Schnell angelte er den Hörer heran.

»Lürssen.«

Der Kollege von der Wache meldete sich. »Ich hab einen Rechtsanwalt Kreyenburg für Sie an der Strippe.«

»In Ordnung. Stellen Sie durch.« Es knackte in der Leitung. »Lürssen?«

»Kreyenburg. Sie haben um Rückruf gebeten. Was gibt es denn noch? Ich habe Ihnen doch gesagt, ohne richterlichen Beschluss kann und werde ich Ihnen keine Auskunft geben.«

»Och, das hat inzwischen Ihre Klientin erledigt.«

»Meine Klientin?«

»Nadine Hoffmann. Sie hat Sie hinsichtlich der Vorgehensweise zur Erlangung eines Vaterschaftstests von Erik Sander befragt«, sagte Lürssen selbstzufrieden. »Frau Hoffmann ist eine enge Freundin Ihrer Sekretärin Silvie Meissner, die den Kontakt vermittelt und den Termin ausgemacht hat. Haben Sie ihr auch ein paar Tipps gegeben, wie sie verhindern kann, dass der Vater ihrer Tochter das alleinige Sorgerecht bekommt?« Davon hatte Lemke ihm nach dem Telefonat mit Oda berichtet.

Einen Moment lang schwieg Kreyenburg verblüfft. »Na, wenn Sie das alles bereits wissen, warum sollte ich dann zurückrufen?«

»Das Gespräch mit Frau Hoffmann fand statt, nachdem ich um Ihren Anruf gebeten hatte«, sagte Lürssen. »Aber Sie können doch bestimmt bestätigen, dass es um den Vaterschaftstest und das Sorgerecht ging? Was haben Sie Frau Hoffmann geraten?«

»Ich bestätige Ihnen gar nichts«, gab der Anwalt scharf zurück. »Da Frau Hoffmann Ihnen aber ja anscheinend bereitwillig Auskunft erteilt hat, erkundigen Sie sich doch einfach direkt bei ihr. Schönen Tag noch.« Damit beendete er das Telefonat.

»Selbstherrliches Arschloch«, schimpfte Lürssen, als er den Hörer auflegte. Er blickte zu Lemke hinüber und meinte, den Hauch eines Lächelns auf dessen Gesicht zu erkennen. Er riss sich zusammen, obwohl er seinen Kollegen am liebsten zusammengestaucht hätte.

»Während du in der Küche warst, ist übrigens die Auswertung der Funkzellenanalyse von Nadine Hoffmanns Handy gekommen«, sagte Lemke wie nebenbei. »Und der Rektor der Inselschule hat das alte Klassenfoto geschickt. Ich hab es gleich an Oda weitergeleitet.«

»An mich nicht?« Lürssen gewann langsam den Eindruck, dass Lemke ihn ganz bewusst auflaufen ließ.

»Warum denn an dich? Du kannst es dir doch über die allgemeine Adresse unserer Abteilung angucken.«

Schnell klickte sich Lürssen ins E-Mail-Programm und öffnete die Nachricht des Rektors. Während das Bild lud, fragte er: »Und was hat die Analyse ergeben? Wo war das Handy der Hoffmann?«

»Tot«, sagte Lemke.

»Wie? Tot?« Lürssen sah auf.

»In der Zeit von Montag fünfzehn Uhr bis Dienstagmorgen um neun war es in keiner Funkzelle angemeldet.«

»Ach nee!« Lürssen spürte, wie ein Wärmeschauer ihn durchflutete. »Sollte die tatsächlich rübergefahren sein und ihr Handy ausgeschaltet haben?« Er spürte, er kam der Auflösung des Falles näher. Er war so gut, er brauchte nicht mal auf die Insel zu fahren, um das Tötungsdelikt aufzuklären. Das schaffte er auch von hier aus.

Ihm wurde warm ums Herz. Was für ein Einstieg in diese Abteilung! Die Kollegen, allen voran diese Schlaftablette Lemke, würden ihm dafür den Respekt zollen müssen, der ihm gebührte.

***

»Du kannst das Fahrrad meiner Frau haben. Die braucht das heute nicht. Ich hab mit ihr gesprochen«, sagte Knudsen, nachdem er die Fingerabdrücke genommen und Dombrowski die Polizeistation wieder verlassen hatte. Oda scannte die Streifen mit ihrem Handy ein und schickte sie per Mail an Lemke. Die Originalstreifen würde sie nun direkt zur Post bringen. Oda hatte auch die Zigarettenkippe in ein Beweissicherungstütchen gegeben und es dem Umschlag beigefügt. So war Dombrowskis DNA ohne große Diskussion feststellbar. Und sie war nicht durch falsche Tricks darangekommen. Dombrowski hatte die Kippe in ihrem Beisein auf den Bahnsteig geschmissen. Selbst schuld.

Der Wind blies gemäßigt, dennoch musste Oda ganz schön gegen die Böen antreten, obwohl das Damenrad über eine gute Gangschaltung verfügte. Die brauchte man auf der Insel auch. Gab schließlich kaum Tage, an denen es total windstill war. Und gemeinerweise drehte der Wind hier im Norden gern. Da kämpfte man auf dem Hinweg tapfer gegen ihn an und freute sich auf den Rückenwind auf dem Heimweg, doch Fleutschepiepen. Wieder hatte man den Wind von vorn. Das war schon so gewesen, als Oda zur Schule ging, und es hatte sich bis heute nicht geändert. Oda hatte schon mit dem Gedanken gespielt, sich ein E-Bike anzuschaffen. Mit elektrischem Rückenwind durch Wilhelmshaven zu radeln, war sehr verlockend.

Schweigend fuhren sie nebeneinander her. Während im Sommer noch Kühe auf den Weiden hinter dem Deich zu sehen waren, sah man jetzt nur jede Menge Graugänse. Eigentlich müssten die schon weitergezogen sein, doch seit einigen Jahren blieben viele hier. Die Winter waren einfach zu mild geworden. Die Kühe jedoch beendeten Ende Oktober ihren Inselurlaub und wurden mit einem allseits bestaunten Viehabtrieb zum

Hafen gebracht, von wo sie mit einem Lastenkahn aufs Festland befördert wurden. Im letzten Jahr war eine Kuh beim »Aussteigen« ins Wasser gefallen. Oda hatte einen Bericht darüber und die anschließende Rettungsaktion im Fernsehen gesehen.

Während sie radelten, dachte Oda über das Klassenfoto nach, das Lemke an sie weitergeleitet hatte. Der Rektor hatte die drei Jungen darauf markiert. Erik Sander stand links, direkt neben den Mädchen. Dombrowski und Kreyenburg rechts, inmitten der übrigen Jungs. Sander hatte verbissen in die Kamera geguckt. Es musste noch irgendetwas anderes vorgefallen sein als nur die Tatsache, dass Dombrowski Sanders Cousine gebeten hatte, ihn zum Abschlussball zu begleiten. Das allein konnte nicht zum Zerwürfnis zwischen den jungen Männern geführt haben, so viel war Oda klar. Es musste etwas gewesen sein, das so heftig war, dass es tatsächlich bis in die jetzige Zeit reichte. Aber was könnte das sein? Kreyenburg würde es schwerlich preisgeben. Als Anwalt war er das Mauern gewohnt. Kannten sie überhaupt dessen Aufenthaltsort zur Tatzeit? Oda nahm sich vor, Lemke und den Neuen darauf anzusetzen.

»Wir sind gleich da«, sagte Knudsen, als sie den neuen Leuchtturm passierten. »Nur noch ein paar Minuten.«

Endlich hatten sie den Kiosk erreicht. Die Scheibe war geschlossen. Stefan drückte auf den Klingelknopf neben der Eingangstür, und kurz darauf wurde die Tür geöffnet. »Für den Kiosk bitte … Oh. Stefan.« Ilka Dombrowski hatte augenscheinlich mit Kiosk-Kunden gerechnet. »Was machst du denn hier?« Sie blickte an ihm vorbei zu Oda.

»Ilka, das ist Hauptkommissarin Oda Wagner von der Kripo Wilhelmshaven. Sie ermittelt im Fall des Filmproduzenten, der unweit von hier auf dem Deich gefunden wurde.«

»Ja, Frank war ganz schön geschockt, dass sein Jugendfreund hier ums Leben gekommen ist. Den hab ich noch nie so erlebt. Er war total neben der Spur.« Sie runzelte die Stirn. »Aber warum seid ihr hier? Frank hat nichts damit zu tun. Er hat gar keinen Kontakt mehr zu Sander gehabt. Der hat es nicht mal für nötig befunden, ihm auf seinen Brief hin zu antworten. Dabei fand ich es schon ziemlich großzügig von Frank, ihm eins seiner Bücher zu schicken. Kostenlos. Immerhin muss Frank dafür bezahlen. Er bringt sie ja im Eigenverlag heraus.«

»Wir würden gern Ihre Transportwippe sehen, Frau Dombrowski«, sagte Oda.

»Die Transportwippe?« Ilka Dombrowski sah Oda an, als habe sie von ihr verlangt, im Handstand von hier zum Deich zu laufen.

»Genau. Ihr Mann sagte, Sie hätten eine.«

»Äh, klar. Für die kleineren Dinge, die wir transportieren müssen. Hat eigentlich fast jeder Insulaner. Also, jeder echte Insulaner.«

»Und die möchten wir uns jetzt gern ansehen«, sagte Oda bestimmt.

»Na gut. Sie steht im Unterstellbereich.« Ilka Dombrowski nahm den Haustürschlüssel vom Haken neben der Eingangstür und zog die Tür zu. »Kommen Sie. Ich weiß zwar nicht, was das soll, aber wenn Sie die Wippe unbedingt sehen möchten …« Sie zog den Anhänger zwischen Fahrrädern und untergestellten Terrassenmöbeln heraus, die um diese Jahreszeit nicht benötigt wurden. »Hier. Was wollen Sie denn überhaupt mit dem Ding?« Befremdet beobachtete sie, wie sich Oda Einweghandschuhe anzog und auch Knudsen ein Paar reichte.

»Wir gucken, ob es Blutspuren an der Wippe gibt«, erklärte Oda ruhig. Sie zog das Gefährt weiter heraus, sodass sie einen ungetrübten Blick darauf hatte. Ein Oval mit dem grünen geschwungenen Schriftzug »Ilkas Mini-Lädchen« prangte auf drei Seiten. Zum Glück war das Tageslicht ausreichend, in den letzten Tagen vorgenommene Säuberungsaktionen würden sichtbar sein.

»Blutspuren.« Ilka Dombrowski schüttelte den Kopf. »Warum sollten Blutspuren auf unserer Wippe sein?« Sie stutzte und beantwortete die Frage selbst, derweil Oda die Wippe sehr genau in Augenschein nahm. »Nee, ne? Sie wollen Frank doch nicht ernsthaft unterstellen, Erik Sander erschlagen zu haben, oder?«

Knudsen wusste nicht, was er sagen sollte, während Oda weiterhin das Holz studierte.

Ein Radfahrer rauschte vorbei. »Moin, Ilka«, rief er, und Ilka Dombrowski rief zurück: »Moin, Thomas.«

»Ihr Mann und Sander waren zerstritten. Das hat er uns gegenüber zugegeben. Ihr Mann hat Sander gebeten, seine Inselkrimis zu verfilmen, aber Sander hat das rüde abgelehnt. Auch das hat Ihr Mann uns gesagt. Sie haben sich deswegen gestritten. Letzten Freitag, hier auf der Insel. Ihr Mann hat Sander am Jackenkragen gepackt.«

»Aber es ist doch was ganz anderes, jemanden am Kragen zu packen, als ihn umzubringen!«, protestierte Ilka Dombrowski. »Und mit Sicherheit gab es noch andere Leute, mit denen Erik Streit hatte. Natürlich war Frank enttäuscht, dass sein ehemaliger Schulfreund auf das Buch nicht einmal reagiert hat. Aber seine Romane verkaufen sich hervorragend. Frank hätte doch keinen Grund gehabt, jemanden umzubringen, nur weil der seine Bücher nicht verfilmen wollte. Allein der Gedanke daran ist absoluter Mumpitz.« Sie legte fröstelnd die Arme um ihren Körper. »Außerdem war Frank am Montagabend bei der Probe des Wangerooger Shantychors.« Sie blickte Stefan Knudsen herausfordernd an. »Du warst doch auch da und kannst das bezeugen!« Nun stemmte sie die Hände in die Hüften. »Da gibt es ja wohl andere, die weit mehr Gründe haben. Nehmen Sie nur mal Thomas Siefken. Der ist hier gerade auf dem Weg nach Hause vorbeigeradelt.«

»Wieso der?«, fragte Oda verblüfft.

»Na, der hätte damals doch allen Grund gehabt, Erik Sander ans Leder zu gehen. Stimmt's, Stefan?«

»Joa, jetzt, wo du's sagst …«

Odas Blick sprang von Ilka Dombrowski zu Stefan Knudsen. »Wie? Jetzt, wo du's sagst? Was ist denn vorgefallen zwischen diesem Siefken und dem Sander?«

»Ach, das ist schon ein paar Jahre her«, wiegelte Knudsen ab. »Das war, bevor ich den Job hier übernommen hab. Da wohnten wir noch in Wittmund. Sander war auf der Insel, um einen

Film über das damalige Restaurant von Thomas zu drehen. Das hatte einen echt guten Ruf. Denn kochen kann er. Wirklich. Er gehörte sogar so einem elitären Kochclub an. Irgendwelche Meister des Tisches oder so. War er ganz schön stolz drauf. Jedenfalls wurden im Rahmen einer Dokumentation über die friesische und ostfriesische Küche einige Restaurants vorgestellt, darunter auch seins. Martina und ich haben einige der Empfehlungen ausprobiert. Waren echt tolle Lokale dabei.«

»Komm zum Punkt«, forderte Oda.

»Sander hat das Restaurant von Thomas in dem Beitrag ziemlich zerrissen.« Knudsen bemerkte Odas Stirnrunzeln und ergänzte: »Das fanden hier auf der Insel alle gemein. Denn das Restaurant war spitze, die Küche ausgezeichnet. Niemand hat verstanden, warum Sander das Lokal so runtergemacht hat. Zumal Thomas der Mann seiner Cousine ist. Sein angeheirateter Cousin sozusagen. Aber wie gesagt. Das ist lange her. Und zwischenzeitlich ist Erik Sander schon ein paarmal wieder hier gewesen.«

***

Beinahe schon triumphierend wählte Lürssen Nadine Hoffmanns Handynummer. Dieses Mal nahm sie das Gespräch an.

»Kripo Wilhelmshaven. Lürssen noch mal. Frau Hoffmann, Ihr Alibi ist geplatzt.« Er lehnte sich zufrieden zurück, gespannt, wie sie wohl versuchen würde, sich herauszuwinden.

Tatsächlich klang die junge Frau nervös, als sie nun entgegnete: »Geplatzt? Wieso das denn? Ich war wirklich in der Wohnung meiner Freunde. So, wie ich es Ihnen gesagt habe.«

»Was leider weder durch Ihre Freunde noch durch die Funkzellenanalyse Ihres Handys bestätigt werden kann.« Er sah hinüber zu Lemke, der seelenruhig den Blick zwischen seinen auf der Tastatur tippenden Händen und dem Monitor hin und her schweifen ließ. Der sollte lieber zuhören. Da konnte er noch was bei lernen.

»Ich hab Ihnen doch gesagt, dass meine Freunde bei einer

Hochzeit waren. Und das Handy hatte ich ausgeschaltet. Das mache ich jeden Abend. Weil so viel über WhatsApp kommt, mache ich es aus. Damit ich nicht gestört werde. Sondern einfach mal schlafen kann.«

»Wann haben Sie es denn ausgestellt? Wann sind Sie schlafen gegangen?« Noch immer zeigte Lemke kein Interesse an dem Gespräch.

»Schlafen gegangen bin ich erst gegen halb elf. Aber das Handy hab ich schon vorher ausgemacht. Ich war irgendwie ziemlich geschlaucht an dem Tag.«

»Weshalb? Sie waren doch schon seit Ende letzter Woche in Oldenburg. Was ist am Montag vorgefallen, das Sie so fertiggemacht hat?«

Es dauerte einige lange Sekunden, bis sie wieder sprach. »Ich hatte am Telefon Streit mit Lars.«

Na siehste, da kommen wir der Sache doch schon näher, dachte Lürssen. »Erzählen Sie mir davon.«

Er spürte, dass sie mit sich rang, nicht sicher war, was sie ihm erzählen sollte. Das Beste aber war: Er wusste bereits alles.

»Nun gut. Lars hat mit mir Schluss gemacht. Und mich aufgefordert, die Wohnung zu verlassen.«

»Warum sollten Sie die Wohnung Ihrer Freunde verlassen?« Voller innerlicher Begeisterung tat er so, als habe er sie falsch verstanden und legte damit den Finger auf ihre Seelenwunde.

»Nicht die Wohnung meiner Freunde.« Er hörte, wie sie zu weinen begann. »Unsere Wohnung in Berlin. Ich soll ausziehen.«

»Er hat Sie also rausgeschmissen.« Er kostete die Situation voll aus.

»Ja.« Sie schniefte.

»In dem Telefonat am Montag?«

Wieder vergingen einige Sekunden, bis sie antwortete. »Nein. Schon bevor wir hier hochgefahren sind. Deswegen wollte ich die Zeit im Auto mit ihm haben. Damit er mir nicht ausweichen kann. Um ihn davon zu überzeugen, dass wir drei zusammenbleiben sollen. Weil wir uns lieben. Und wegen Luisa. Und dem Baby, das ich erwarte.«

»Aber Sie sagten mir doch, dass Sie nicht wissen, ob Ihr Freund oder Erik Sander der Vater des Ungeborenen ist. Deswegen sind Sie zu Kreyenburg gegangen. Zumindest haben Sie das behauptet.«

»Das stimmt ja auch. Aber ich hab Lars natürlich nicht gesagt, dass Erik der Vater sein könnte.« Nun hörte er Trotz aus ihrer Stimme. Lemke hingegen blieb auf seiner Seite des Schreibtisches weiterhin völlig unbeeindruckt. Der schien überhaupt nicht neugierig zu sein. Oder war der ohnehin kaum zu Gefühlen fähig? Es begann zu regnen. Der Wind ließ die Tropfen hart gegen die Fensterscheibe prasseln.

»Ihr Freund wird sich da garantiert schon selbst seinen Reim drauf gemacht haben, weil er schließlich wusste, dass Sie fremdgegangen sind.« So blöd konnte ja kein Kerl sein, dass der nicht nachrechnete.

»Ich habe Lars gegenüber ein wenig geflunkert. Ich habe ihm gesagt, die Schwangerschaft sei noch nicht so weit fortgeschritten. Dann kann ich später behaupten, das Baby sei ein paar Wochen zu früh geboren. Das kann er mir nicht nachweisen. Denn meine Ärztin darf ihm ja keine Auskunft geben. Das unterliegt schließlich der Schweigepflicht.«

Lürssen fuhr sich mit der Zunge über die Schneidezähne. »Er hat Ihnen diese Lüge aber nicht geglaubt«, stellte er fest. »Deswegen hat er Sie rausgeworfen. Und am Montag noch einmal darauf bestanden, dass Sie die Wohnung verlassen.«

»Ja.« Sie schluchzte. »Und das Schlimmste: Er will Luisa behalten. Er will das alleinige Sorgerecht. Deswegen war ich am Montag so fertig.«

»Ich brauche Ihre Fingerabdrücke, Frau Hoffmann«, sagte er ohne einen Funken Mitleid in der Stimme. »Da führt nun kein Weg mehr dran vorbei. Meine Kollegen aus Oldenburg erledigen das. Werden Sie hinfahren, oder soll ich Sie abholen lassen?«

***

Sowohl Oda als auch Stefan Knudsen untersuchten den Fahrradanhänger gründlich, soweit es mit bloßem Auge eben möglich war. Nichts, aber auch rein gar nichts deutete darauf hin, dass er vor Kurzem abgeschrubbt worden war.

»Nä. Da is nix. Guck mal, da is ja noch Dreck von der Blumenerde an den Rändern.« Knudsen richtete sich wieder auf. Auch Oda kam zu dem Schluss, dass mit diesem Teil kein heftig blutender Mensch transportiert worden sein konnte.

»Stimmt. Sieht alles so aus, als ob dies nicht die Wippe ist, die wir suchen«, sagte sie zu Ilka Dombrowski.

»Das sach ich doch.« Die Frau nickte zufrieden. »Hätten Sie sich gleich sparen können, den Weg hierher.«

»Lieber einmal zu viel als zu wenig«, sagte Oda. »Und vielen Dank für Ihre Hilfsbereitschaft.« Das war zwar mehr eine der üblichen Floskeln, aber es kam eigentlich immer gut an.

»Och, dafür nich«, gab Ilka Dombrowski zurück. »Dann kann ich die Wippe jetzt wieder wegpacken?«

»Gern.« Oda lächelte sie an. »Wir machen uns auf den Weg.«

»Tschüss, Ilka«, verabschiedete sich Knudsen.

»Tschüss. Und liebe Grüße an Martina.«

»Richte ich aus.«

Sie schwangen sich wieder auf die Sättel. Nach wenigen Metern stoppte Oda. »Warte mal kurz, ich rufe noch eben in Wilhelmshaven an. Die sollen Kreyenburg durchleuchten. Wir müssen wissen, wo er zur Tatzeit war.«

Keine zwei Minuten später radelten sie weiter. Erfreulicherweise hatte der Wind nicht gedreht, dafür begann es zu regnen. Oda zog sich mit der linken Hand die Kapuze ihrer Jacke über den Kopf. Jetzt hätte sie sich auch über Handschuhe gefreut, leider jedoch lagen die warm und trocken in ihrer Wohnung in Wilhelmshaven.

»Wieso Kreyenburg?«, wollte Knudsen wissen.

»Keine Ahnung. Irgendwas ist vor zwanzig Jahren passiert, das einen Keil zwischen die drei Freunde getrieben hat. Vielleicht ist der Streit nun, da Kreyenburg Nadine Hoffmann hinsichtlich des Vaterschaftstests vertritt, wieder aufgeflammt.

Womöglich ging es damals auch um einen Vaterschaftstest oder irgendwas in der Art. Nach dem zu urteilen, wie wir Sander beschrieben bekommen haben, glaube ich jedenfalls nicht, dass er dem einfach zugestimmt hat. Andernfalls hätte die Hoffmann keinen Anwalt gebraucht.«

»Aber es scheint doch Zufall zu sein, dass die Hoffmann ausgerechnet an Kreyenburg geraten ist. Der kann das Mandat kaum selbst initiiert haben.«

»Ist mir schon klar. Aber irgendwo müssen wir doch was zu packen kriegen. Außerdem ist mir das zu viel Zufall. Wenn überhaupt, dann sollte uns der Zufall in die Hände spielen. Egal, es kann bestimmt nicht schaden, an Kreyenburg dranzubleiben.« Sie erreichten den Ort. »Sag mal, du weißt, wo die Siefkens wohnen?«

»Jo. Aber ich denke, wir fahren erst zu den Onnens. Thomas wird jetzt dort sein.«

Auf Höhe des Friedhofes stoppte Oda erneut. »Dombrowski hat gesagt, er habe Sander zufällig hier getroffen.«

»Das schon, aber bei dem Treffen wurde Sander ja nicht verletzt. Du wirst hier also vergeblich nach Blutspuren suchen, falls du das im Sinn hast. Außerdem haben wir die doch schon beim Bauhof sichergestellt.«

»Ich möchte nur gern mal zum Grab von Sanders Vater und Großeltern. Es interessiert mich, ob Sander dort Blumen abgelegt hat. Ob irgendetwas darauf hinweist, dass er da war.«

»Warum das denn?« Knudsen schloss sein Rad ab und folgte Oda durch das hölzerne Tor.

Wie auf vielen anderen Friedhöfen auch lichteten sich auf dem Inselfriedhof die Reihen. Es gab augenscheinlich nicht mehr so viele Erdbestattungen wie früher, dennoch wirkten die Lücken gepflegt. Rasen war angesät und wohl auch regelmäßig gemäht worden.

»Wir müssen hier lang«, sagte Knudsen und zeigte nach links.

Interessiert betrachtete Oda die Grabsteine. Viele von ihnen waren sehr alt. Und es gab etliche, die als Sterbedatum die Jahre der beiden Weltkriege angaben.

Das Grab der Familie Sander lag in der zweiten Reihe. Es machte einen gepflegten Eindruck.

»Wird sich wohl Suntje drum kümmern«, vermutete Knudsen. »Ihre Eltern liegen ja auch mit drin.«

Frische Blumen oder ein Gesteck suchte Oda vergebens.

»Ist noch 'n büschen hin bis zum Volkstrauertag«, meinte Knudsen. »Sollst mal sehen, dann liegt hier was.«

»Na, so lange möchte ich eigentlich nicht mehr auf der Insel bleiben«, stellte Oda fest. »Mich hat nur interessiert, wie emotional Sander war. Ob es ihm ein Bedürfnis war, Blumen abzulegen.«

»Och weißte, ich würd, nur weil hier kein Strauß oder Gesteck liegt, nicht auf fehlende Emotionalität schließen. Wenn man mal ehrlich ist, haben die Toten doch nix mehr davon. Nur die Blumenhändler. Und das eigene Gewissen. Damit einem niemand nachsagen kann, dass man sich nicht kümmert. Hier auf der Insel ist das jedenfalls so. Ist eben ein Dorf. Da kann ich Erik Sander schon verstehen, wenn der auf Blumen verzichtet. Dem war es doch schnurz, was die Leute von ihm hielten. Sonst hätte er damals nicht diesen unmöglichen Beitrag über Thomas' Restaurant gedreht.«

»Du hast recht.« Oda drehte sich um. »Dann lass uns mal zu Siefken fahren und mit ihm reden.«

Sie stellten ihre Räder neben der geklinkerten Treppe der Pension Sanddorn ab. Auf ihr Klingeln hin öffnete Suntje Onnen. »Oh. Sie schon wieder«, sagte sie ernst. »Gibt's noch was?« Hinter ihr entdeckte Oda Thomas Siefken, der seiner Frau gerade in eine lange Steppjacke half.

»Wir möchten eigentlich mit Ihrem Schwiegersohn sprechen«, erklärte sie. »Mein Kollege meinte, wir würden ihn bei Ihnen antreffen.«

Siefken schien den letzten Satz mitbekommen zu haben. »Mich? Sicher. Um diese Uhrzeit hole ich Heinke immer zu einem Spaziergang ab.« Er lächelte seine Frau an. »Nicht wahr, mein Schatz, wir drehen täglich unsere Runde, damit du im Training bleibst.«

Heinke Siefken lächelte dankbar. »Jaaa«, sagte sie unter Schwierigkeiten.

Thomas Siefken nahm die Hände vom Reißverschluss der dunkelblauen Jacke seiner Frau, die er gerade schließen wollte. »Worum geht es denn?«

»Können wir vielleicht reingehen, um uns ungestört zu unterhalten? Wir brauchen nur ein paar Auskünfte.« Sie standen noch immer in der geöffneten Haustür. Es zog empfindlich, und Oda bemerkte, dass Heinke Siefken unruhig zwischen ihnen und ihrem Mann hin und her blickte. Auch Thomas Siefken sah das. Liebevoll beugte er sich zu ihr hinunter und drückte ihr einen Kuss auf den Scheitel.

»Alles gut, mein Schatz«, sagte er. »Sie haben nur ein paar Fragen. Wir ziehen dir die Jacke wieder aus, und du bleibst noch einen Moment bei deiner Mutter in der Stube. Ist das in Ordnung für dich, Suntje?« An Oda gewandt erklärte er: »In der Zeit, in der ich mit Heinke spazieren gehe, machen meine Schwiegereltern ihre Mittagsstunde. Es ist anstrengend für sie, sich so intensiv um Heinke zu kümmern, obwohl sie es natürlich gern tun. Aber sie gehen inzwischen auch stramm auf die siebzig zu.«

»Also bitte, Thomas«, protestierte Suntje Onnen. »Du tust fast so, als ob wir senil und alt wären!«

»Gott, nein, das habe ich doch überhaupt nicht gemeint«, sagte Siefken beschwichtigend. »Es ist nur so, dass Heinke und ich überaus dankbar dafür sind, dass ihr euch so um uns kümmert. Ich wüsste nicht, wie wir den Alltag anders bewältigen könnten. Stimmt's, mein Schatz?«

Seine Frau lächelte dankbar. »Jaaa«, sagte sie erneut.

Siefken blickte zu seiner Schwiegermutter. »Macht es dir auch wirklich nichts aus, wenn wir noch so lange bleiben, bis ich mit der Polizei gesprochen habe?«

»Natürlich nicht«, wehrte Suntje Onnen ab. »Alles gut. Wir

gehen ins Wohnzimmer. Tjard hat sich sowieso schon hingelegt, und ich muss nicht unbedingt schlafen. Ihr könnt euch in den Wintergarten setzen.« Sie half ihrer Tochter, die Jacke wieder auszuziehen. »Komm, mein Engel. Wir gehen auf die Couch, und Thomas redet mit Stefan. Das dauert nicht lang, und dann macht ihr euren Spaziergang. Vielleicht hat der Regen bis dahin auch aufgehört.« Sie streichelte ihrer Tochter über die Wange, hängte die Jacke an einen Haken und öffnete die Tür zum Wohnzimmer.

Thomas Siefken sah den beiden hinterher, bevor er die paar Schritte zum Wintergarten vorausging. »Bitte.« Er deutete auf einen Tisch und setzte sich. »Warum wollen Sie mit mir reden?«

»Mir wurde gesagt, dass der Cousin Ihrer Frau einen ... sagen wir mal ... ziemlich negativen Beitrag über ein von Ihnen geführtes Restaurant gedreht hat«, begann Oda.

Siefken kniff die Augen zusammen und sah Stefan Knudsen verärgert an. »Was soll das?«, fragte er ihn.

Knudsen hob um Verzeihung bittend die Hände. »Ich hab da nichts von gesagt. Ich hab da auch gar nicht mehr dran gedacht. Aber als wir heute bei Ilka waren und was kontrollieren wollten, bist du vorbeigeradelt, und Ilka hat davon angefangen, dass du wegen des Beitrags damals richtig sauer auf Erik warst.«

»Na und?«, fragte Thomas Siefken unwirsch. »Das ist lange her. Schnee von gestern. Inzwischen hat sich alles geändert.«

Oda beugte sich vor. »Seien Sie so nett und erzählen mir, was damals geschehen ist. Sehen Sie es mir nach, wenn ich frage, aber vielleicht erhellt das die Umstände des Todes von Herrn Sander.«

»Das erhellt gar nichts. Das war damals. Und heute ist heute.« Immer noch sah Thomas Siefken wütend aus. »Aber gut, wenn Sie es denn unbedingt noch mal ausgraben müssen: Erik war vor einiger Zeit der Aufnahmeleiter einer Dokumentationsreihe über Restaurants. Nicht so eine Vergleichssendung, in der die Restaurants gegeneinander antreten und kochen müssen, er hat Lokale einer bestimmten Region nach Besonderheiten ausgesucht. Besonderheiten, die allen Restaurants der Sendung eigen waren. In diesem Fall war es die Mitgliedschaft in der ›Confrérie des maîtres de la table et frères en gueule‹. Also frei übersetzt: der Bruderschaft der Meister der gehobenen Gastronomie und Freunden des guten Geschmacks.«

»Ach. Das ist ja interessant. Darüber hab ich mich gestern kurz mit Hajo Albrecht unterhalten. Im Hotel hängen ja viele Aufnahmen und Wappen der Vereinigung.«

Ein kurzes Lächeln glitt über Siefkens Gesicht. »Ja. Hajo gehört auch zu dem Verein.«

»So wie Ihr Restaurant? Sagen Sie bloß, Sie haben das ›Perle de la Mer‹ geführt?« In diesem Restaurant waren Jürgen und sie essen, als sie das erste Mal gemeinsam Urlaub auf Wangerooge gemacht hatten.

Siefken nickte. »Ja, die ›Perle‹ gehörte damals mir.«

Oda riss die Augen auf. »Echt jetzt? Ich hatte mich zwar gewundert, dass es das Lokal irgendwann nicht mehr gab, aber ich dachte, vielleicht ist Wangerooge dann doch nicht der richtige Ort für ein solches Restaurant. Also, ich fand, es war phantastisch. Wir haben den Abend damals so genossen. Es stimmte einfach alles. Service, Getränke, Speisen … alles. Warum kam das ›Perle de la Mer‹ denn in der Dokumentation so schlecht weg? Was war los bei den Dreharbeiten?«

Siefken zuckte mit den Schultern. »Keine Ahnung. Erik behauptete später, es hätte nicht an ihm gelegen, er sei nur der Aufnahmeleiter. Verantwortlich für den Beitrag sei der Regisseur gewesen. Und beim Schneiden hätten die die Szenen so komisch zusammengesetzt und Dinge hineingenommen, die eben diesen Verriss produzierten.«

»Sie hätten sich doch wehren können«, forderte Oda. »Sie hätten sich wehren müssen!«

Siefken lachte resigniert auf. »Das hätte ich tun sollen. Ich hatte tatsächlich überlegt, den Sender wegen Rufschädigung zu verklagen. Aber die verfügen über mehr Geld als ich und haben einen längeren Atem. Darum habe ich es gelassen. Außerdem hätte es sowieso nichts mehr gebracht, weil der Beitrag bereits gesendet worden war. Und dann erlitt meine Frau den Schlaganfall. Glauben Sie mir: So etwas rückt alles in ein komplett anderes Licht. Heinke war mir wichtiger als der Kampf gegen diesen Fernsehsender.«

***

Entspannt lehnte sich Sven Lürssen auf dem Bürodrehstuhl zurück und verschränkte die Hände hinter dem Kopf. Die Hoffmann war so gut wie geliefert. Hatte ihren Freund nicht nur betrogen, sondern ihm auch ein falsches Stadium der Schwangerschaft vorgelogen. Dazu das ausgeschaltete Handy. Ihr Motiv war bombensicher. Sie hatte um jeden Preis verhindern wollen, dass Schneider auf den Trichter kam, von sich aus Sander zu einem Vaterschaftstest aufzufordern. »Dein Sperma gegen mein Sperma.« Das war ein Duell, das ihm gefiel.

»Ich geh mal kurz raus.« Lemke stand auf. »Bin gleich wieder da.«

»Is was?«, fragte Lürssen. Auf dem Bildschirm sah er, dass eine Mail angekommen war. Absender: Nadine Hoffmann. Das Foto. Wurde auch Zeit. Langsam schien sie zu begreifen, dass sie spuren sollte.

»Nee. Ich geh nur mal kurz raus.« Schon war Lemke verschwunden.

Ganz klar, am Verhalten des Kollegen ihm gegenüber würde noch zu arbeiten sein. Das ging gar nicht.

Das Telefon klingelte. Lürssen angelte nach dem Hörer, um gleich darauf die messerscharfe Stimme des Rechtsanwaltes Kreyenburg zu hören. »Sagen Sie mal, was bilden Sie sich eigentlich ein? Haben Sie allen Ernstes geglaubt, meine Mandantin stiefelt artig wie ein Schlachtlamm zur nächsten Polizeistation und lässt sich erkennungsdienstlich behandeln, nur weil Sie sie verdächtigen, am Tod von Erik Sander beteiligt zu sein? Beschaffen Sie sich gefälligst einen richterlichen Beschluss dafür. Vorher bekommen Sie gar nichts! Und wenn Sie das nächste Mal was von Nadine Hoffmann wollen, lassen Sie es mich wissen. Ich habe ihr geraten, keinen weiteren Ihrer Anrufe entgegenzunehmen. Ohne Rücksprache mit mir wird Frau Hoffmann Ihnen nichts mehr sagen.«

»Stopp!« Lürssen sprach ein Machtwort. Abkanzeln konnte der wen anders. »Es geht überhaupt nicht um eine komplette erkennungsdienstliche Behandlung. Das hat Ihre Mandantin falsch verstanden. Es geht um ihre Fingerabdrücke. Und darum, auszuschließen, dass Ihre Mandantin etwas mit dem Tod von Erik Sander zu tun hat. Dafür brauchen wir keinen Beschluss. Ich kann ihr natürlich gern eine schriftliche Vorladung zukommen lassen, wenn Sie das wünschen«, bot er großzügig an, »und sie dann übermorgen abholen lassen, falls sie nicht kooperiert. Allerdings werden Sie sicherlich Verständnis dafür haben, dass ich die Weigerung Ihrer Mandantin durchaus interessant finde. Ja, ich gehe sogar so weit, zu vermuten, dass wir nicht nur ihre Fingerabdrücke, sondern auch ihre DNA benötigen werden, um sie mit den am Leichnam sichergestellten Spuren abzugleichen. Sie können natürlich gern einen Antrag auf gerichtliche Entscheidung gegen unsere polizeiliche Anordnung stellen, aber Ihnen ist sicher bekannt, dass der Antrag grundsätzlich keine aufschiebende Wirkung hat und wir Frau Hoffmann dennoch abholen können.«

»Sie können mich mal.« Mit diesen Worten beendete Kreyenburg das Telefonat.

Mit einem selbstgefälligen Grinsen legte Lürssen den Hörer zurück auf den Apparat.

***

Es reichte. Heiko Lemke konnte die überhebliche Art des Neuen einfach nicht mehr ertragen. Er hatte in all den Jahren, die er in der Polizeiinspektion Wilhelmshaven tätig war, schon vieles erlebt. Kollegen kommen und gehen sehen. Aber noch nie war ihm ein so selbstherrliches Arschloch wie Lürssen untergekommen. Er klopfte an Siebelts Bürotür.

»Herein.«

Gleich darauf stand er dem Chef gegenüber.

»Setz dich«, bat Siebelt.

»Nee.« Lemke sah sich nicht in der Verfassung, ein entspanntes Gespräch mit seinem Vorgesetzten zu führen. »Der Neue geht gar nicht«, platzte er heraus. »Der ist so arrogant, kein Wunder, dass ihn die Kollegen aus Osnabrück so schnell wie möglich loswerden wollten.«

Siebelt sah ihn überrascht an. »Das hast du falsch verstanden. Lürssen wurde nicht strafversetzt. Der hat sich aktiv bei uns beworben. Und von den Kollegen nur die besten Beurteilungen bekommen.«

Lemke schnaubte. »Sicher aus gutem Grund. Weggelobt haben die ihn, wetten? Hauptsache, sie wurden ihn los! Er ist unerträglich. Du kannst dir gar nicht vorstellen, was für einen Ton er Zeugen gegenüber anschlägt. Rambo für Arme, sag ich da nur. Ich würd mich nicht wundern, wenn es demnächst reihenweise Beschwerden hagelt, weil wir es in Zeugenbefragungen am nötigen Respekt fehlen lassen. Chef. Das mit dem Lürssen und uns kann einfach nicht gutgehen. Können wir den nicht irgendwie elegant wieder loswerden?«

***

»Das ist ja ein Ding«, sagte Oda, als sie die Pension Sanddorn verließen. »Der arme Kerl. So runtergemacht zu werden. Hast du den Beitrag damals gesehen?«

»Klar. Die ganze Insel hat den Film geguckt. Und wir in Wittmund natürlich auch. Das war echt der Hammer. Du kannst dir das gar nicht vorstellen. Ich meine, Martina und ich haben auch ab und an mal im ›La Perle‹ gegessen, wenn wir auf Wangerooge waren. Natürlich nicht oft, dazu war es einfach zu teuer, aber an besonderen Tagen sind wir schon da gewesen. Meine Schwiegereltern haben dann auf unsere Lütte aufgepasst. Wir waren total gespannt auf den Filmbeitrag. Haben uns vor den Fernseher gesetzt, ein Gläschen Wein eingeschenkt und uns darauf gefreut. Und dann das. Irgendwie war der Filmbeitrag von den Kameraeinstellungen her so, dass man dachte, das kann doch unmöglich dort aufgenommen worden sein. Und die Reaktionen der Gäste vor der Kamera haben uns auch verblüfft. ›Zu kleine Portionen‹, ›zu kalt‹, ›Preis-Leistung stimmt nicht‹. Das war schon gediegen. So als ob alle Gäste an dem Abend plötzlich Restaurantkritiker waren, die sich dazu verschworen hatten, das Essen schlechtzureden.«

»Tja. Was das in manchen auslöst, wenn sie plötzlich in eine Kamera sprechen sollen ...«

Sie schlossen ihre Räder auf und stiegen auf die Sättel. Gemächlich radelten sie nebeneinander her. Zum Glück hatte es aufgehört zu regnen.

»Die Gäste hatten garantiert alle schon mal eine dieser Restaurant- oder Kochsendungen gesehen«, vermutete Knudsen. »Da sollen die Teilnehmer immer sagen, was ihnen nicht so gefällt. Ich glaube, solche Sendungen leben von Neid und Missgunst.«

»Aber die Leute müssten sich doch Gedanken darüber machen, wie ihre Kritik bei den Zuschauern ankommt. Das hat direkt was von Rufschädigung, finde ich.«

»Hört man leider immer wieder: Wenn man den Leuten eine gewisse Macht gibt, wird die gnadenlos ausgenutzt. Allerdings ist es letztlich nicht der Beitrag gewesen, weswegen Thomas das ›La Perle‹ dichtgemacht hat, sondern der Schlaganfall von Heinke. Hat er ja gerade auch selbst gesagt. Obwohl seine Schwiegereltern echt viel für ihn und Heinke tun, konnte er nicht beides stemmen. Dazu gab's für Thomas als Inhaber im ›La Perle‹ eben doch zu viel Arbeit. Und in eine Pflegeeinrichtung wollte er Heinke nicht geben. Hier auf der Insel gibt es auch gar keine. Da hätte er sie nach Wittmund oder Esens bringen müssen. Kann ich verstehen, dass er das nicht gemacht hat. Da kann man von hier aus nicht mal eben schnell hin. Und sie ist Gott sei Dank geistig klar, auch wenn sie sich natürlich sehr verändert hat. Ich glaub, Thomas hat zuerst gedacht, das lüppt sich all wieder zurecht, Heinke wird wieder ganz gesund, und dann kann er weitermachen.«

»Und plötzlich ist nichts mehr so, wie es war, und dein ganzes Leben ist auf den Kopf gestellt«, sagte Oda nachdenklich.

»Jo. Das gibt's aber auch in positiver Hinsicht«, meinte Knudsen optimistisch.

»Das stimmt«, gab Oda zurück. »Mein Sohn wird Vater. Das ist an sich was Positives.«

Er sah sie fragend von der Seite her an. »An sich?«

»Alex ist erst neunzehn. Und seine Freundin einundzwanzig. Beide studieren noch im Grundstudium. Bei denen wird durch das Baby auch das ganze Leben auf den Kopf gestellt werden, denn Leonies Eltern leben in Cloppenburg, und ich bin zwar in Wilhelmshaven, aber voll berufstätig – und das nicht regelmäßig von morgens um acht bis nachmittags um fünf.«

»Oha. Dann habt ihr bald Trubel in der Bude.«

»Das kannste wohl sagen. Wobei … nee, wir eigentlich nicht. Eher Leonie und Alex. Die müssen sich jetzt eine gemeinsame Wohnung suchen, wenn sie sich beide um ihr Kind kümmern wollen, denn Alex wohnt noch bei mir, und Leonie hat nur ein kleines Appartement.« Sie seufzte unwillkürlich. »Da kommt wirklich noch einiges auf uns zu in der nächsten Zeit.«

***

Heiko Lemke war nicht wirklich zufrieden mit dem Gespräch mit dem Chef. Da sei nix zu machen, hatte Siebelt gesagt. Verdammt, warum nur musste gerade ihm ein solcher Kollege zugeteilt werden? Noch ein Grund mehr, weshalb er sauer auf Nieksteit war. Der würde am Montag aller Voraussicht nach bis zum Antritt dieser Entwöhnungskur wieder bei der Arbeit erscheinen. Da konnte der Neue gucken, wo er blieb, denn Nieksteit würde hoffentlich auf seinen angestammten Platz bestehen. Doch Nieksteit war krank. Und er, Lemke, hatte es nicht gemerkt. Aber wie hätte er es auch merken sollen? In ihrer beider Privatleben gab es keine Schnittmengen. Ebenso wenig wie mit Oda, Christine oder Siebelt. Sie waren gute Kollegen. Wirklich gute Kollegen mit einem freundschaftlichen Verhältnis, das konnte man getrost behaupten. Mehr jedoch nicht. Er verspürte absolut kein Bedürfnis, sein Privatleben mit den anderen zu teilen. Privat war privat. Das sahen Oda und Christine glücklicherweise auch so.

Als er das Büro betrat, saß der Neue dickbräsig auf seinem Schreibtischstuhl und fummelte an seinen Fingernägeln herum.

»Sind wir jetzt hier in einem Nagelstudio, oder was?«, fragte Lemke pikiert. »Kennst du nicht den alten Spruch: ›Wenn du denkst, du bist allein, mach dir deine Nägel rein‹? Merk dir: Hier in der Abteilung bist du nie allein.«

»Nun reg dich mal nicht so auf. Ich hatte da etwas Dreck unter dem einen Nagel. Den wird man wohl noch wegmachen dürfen.« Ungeniert pulte der Neue weiter an seinen Nägeln herum.

Lemke beschloss, ihn einfach wieder zu ignorieren. Er entsperrte seinen Bildschirm, las die neuesten Mails und angelte sich den Telefonapparat, den Lürssen weit auf seine Schreibtischseite gezogen hatte. Nach nur kurzem Klingeln hatte er Oda an der Strippe.

»Moin, Oda«, grüßte er und verspürte für einen kurzen Moment fast so etwas wie Sehnsucht nach einem persönlichen Gespräch mit ihr und Christine. Die Atmosphäre im Büro war durch den Neuen eiskalt. »Ich hab die Auswertung der Fingerabdrücke der drei Filmknaben. Bislang sind sie nicht aktenkundig. Der DNA-Abgleich dauert allerdings noch etwas. An Kreyenburg und Dombrowski bin ich dran. Dazu melde ich mich im Laufe des Tages. So viel aber kann ich schon sagen: Kreyenburg und Sander haben über Sanders Handy vor etwas über vier Wochen schon mal sieben Telefonate miteinander geführt. Ich muss gestehen, so weit hab ich Sanders ein- und ausgehende Anrufe zunächst nicht zurückverfolgt. Die Telefonate können mit Nadine Hoffmanns Mandat jedenfalls nichts zu tun gehabt haben, das erging ja erst am Freitag. Und Kreyenburg hat dem Neuen weisgemacht, er habe bis auf ein einziges Telefonat letzte Woche keinen Kontakt mit Sander gehabt.« Mit einem Seitenblick bemerkte er Lürssens versteinerte Miene. »Da sollten wir auf jeden Fall weitergraben.«

»Prima. Danke, Heiko.« Oda schwieg einen Moment. »Lürssen gefällt dir nicht, hab ich recht?«

»Jo«, gab er knapp zurück. Frei reden war in diesem Büro ja nicht mehr möglich.

»Also wirst du das selbst überprüfen?«

»Ich denke, das muss der Neue übernehmen. Der hat ja schon mehrfach mit Kreyenburg gesprochen.« Wirft kein gutes Bild auf unsere Abteilung, wenn ich das jetzt mache, dachte er, wollte aber nicht so weit gehen und das im Beisein von Lürssen laut sagen.

»Okay. Du wirst aber abseits davon deine eigenen Erkundigungen anstellen, nehme ich an?«

Oda kannte ihn wirklich sehr gut. »Natürlich«, antwortete er zufrieden und verkniff sich eine Begründung. Schließlich hörte der Neue mit.

»Also meldest du dich dann«, sagte Oda.

»Unbedingt. Wir werden dir umgehend durchgeben, wenn wir etwas Neues erfahren.«

»Ach sag mal: Der Sander war doch in diesem Darts-Club und spielte ziemlich weit oben. Du hattest gesagt, es habe da kürzlich heftigen Ärger gegeben, weil der einen aus der Mannschaft rausgemobbt hat oder so. Hast du diesbezüglich schon weitere Informationen?«

»Nee, noch nicht, aber ich kann den Neuen ja noch mal drauf ansetzen.« Lemke grinste breit. »Grüß Christine schön, wenn du sie siehst«, fügte er noch hinzu, einfach, um Lürssen die innige Verbundenheit in der Abteilung unter die Nase zu reiben. So was musste man sich erarbeiten. Das schaffte man nicht mit Aufschneiderei.

***

Sven Lürssen musste sich sehr zusammenreißen, um nicht aufzuspringen und seinen Kollegen am Kragen zu packen. Was bildete sich dieser kleine Sesselfurzer eigentlich ein, so über ihn zu reden – und noch dazu in seiner Gegenwart?

»Nur, damit das auch in deinen kleinen Schädel geht«, sagte er provozierend langsam. »Ich heiße Sven Lürssen. Nicht ›der Neue‹. Und genauso möchte ich auch angeredet werden. Mit Sven. Meinetwegen auch Kollege Lürssen. Wie es dir leichter über die Lippen geht. Und unter Verwendung dieser zwei Optionen darfst du auch mit den Kolleginnen über mich reden.«

Lemke steckte sich ebenso provozierend langsam einen Kaugummi in den Mund. »Du musst den Kreyenburg noch mal auf sein Verhältnis zu Sander ansprechen«, sagte er. »Hast ja mitgekriegt, was ich zu Oda gesagt hab. Der hat vor ein paar Wochen mehrere Telefonate mit Sander geführt, die er dir gegenüber nicht erwähnt hat. Finde heraus, worum es dabei ging. Das würde deinen Ruf vom Superermittler, den du so demonstrativ vor dir herträgst, zwar nicht beeindruckend bestätigen, dem aber zumindest keinen Abbruch tun.« Er verzog abwertend den Mund. »Wenn du dich dem nicht gewachsen fühlst, kann ich das natürlich auch übernehmen.«

Voller Wut kniff Lürssen die Augen zusammen, doch bevor er antworten konnte, sprach Lemke schon weiter. »Ach ja. Oda fragte nach dem Stand deiner Recherchen über die Sache im Darts-Club. Du hattest doch Sanders privates Umfeld übernehmen wollen. Weißt du inzwischen, wem er ans Leder wollte?«

Lürssen spitzte die Lippen. »Ich kann mich nicht um alles gleichzeitig kümmern«, gab er harsch zurück.

»Ach nee, aber deine Finger sauber machen während der Dienstzeit, das kannst du.«

»Meine Güte. Was bist du für eine arme Wurst. Da hab ich einmal … *ein* Mal … etwas Dreck unter dem Nagel weggemacht, und du machst da so 'nen Hermann von.« Er schnaubte. »Keine Sorge. Ich hake da nach. Und den Kreyenburg, den nehme ich mir mit Vorliebe zur Brust. Schick mir doch bitte die genauen Telefondaten rüber, damit ich diesen arroganten Rechtsverdreher damit konfrontieren kann.«

***

Phillips Handy klingelte, als sie an der Inselbuchhandlung vorbei waren und auf dem Weg zum Supermarkt die Zedeliusstraße hinunterliefen. Christine verspürte einen absoluten Heißhunger auf Salzstangen und gesalzene Erdnüsse, die musste sie jetzt unbedingt noch einkaufen.

Phillip blieb stehen und blickte auf das Telefon. »Warte kurz«, bat er. »Das ist Becker.« Becker war sein Vertreter. »Ja?«, fragte er, nachdem er das Gespräch angenommen hatte. Er hob den Zeigefinger, drehte sich um und konzentrierte sich auf das Telefonat.

Christine schlenderte derweil weiter und sah sich die Modeauslage in einem Geschäft an. Die weiße Bluse war ein Traum. Aber sie hatte genügend Blusen. Weiße sowieso. Und bestimmt würde sie nach der Geburt einige Zeit bequemere Kleidung als Blusen tragen. Obwohl … sie hatte sich vorgenommen, das Kind zu stillen. In einem Magazin hatte sie gelesen, dass es für Neugeborene und Babys der beste Schutz vor Allergien und überhaupt das Beste für das Kind sei. Solange man sich gesund und ausgewogen ernährte, selbstverständlich. Egal, beim Stillen konnte man eine Bluse sicher gut gebrauchen: Knopf auf, Baby an die Brust. Sie lachte leise vor sich hin. Das war eigentlich ein tolles Argument für diesen Blusenkauf. Wenn man davon absah, dass sie ihre Figur sicher nicht so schnell wieder zurückbekommen würde.

»Christine.« Phillip kam ihr entgegen. »Ich muss zurück ins Hotel. Gib mir bitte den Schlüssel. Becker hat gesagt, bei der Halle sind unerwartet Schwierigkeiten aufgetaucht, die wir besprechen müssen. Das geht hier auf offener Straße nicht. Kommst du mit, oder gehst du erst noch in den Supermarkt?«

»Geh du ruhig vor. Ich besorge eben die Sachen und komme dann nach.« Sie fischte den Hotelschlüssel aus ihrer Tasche und reichte ihn Phillip.

»Alles klar. Bis gleich.« Er drückte ihr einen Kuss auf die Wange und eilte davon. Beinahe hätte Christine geschmunzelt. Es war dann wohl doch was anderes, wenn Phillip beruflich gefragt war. Nein, korrigierte sie sich, hier ging es nur um ein

Telefonat. In einer halben Stunde würde der Job auch bei ihm wieder in den Hintergrund gerückt sein.

Im Supermarkt nahm sie sich einen Einkaufskorb und ging zu dem Gang, in dem die Knabbersachen angeboten wurden. Sie kannte sich aus in diesem Laden. Schließlich war sie schon oft genug hier gewesen.

Die Schlange an der Kasse war überschaubar. Kein Vergleich zur Hochsaison. Sie legte Salzstangen und Nüsse aufs Band, stellte den Korb weg und erschrak, als ihr jemand von hinten auf die Schulter tippte.

»Entschuldigung, Frau Cordes.« Oliver Beerbaum stand hinter ihr. In seinem Einkaufskorb befanden sich ein Sechserträger Jever Pils und zwei Tüten Chips. »Wo ich Sie hier gerade zufällig treffe, können wir mal kurz miteinander reden?«

Christine zog die Schultern hoch. »Sicher«, sagte sie gedehnt, »worum geht es denn?«

Beerbaum verzog das Gesicht. »Na, um was wohl?«, fragte er leicht gereizt.

»Wollen Sie das nicht lieber mit …«

Er fiel ihr ins Wort. »Draußen. Bitte.«

»Moin.« Der junge Kassierer zog Christines Salzstangen über den Scanner, dann die beiden Erdnussdosen und nannte ihr den Betrag, den sie bezahlen musste. Sie nahm die Münzen aus dem Portemonnaie.

»Ich warte draußen«, sagte sie zu Beerbaum, steckte das Salzgebäck ein und trat auf die Straße. Kurz darauf kam auch Beerbaum heraus.

»Lassen Sie uns hinüber in den Rosengarten gehen«, schlug er vor. Wie eine Bitte klang das allerdings nicht.

»Was wollen Sie denn von mir?«, fragte Christine, während sie neben ihm herlief. »Sie wissen doch, dass ich eigentlich im Urlaub bin.«

»Klar. Aber wo ich Sie schon allein antreffe, also, ohne dass einer meiner Kollegen an mir klebt, will ich die Gelegenheit nutzen und mit Ihnen sprechen. Sie können das dann ja nachher an Frau Wagner weitergeben.«

Interessant. Er hatte sich ihre Namen gemerkt. Das hätte sie gar nicht vermutet, so überheblich, wie er sich gab. Und er ging davon aus, dass Oda und sie in regem Austausch standen. Trotz des feinen Unterschieds, dass Oda beruflich und sie privat hier war. Aber natürlich würde sie Oda gern alles erzählen, was Beerbaum ihr zu sagen hatte.

Im Rosengarten war nichts los. Kein Wunder, es war kalt. Niemand käme auf die Idee, sich hier gemütlich hinzusetzen. Die Bäume hatten ihre Blätter abgeworfen, und auch die Rosen blühten nicht mehr. Ein alter Mann ging langsam, auf einen Stock gestützt, ein Stück vor ihnen.

»Also. Es geht um Erik und Lars.« Oliver Beerbaum atmete schwer. Als ob er mit sich ringen müsste, das preiszugeben, was er wusste. »Ich würde da normalerweise kein Wort drüber verlieren, aber es geht hier immerhin um Mord.«

»Oder Totschlag«, korrigierte Christine.

Beerbaum sah sie stechend an. »Ist doch egal, wie Sie das jetzt bezeichnen. Erik ist tot. Und Sie wollen denjenigen finden, der ihn auf dem Gewissen hat. Stimmt's?«

»Stimmt«, gab Christine zu, erstaunt über seine Heftigkeit.

»Also. Ich hab am Montag zufällig ein Gespräch zwischen Erik und Lars mitgekriegt. Wir hatten Feierabend gemacht, und ich wollte mir noch ein paar Bierchen holen. Für später auf dem Zimmer. Also nach dem Skatspielen«, fügte er schnell hinzu. »Ich trinke immer gern ein Bierchen als Absacker, wenn ich auf Drehtour bin. Jedenfalls war ich hier im Supermarkt, als ich Erik mit Lars sprechen hörte. Ich war im Gang nebenan. Die beiden konnten mich nicht sehen, aber ich kenne ja ihre Stimmen. Ich wollte schon zu ihnen gehen, als ich hörte, worum es ging: dass Nadine nämlich wieder schwanger ist. Erik sprach ein wenig abfällig über Nadine. Sagte, dass sie recht freigiebig mit ihrer Gunst umginge. Und dass Lars wohl ein ziemlicher Schlappschwanz sein müsse, wenn seine Freundin es sogar beim Sommerfest der Produktionsfirma mit ihm treibt, weil Lars besoffen im Hotelbett liegt. Und dass er, Sander, als Vater in Frage käme. Ich hab gedacht, ich höre nicht richtig. Da bin ich natürlich lieber geblieben, wo ich war. Ich wollte nicht zwischen deren Mühlen geraten. Erik hat gemeint, Lars solle mal überprüfen, ob denn Luisa überhaupt seine Tochter sei. Richtig höhnisch klang das. Daraufhin hat Lars Erik angeschrien und ihn beschimpft. Einer vom Ladenpersonal ist aufgetaucht und hat sie gebeten, sich zu beruhigen. Ich hab noch gewartet, bis die beiden raus waren, und bin dann zum Hotel. Erik hab ich an dem Abend nicht mehr gesehen. Na, und am nächsten Morgen eben auch nicht mehr. Da war er schon tot.«

»Befürchten Sie, dass Lars Schneider und Erik Sander später noch weiter miteinander gestritten haben?«, fragte Christine.

»Keine Ahnung.« Beerbaum zuckte mit den Schultern. »Ich meine, wir waren zu dritt essen, also Marcel, Lars und ich, und dann haben wir Skat gespielt. Wann ist Erik denn genau gestorben? Der Todeszeitpunkt muss doch inzwischen feststehen.« Er sah Christine intensiv an.

Sie reagierte mit einer Gegenfrage. »Wann haben Sie denn zu spielen aufgehört?«

»Keine Ahnung. Ich hab nicht auf die Uhr geguckt.«

Das klang mehr als ausweichend.

»Halten Sie es prinzipiell für möglich, dass Lars Schneider sich vor oder nach dem Kartenabend mit Sander getroffen hat?«

»Möglich wäre es wohl gewesen. Wer weiß schon, was in den Menschen vorgeht.« Beerbaum sah ihr direkt in die Augen, als er das sagte. »Schönen Abend noch.« Er drehte sich um und ging los.

Christine blickte ihm nach. Meine Herren, dachte sie. Das war ein Anschwärzen allererster Güte.

***

Innerlich frohlockend fuhr Sven Lürssen nach Oldenburg. Er hatte in der Kanzlei angerufen und sein Kommen angekündigt. Mehr noch, er hatte Kreyenburgs Sekretärin deutlich und ohne Umschweife zu verstehen gegeben, dass er keinerlei vorgeschobene Wartezeiten in Kauf zu nehmen gedachte. Ihr Chef habe gelogen. Und nun müsse er am eigenen Leib erfahren, dass es nicht gut war, die Polizei zu belügen. Wenn er nicht zum Gespräch bereitstand, würde Lürssen ihn kurzerhand in Gewahrsam nehmen lassen. Kreyenburg wusste selbst am besten, dass so etwas jederzeit möglich war. Auch wenn eine vorübergehende Festnahme ohne richterlichen Beschluss nur für wenige Stunden haltbar war … möglich war sie.

Während der Autobahnfahrt schmetterte er lautstark den Titel »The winner takes it all« von Abba vor sich hin. Lemkes Gesicht und den Widerwillen darin zu sehen, mit dem der ihm die Befragung des Anwalts überlassen hatte, war für ihn »Spiel, Satz und Sieg« gewesen. Ja, Lemke würde schnell einsehen, dass er in zweiter Reihe hinter Sven Lürssen stand.

Fröhlich pfeifend parkte er auch heute in Bahnhofsnähe und betrat beschwingten Schrittes die Kanzlei. Wieder saß die hübsche junge Frau hinter dem Empfangstresen.

»Moin, Frau Meissner«, grüßte er. »Sie sind doch Silvie Meissner? Die Freundin von Nadine Hoffmann?«

Ach, wie er diese Auftritte liebte! Wenn Leute, die ihm vor Kurzem noch herablassend gegenübergetreten waren, bei seinem Erscheinen auf einmal ganz klein mit Hut waren. Er spürte, wie sich seine Brust weitete.

»Ja, Herr Lürssen, das haben Sie messerscharf erkannt.« Sie lächelte ihn an, und kurz überlegte er irritiert, ob er tatsächlich Spott aus ihrer Stimme herausgehört hatte. Aber das würde sie nicht wagen. Er war die Polizei. »Haben Sie bitte noch einen kleinen Moment Geduld. Herr Kreyenburg ist gleich für Sie da, sein Mandantengespräch müsste jeden Augenblick beendet sein.«

Ihre freundliche Miene zeugte von Professionalität, jener Sorte, der die Ehrlichkeit fehlte. Nun gut. Er war hier schließlich nicht auf Brautschau.

»Darf ich Ihnen solange einen Kaffee anbieten?«

Na bitte, es ging doch. Mit langsamem Augenaufschlag blickte er sie an. »Das ist eine gute Idee. Mit Zucker, ohne Milch.

Süß und heiß.« Er setzte sein verführerisches Gewinnerlächeln auf.

Keine zehn Minuten später saß er Kreyenburg gegenüber. Den Kaffee hatte er bereits im Wartebereich ausgetrunken, die leere Tasse auf dem Fußboden stehen lassen. Sollte die Meissner sich ruhig bücken. Gern hätte er ihr dabei zugesehen. Ob sie wohl in die Hocke ging oder die Tasse mit durchgedrückten Knien aufhob? Vielleicht tat sie Letzteres gern, wenn männliche Beobachter anwesend waren? Er spürte, dass sich der kleine Sven in seiner Hose regte.

Er beobachtete Kreyenburg genau. Hatte der was mit der Meissner? Wäre zumindest verständlich. Ein Quickie in der Mittagspause, vor Bürobeginn oder nach Büroschluss. Reizvoll genug war die Meissner ja.

»Sie haben mich belogen«, begann er geradeheraus. Er lehnte sich auf dem Besucherstuhl zurück und verschränkte die Arme vor der Brust. »Und ich sage es Ihnen ganz deutlich: Ich mag es nicht, belogen zu werden.« Mit seinem Hammerblick fixierte er Kreyenburg.

Der jedoch sah ihn gelangweilt an. »So? Inwieweit soll ich Sie denn belogen haben?«

»Sie wollten mir weismachen, nur einmal mit Erik Sander telefoniert zu haben, und das in Sachen Nadine Hoffmann.« Lürssen verzog süffisant die Lippen. »Sie hätten wissen müssen, dass wir Sanders Telefonlisten kontrollieren.« Er zog die Nase hoch, obwohl er keinen Schnupfen hatte. Das sollte verdeutlichen, dass er den richtigen Riecher hatte. Dass er witterte, wenn sein Gegenüber ihm etwas vormachen wollte. »In Wahrheit jedoch haben Sie schon vor ein paar Wochen mehrfach mit Erik Sander telefoniert. Worum ging es in diesen Gesprächen?«

Kreyenburg verdrehte die Augen. »Ach herrje. Jetzt graben Sie diese alten Sachen aus? Haben Sie nichts Aktuelleres, das Sie auf die richtige Spur bringt?« Sein Blick war so genervt, dass Lürssen am liebsten aufgestanden wäre und ihn am Kragen gepackt hätte. Aber er war Profi. Er konnte sich im Job zusammenreißen.

»Also, als alte Sachen würde ich die Gespräche nun nicht gerade bezeichnen. Worum ging es?« Er merkte, dass Kreyenburg fieberhaft nachdachte. Wunderbar. Je mehr dieser hochnäsige Anwalt grübelte, desto brisanter war die Angelegenheit, um die es ging. Innerlich rieb Lürssen sich schon die Hände.

Endlich begann Kreyenburg zu sprechen. »Ach, Erik und ich besitzen gemeinsame Immobilien in Berlin. Da telefoniert man ganz zwangsläufig ab und an mal miteinander. Sehen Sie es mir nach, dass ich versäumt habe, das zu erwähnen, aber die Immobilienverwaltung gehört zum Alltagsgeschäft, und ich dachte, Sie fragen nach den privaten Beziehungen zwischen Erik und mir.«

»Sie lügen schon wieder. Denn das Telefonat letzte Woche war eindeutig nicht privat. Da wollten Sie ihm wegen Nadine Hoffmann einheizen.«

»Ich habe nicht behauptet, dass es privat war. Sie nahmen das an, als Sie mich nach meiner früheren Freundschaft zu Erik fragten.«

»Wortklauberei.« Er beugte sich vor. »Aber gut, lassen wir das an dieser Stelle. Erzählen Sie mir von diesem gemeinsamen Geschäft.« Wieder verzog er provozierend den Mund. »Als Anwalt wissen Sie selbstverständlich selbst, dass es sich besser macht, wenn Sie es mir im Gespräch erzählen, als wenn wir bei unseren Ermittlungen auf Ihre wie auch immer gearteten Geschäfte stoßen.«

Tatsächlich schien Kreyenburg sich für einen Augenblick unwohl zu fühlen. »Wie gesagt, es ging um unsere Immobilien in Berlin. Wir haben vor Jahren eine schöne Summe investiert und zwei Mehrfamilienhäuser in Friedrichshain gekauft. Damals war das Viertel noch nicht so angesagt, aber wir dachten, es könne nicht schaden, in der Hauptstadt Grundbesitz zu erwerben. Es waren nicht gerade Paradehäuser, aber solide Altbauten. Mit den Jahren entwickelte sich der Stadtteil. Zudem wird, wie allgemein bekannt, bezahlbarer Wohnraum immer knapper. Wir konnten die Mieten erhöhen. Es stellte sich heraus, dass wir ein gutes Geschäft getätigt hatten.«

»Und weil es so gut lief, haben Sie vor wenigen Wochen so oft in so kurzer Zeit miteinander telefoniert? Das können Sie Ihrer Oma erzählen. Solange etwas reibungslos läuft, gibt es keinen Gesprächsbedarf. Zumindest keinen derart intensiven. Weshalb also haben Sie wirklich miteinander gesprochen?«

Kreyenburg gab sich Mühe, überlegen auszusehen, als er leichthin entgegnete: »Es gab Probleme mit der Heizung in einem der Häuser. Mittelfristig stehen Sanierungsmaßnahmen an.«

»Ach so.« Lürssen überlegte. Sein Bruder hatte im letzten Frühjahr auch eine neue Therme anschaffen müssen, weil die alte nach fünfundzwanzig Jahren den Geist aufgegeben hatte. Das war gar nicht so billig gewesen. Holger hatte darüber gestöhnt, dass ihn die Angelegenheit ein paar tausend Euro gekostet habe. Dabei sollte der sich mal nicht so anstellen. Er arbeitete für die Sparkasse und verdiente nicht nur gutes Geld, sondern saß auch noch an der Quelle. Während die Zinsen auf einem Rekordtief waren. Aber das tat hier ja nichts zur Sache. Und bei Holger war es nur eine einzige Therme gewesen.

»Die Heizung. Im Mietshaus«, sagte er.

»Genau.« Kreyenburg sah ihn an, als wollte er ihm dazu gratulieren, den Sachverhalt auf den Punkt gebracht zu haben. Überheblicher Armleuchter.

»Teure Sache, ne?«, fragte Lürssen.

»Wie bitte?«

»Heizungen sind nicht gerade billig. Sie mussten also investieren. Um wie viel handelte es sich denn?«

»Tja, wie soll ich sagen … wir sind da leider nicht auf einen Nenner gekommen.«

»Nicht?«

»Nein.«

Lürssen sah, dass sich seinem Gegenüber sämtliches Gefieder darüber sträubte, dass er nun antworten musste.

»Erik vertrat den Standpunkt, dass wir warten sollten, bis

die Gasetagenheizungen nach und nach komplett den Geist aufgeben, um sie dann erst zu erneuern. Der örtliche Schornsteinfeger hatte jedoch die Abgaswerte moniert, und der Heizungstechniker war der Meinung, dass die Reparatur von zwei der Thermen nicht mehr wirtschaftlich sei, im nächsten Winter hätten wir dasselbe Problem, weil dann auch die anderen Verschleißteile abgenutzt seien. Erik hielt das für Humbug. Ich für meinen Teil vertrat die Ansicht, dass es sich auf Dauer auszahlen wird, wenn wir es gleich vernünftig machen. Aber Erik verweigerte jede Modernisierung. Er sah nicht ein, Geld in die Häuser zu stecken, er bevorzugte es, monatlich eine gewisse Summe aus den Mieterträgen zu erhalten. Für ihn war das zum Fenster rausgeschmissenes Geld. Die Großstädte sind auf Wohnraum angewiesen. Da würde fast jeder Mietzins bezahlt. Erik reichte das. Er hatte absolut kein Interesse daran, die Immobilie aufzuwerten. Was allerdings langfristig zum Wertverlust führt, wie man vielerorts sehen kann. Da werden Sanierungen so lange hinausgezögert, bis das Haus so heruntergekommen ist, dass man es eigentlich nur noch abreißen kann.«

»Da steckten Sie ganz schön in der Zwickmühle, nicht?«, fragte Lürssen begeistert. »Denn Sie waren doch sicherlich halbe-halbe an den Immobilien beteiligt, oder?«

Kreyenburg nickte verhalten.

»Und nun?« Lürssen strahlte den Anwalt an und schnipste mit den Fingern. »Ich könnte mir vorstellen, dass Sie die Reparaturen, mit denen Sander nicht einverstanden war, inzwischen in Auftrag gegeben haben. Stimmt's?«

»Selbstverständlich. Jetzt, wo der Winter vor der Tür steht, muss man handeln. Ich kann die Mieter schließlich nicht frieren lassen.«

Neugierig beugte Lürssen sich vor. »Wer erbt denn überhaupt Sanders Hälfte? Verheiratet war er ja nicht. Hatte er Kinder?«

»Meines Wissens nach nicht«, gab Kreyenburg zu.

Lürssen riss die Augen auf. Ein Geistesblitz. »Aber natürlich!«, sagte er triumphierend und hob die linke Hand. »Sie vertreten Nadine Hoffmann! Und die vermutet, Sander könnte der Vater ihres ungeborenen Kindes sein. Und wenn sich herausstellt, dass dem so ist, können Sie der jungen Frau anbieten, die komplette Verwaltung der Häuser zu übernehmen, wo Sie doch ohnehin tief in der Materie stecken.«

***

Heiko Lemke hatte die Stunden allein im Büro genossen. Nun war es nicht mehr lang bis zum Feierabend, und ja, es war ein guter Tag gewesen; er hatte einige Punkte auf seiner Liste abarbeiten können. In Sachen Club-Austritt hatte er herausgefunden, dass der Spieler, den Sander damals so übel ausgebootet hatte, gerade mit seiner Frau auf Mauritius urlaubte. Der konnte also nichts mit seinem Tod zu tun haben. Und Dombrowski war nicht aktenkundig.

Allerdings war endlich die Auswertung der DNA-Spuren gekommen. Lars Schneiders DNA war unter Sanders Fingernägeln sichergestellt worden. Und die von Beerbaum in Form eines Haars, das sich in Sanders Schal verfangen hatte. Überdies gab es Spuren einer dritten Person. Die waren jedoch bislang nicht zuzuordnen. Natürlich musste das alles nichts heißen. Zumindest die letzten beiden Ergebnisse nicht. Schneider hingegen dürfte eine ziemlich heftige Auseinandersetzung mit Sander gehabt haben. Da musste es zu Handgreiflichkeiten gekommen sein.

Es gab Lemke ein gutes Gefühl, wenn er in kleinen Puzzlesteinchen stetig das Gesamtbild eines Tathergangs zusammensetzen konnte.

Das Telefon klingelte. Am Ton erkannte Lemke, dass jemand seine Durchwahl gewählt hatte. Er runzelte die Stirn, als er die Nummer auf dem Display sah. Das war der Anschluss seiner Mutter. Komisch, sie rief doch nie im Büro an. Sie schickte zwar ab und an eine WhatsApp, aber dass sie ihn anrief, war bislang vielleicht zwei Mal vorgekommen. Schnell nahm er das Gespräch an. »Mama?«

»Heiko.« Der Klang ihrer Stimme versetzte ihn in Angst und Schrecken.

»Mama, was ist passiert?«

»Ich bin gefallen«, sagte sie schwach. »Ich hab die Küchenschränke oben abwischen wollen, aber auf der Leiter wurde mir mit einem Mal so schwummerig, und dann lag ich auch schon unten. Es tut so weh, Heiko.«

Lemke mahnte sich zur Ruhe. Ihr in diesem Moment Vorwürfe zu machen, dass sie in ihrem Alter noch auf Leitern stieg, ohne dass jemand dabei war, brachte nichts. Darüber würde er später mit ihr reden. »Du kannst dich aber bewegen?«, fragte er besorgt.

Er hörte seine Mutter weinen. »Ich liege auf dem Fußboden. Das Telefon war auf der Arbeitsplatte, das habe ich mir runterziehen können. Ich hab versucht aufzustehen, aber das geht nicht. Kannst du kommen und mir einen Krankenwagen rufen?«

»Natürlich, Mama. Bleib ganz ruhig liegen. Ich rufe den Rettungsdienst und bin in zehn Minuten bei dir.«

***

Phillip telefonierte noch, als Christine das Hotelzimmer betrat. Er hob entschuldigend die Hände. »Dauert noch«, flüsterte er. »Ist schwieriger als gedacht.«

Sie nickte ihm zu und gab ihm ein Zeichen, dass sie ihn in Ruhe telefonieren lassen würde. Mit einem leicht erheiterten Gefühl legte sie die Knabbersachen auf den kleinen Schreibtisch, hauchte ihrem Mann einen Handkuss zu und zog die Zimmertür hinter sich ins Schloss. Wenn zwei das Gleiche tun, ist das noch nicht dasselbe, dachte sie und nahm ihr Handy aus der Tasche.

»Hey, Christine!« Oda war beinahe sofort am Apparat. »Sag bloß, du bist schon wieder über eine Leiche gestolpert?«, frotzelte sie.

»Das nicht, aber ich habe Oliver Beerbaum im Supermarkt

getroffen, und der hat mir interessante Dinge erzählt. Wo finde ich dich?«

»Sag jetzt nicht, Mr. Right lässt dich einfach so gehen, um mit mir den Fall zu ermitteln?«, fragte Oda amüsiert.

»Na klar. Er hat sich wieder beruhigt. Und muss dienstlich telefonieren. Es gibt Schwierigkeiten bei dem aktuellen Projekt«, gestand sie, wobei sie ein Lachen nicht unterdrücken konnte.

»Wie geil ist das denn?«, rief Oda prompt. »Dir will er verbieten, dich zu kümmern, wenn du unvermittelt in eine Mordsache reinschlidderst, und er selbst ... Na, egal. Ich bin noch bei Stefan in der Polizeistation. Komm einfach her.«

Wenig später saßen sie zu dritt in der Station. Stefan Knudsen hatte eine Kanne Tee aufgebrüht, der erstaunlich lecker schmeckte. Als Christine das sagte, griente er. »Das ist Martinas engster Freund. Den vernascht sie täglich.«

Sowohl Oda als auch Christine sahen ihn verblüfft an.

»Darf ich vorstellen: Karl-Heinz«, sagte Knudsen theatralisch. »Der Herbsttee.«

»Hä?« Oda blickte Knudsen an, als sei er nicht ganz dicht.

»Mensch. Der Tee heißt so. Martina liebt ihn.« Er zwinkerte ihnen zu. »Und solange sie neben mir keinen anderen Mann als diesen begehrt, will ich mich nicht beklagen. Zumal mir der Tee auch sehr gut schmeckt.«

»Na denn ... Prost.« Christine hob ihren Teebecher, und lachend stießen sie an. Dann begann Christine, von dem Gespräch mit Beerbaum zu erzählen.

»Ist ja ein Ding«, meinte Oda, als Christine fertig war. »Natürlich überprüfen wir, ob jemand vom Supermarktpersonal den Streit mitgekriegt hat. Aber wenn Beerbaum das behauptet hat, muss es so gewesen sein. Der ist schließlich nicht dumm. Außerdem passt es zu dem, was wir bereits von anderer Seite wissen. Interessant finde ich aber, dass sowohl Marcel Krieger als auch Beerbaum Schneider in die Pfanne hauen wollen. Da traut keiner dem anderen, dennoch geben sie sich gegenseitig ein Alibi. Warum?«

»Beerbaum hat mich nach der Todeszeit gefragt«, erzählte Christine.

»Und?« Oda sah sie an.

»Ich hab natürlich nichts gesagt.«

»Die scheinen zu schwimmen«, schlussfolgerte Oda. »Die haben jedenfalls nicht Karten gespielt. Aber das wird schwer nachzuweisen sein.«

»Hmm«, machte Knudsen. »Lasst uns doch mal überlegen. Die Mitglieder der Filmcrew sind nicht die allerbesten Freunde. Einer tanzt komplett aus der Reihe, aber die anderen sind nicht nur den ganzen Tag wegen der Dreharbeiten zusammen, sondern treffen sich auch noch jeden Abend zum Essen. Da kann ich es absolut verstehen, wenn die danach ihre Ruhe haben wollen.«

»Klar«, stimmten sowohl Oda als auch Christine zu.

»Und deswegen gehen die, nachdem sie wieder im Hotel sind, jeder auf sein Zimmer. Du hast doch gesagt, Beerbaum hätte einen Sechserträger Jever gekauft?«

Christine nickte.

»Hm. Und am nächsten Morgen ist Erik Sander tot. Nun hat jeder der drei irgendwas gegen ihn gehabt. Der eine mehr, der andere weniger. Zumindest da sind sie sich einig. Aber keiner hat ein Alibi. Also rutscht einem von ihnen das mit dem Skatspiel raus, und die anderen springen begeistert auf den Zug auf. Alibi gerettet.« Er klatschte in die Hände.

»Kerl, du bist klasse«, sagte Oda anerkennend. »So könnte es gewesen sein.« Gleich darauf meinte sie nachdenklich: »Haben die überhaupt Skatkarten?«

»Wenn ja, muss das nichts heißen«, erklärte Christine voller Tatendrang. »Könnte ein altes Blatt sein, das sie irgendwann mal benutzt haben. Oder das irgendwer benutzt hat.« Ihr kam eine Idee. »Wenn es eine Finte war, kann es sein, dass auf den Karten nicht die Fingerabdrücke aller drei Männer zu finden sind.« Ihre Augen blitzten. »Vielleicht nur die von dem, dem sie gehören. Wir sollten die Karten beschlagnahmen und zur Untersuchung aufs Festland schicken. Dort wird sehr schnell herauszufinden sein, ob mit diesem Spiel tatsächlich mehrere Runden Skat gespielt wurden. Und ob es sich bei den Spielern um unsere Filmcrew handelte.«

***

Voller Euphorie legte Lürssen die Strecke von Oldenburg nach Wilhelmshaven zurück. Auf der Höhe der Ausfahrt Zetel kam der Queen-Hit »We are the champions«, den er laut mitschmetterte. Oh ja. Er war der Sieger. Er löste den Fall.

Er hatte von Anfang an gespürt, dass die Lösung in Oldenburg lag. Bei Nadine Hoffmann und Kai Kreyenburg. Aber dass die beiden zusammen das perfekte Tatmotiv hatten, hatte nicht einmal er geahnt. Umso besser, dass er am Ball geblieben war. Jetzt fehlte nur noch ein klitzekleines bisschen, dann hatte er die beiden an der Angel. Halleluja!

Mit Karacho fuhr er in der Dreißiger-Zone um die Kurve und bog rasant in die Zufahrt des Parkplatzes der Polizeiinspektion ein, um gleich darauf heftig vor der Schranke in die Eisen zu steigen. Ein Kollege im Streifenwagen, der den Parkplatz eben verlassen wollte, zeigte ihm einen Vogel. Na, dessen Gesicht hatte er sich aber gemerkt. Den würde er sich auch noch vorknöpfen. Man sah sich schließlich immer zweimal im Leben. Und hier sowieso. Wenn nicht noch öfter.

Pfeifend lief er die Treppen hinauf, nur um im Flur des K1 überrascht festzustellen, dass das Licht in seinem Büro bereits gelöscht war. Er sah auf die Uhr. Er hatte doch nicht aus Versehen Überstunden gemacht? Nee. Lemke war einfach nur schon gegangen. Ja, so was sah man leider immer wieder: War die Katze aus dem Haus, tanzten die Mäuse auf dem Tisch. Lürssen drückte kopfschüttelnd den Lichtschalter, startete den PC, setzte sich und wollte das Protokoll des Nachmittags eintippen, als ihm ein besserer Gedanke kam. Er würde direkt zu Siebelt gehen und ihm von den bemerkenswerten Neuigkeiten berichten. Da konnte er ihm auch gleich stecken, dass Lemke viel zu früh Feierabend gemacht hatte. Schwungvoll schob er mit dem Po den Schreibtischstuhl zurück, der diese Aktion mit einem leichten Rumms an den halbhohen Aktenschrank quittierte. Egal. Macken kamen mit der Zeit in alle Möbelstücke. Und nicht nur in die. Auch bei Menschen waren die kleinen und größeren Macken unvermeidbar. Man musste nur aufpassen, dass die Kerben, die andere einem schlugen, nicht zu tief gingen. Rasch ging er über den Flur zu Siebelts Büro. Klopfte. Wahrscheinlich war der Chef auch nicht mehr anwesend. Aber er konnte morgen zumindest behaupten, er hätte versucht, mit ihm zu sprechen.

Lürssen hatte sich im Vorfeld genau über diese Abteilung erkundigt. Ausgelotet, wo und wie er eine Chance hatte, voranzukommen. Es war allgemein bekannt, dass Siebelt in der Saison gern Termine auf dem Golfplatz in Mennhausen wahrnahm. Hier plante Lürssen, in Zukunft anzusetzen. Er würde die Abwesenheit des Chefs nutzen. Stets zur Stelle sein, wenn Siebelt den Golfschläger schwang. Mit Kollegen, Staatsanwälten und Strafverteidigern konnte man sich auch auf einen Kaffee in der Stadt treffen. Das nahm nicht so viel Zeit in Anspruch, und die Innenstadt lag ja quasi um die Ecke. Er hatte bereits eine Excel-Tabelle vorbereitet, in die er die Abwesenheitszeiten des Chefs einzutragen gedachte. Ja, er war nicht dumm. Er ging strategisch vor. Sammelte Material, um Siebelt in nicht allzu ferner Zeit einen Strick aus dessen privaten Aktivitäten während der Dienstzeit drehen zu können. Einen Strick, der Siebelt um Kopf und Kragen, vor allem aber um seinen Posten bringen würde.

Zu Lürssens Überraschung ertönte im Büro Siebelts Stimme: »Herein.« Er öffnete die Tür, und tatsächlich saß sein Vorgesetzter an seinem Schreibtisch.

»'n Abend, Chef«, grüßte er ehrerbietig. »Ich dachte schon, ich bin der Letzte in der Abteilung. Lemke ist auch schon weg.« Er blickte demonstrativ auf seine Armbanduhr, die natürlich nicht nur eine Uhr war. Sie war sein Fitnesstrainer. Speicherte, wie viele Schritte er pro Tag lief, wie er nachts schlief, wann er wach war und wie oft er zum Klo musste.

»Lemkes Mutter hatte einen Unfall«, erklärte Siebelt. »Sie lag hilflos in der Wohnung, und er musste los, um den Notarzt reinzulassen.«

»Ein Unfall in der eigenen Wohnung?«, fragte Lürssen mit hochgezogenen Augenbrauen.

»Von der Leiter gefallen. Sie ist Ende sechzig und hat manchmal Probleme mit dem Kreislauf. Da sollte sie sich eigentlich nicht mehr auf derartige Abenteuer einlassen.«

Lürssen verkniff sich eine spöttische Bemerkung. Siebelt hatte die sechzig ja auch schon seit einigen Monaten hinter sich. Weit war er vom Ende dieses Lebensjahrzehnts also nicht entfernt. Und er, Lürssen, war zum strategisch richtigen Zeitpunkt in Wilhelmshaven aufgetaucht. Wie gut auch jetzt, dass ihm niemand in das Gespräch mit dem Chef hineingrätschen konnte. »Ich komme gerade aus Oldenburg«, begann er und setzte sich unaufgefordert dem Chef gegenüber. »Es hat sich Erstaunliches ergeben.«

***

Bedröppelt verließ Nieksteit die Spielhalle. Wieder einmal hatte er verloren. In der ersten halben Stunde hatte es so ausgesehen, als wäre seine Pechsträhne endlich beendet, doch dann war sein Gewinn dahingeschmolzen wie Butter in der Sonne. Natürlich wusste er, er hätte die Halle erst gar nicht betreten dürfen. Er hatte sich auch fest vorgenommen, stark zu bleiben. Aber da war dieses Unruhegefühl in seinem Bauch. Die Fahrigkeit. Der unbedingte Drang, jetzt loszugehen. Zu spielen. Er schämte sich. Wieder einmal. Der Rausch war der Realität gewichen. Hoffentlich kam der Bescheid für den Therapieplatz zügig. Einerseits sehnte er ihn herbei, andererseits fürchtete er sich davor. Doch er sah ein, es gab keinen anderen Weg, wenn er wieder Herr über seine Handlungen werden wollte.

***

Gemeinsam gingen Oda und Christine zum Hotel zurück. »Wenn du magst«, sagte Christine, »Phillip und ich wollen heute Abend zum Italiener.«

Oda blieb stehen. »Wirklich? Möchte dein Mann nicht lieber mit dir allein sein?«

Christine zuckte mit den Schultern. »Ach weißt du, es ist nun mal so, wie es ist. Wenn wir nach Mallorca oder auf die Malediven gefahren wären, hätten wir Zeit für uns gehabt. Am Strand gelegen, exotische Früchte oder Meeresfrüchte genascht, uns die Gegend angeguckt ... Aber wir haben uns nun mal für Wangerooge entschieden. Vielleicht hat das alles so sein sollen. Phillip meinte bei der Planung, dass es besser sei, einigermaßen in Reichweite des Objekts zu bleiben, das er gerade baut, denn obwohl er schon viele große Logistikhallen geplant hat, übersteigt diese alles bisher Dagewesene. Und heute Nachmittag kam nun tatsächlich ein Anruf wegen des Projekts. Wie gesagt, hat wohl alles so sein sollen.« Sie machte eine kurze Pause. »Und nichts tun kann ich demnächst noch lang genug.«

Spontan prustete Oda los. »Nichts tun? Lass das bloß keine Mutter hören. Zugegeben, die Wochen bis zur Geburt ziehen sich, aber dann ... mein lieber Scholli! Du wirst dich noch in die geregelten Zeiten ... na ja, in die überwiegend geregelten Zeiten deines Jobs zurücksehnen. Kinder, meine Liebe, bedeuten ständige Flexibilität. Kinder gehen an die Nerven. Nicht an den Intellekt. Sie sind ein Vierundzwanzig-Stunden-Job. Und das nicht nur übergangsweise. Diesen Job wirst du in der ersten Intensität für mindestens zehn Jahre nicht los. Also gefühlsmäßig jedenfalls nicht. Da hilft auch keine Kita oder Schule. Aber glaub mir«, ergänzte sie, als sie Christines erschrockenen Gesichtsausdruck sah, »Kinder sind auch das Größte. Das, was deine Kinder dir geben, willst du gegen kein Geld der Welt eintauschen.«

Sie bogen in die Peterstraße ein und betraten wenig später das Hotel. Hajo Albrecht kam fast zeitgleich mit ihnen herein.

Oda beschloss, die Gelegenheit zu nutzen. »Sagen Sie mal«, sprach sie den Hotelier an, »Sie gehören doch diesem besonderen Club an, den ›Maîtres de la table‹.« Sie wies auf die Wappen, die an den Wänden hingen.

»Ja. Da haben wir uns ja auch schon drüber unterhalten«, gab Albrecht freundlich zurück.

»Ich weiß. Inzwischen habe ich erfahren, dass Thomas Siefken mit seinem ›Perle de la Mer‹ ebenfalls zu diesem Club gehörte. Bis es zu diesem unglücklichen Fernsehbeitrag über das ›La Perle‹ kam und Frau Siefken obendrein auch noch einen Schlaganfall erlitt. Schlimm, das Ganze.«

Hajo Albrecht nickte bedächtig. »Das war ganz tragisch damals. Thomas ist ein ausgezeichneter Koch, sein Restaurant brauchte keinen Vergleich zu scheuen. Aber das mit Heinke …«

»Manchmal schlägt das Leben erbarmungslos zu«, sagte Oda.

»Thomas ist inzwischen aus dem Club ausgetreten. Er hätte natürlich auch ohne eigenes Restaurant dabeibleiben können. Wir haben einige Mitglieder, die einfach Freude an gehobenem Essen haben, aber Thomas meinte, er müsse sich nun um die wirklich wichtigen Dinge kümmern. Um Heinke und darum, dass sie, wenn sie schon nicht ganz gesund werden kann, doch zumindest jegliche Hilfestellung erhält, die sie zum normalen Leben braucht. Ich kann das verstehen.«

»Er wäre aufgrund des Filmbeitrages von Erik Sander nicht aus dem Club hinauskomplementiert worden?«

»Auf gar keinen Fall. Keine Ahnung, wie es zu dem Beitrag gekommen ist, aber Thomas ist ein exzellenter Koch und Restaurantchef. Wenn die Gäste im Fernsehbeitrag beanstandeten, das Essen sei zu kalt, lag das daran, dass die Kameraleute es immer minutenlang filmen wollten, bevor es serviert werden durfte. Ich war an dem Abend anwesend. Mich hat nur niemand gefragt. Und ich sage Ihnen, der Beitrag hat in keiner Weise das Leistungsspektrum des ›La Perle‹ widergespiegelt.«

»Wie hat Siefken reagiert, nachdem der Beitrag gesendet worden war?«, wollte Oda wissen.

»Er war natürlich verletzt. Zu Recht. Es war für uns alle unverständlich. Aber dann erlitt Heinke den Schlaganfall. Und alles andere stand dahinter zurück.«

Oda sah ihn interessiert an. »Da gab es kein Anzeichen von Wut? Keine Rachegelüste?«

»Nein.« Albrecht blickte ihr offen in die Augen. »Glauben Sie mir, ich wüsste es, wenn Thomas Rachegedanken gehegt hätte. Wir haben uns natürlich über den Beitrag unterhalten, denn auf Wangerooge waren wir beide die einzigen Mitglieder im Club. Wir haben auch darüber gesprochen, dass Thomas den Sender wegen Rufschädigung belangen könnte. Aber Heinkes Schlaganfall hat alles auf Anfang gesetzt. Sie war wichtiger. Die Familie. Nur das zählte.« Albrecht winkte ab. »Inzwischen ist das ja auch schon ein paar Jahre her. Erik Sander ist seitdem öfter hier gewesen. Und immer wieder fröhlich mit seinem Team abgereist. Nein. Wenn Sie Thomas wegen des Filmbeitrages ein Motiv unterstellen wollen, muss ich Sie enttäuschen. Dann hätte er sich früher gerächt. Als seine Wut noch heiß war. Doch die Zeiten sind längst vorbei.«

***

Erschöpft saß Heiko Lemke auf dem Flur der orthopädischen Station des Nordwest-Krankenhauses. In den Händen drehte er den leeren Pappbecher, in dem ein Milchkaffee gewesen war, den er sich zwischenzeitlich geholt hatte. Er war noch immer ganz fertig von dem Anblick, den seine Mutter geboten hatte, als er zeitgleich mit dem Rettungswagen und dem Notarzt zu Hause angekommen war. Hilflos hatte sie auf dem Küchenfußboden gelegen und vor Schmerzen gewimmert. Ihr Gesicht war leichenblass gewesen. Nie zuvor hatte er seine Mutter derart verletzlich erlebt. Lemke hatte nur schnell ihre Zahnbürste, zwei Handtücher, Unterwäsche und ein Nachthemd in eine kleine Reisetasche gestopft und war dem Rettungswagen hinterhergefahren. Zum Glück waren ihre Verletzungen nicht lebensbedrohlich gewesen. Außerdem – darüber war er heilfroh – war sie in der Notaufnahme sehr schnell behandelt worden. Lemke hatte schon von Patienten gehört, die über Stunden hinweg darauf warteten, ärztlich versorgt zu werden. Aber seine Mutter war eben eine kleine Glücksmaus. Erst kürzlich hatte sie bei der Neueröffnung eines Discounters in der Stadt bei der Vor-Ort-Verlosung einen Gutschein über hundert Euro gewonnen. Dabei war sie nicht mal gleich vormittags dort gewesen, sondern erst am späten Nachmittag.

Jetzt befand sie sich im OP. Beim Sturz hatte sie sich den Oberschenkelhals gebrochen, wie auf dem Röntgenbild zu sehen war. Die Ärztin hatte ihm geraten, nach Hause zu gehen, sie würden ihn über den Ausgang der Operation in Kenntnis setzen. Schließlich wusste man nicht, wie lange die OP dauerte. Aber Heiko hatte den Kopf geschüttelt. Er würde hierbleiben, bis seine Mutter aus der Narkose erwachte und entweder auf dem Zimmer oder auf der Intensivstation lag. Bis er sie gesehen hatte. Notfalls würde er die ganze Nacht hier warten. Er ließ seine Mutter nicht im Stich. Niemals.

Freitag

Christine kuschelte sich an Phillip. Draußen stürmte es, doch zumindest war kein Regen angekündigt. Sie strich ihm sanft mit der Hand über die Brust. »War nett gestern Abend mit Oda«, sagte sie. »Ich finde es richtig, dass wir sie mitgenommen haben. Ist für sie auch langweilig, allein essen zu gehen. Und ich glaube, es tat ihr gut, mal über Alex, Leonie und das Baby zu reden. Glücklicherweise war alles nur falscher Alarm. Nicht auszudenken, wenn Leonie das Baby verloren hätte.«

»Also, ich kann Odas erste Gedanken, als sie von der Schwangerschaft erfuhr, durchaus nachvollziehen. Das Baby bedeutet eine immense Belastung für so ein junges Paar. Noch nicht lange zusammen, keine gemeinsame Wohnung, beide noch im Studium. Da würde ich mir auch sehr große Sorgen um die Zukunft meines Sohnes machen.«

»Du meinst sicherlich: deines Kindes«, korrigierte Christine ihn sanft. »Werden ja schließlich beide Eltern, Alex *und* Leonie.«

»Nein, ich meinte durchaus Odas Position als Mutter des werdenden Vaters. Denn üblicherweise wird das Kind bei der Mutter bleiben, wenn die Beziehung in die Brüche geht. Und Alex muss zahlen, mindestens bis das Kind achtzehn ist. Da kann er vieles anderes hintenanstellen. Da ist dann keine unbeschwerte Entscheidung mehr möglich.«

Verwundert hob Christine den Kopf. »Aber das ist doch nur gerecht. Leonie müsste sich schließlich um das Kind kümmern. Sie würde viel mehr Zeit mit dem Kind verbringen als Alex.«

»Vielleicht hat sie ihn gelinkt und ist absichtlich schwanger geworden.«

Christine spürte, wie eine mittelprächtige Wut in ihr aufstieg. »Das kann doch wohl nicht dein Ernst sein.« Sie stützte sich im Bett auf.

Phillip sah sie nachsichtig an. »Sprotti, nun entspann mal

wieder. Erstens sind die beiden nach wie vor zusammen, und zweitens geht uns das überhaupt nichts an. Drittens bin ich überaus dankbar, dass bei dir bisher alles komplikationslos verläuft. Und ich hoffe sehr, dass das so bleibt. Du bist schließlich nicht mehr die Jüngste.«

»Was soll das denn heißen?«, protestierte sie. »Ich bin grade mal Anfang vierzig. Es gibt Frauen, die mit fünfzig noch Mutter werden!«

Wieder setzte er dieses nachsichtige Lächeln auf, das sie innerlich auf die Palme brachte, zog sie an sich und drückte ihr einen Kuss auf die Stirn. Christine jedoch hatte die Leichtigkeit des glücklichen Gefühls verloren. Sie hatte Phillip bis zu ihrem Aufenthalt hier nie als Macho kennengelernt. Doch in den letzten Tagen entdeckte sie Züge an ihm, die sie nachdenklich stimmten.

***

Gut gelaunt betrat Oda den Frühstücksraum. Von Alex gab es weiterhin positive Nachrichten, mit Leonie war alles in Ordnung, und Jürgen hatte ihr heute Morgen nicht nur versichert, dass er sie vermisste, sondern obendrein verkündet, dass er nach Wangerooge kommen und einen Bericht über das Müllsammel-Projekt schreiben wollte. Er gab zu, ein wenig bei seinem Chefredakteur nachgebohrt und ihn mit gewissen Vorrecherchen angefüttert zu haben, außerdem ging er davon aus, dass Schröder durch den Inselaufenthalt seines Redakteurs eine Möglichkeit witterte, auch über den toten Aufnahmeleiter etwas mehr zu erfahren. Mittlerweile müsste Jürgen auf dem Weg nach Harlesiel sein, die Fähre legte dort um acht Uhr fünfundvierzig ab.

Es war ein witziges Gefühl, dass sie beide zeitgleich beruflich auf der Insel zu tun haben würden. Der Gedanke löste ein besonderes Kribbeln in Odas Magengegend aus. Sie hatte im Wangerooge-Fahrplan nachgesehen. Die Inselbahn für das einzige Schiff zurück fuhr heute Abend um neunzehn Uhr dreißig am Bahnhof ab. Dass er es nehmen würde, hatte er am Telefon aber nicht gesagt. Ob Jürgen sich vielleicht das Wochenende freigenommen hatte? Oder war er gar nicht eingeteilt?

Joanna brachte ihr den Tee an den Tisch. »Spiegeleier oder Rühreier?«, fragte sie, denn sie hatte sich Odas Vorliebe für gebratene Eier gemerkt.

»Zwei Spiegeleier wären perfekt. Und könnten Sie Herrn Albrecht fragen, ob er kurz Zeit für mich hat?«

Wenig später hatte sie mit dem Hotelchef abgesprochen, dass Jürgen gegebenenfalls bei ihr im Zimmer übernachten konnte – gegen Aufpreis selbstverständlich –, und die Spiegeleier verputzt. Sie hatte erwartet, die drei Filmleute beim Frühstück anzutreffen, aber als sie zu Ende gegessen hatte, war immer noch nichts von ihnen zu sehen. Nun gut. Dann würde sie Lars Schneider per Handy-Nachricht auffordern, sich mit ihr in Verbindung zu setzen. Ohne Zweifel musste sie nach dem, was Beerbaum gestern preisgegeben hatte, noch einmal mit ihm reden.

Voller Elan schob sie den Stuhl zurück, verabschiedete sich von Joanna, holte ihre Jacke aus dem Zimmer und verließ das Hotel. Der Wind trieb dicke dunkle Wolken über den Himmel. Es war ein beeindruckendes Bild. Eines, wie man es nur in Ostfriesland erleben konnte. Nur hier war der Himmel grenzenlos, verlor sich schließlich am Horizont. Es schien, als wäre noch tiefste Nacht, nur stellenweise sah man hellere Flecken, wo gerade keine dicke Regenwolke den Himmel verdunkelte. Aber Oda war das egal. Sie mochte auch die dunkle Jahreszeit, wenn man es sich zu Hause gemütlich machte, Kerzen anzündete, auf der Couch herumlümmelte, den Fernseher einschaltete und einfach nur entspannte. Allerdings fehlten ihr die Radtouren, die sie in der helleren Jahreszeit mindestens zweimal pro Woche nach Feierabend unternahm. Immerhin blieb sie ihrer Devise treu und fuhr mit dem Rad zur Arbeit. Zugegeben, es blieb ihr auch nichts anderes übrig, da sie kein Auto besaß. Nur ab und zu konnte sie über Jürgens Wagen verfügen, wenn der mit einem Fahrzeug des »Kuriers« unterwegs war. Aber selbst dann benutzte sie überwiegend ihr Rad.

Forschen Schrittes erreichte sie die Polizeistation, in der es wieder verlockend nach Kaffee roch. Perfekt. So sehr sie zum Frühstück einen Tee brauchte, so gern trank sie bei der Arbeit einen Kaffee. »Moin, Stefan«, rief sie. »Ich bin's. Und einen Kaffee nehm ich auch!«

Sie zog ihre Jacke aus und hängte sie an den Garderobenhaken. Dann setzte sie sich an den Schreibtisch, der üblicherweise den unterstützenden Kommissaren vorbehalten war, die während der Saison hier waren, und fuhr den Computer hoch. Während der Rechner arbeitete, suchte sie Lars Schneiders Handynummer aus ihrem Adressbuch. Der Einfachheit halber hatte sie die Nummer direkt ins Telefon eingespeichert und eine Erinnerung in den Kalender eingetragen, damit sie die Nummern der Filmcrewmitglieder nach Abschluss der Ermittlungen wieder löschte. Datenschutz eben. Selbstverständlich hatte sie sich von den dreien außerdem bestätigen lassen, dass sie die Telefonnummern vorübergehend speichern durfte. Was für 'n Bürokratiekram.

»Moin, Herr Schneider«, tippte sie, »ich muss noch einmal mit Ihnen reden. Bitte kommen Sie heute Vormittag – am besten direkt nach dem Frühstück – in die Polizeistation. Danke. Oda Wagner«.

Sie legte das Handy neben die Tastatur des Rechners. Die Benachrichtigungen hatte sie auf lautlos gestellt, dennoch blinkte das Display auf, wenn etwas eintrudelte.

»Moin, Oda.« Knudsen kam mit zwei dampfenden Bechern aus der Personalküche. »Sehr gern zu Diensten.« Grinsend stellte er ihr einen Becher hin. »Martina kommt nachher noch mit Gebäck. Sie hat ein neues Rezept aufgetan und steht schon seit halb acht in der Küche. Wenn die erst mal auf irgendwas Appetit hat, ist sie nicht mehr zu bremsen.«

Oda griente. Das konnte sie absolut nachvollziehen. Jürgen und sie kochten ebenfalls leidenschaftlich gern. Man sah es ihnen leider auch an. Aber egal, solange sie sich wohlfühlten, war alles okay. Die paar Kilos zu viel waren nicht schlimm. Schließlich bewegten sie sich gern an der frischen Luft, gingen also sozusagen ins »Outdoor-Fitness-Studio«. Überhaupt hatte sie erst letztens in einem Artikel gelesen, die Deutschen würden sich das Genießen verbieten. Low Carb, Kalorien zählen, erst die Arbeit, dann das Vergnügen … Irgendjemand hatte behauptet, die Freude am Genießen sei den Deutschen abhandengekommen. Nun, das mochte auf viele zutreffen, auf Jürgen und sie nicht. Garantiert nicht. Darum freute sie sich auf das, was Stefans Frau nachher vorbeibringen würde. »Super, ich bin schon gespannt. Aber als Erstes werden wir uns mal mit den Kollegen in Wilhelmshaven unterhalten. Eigentlich hab ich gedacht, Lemke schickt noch was, aber da war tote Hose. Ich ruf mal drüben an, dann können wir sicher gleich loslegen.«

Schon wählte sie die Durchwahl ihres Kollegen.

»Hi«, grüßte sie, als Lemke das Gespräch annahm. Er klang müde. Musste er jetzt, da Nieksteit wieder krankgeschrieben war, etwa alles allein erledigen? Aber es gab doch diesen Neuen in der Abteilung. »Du klingst nicht gut. Was ist los?«

»Meine Mutter hatte gestern Nachmittag einen Unfall. Oberschenkelhalsbruch. Die Operation hat lange gedauert. Ich war natürlich die ganze Zeit im Krankenhaus und hab gewartet, bis sie fertig und auf dem Zimmer war. Ich war erst mitten in der Nacht zu Hause. Aber sie hat die OP gut überstanden, ich bin noch drei Stunden bei ihr geblieben, sie hat geschlafen, wohl die Restwirkungen der Narkose. Und sie ist dort in guten Händen, das beruhigt mich sehr.«

»Oje. Wie ist das denn geschehen?« Oda wusste, wie sehr Lemke an seiner Mutter hing.

»Sturz von der Leiter. Sie wird nun auf Osteoporose untersucht, obwohl sie bislang nie Probleme mit den Knochen hatte. Ich meine, sich den Oberschenkelhals zu brechen, wenn man von einer Leiter knallt, ist durchaus legitim.«

»Schiete«, sagte Oda, ohne auf seine letzte Äußerung einzugehen. Lemke schien den Gedanken, dass diese alterstypische Krankheit auch bei seiner Mutter auftreten könnte, gänzlich von sich schieben zu wollen. »Richte ihr bitte meine besten Genesungswünsche aus.« Sie mochte Herta Lemke sehr, die gern mal einen selbst gebackenen Kuchen in die Abteilung brachte. Ihr Bratapfelkuchen in der Winterzeit war eine reine Wucht! Lemkes Mutter war der kleine gute Geist der Abteilung, wie Siebelt zu sagen pflegte. Es war geradezu familiär, wie sie die Truppe mit Kuchen verwöhnte.

»Klar. Mach ich. Du weißt ja, wie gern sie dich mag. Wie steht's denn bei euch? Habt ihr Neuigkeiten?«

Oda setzte zu sprechen an, in diesem Moment drang jedoch ein dunkles »Moin«, das nicht von Siebelt stammte, an ihr Ohr. Lemke grüßte äußerst knapp zurück. Der Neue musste ins Büro gekommen sein.

Mit Verwunderung hörte Oda Lürssen von oben herab sagen: »Sie sind gestern eher gegangen, weil Ihre Mutter einen Küchenunfall hatte?« Sie guckte Knudsen an. Was war das denn für eine Ansage? Und was bildete sich der Neue eigentlich ein, so mit Lemke zu sprechen?

»Geh nicht drauf ein«, riet sie ihm leise und kam sich vor wie die Stimme aus dem Off in einer dieser Live-Shows, in der die Personen auf der Bühne ins Ohr gesprochen bekamen, was sie als Nächstes sagen oder wie sie sich verhalten sollten. »Reagier da gar nicht drauf. Der hat doch den Schuss nicht gehört.«

Lemkes Schmunzeln konnte Oda sogar durch die Telefonleitung vernehmen. »Ich glaub, der Neue hat vielleicht was zu berichten«, sagte er.

Oda fiel auf, wie genüsslich Lemke die beiden Worte »der Neue« aussprach. »Wir haben auch was. Am besten, wir schalten gleich eine Telefonkonferenz. Ist Siebelt schon im Haus?«

»Ich glaub nicht, aber warte mal … ich gucke in seinen Terminkalender.« Oda hörte Lemke auf der Tastatur rumhämmern. »Nee, eingetragen ist nichts. Ich gehe also davon aus, dass er in der nächsten halben Stunde hier aufschlägt. Ich melde mich, sobald er hier ist. Okay?«

»Natürlich.«

»Stopp«, hörte Oda in diesem Moment den Neuen rufen. »Gib mir Oda mal her. Wir können mit den Ermittlungen ja nicht warten, bis Siebelt sich bequemt zu erscheinen.«

Mein lieber Scholli, der markierte aber echt den dicken Max!

»Oda, Lürssen will dich sprechen«, sagte Lemke betont gelangweilt.

»In Ordnung. Gib her.«

***

Lars Schneider sah die Nachricht auf dem Display seines Handys aufploppen. Er hatte das Telefon lautlos gestellt. Es gab nichts Schlimmeres, als in einem Lokal oder Restaurant zu sitzen, und an sämtlichen Tischen bimmelten Telefone, deren Besitzer dann ungeniert Gespräche führten, als ob sie allein auf weiter Flur wären.

Er runzelte die Stirn. Die Kommissarin bestellte ihn zu einem Gespräch ein.

»Was ist los?«, fragte Marcel. »Du guckst, als ob die Bank dir den Kredit gesperrt hat.« Er lachte.

»Wie kommst du denn jetzt auf einen Kredit?«, erwiderte Lars ungehalten.

»Nur so. Weil du so miesepetrig aus der Wäsche schaust. Sag bloß, ich hab ins Schwarze getroffen?«

»Unsinn. Ich hab gar keinen Kredit.«

Oliver Beerbaum betrachtete ihn mit skeptisch hochgezogenen Augenbrauen. »Hast du nicht? Ich dachte, du hättest für die Eigentumswohnung 'ne gewaltige Summe aufgenommen. Hast du mal erzählt.«

»Ach so. Doch. Hab ich jetzt nur nicht dran gedacht.« Dabei stimmte das nicht. Er dachte Tag und Nacht daran, seit Erik vor Kurzem so seltsame Andeutungen gemacht hatte, dass Marcel einen tollen Spürsinn für Kameraeinstellungen besäße, die den Filmen etwas Neues, Reizvolles geben würden. Bis dahin hatte er geglaubt, zumindest sein Job sei sicher, dass Erik es nur auf seine Freundin, nicht auf einen neuen Kameramann abgesehen hatte.

Marcels Interesse schien geweckt zu sein. »Hast du eigentlich einen Festvertrag mit der Firma?«, bohrte er nach.

»Warum fragst du?«

»Nur so«, ruderte Marcel zurück. »Wäre ja blöd, wenn du einen fetten Kredit hast, als Freiberufler aber ständig um deinen Job bangen musst. Das stell ich mir total zermürbend vor. Also, ich jedenfalls würde mir keine Eigentumswohnung kaufen, solange ich kein sicheres Einkommen hab.«

»Du stehst auch noch am Anfang deiner Laufbahn«, gab Lars schroffer zurück, als er es beabsichtigte. »Bei mir wissen sie, woran sie sind. Schließlich arbeite ich schon sehr lange für die Firma. Auf mich und das, was ich abliefere, kann man sich verlassen.«

»Ach, dann gehst du davon aus, dass du auch nach Eriks Tod weiter für den Laden arbeiten kannst?«, vermutete Marcel.

Ohne darauf einzugehen, schob Lars seinen Stuhl zurück. »Ich muss mich jetzt um die Nachricht kümmern. Die Kommissarin will noch mal mit mir reden.« Er wandte sich an Oliver. »Wann willst du mit dem Dreh beginnen?«

»Ich denke, so in einer Stunde. Du weißt ja, wo wir sind. Und mach dir keinen Kopf. Solltest du später kommen, kann Marcel für heute übernehmen.«

Für heute übernehmen. Es fiel Oliver so leicht, eine unverhüllte Drohung auszusprechen. Für heute. Und dann vielleicht für morgen? Und für die Zukunft auch? Lars hasste Oliver dafür, dass er diese Macht nicht nur besaß, sondern sie auch gnadenlos ausspielte, jetzt, da Erik tot war. Hatten er und Marcel sich abgesprochen? Wollten sie ihn auflaufen lassen?

Wo war Oliver überhaupt gewesen an jenem Abend? Warum war er so bereitwillig auf Marcels Aussage angesprungen, sie hätten Skat gespielt? Und was, zum Henker, wollte die Kommissarin von ihm?

Lars spürte seine Felle davonschwimmen. Nicht zuletzt hatte Marcel seinen wunden Punkt getroffen. Den Kredit für die Eigentumswohnung. Er musste seinen Job behalten. Er musste einfach.

***

Lürssen ärgerte sich. Da hatte er gestern extra noch das Foto von Nadine Hoffmann an Oda Wagner weitergeleitet, und als er nun wissen wollte, ob sie denn bereits überprüft hatte, ob Schneiders Freundin auf Wangerooge gewesen war, bekam er lediglich eine belustigte Antwort.

»Wie stellst du dir das denn vor?«, fragte sie. »Wenn überhaupt, kann das höchstens einer der Mitarbeiter beantworten, der ihr entweder die Fahrkarte verkauft oder aber den Passagierzähler bedient hat, als sie in Harlesiel oder Dienstagfrüh auf Wangerooge an Bord ging. Wenn die Leute erst mal auf dem Schiff sind, wird nichts mehr überprüft. Sie gehen von Bord, setzen sich in die Inselbahn, steigen am Bahnhof aus und gehen weiter. Gerade, wenn sie Tagesgäste sind. Nee, keine Chance. Und ich kann schlecht an jede Straßenlaterne Fahndungsplakate hängen.« Sie lachte auf. Offenbar stellte sie sich das gerade bildlich vor. »Entweder fährst du selbst nach Harlesiel, oder du schickst denen das Bild. Kannst auch anrufen, ich glaub, die Telefonnummer findest du im Internet, aber ob du da tatsächlich in Harlesiel landest und nicht bei einer der Hotlines – keine Ahnung.«

»Die Konferenzschaltung wäre jetzt so weit«, warf Lemke ein. »Sag Oda, sie soll sie annehmen.«

Wieder ärgerte Lürssen sich. Eigentlich wäre es *sein* Job gewesen, die Konferenz zu führen. Immerhin verfügte *er* über die Informationen. Nicht Lemke. Und er würde nicht wie eine unwichtige Nebenfigur über Lemkes Schulter hinweg in die Kamera schauen. Das konnte der Klugscheißer sich abschminken. Aber Lürssen mahnte sich zur Ruhe. Es würde nicht lange dauern, bis auch die anderen merkten, dass die althergebrachten Strukturen der Abteilung aufgebrochen werden, dass sich das Team neu positionieren musste. Jetzt würde er erst einmal deutlich machen, dass er derjenige war, der Fakten zutage gebracht, neue Spuren aufgedeckt hatte.

Mit einem falschen Lächeln zog er seinen Bürostuhl auf Lemkes Schreibtischseite und drängelte sich so neben seinen Kollegen, dass der – wenn auch widerwillig – ein Stück beiseiterutschte. »So, Moin noch mal«, begrüßte er die Kollegin, die in der Polizeistation Wangerooge vor dem Bildschirm saß. Der Inselpolizist stand hinter ihr. Lürssen tat, als würden sie sich seit Jahren kennen. Oda Wagner lächelte kollegial zurück.

In aller Ausführlichkeit berichtete Lürssen nun von seinem Gespräch mit Kreyenburg. »Der hat einen absoluten Vorteil durch Sanders Tod«, schloss er. »Jetzt kann Kreyenburg das Heft in die Hand nehmen. Sander hatte bekanntlich weder Ehefrau noch Kinder … es sei denn, das Kind, das Nadine Hoffmann austrägt, ist von ihm. Da Kreyenburg die junge Frau vertritt, wird sie ihm auch folgen, was die Verfügungen bezüglich des Objektes in Berlin angeht. Die ersten Handwerksarbeiten hat er jedenfalls schon in Auftrag gegeben.«

»Ach nee.« Oda Wagner sah überrascht aus. »Deswegen hat der also verheimlichen wollen, die ganze Zeit über mit Sander zu tun gehabt zu haben.«

»Jawoll. Und das macht ihn verdächtig. Sehr verdächtig sogar. Lemke soll gleich mal sein Alibi checken.«

Er spürte, dass sein Kollege ihn ansah. Und er merkte, dass Lemke kurz davorstand, zu explodieren. Sollte er doch. Einer musste nun mal die Kommandos geben. Und dieser Eine war er. Zumindest solange Siebelt noch nicht im Haus war. Ganz klar. Lürssen atmete tief und zufrieden ein.

»Ich hab übrigens auch noch was für dich, Oda«, sagte Lemke in diesem Moment.

Wieso hatte der was, und er wusste nichts davon? Was war das denn für eine Zusammenarbeit? Wütend blickte er Lemke an. Der nahm ihn jedoch überhaupt nicht zur Kenntnis.

»Erstens: Die Auswertung der DNA-Spuren unter Sanders Fingernägeln ist da. Eine konnte zweifelsfrei Lars Schneider zugeordnet werden, die andere entspricht keiner der Vergleichsproben. Das Haar stammt von Oliver Beerbaum.«

»Ach nee.« Oda sah verblüfft in die Kamera.

»Und noch was wegen der Filmleute …«

»Die haben doch das Alibi«, fauchte Lürssen.

»Ich denke nämlich«, fuhr Lemke ungerührt fort, »dass ein Alibi, das die sich gegenseitig geben, nicht unbedingt Bestand haben muss. Also habe ich noch tiefer gebohrt. Und herausgefunden, dass Schneider einen Haufen Schulden hat. Er hat sich vor drei Jahren eine Eigentumswohnung gekauft, bei der er zwar ordentlich Eigenkapital einbrachte, doch am Rest muss er noch etliche Jahre abzahlen. Wenn Schneider also seinen Job in Gefahr sah, würde eine drohende finanzielle Notlage sein Motiv wegen der Freundin verstärken. Um es auf den Punkt zu bringen: Ich sehe Motiv und Gelegenheit eher bei Lars Schneider als bei Kai Kreyenburg. Und was gibt es bei euch Neues?« Er lächelte harmlos.

So ein Arsch. Aber der würde sich noch wundern. Lürssen überlegte gerade, wie er sich wieder in den Fokus bugsieren könnte, als Oda Lemke zustimmte und zu berichten begann, was Beerbaum Christine erzählt hatte.

»Ich habe Schneider einbestellt, der müsste in der nächsten halben Stunde hier auftauchen«, schloss sie. »Bin gespannt, was er sagt, wenn ich ihn mit Beerbaums Aussage konfrontiere. Knudsen wird gleich noch im Supermarkt nachfragen, denn laut Beerbaum soll ein Angestellter dazwischengegangen sein, um den Streit zu schlichten. Ich melde mich anschließend. Kümmert euch aber bitte trotzdem um Kreyenburgs Alibi, wir wollen ja nichts übersehen.«

»Lemke macht das«, bestimmte Lürssen erneut. Dabei bemerkte er den Blick, den Oda Wagner seinem Kollegen über die Kamera zuwarf, und lächelte zunächst, als der sagte: »Klar. Das mache ich gern für dich, Oda. Bei mir weißt du ja, dass du dich auf mich verlassen kannst. Bis später.«

Lemke hatte die Videokonferenz beendet, ohne ihm die Gelegenheit für ein paar abschließende Worte zu geben. Lürssen setzte sich auf und drehte sich samt seinem Bürostuhl zu Lemke um.

***

Als Lars Schneider seinen Kollegen gesagt hatte, dass er noch einmal zur Polizei gehen müsse, hatten die nur mit den Schultern gezuckt. Das machte ihn stutzig. Die beiden waren doch sonst so neugierig. Dass sie nun so beredt schwiegen, ließ ihn nachdenken.

Hatten Oliver und Marcel etwa mit der Kommissarin über ihn gesprochen? Aber wann? Und wenn ja, weshalb? Es musste um etwas gegangen sein, das ihn, Lars, verdächtig machte. Aber Marcel hatte doch versprochen, der Polizei nichts von Nadine und dem Sommerfest zu erzählen. Selbst wenn … Ihm daraus einen Strick zu drehen, würde sehr schwer sein. Herrschaftszeiten, es kam alle naselang vor, dass die Leute bei Betriebsfeiern fremdgingen. Das war noch lange kein Indiz dafür, dass er etwas mit Sanders Tod zu tun hatte. Auch wenn es ihn zutiefst getroffen hatte, dass Nadine auf Eriks Schleimerei hereingefallen war. Doch nicht jeder Mann, dessen Freundin fremdging, brachte den Nebenbuhler um.

Auch Oliver hatte sich nicht verwundert darüber gezeigt, dass die Kommissarin noch einmal mit ihm reden wollte. Warum nicht? Schließlich gaben sie sich alle drei gegenseitig ein Alibi. Wenn er sich verplapperte, verlören die anderen beiden ihres ebenfalls.

Grübelnd holte er die Kameraausrüstung aus seinem Zimmer und brachte sie widerstrebend zu Marcel. Auch die Zettel mit den geplanten Kameraeinstellungen hatte er dabei.

»Danke, ich glaub, die brauche ich nicht«, sagte Marcel freundlich, was Wut in Lars aufsteigen ließ.

»Wieso nicht?«

»Weißt du, ich hab da heute Nacht ein paar Ideen gehabt, wie man das besser in Szene setzen kann«, erklärte Marcel offen.

»Heute Nacht? Aber da wusstest du doch noch gar nicht, dass ich heute nicht von Anfang an drehen kann«, sagte Lars misstrauisch.

»Natürlich nicht.« Marcel lächelte ihn unbefangen an. »Ich wollte die Ideen nach dem Frühstück mit euch besprechen. Aber da du jetzt wahrscheinlich ohnehin nicht dabei bist, muss ich dich damit nicht belasten.«

»Woher willst du denn wissen, wie lange das Gespräch dauern wird?«, fragte er argwöhnisch. »Weißt du mehr als ich? Weißt du, worüber die Kommissarin mit mir reden will?«

»Nein, nein, ich weiß es selbstverständlich nicht, ich dachte nur …« Marcel ließ den Rest des Satzes in der Luft hängen.

»Hör auf zu denken. Das ist *mein* Job«, sagte Lars scharf.

»Na, hör mal«, hob Oliver an, doch Lars ließ nicht zu, dass er sich einmischte.

»Ich hör gar nicht«, fauchte er. »Du hast gesagt, Drehbeginn ist in einer Stunde. Dann stehe ich bereit. Noch bin *ich* der Kameramann dieses Films.« Seine Augen schossen wütende Blitze auf Marcel. »Du kannst die Kamera hinschleppen und alles vorbereiten.« Er drückte ihm die Szenenfolge in die Hand. »Und nimm die gefälligst mit.«

»Mein lieber Scholli, Lars. Entspann dich mal und klär das ganz in Ruhe mit der Polizei. Sollte es länger dauern … Wie gesagt, kein Problem, ich halte solange die Stellung.«

Lars hörte den Optimismus in Marcels Stimme. Die schlecht verhohlene Zuversicht, künftig seinen Job machen zu können. Marcel ging unverkrampft an Projekte heran, hatte Lust, experimentell zu arbeiten. Kürzlich hatte er sogar einen Preis für die Newcomer unter den Kameraleuten gewonnen. Eine Zeile aus einem Song von Janis Joplin kam ihm in den Sinn: »Freedom's just another word for nothin' left to lose.« Marcel hatte filmtechnisch gesehen nichts zu verlieren. Aber alles zu gewinnen. Im Gegensatz zu ihm. War Marcel auf der Überholspur? Und er selbst bald auf dem Abstieg? Er durfte seinen Job nicht verlieren, er hatte kaum andere Kunden, mit denen er diesen Verlust ausgleichen könnte. Das würde er nicht zulassen. Wenn es sein musste, würde er dafür sorgen, dass Marcel rausflog. Egal wie, er würde es schaffen. Immerhin kannte er beim Sender, für den sie die meisten Dokumentationen drehten, die richtigen Leute, die an den Schaltstellen.

Er schlüpfte in seinen dicken dunkelblauen Parka mit dem Fellimitatkragen, band sich den karierten Schal um, den seine Mutter ihm zum letzten Geburtstag geschenkt hatte, und lief zur Polizeistation.

Oda Wagner und ihr Kollege, der Inselpolizist, waren allein dort.

»Moin. Sie wollten mich sprechen?«, sagte Lars ohne lange Vorrede.

»Herr Schneider. Danke, dass Sie meiner Einladung so prompt gefolgt sind«, erwiderte Oda Wagner.

Einladung! Ha! Als ob das eine Einladung gewesen wäre. Auch etwas, das ihm schon seit Längerem auffiel: Niemand sprach mehr direkt. Alles wurde weichgespült, schleimscheißerisch verpackt. Nach dem Motto: Lasst uns nach außen hin alle lieb zueinander sein, hinter eurem Rücken stechen wir zu.

»Kommen Sie bitte durch«, sagte Oda Wagner und trat auf ihn zu.

»Ich geh dann jetzt.« Der Polizist setzte eine blaue Wollmütze auf und ging zur Tür.

»In Ordnung. Bis später.«

Sie gingen in den hinteren Bereich.

»Setzen Sie sich doch.« Oda Wagner deutete auf einen Stuhl und nahm ihm gegenüber Platz. »Ich will Sie gar nicht länger aufhalten, als unbedingt nötig, Sie brennen sicher darauf weiterzudrehen.«

Er fragte sich, ob sich eine andere Botschaft hinter ihren Worten verbarg, aber er wurde nicht schlau aus ihr. »Natürlich«, entgegnete er knapp. »Schließlich bin ich zum Drehen hier und nicht, um mit Polizisten zu sprechen.«

»Dann lassen Sie uns zur Sache kommen. Sie haben sich mit Erik Sander gestritten«, sagte die Wagner. »Er hat behauptet, er könne möglicherweise der Vater des ungeborenen Kindes Ihrer Freundin Nadine Hoffmann sein, und nannte Sie einen Schlappschwanz, der überprüfen solle, ob zumindest die erste gemeinsame Tochter von Ihnen ist. Habe ich das korrekt zusammengefasst?« Sie lächelte unschuldig.

Lars blieb die Spucke weg. Diese hinterfotzige Person. Wie konnte sie es wagen, ihm Derartiges einfach so ins Gesicht zu sagen? Er zwang sich, langsam und ruhig weiterzuatmen. »Woher haben Sie das?«, fragte er schließlich.

»Sagen wir mal, Ihr Streitgespräch ist nicht unbemerkt geblieben«, antwortete Oda Wagner. »Immerhin fand es im örtlichen Supermarkt statt. Und einer der Mitarbeiter musste einschreiten, um Schlimmeres zu verhindern.«

»Wer hat Ihnen denn diesen Unsinn erzählt?«, begehrte Lars auf. »Schlimmeres zu verhindern! Dass ich nicht lache!«

»Nein? War es ein harmloses Gespräch? Bin ich falsch unterrichtet?«

Diese miese Schlange. Sie glaubte, ihn am Haken zu haben, doch sie hatte sich getäuscht.

»Ich gebe zu, Erik und ich haben uns gestritten.« Er bemühte sich, überlegen zu klingen. »Und ich denke, auch Sie würden nicht ruhig bleiben, wenn man Sie mit dem Verdacht konfrontiert, nicht der Vater Ihres Kindes zu sein. Andererseits ... Derartige Gefühle können Sie überhaupt nicht nachempfinden. Bei Frauen ist es einfach. Sie wissen, dass sie die Mutter sind. Nur wir Männer sind gekniffen. Männer haben keinerlei verlässlichen Beweis dafür, ob sie tatsächlich der Vater sind. Es sei denn, sie lassen einen Vaterschaftstest machen. Und riskieren, ihre Beziehung aufs Spiel zu setzen, weil sie ihrer Partnerin dadurch rein hypothetisch unterstellen, dass sie fremdgegangen sein könnte.« Er sah sie kämpferisch an. »Natürlich war das Gespräch nicht harmlos. Ich war nämlich ziemlich sauer. Und ich bin laut geworden. Das wird Ihnen der Mitarbeiter des Supermarktes auch berichtet haben. Aber das war alles. Ich habe mich wieder beruhigt. Denn Erik war bekannt dafür, andere sehr gern zu provozieren. Ich glaube, ihm ist dabei innerlich einer abgegangen, er hat sich richtig gefreut, mir das unterjubeln zu können.«

»Sie sind dann wirklich ruhig geblieben, als Sie aus dem Supermarkt raus waren? Sind ganz entspannt zum Hotel zurückgegangen und mit den anderen Kollegen Pizza essen gewesen?« Oda Wagner hob zweifelnd die Augenbrauen.

»Nein. Ich hab meinen Einkaufskorb im Laden stehen gelassen und bin rausgestürmt. Bin einfach gelaufen. Immer weiter. Ich laufe nämlich sowieso viel. Also, ich jogge regelmäßig. Dadurch krieg ich den Kopf frei und hab außerdem genügend Bewegung und frische Luft. Ich bin nicht der Typ, der ins Fitness-Studio geht. Egal. Ich bin also zum Flugplatz, dann rechts rum, Richtung Bahnhof. Und weiter. Irgendwann hab ich den Weg zurück ins Dorf eingeschlagen. Da war ich ein wenig aus der Puste, denn ich hatte natürlich nicht die richtigen Schuhe an, aber ich war zumindest wieder ruhig. Hab mir geschworen, mich nicht weiter von Erik provozieren zu lassen.«

»Haben Sie den Streit gegenüber Ihren Kollegen erwähnt?«

»Nein«, gab er brüsk zurück. »Hätten Sie auch nicht getan, wenn Ihnen jemand so etwas unterstellen würde. Macht sich schließlich nicht gut, seinen Kollegen zu sagen: ›Stellt euch mal vor, Erik denkt, ich bin gar nicht der Vater von dem Baby, das Nadine jetzt erwartet, sondern er. Und er hat mir auch geraten, wegen Luisa einen Vaterschaftstest machen zu lassen, weil er Nadine für ein notgeiles Huhn hält. Ist das nicht witzig?‹«

»Also haben Sie sich am Riemen gerissen, als Sie, wie verabredet, gemeinsam in die Pizzeria gingen?«

»Ganz genau.« Lars verschränkte die Arme vor der Brust.

»Und anschließend haben Sie entspannt mit Ihren Kollegen Skat gespielt.«

»So isses.«

»Bei wem war das noch mal?«

Wenn die Wagner dachte, sie könnte ihn reinlegen, hatte sie sich getäuscht. »Bei Oliver. Das hat er doch gesagt.« Die konnten ihm nicht am Kessel flicken. Solange Oliver und Marcel nichts anderes behaupteten, hatte er ein wasserdichtes Alibi. Und die beiden wären schön blöd, wenn sie plötzlich etwas anderes behaupten würden.

»Es gab noch anderweitig Spannungen zwischen Ihnen und Herrn Sander«, behauptete Oda Wagner. »Er wollte Sie durch Marcel Krieger ersetzen. Wir haben uns umgehört: So leicht ist das in Ihrer Branche nicht mit den Jobs. Und Sie haben eine Menge Schulden, wie wir herausgefunden haben. Alles in allem finde ich, Sie haben ein gewaltiges Motiv.«

»Das können Sie sehen, wie Sie wollen«, entgegnete Lars gelassen. »Aber Sie liegen vollkommen falsch. Erstens habe ich ein Alibi. Und zweitens: Wie Sie gerade selbst sagten, muss ich einen Kredit bedienen. Dafür brauche ich einen Job. Den ich bei Erik hatte. Und genau deswegen hätte ich ihm nie im Leben was getan. Erik war oft provokant. Hat es geliebt, Leute gegeneinander auszuspielen. Aber wir haben stets gut zusammengearbeitet. Und dabei wäre es auch geblieben.« Er lehnte sich zurück. »Nein, Sie irren sich. Erst durch Eriks Tod kann meine Position bei der Produktionsfirma vielleicht etwas ins Schwanken geraten. Und gerade deshalb habe ich überhaupt kein Motiv.«

Oda Wagner sah ihn süffisant an. »Sie reden jetzt nur vom Job, Herr Schneider. Ich hingegen bezog mich auf Ihre Gesamtsituation.«

***

Es war kaum was los im Supermarkt, als Stefan Knudsen eintrat. »Moin, Petra«, begrüßte er die Kassiererin, die links an einer der beiden Kassen saß. »Alles okay?« Er blickte an ihr vorbei die beiden Gänge entlang bis hinten zum Weinregal. Gähnende Leere. Das Bücherrondell in Kassennähe, in das während der Saison ständig die Neuerscheinungen einsortiert wurden, wies deutliche Lücken auf. Es würde erst im Frühjahr wieder prall gefüllt werden. Nun gut, Bücher konnte man in der Inselbuchhandlung kaufen. Er tat das gern, weil er sich da gut beraten fühlte. Außerdem hatte er dort auch schon die eine oder andere Aufmerksamkeit für Martina erstanden.

»Jo. 'n büschen ruhig, aber sonst alles gut. Und bei dir? Du bist ja so förmlich. Und um diese Uhrzeit kaufst du doch sonst nicht ein. Oder hab ich nich mitgekriegt, dass der Chef einen Ladendieb erwischt hat?«

»Nee, hat er nicht. Ich bin wegen Montag hier. Da sollen sich zwei Kunden heftig gestritten haben. So heftig, dass einer von euch eingeschritten ist.« Knudsen lehnte sich an die Warenauffangzone der anderen Kasse, in die die Produkte geschoben wurden, wenn sie den Scanner passiert hatten.

»Stimmt. Das war echt ein Ding. Vor allem, weil es recht ruhig im Laden zuging. Und dann keift da einer rum, du ahnst es nicht. Ich saß zwar hier an der Kasse fest, aber Martin ist hin und hat zu schlichten versucht. Einer der beiden Streithähne ist dann rausgestürmt, seinen Korb hat er einfach fallen gelassen. Der andere hat ganz entspannt weiter eingekauft.«

»Kanntest du einen der beiden?«, fragte Knudsen.

»Na klar!« Petra nickte. »Erstens kaufen derzeit überwiegend Insulaner und Dauergäste bei uns ein, und zweitens war der eine Typ Erik Sander. Mit dem bin ich damals zur Schule gegangen. Der war zwar 'ne Klasse über mir, aber wir haben natürlich alle mitgekriegt, dass der nach dem Abi zum Fernsehen ist. Ich kann mich noch erinnern, wie Suntje damals ganz stolz erzählt hat, dass Erik einen Beitrag über das Restaurant von Thomas drehen würde. Sie hat gedacht, das wird dann der ganz große Durchbruch für das ›La Perle‹. Ham wir alle geglaubt. Irgendwie. Aber das war dann ja nix. Und nun gibt's das ›La Perle‹ überhaupt nicht mehr. Jedenfalls kam Erik danach ganz gemütlich an die Kasse.«

»Und? Was hat er gekauft?« Er zwinkerte ihr verschwörerisch zu. »Irgendwas Geheimnisvolles?«

»Quatsch.« Petra grinste ihn an, wobei die schmalen Lücken zwischen ihren oberen Zähnen sichtbar wurden. »Cola ohne Zucker, 'ne Packung Kondome, Weingummi und 'ne Zahnpasta.«

»Was für eine komische Mischung. Allerdings ist das mit den Kondomen interessant. Du erinnerst dich auch richtig? Hast nichts hinzugeflunkert?« Wenn Sander tatsächlich Kondome gekauft hatte, konnte man davon ausgehen, dass er sich auf Damenbesuch eingerichtet hatte. War Nadine Hoffmann doch auf die Insel gekommen? Andererseits: Sie war schwanger, und Erik Sander hatte Lars Schneider an den Kopf geworfen, das Kind könne von ihm sein. Das sprach dagegen, dass Sander Kondome benutzte. Es sei denn, er hatte bei diesem Sommerfest ausnahmsweise mal keins benutzt, weil er zu betrunken gewesen war. Andererseits boten Kondome auch Schutz vor dem HIV-Virus. Verdammt, war das alles kniffelig.

»Na hör mal!«, protestierte Petra. »Seh ich so aus, als wenn ich was dazuerfinde?«

»Nee. Hast recht. So siehst du nicht aus.« Er lächelte sie an. Wenn man Petra betrachtete, fiel einem eher die Bezeichnung »treue Seele« ein als »Lügenbaronin«. Aber gut, er kannte sie ja auch schon seit etlichen Jahren. »Und hast du gehört, worüber Erik und der andere sich gestritten haben?«

Petra nickte. »War laut genug. Also, nicht Erik, aber der andere. Der hat rumgebrüllt, es sei unverschämt, seine Freundin zu verleumden, natürlich sei er der Vater seiner Tochter, und er würde sich das nicht bieten lassen, Erik würde ihn noch kennenlernen ... Dann ist Martin dazwischen. Wie gesagt, der andere ist danach rausgestürmt.«

»Könntest du ihn identifizieren?«, fragte Knudsen.

Petras Augen begannen zu leuchten. »Sicher. Meinst du, der war es? Also, meinst du, der hat Erik umgebracht? Hätte ich den Streit melden sollen?«

»Ja, du hättest zu uns kommen müssen, als du erfahren hast, dass Erik gewaltsam ums Leben kam. Aber nein, ich meine nicht, dass der andere Mann der Täter gewesen ist«, stellte er klar. »Wir sammeln Hinweise. Die werden dann geprüft. Es gibt Untersuchungen. Und wenn alles untersucht ist, kann man einen Verdacht äußern. Aber bis dahin vermuten wir nichts.«

Petra legte den Kopf schräg und grinste ihn an. »Ja, nee, ist schon klar.«

Sie schien ihm kein Wort zu glauben.

***

Als Schneider gegangen war, lehnte Oda sich auf dem Stuhl zurück. Es sprach eine Menge gegen den Kameramann. Wenn sie nur das Alibi der drei knacken könnte ... Sie zog mit den

Zähnen die Oberlippe herunter. Ach verdammt, sie hatte vergessen, ihn nach den Karten zu fragen.

Die Tür der Station öffnete sich, und Knudsen kam rein. Noch während er die Jacke und Mütze auszog, berichtete er von seinem Gespräch mit der Kassiererin.

»Sander hat Kondome gekauft?«, fragte Oda überrascht.

»Jo. Das hat Petra gesagt. Meinst du, die Hoffmann war doch hier?«

»Bah, ist das alles ein Mist«, entfuhr es Oda. »Irgendwie drehen wir uns ständig im Kreis. Vielleicht hat er sie sich einfach nur so gekauft? Auf Vorrat?«

»Möglich. Vielleicht hat er sich einen Scherz erlaubt und darauf spekuliert, dass Petra im Dorf rumerzählen könnte, er habe die Dinger gekauft. Und dass ihn dann alle argwöhnisch beäugen, um rauszufinden, mit welcher Frau er was laufen hat.«

Oda seufzte. »Leider können wir ihn nicht mehr fragen. Aber was ganz anderes: Ich hab vergessen, Schneider nach den Skatkarten zu fragen. Kannst du ihm nachgehen und dir die Dinger geben lassen, bitte?«

Schon griff Knudsen wieder zu seiner Jacke. »Klar. Ich mach mich gleich auf den Weg.« Er nahm eine kleine Plastiktüte aus dem Schreibtisch und setzte die Mütze auf. In der Tür stieß er fast mit seiner Frau zusammen.

»Ach Schatzi«, begrüßte Martina Knudsen ihren Mann, »musst du los? Ich hab extra die Orangentäschchen gebracht.« Sie hob den Korb, den sie in der behandschuhten Hand trug, in die Höhe und bewegte ihn lockend hin und her.

»Probier ich nachher«, versprach Knudsen, drückte ihr einen Kuss auf den Mund und verschwand.

»Na, den scheuchen Sie aber ordentlich rum«, meinte Martina Knudsen, als sie durch die Schranke und auf Oda zu trat.

»Wat mut, dat mut«, gab Oda lächelnd zur Antwort. »Und ich probiere Ihre Orangentäschchen sehr gern. Kaffee ist auch noch heiß.« Sie rechnete damit, dass Jürgen ebenfalls gleich auftauchen und erst von hier aus zum Filmteam gehen würde. Da konnte sie durchaus noch mit Martina Knudsen klönen.

Die kam mit der Kaffeekanne und einem Becher für sich aus der Teeküche zurück, stellte beides auf den Schreibtisch und holte die Keksdose aus dem Korb. »Bitte schön, greifen Sie zu«, sagte sie. »Hab ich heute Morgen frisch gebacken.«

Oda nahm sich einen Keks. »Mmmh, lecker«, lobte sie und langte noch einmal in die Dose.

»Ja, nicht? Ich habe das Rezept heute das erste Mal ausprobiert. Kam in einem Krimi vor und wurde im Anhang abgedruckt. Mir schmecken sie auch.« Martina Knudsen griff ebenfalls zu. Während sie den Keks mümmelte, sagte sie: »Das ist wirklich tragisch, das mit Erik. Wird der hier erschlagen. Ausgerechnet hier. Armer Kerl.«

»Sie kannten ihn von früher, sagte Stefan?«

»Ja. Wir haben eine sehr kleine Schule, da kennt man alle, die zur gleichen Zeit da sind. Selbst wenn man nicht im selben Jahrgang ist. Und das Dorf ist nun auch nicht so groß. Bei der letzten Volkszählung 2011 sind wir nicht mal mehr auf tausendfünfhundert Insulaner gekommen. Und da sind alle drin, vom Baby bis zum Greis. Erik war damals irgendwie ein cooler Typ. Ich hab ihn so 'n bisschen angehimmelt. Das hat er natürlich nicht zur Kenntnis genommen, ich war in seinen Augen wohl noch ein Kind. Logisch, ich war ja drei Jahrgänge unter ihm. Und er hing viel mit Kai und Dummi rum. So ganz lässig. Echte Kerle eben.« Martina Knudsen lachte auf. »Mann, ist das lang her.«

»Dummi?«

»Frank Dombrowski. Der hatte früher den Spitznamen Dummi. Erst war es wohl Dommi, aber irgendwann hieß es dann nur noch ›Dummi‹. Außerdem war Erik mit Heinke zusammen, da hatte ich ohnehin keine Chance.«

»Er war mit seiner Cousine zusammen?«, fragte Oda überrascht.

»Hab ich zumindest gedacht. Irgendwie hab ich fest damit gerechnet, dass die beiden mal heiraten. Aber das ham sie dann ja doch nich. Sind zwar nach der Schule zusammen aufs Festland und haben da ihre Ausbildungen gemacht, doch irgendwann kam Heinke mit Thomas an. Die beiden haben hier auf der Insel geheiratet. Oben im Leuchtturm. Das war vielleicht 'ne schöne Feier. Und sie hatten ein Traumwetter. Daran erinnere ich mich noch genau, weil ich mir damals vornahm, auch so zu heiraten.«

»Und? Haben Sie?«

Martina Knudsen lachte hell auf. »Klar! War gar nicht so leicht, mit dem langen Brautkleid die Wendeltreppe zum Trauzimmer hochzulaufen. Aber ich hab's hingekriegt, ohne zu stolpern.«

»Klasse.« Odas Gedanken flogen für einen Moment zu Jürgen. So eine Leuchtturmhochzeit war schon ein tolles Event. Aber eigentlich wollte sie ihn ja gar nicht heiraten. Sie war zufrieden so, wie es war. Und eigenartigerweise fühlte sie sich allein bei dem Gedanken daran, ein zweites Mal verheiratet zu sein, eingesperrt.

Martina Knudsen plauderte munter weiter. »Ich hatte allerdings nicht den Eindruck, dass Thomas und Erik sich gut verstanden. Das fand ich für Heinke schade«, erzählte sie. »Denn sie und Erik klebten ja früher wie Pech und Schwefel zusammen. Ich hab mir immer so 'nen Beschützer wie Erik gewünscht.« Sie seufzte sehnsüchtig. »Bei der Hochzeit war er jedenfalls nicht dabei. War irgendwo in Asien oder so. Und wenn er danach mal wieder hier war, hatte er beruflich auf der Insel zu tun. Ist höchstens mal kurz bei seiner Tante und seinem Onkel zu Besuch gewesen. Tat mir für die beiden auch 'n büschen leid.« Sie stand auf und goss Kaffee nach. »Aber so ist das nun mal, vieles verändert sich, man kann nichts festhalten.«

»Doch obwohl Erik Sander den Mann seiner Cousine Ihrer Ansicht nach nicht sonderlich mochte, drehte er einen Film über dessen Lokal«, sagte Oda nachdenklich.

»Das war wohl deswegen, weil er ohnehin diese Restaurant-Serie drehte. Das war vom Sender so vorgegeben, hab ich gehört. Und der Beitrag über das ›La Perle‹ war echt ziemlich daneben. Ich meine, Erik hätte das Restaurant ja nicht unbedingt über den grünen Klee loben müssen, aber so einen Verriss daraus zu machen … das fand ich unfair. Und vollkommen ungerecht. Und dann kriegte Heinke in der Nacht der Ausstrahlung auch noch den Schlaganfall. Das war richtig schlimm für Thomas. Da kommt er schon geknickt genug durch die Sendung erst in den frühen Morgenstunden nach Hause und findet Heinke auf dem Fußboden. Grauenhaft.« Martina verzog traurig den Mund. »Wäre er an dem Abend rechtzeitig zu Hause gewesen, wer weiß … So ist es doppelt tragisch.«

»Manchmal kommt es wirklich knüppeldicke«, sagte Oda voller Mitgefühl.

Für einige Momente hing jede ihren Gedanken nach, dann sprang Martina Knudsen auf. »Schiete, ich hab ganz vergessen, dass ich den Sniertje-Braa auf dem Herd hab. Wollte eigentlich nur schnell die Kekse vorbeibringen, und nun hab ich mich total verquatscht. Hoffentlich ist der nicht angebrannt. Obwohl ich ihn wirklich nur auf kleiner Flamme vor sich hin simmern lasse.« Sie schloss ihre Jacke, nahm den Korb und verabschiedete sich. »Tschüss. Schönen Tag noch. Und viel Erfolg. Sie kriegen den schon, der Erik getötet hat.« Schwupps, war sie weg.

Oda erhob sich und trug die Kaffeebecher in die Teeküche. Das war damals wohl wirklich mehr als unglücklich gelaufen. Arme Familie Onnen. Der Schwiegersohn musste sich gewaltige Vorwürfe gemacht haben, nicht rechtzeitig zu Hause gewesen zu sein. Aber das Schicksal spielte nach eigenen Regeln. Und mit »Was wäre wenn« kam man nicht weiter. Tja, wenn man alles im Vorfeld wüsste … Sie warf einen Blick auf die Uhr. Jürgen müsste doch schon längst hier sein. Ob er direkt zum Filmteam gegangen war? Er hatte erwähnt, telefonisch mit Oliver Beerbaum Kontakt gehabt zu haben. Und ein wenig frische Luft würde ihr jetzt auch guttun.

Sie schlüpfte in ihre Jacke, wickelte sich den Schal um den Hals und verließ die Polizeistation.

***

Grübelnd blickte Oliver Beerbaum Lars und dem Inselpolizisten nach, die gemeinsam davongingen.

»Was nun?«, fragte Marcel ängstlich. »Jetzt kriegen sie uns.«

»Ach was«, wehrte er ab, dennoch konnte er nicht verhehlen, dass auch ihn ein mulmiges Gefühl beschlich. Wie hieß es so schön: Lügen haben kurze Beine. Und jetzt hatte er den Salat.

»Hätte ich doch bloß nicht gesagt, dass wir Skat gespielt haben«, jammerte Marcel. »Und du bist ja auch gleich darauf eingegangen.«

»Nun hör auf zu wimmern«, befahl Oliver. »Du bist schließlich kein kleines Kind. Es ist so, wie es ist. Das war eine Kurzschlussreaktion, und wir drei haben gedacht, so wäre es am einfachsten. Nur blöd, dass Lars zwar das Kartenspiel gekauft und es so lange bearbeitet hat, dass es benutzt aussieht, wir aber nicht auf die Idee gekommen sind, dass man die Karten auf Fingerabdrücke untersuchen könnte. Darauf wäre ich im Leben nicht gekommen.« Er atmete hörbar aus. »Lass uns weitermachen«, forderte er dann. »Ich will das Ding im Kasten haben und so schnell wie möglich runter von dieser verdammten Insel.«

Marcel nickte.

Sie filmten gerade ein angeschwemmtes Stück Plastiknetz und das, was sich darin verfangen hatte, als ein Mann auf sie zutrat.

»Herr Beerbaum? Jürgen Töpfer«, stellte er sich vor. »Wir hatten telefoniert. Es geht um den Beitrag über den Plastikmüll in den Meeren, den Sie hier drehen.«

Sie reichten einander die Hände zur Begrüßung. Oliver war überrascht, wie sehr ihm der Journalist auf Anhieb sympathisch war. Er hatte sich gut vorbereitet, und so konnten sie schnell in die Thematik einsteigen.

»Sehen Sie selbst.« Oliver deutete auf das Plastiknetz. »Hier verfängt sich nicht nur weiterer Unrat, auch ein Vogel ist elendig darin verendet. Es sind nicht mehr die sprichwörtlichen fünf Minuten vor zwölf, Herr Töpfer. Uns bleiben lediglich dreißig Sekunden, um diesen Irrsinn zu stoppen und dafür zu sorgen, dass wir unseren Kindern, Enkeln und den nachfolgenden Generationen überhaupt noch eine Chance lassen, diesen Planeten in einem lebenswerten Zustand zu erhalten.«

***

Lars Schneider machte einen bedröppelten Eindruck, als er jetzt neben ihm zum Hotel lief. Sicher machte er sich Sorgen, dass sein Kollege Krieger nun die besseren Bilder einfing und vielleicht das nächste Filmprojekt übertragen bekam. Es war wohl nicht so einfach als Künstler, das hörte man ja immer wieder. Für Knudsen wäre das nichts. Er bevorzugte das Bodenständige. Als Polizeibeamter – zumal als Inselpolizist – war er abgesichert, hatte Vater Staat als Dienstherrn, geregelte Arbeitszeiten – meistens zumindest – und eine gute Besoldung. So 'n Künstler, wenn der von Projekt zu Projekt bibbern musste … Na, jedem so, wie er es mochte.

»Sind Sie immer der Herr über die Karten?«, fragte Knudsen, um den Kameramann ein wenig aufzulockern, doch der zuckte zusammen.

»Wie bitte?« Unsicher sah Schneider ihn an.

»Na, ob Sie die Karten immer bei sich haben, oder haben Sie gestern bei sich im Zimmer gespielt?«

»Nee, wir haben gestern nicht gespielt. Aber ich hab die Karten gekauft, und darum liegen sie bei mir.«

»Das macht natürlich Sinn. Man muss auch auf seine Kleinigkeiten aufpassen«, meinte Knudsen zustimmend. Sie betraten das Hotel. »Ich warte hier.«

Schneider nickte. »Bin gleich wieder da.« Schon lief er weiter. Knudsen zog das Plastiktütchen aus der Tasche und öffnete den Zippverschluss. Kurz darauf ließ Schneider das Blatt hineinfallen.

Sorgfältig verschloss Knudsen den Beutel. »Ist auch nur rein der Form halber«, sagte er beruhigend zu Schneider. »Ich selbst hätte darauf verzichtet. Aber meine Kollegin kann manchmal verdammt pingelig sein.«

Schneider nickte unglücklich. Oliver Beerbaum hatte vorhin

am Strand noch versucht, den großen Max herauszukehren, und behauptet, es sei lächerlich, dass die Polizei nun schon Kartenspiele als Beweise sammle. Als ob Schneider, Krieger und er keine rechtschaffenen Personen wären. Aber davon hatte er sich natürlich nicht beeindrucken lassen. Auch wenn er dem Regisseur insgeheim zustimmte. Er steckte die Karten ein, tippte sich mit dem Zeigefinger der rechten Hand leicht an die Mütze und verabschiedete sich.

Gemütlich stiefelte er zurück zur Polizeistation.

Sein Magen knurrte. Bestimmt war sein Blutzuckerspiegel wieder im Keller, schließlich hatte er seit dem Frühstück nichts mehr gegessen, und es ging schon auf zwölf zu. Auf Martinas Orangenplätzchen freute er sich schon.

***

Sven Lürssen bretterte mit dem Dienstwagen die Landstraße entlang nach Harlesiel. Auf dem Beifahrersitz lag das ausgedruckte Foto von Nadine Hoffmann. Leider hatte sich Kreyenburgs Alibi bestätigt. Der Blick, mit dem Lemke ihn bedacht hatte, als er nach dieser Nachricht den Hörer auflegte, wurmte ihn noch immer. Sicherheitshalber hatte er dennoch die Überprüfung von Kreyenburgs Funkzellenspeicherdaten beantragt. Andererseits: Was hätte Kreyenburgs Steuerberater davon, seinem Klienten ein falsches Alibi zu geben? Blieb noch Nadine Hoffmann. Bestärkt durch die Information, dass Sander auf der Insel kurz vor seinem Tod Kondome gekauft hatte, ging er felsenfest davon aus, dass die junge Frau anders als behauptet doch auf die Insel gefahren war. Ein heimliches Tête-à-Tête mit dem Vater ihres ungeborenen Kindes. Ein Treffen voller Sehnsucht und Hunger nach Sex.

Lemke hatte ihn sarkastisch gefragt, warum Sander in diesem Fall Kondome zu benutzen gedachte. Das Kind sei doch schon in den Brunnen gefallen beziehungsweise gemacht, da nützten Kondome nun auch nichts mehr. Lürssen hatte ihn scharf angesehen. Das ließ er als Argument nicht gelten. Auch nicht die

Tatsache, dass es bei der Obduktion keinerlei Hinweise auf einen kürzlich erfolgten Geschlechtsverkehr gab. Herrschaftszeiten noch mal. Die Kollegen konnten nur das sehen, was ihnen präsentiert wurde. Er aber, er dachte weiter. Um die Ecke herum. Sander hatte Kondome gekauft. Also plante er, Sex zu haben. Wahrscheinlich hatte die Hoffmann das irgendwie geahnt, in einem Telefonat die Untertöne rausgehört ... Es hieß ja, Frauen hätten eine sehr feine Antenne für solche Sachen. Und weil die Hoffmann befürchtete, Sander könnte was mit einer anderen Frau anfangen, während sie sein Kind unter dem Herzen trug – Lürssen gestand sich in diesem Fall zu, poetisch zu denken –, musste sie nach Wangerooge. Um ihm eine Szene zu machen.

Er sah das Zusammentreffen förmlich vor sich. Nadine Hoffmann hatte Sander erwischt, noch bevor der sich mit der Frau treffen konnte, die er hatte vögeln wollen. Zugegeben, die Kondome trug er nicht bei sich. Die hatte die Spusi in seiner Kulturtasche dokumentiert. Aber als die Kollegen Sanders Zimmer unter die Lupe genommen hatten, war dem keine besondere Aufmerksamkeit geschenkt worden. Es konnte noch niemand ahnen, dass Sander diese Kondome ausgerechnet am Tag seines Todes gekauft hatte.

Hinter dem Kreisel in Carolinensiel bog er nach rechts ab und fuhr entlang der Harle in Richtung Anleger. Linker Hand sah er einige neue Häuser, die auf Stelzen ins Wasser gebaut worden waren. Ein Wahnsinn. Mit Anlegeplätzen für Jachten. Neid flackerte in ihm auf. Solch ein Haus hätte er auch gern. Am liebsten so eines wie das mit Reet gedeckte dort. Puhh. Was das wohl kosten mochte? Er rieb sich verbittert mit dem Finger über die Nase. Das lag ganz klar jenseits seiner Möglichkeiten. Es sei denn, er würde sich 'ne reiche Frau angeln. Eine Witwe wäre vielleicht ganz gut. Eine, die dankbar wäre, wieder einen Mann im Haus zu haben. Er könnte sich bei einer dieser Partnerschaftsbörsen im Internet anmelden. Bei einer für gehobene Ansprüche. Auslese-Partner, Diamant-Partner, Platin-Partner oder so. Da musste doch was aufzugabeln sein.

Die Parkplätze hinter dem Sieltor lagen ziemlich verwaist da. Aber er hatte sein Kommen telefonisch angekündigt. Und verlangt, dass alle, die am Montag mit der Abfahrt der Fähre hier in Harlesiel und Dienstagfrüh mit der Abfahrt ab Wangerooge zu tun gehabt hatten, parat stünden. Er parkte den Wagen und schmiss die Fahrertür zu. Bevor er das Hafengebäude betrat, warf er einen Blick auf das Foto. Ganz klar, diese Frau konnte kein Mann übersehen. Siegessicher öffnete er die Tür.

***

Das Gespräch mit Martina Knudsen beschäftigte Oda, als sie sich gegen den Wind anstemmte und in Richtung Strand ging. Die Beziehung zwischen Heinke Onnen und Erik Sander war früher sehr eng gewesen. Und sie hatte den Schlaganfall am Abend der Ausstrahlung von Eriks Fernsehbeitrag über das Restaurant ihres Mannes erlitten. Konnte Stress der Auslöser für einen Schlaganfall sein? Nee. Das war doch vielmehr Zufall, weil irgendein Gefäß im Gehirn durch einen Blutpfropf verstopft war. Oder doch nicht? Sie würde es herausfinden.

Als sie auf die Promenade kam, sah Oda Jürgen unten am Strand bei Beerbaum und Krieger stehen. Er trug keine Mütze, der Wind warf seine Haare um seinen Kopf, als wollte er ihm eine stürmische Frisur verpassen. Schneider war wahrscheinlich noch mit Knudsen unterwegs, um die Spielkarten zu besorgen. Oda lächelte, als sie Jürgen im Gespräch erlebte, selbst wenn sie die Worte nicht verstand, die gesprochen wurden. Er war offen, neugierig, man sah ihm den Eifer an, mit dem er bei der Sache war. Kein Wunder. Schließlich war er genau wie Oda absoluter Umweltfreak. Beide engagierten sich bei den Grünen, wenngleich sie der Partei nicht angehörten, doch sie unterstützten deren Aktivitäten. Oda vertrat den eisernen Standpunkt, dass sie als Kommissarin, als Beamtin des Staates, jedweden persönlichen politischen Standpunkt für sich zu behalten und aus der Öffentlichkeit herauszuhalten hatte. Dadurch wurden sie und ihr Job nicht angreifbar.

Ein warmes Gefühl durchflutete sie, während sie Jürgen beobachtete, der sich interessiert über irgendetwas beugte, was von Odas Standposition wie ein buntes Netz aussah, dann bemerkte sie an seiner Miene, wie ernst er das nahm, was ihm gezeigt wurde. Er richtete sich wieder auf, entdeckte sie und sprach kurz mit Beerbaum. Dann kam er zur Promenade herauf.

»Hallo, mein Schatz.« Er nahm sie kurz in die Arme. »Entschuldige, dass ich mich nicht zuerst bei dir gemeldet habe, aber ich hatte mit Herrn Beerbaum eine Uhrzeit ausgemacht, und die Inselbahn hat leider etwas länger gebraucht, bis sie beim Anleger abfuhr, sie musste erst noch rangieren.«

Das war für Oda nichts Neues. Verspätungen dieser Art hatte sie schon zuhauf erlebt. »Ich will dich auch gar nicht von deiner Reportage abhalten«, sagte sie, »ich wollte nur gucken, ob du gut angekommen bist. Ich muss ohnehin gleich wieder weiter. Wie sehen deine Pläne aus? Bleibst du über Nacht, oder musst du die Abendfähre nehmen?«

»Leider kann ich nicht bleiben«, sagte Jürgen bedauernd. »Ich würd mich aber freuen, wenn wir später noch ein wenig Zeit gemeinsam hätten. Was denkst du denn, wie lange du überhaupt noch hierbleiben musst?«

»Keine Ahnung. Wir haben ein paar offene Spuren, aber manche sind schon im Sand verlaufen. Es ist ein eigenartiger Fall. Ich komme mir vor wie in einem Kammerspiel. Es gibt nur eine Handvoll Akteure. Und alles scheint auf dieser kleinen Insel stattzufinden. Eine derart enge personelle und räumliche Konstellation hatte ich bislang nur ein einziges Mal. Seltsamerweise auch auf Wangerooge.«

»Unterstützt Christine dich denn inzwischen ein wenig?«, fragte Jürgen.

Oda schmunzelte. »Sie tut, was sie kann, aber Phillip stellt verständlicherweise seine Ansprüche. Schließlich sind sie in den Flitterwochen, wie er ihr gern aufs Brot schmiert. Egal, ich krieg es auch so hin. Knudsen unterstützt mich, und seine Frau kann phantastisch backen. Magst du gleich in die Polizeistation kommen und dich davon überzeugen?«

Bedauernd sah Jürgen sie an. »Geht leider nicht. Ich muss das mit dem Filmteam jetzt abschließen. Und den Artikel schreiben und in die Redaktion mailen. Aber der Zug geht erst später. Würde mich freuen, wenn du noch Zeit für mich findest.« Dabei zwinkerte er ihr zu.

Unwillkürlich griff Oda in ihre Jackentasche. »Hier.« Sie zog den zweiten Hotelschlüssel heraus, den sie vom Hotelchef erhalten hatte, und drückte ihn Jürgen in die Hand. »In meinem Zimmer hast du WLAN und kannst deinen Artikel schreiben. Ist sicher angenehmer, als in einer der Kneipen zu hocken. Es gibt zwar keine Kaffeemaschine, aber beim Bäcker unterhalb des Café Pudding kannst du dir was holen. Und im Hotel ist ein Kühlschrank mit Getränken. Musst nur aufschreiben, was du rausgenommen hast.« Sie küsste ihn auf die Wange, sich dessen bewusst, dass Beerbaum und Krieger ihnen von unten zusahen. »Ich beeile mich. Allerdings habe ich noch ein paar Gespräche zu führen. Ach, eine Bitte hab ich an dich … Knudsen besorgt gerade das Skatspiel, mit dem die Filmcrew am Tatabend gespielt haben will. Kannst du das vielleicht heute Abend mit rübernehmen?«

Verwundert blickte Jürgen sie an. »Das Skatspiel? Du weißt schon, dass wir mindestens drei von diesen Blättern bei uns in der Wohnzimmerschublade haben?«

Oda lachte auf. »Klar. Aber bei diesem hier geht es um Fingerabdrücke. Es wäre toll, wenn du die Karten mit nach Wilhelmshaven nehmen und in der Polizeiinspektion an die Kriminaltechnik geben würdest.«

***

Sie erwarteten ihn zu dritt. Lürssen kniff die Augen zusammen. »Sie wollen mir doch jetzt nicht weismachen, dass am Montag nur Sie drei für die Abfahrt der Fähre verantwortlich waren?«, fragte er rüde. Er kam sich ein wenig verarscht vor.

»Nö«, antwortete eine korpulente Frau in Uniform. »Aber Sie wollten alle sprechen, die direkten Kontakt mit den Passagieren hatten. Und das sind wir drei. Ich verkaufe die Tickets, Bohne zählt die Passagiere, und Sören ist am Kiosk an Bord. Damit kommen wir um diese Jahreszeit aus. Und den Käpt'n brauchen Sie nicht, wenn's darum geht, ob wer wen gesehen hat.«

Da musste er ihr zustimmen, wenn auch widerstrebend. Er nahm das Foto und hielt es den drei Gestalten hin. »Ist diese Frau am Montag rüber nach Wangerooge gefahren? Und kam sie am Dienstag mit der Frühfähre zurück?«

Die Uniformierte nahm das Bild an sich. Betrachtete es genau. »Ich glaub nich«, sagte sie anschließend. »Die Haare wären mir vielleicht aufgefallen. Aber wenn sie eine Mütze trug ... Ich bin hier schließlich nur die Kartenverkäuferin und nicht auf der Suche nach ›Germany's next Topmodel‹.« Sie griente breit über ihren Witz.

»Und Sie?«, fragte Lürssen die beiden Männer mit strengem Blick. Von denen erhoffte er sich einiges. Männer nahmen Frauen ganz anders wahr als Frauen. Männer hatten Antennen für den Sexappeal, den Nadine Hoffmann ausstrahlte. Erwartungsfroh hielt er ihnen das Bild unter die Nase. Nacheinander studierten sie das Foto. Dann schüttelten sie zeitgleich den Kopf.

»Nö«, sagte der, der den Kiosk an Bord betreute. »Bei mir hat die nix gekauft. Weder Kaffee noch Bockwurst noch Sekt. Sind im Moment mehr die Handwerker, die rüberfahren. Weil auf der Insel doch jetzt gebaut und umgebaut werden darf. Das ist Ende März wieder vorbei. Damit die Touris ihre Inselruhe genießen können. Die hier wäre mir bestimmt aufgefallen. Selbst mit Mütze, Vera«, sagte er an die Uniformierte gerichtet.

»Ich hab die auch nicht gesehen«, sagte der namens Bohne. »Kann aber sein, dass die den Kopf gesenkt hatte, als sie an Bord ging. Ich überprüfe schließlich nicht die Gesichter, sondern zähle nur die Anzahl der Passagiere.« Er reichte Lürssen das Bild zurück.

Enttäuscht nahm er es entgegen. »Schade. Aber da kann man nix machen.« Er versuchte, seiner Stimme einen überlegenen

Klang zu geben. Dabei sah er seine Felle davonschwimmen. Und das gefiel ihm gar nicht.

***

»So, da sind sie.« Fröhlich betrat Stefan Knudsen die Polizeistation und schwenkte das Tütchen mit den Karten wie eine Trophäe. »Was soll ich damit machen?« Er kam an den Schreibtisch und stibitzte eines der Orangenplätzchen. »Mmh, lecker.« Schon nahm er sich das zweite.

»Gib her.« Oda streckte die Hand aus, und Knudsen reichte ihr die Tüte. Neugierig betrachtete Oda die Karten, schob sie ein wenig hin und her. »Schade, dass wir das nicht vor Ort überprüfen können. Gebraucht sehen sie zumindest aus. Wenn auch nicht so, wie die Spielkarten, die wir zu Hause haben, aber ich gebe zu, die müssten längst mal erneuert werden. Ist bloß so, dass neue Karten immer so rutschig sind.« Sie legte die Tüte auf den Tisch. »Jürgen nimmt sie nachher mit rüber, wenn er zurück nach Wilhelmshaven fährt. Ich habe gerade in der Technik angerufen und die Lieferung angekündigt, sodass sie die Karten spätestens morgen unter die Lupe nehmen. Ist wahrscheinlich sowieso überflüssig, aber besser, wir haben das gemacht, als dass es sich später rächt. Hat Schneider sich geziert?«

»Ich hatte den Eindruck, dass er mir die Karten lieber nicht gegeben hätte, aber ich kann mich natürlich auch täuschen. Zumindest hat er keine Zicken gemacht, ist aufs Zimmer und kam gleich darauf mit den Dingern zurück.«

»Du hast sie aber nicht angefasst?«

Knudsen verzog das Gesicht. »Für wie blöd hältst du mich denn? Natürlich nicht. Ich hab die Tüte aufgemacht, und er hat sie reinfallen lassen. Alles ganz korrekt.«

Oda schmunzelte. »Gut.« Dann wurde sie ernst. »Sag mal, deine Frau erzählte mir vorhin, dass Heinke Siefken den Schlaganfall just in der Nacht bekam, in der die Sendung über ihren Mann ausgestrahlt wurde.«

»Das stimmt. Ich hab doch gesagt, dass es 'ne Horrorzeit für

Thomas war. Inzwischen hat sich ja alles wieder einigermaßen eingependelt, er hat 'nen guten Job und abends um neun Uhr Feierabend. Da kann er dann bei Heinke sein.« Knudsen nahm sich noch einen Keks. »Nur den einen noch«, meinte er, als Oda ihn belustigt ansah.

»Du hast nicht gesagt, dass es am gleichen Abend war. Ich würde gern mit Thomas Siefken, aber auch mit den Eltern seiner Frau noch einmal reden.«

»Wieso das denn? Du glaubst doch nicht, dass die was mit Sanders Tod zu tun haben? Nee. Im Leben nicht. Hör mal, der war ihr Neffe. Und überhaupt: Warum jetzt? Nee, nee. Da bist du auf dem vollkommen falschen Dampfer.«

»Ich sag doch gar nicht, dass ich denen was unterstelle. Ich möchte nur noch einmal mit ihnen reden.« Oda stand auf. »Kommst du mit?«

»Klar.« Knudsen streckte die Hand ein letztes Mal zum Keksteller aus.

Ein leerer Coffee-to-go-Becher rollte, vom Wind getrieben, über die Straße, als sie die Polizeistation verließen. Oda bückte sich und hob ihn auf. Ein paar Meter weiter warf sie ihn in einen der grünen Insel-Mülleimer.

Suntje Onnen staunte nicht schlecht, als sie ihnen die Tür öffnete. Fragend blickte sie Oda an. »Gibt es was Neues?«

»Dürfen wir hereinkommen?«, fragte Oda im Gegenzug.

»Natürlich.« Sie trat beiseite. »Wir gehen am besten wieder in den Frühstücksraum.« Sprach's und ging voraus. »Nehmen Sie doch Platz. Oder möchten Sie was trinken? Ein Glas Wasser vielleicht?«

»Nein danke«, lehnte Oda ab. »Frau Onnen, als wir neulich bei Ihnen waren, sprachen Sie davon, dass Ihr Neffe sich kaum noch bei Ihnen blicken ließ, wenn er auf der Insel war.«

Suntje Onnen sah sie kühl an. »Das stimmt.«

»War das auch schon so, bevor der Fernsehbeitrag über das Restaurant Ihres Schwiegersohnes ausgestrahlt wurde?«

»Wie kommen Sie jetzt darauf?«

»Nun, ich habe mir sagen lassen, dass es kein netter Beitrag war, im Gegenteil. Das ›La Perle‹ sei ziemlich schlecht dargestellt worden.«

Suntje Onnen schluckte. »Das stimmt. Wir waren fassungslos. Entsetzt. Heinke, mein Mann und ich haben den Film hier bei uns geguckt, weil Thomas gearbeitet hat. Er hatte eine größere Gruppe da. Es hat uns allen die Sprache verschlagen. Heinke ist ganz blass geworden. Und dann hat sie angefangen zu weinen. Und immer wieder gesagt: ›Wie kann Erik uns das antun?‹ Das Schlimme ist, wir konnten sie nicht einmal trösten. Denn es war wirklich ein ganz grausamer Beitrag. Irgendwann ist Heinke rüber. Also zu sich. Und dann … Thomas rief uns morgens um fünf Uhr an. Da hatte er den Notarzt bereits verständigt.« Suntje Onnen senkte den Blick.

Einen Moment lang schwiegen sie. Dann fragte Oda sanft: »Und danach haben Sie den Kontakt zu Ihrem Neffen abgebrochen?«

Suntje Onnen räusperte sich. »Nein, das brauchten wir nicht. Erik hatte sich schon in den Jahren vorher verändert und kam kaum noch her. Nicht mal, wenn er auf Wangerooge war.«

»Ich habe gehört, dass Ihre Tochter und Erik Sander früher eine sehr enge Beziehung hatten«, sagte Oda behutsam. »Nicht geschwisterlich, sondern eher wie ein Pärchen. Ist Ihr Neffe wegen Thomas Siefken nicht mehr zu Ihnen gekommen? War er eifersüchtig auf den Mann Ihrer Tochter?«

»Ach was. Heinke und Erik waren Cousin und Cousine. Die waren wie Bruder und Schwester. Mehr nicht. Und als sie auf dem Festland ihre Ausbildungen machten, hat Heinke sich in Thomas verliebt. Die Kinderzeit auf der Insel war eben vorbei, und Erik hatte selbst genügend andere Sachen um die Ohren.«

»Glauben Sie, dass der Fernsehbericht der Auslöser für den Schlaganfall war?« Dieser Gedanke war Oda nach dem Gespräch mit Martina Knudsen gekommen. »Hat sie sich vielleicht zu sehr darüber aufgeregt, wie ihr Cousin und eigentlich bester Freund das Restaurant ihres Mannes dargestellt hat?«

»Ach«, Suntje Onnen seufzte erschöpft. »Das kann man so

genau nicht zuordnen. Ein Schlaganfall ist die Folge einer langjährigen Erkrankung. Wir haben allerdings nicht gewusst, dass Heinke offenbar schon lange unter Bluthochdruck gelitten hat. Der hat die Gefäßwände langsam verkalken lassen, und zum Schluss hat sich ein Gefäß im Gehirn ganz verschlossen.«

»Aber Bluthochdruck kann man doch feststellen«, meinte Oda.

»Sicher, wenn man zum Arzt geht. Aber Heinke hatte keine Beschwerden, war topfit, fühlte sich pudelwohl ... Sie ist einfach nicht zum Arzt gegangen.«

»Also geben Sie Ihrem Neffen keine Schuld am Zustand Ihrer Tochter?«, wollte Oda wissen. »Ich meine, es ist doch ein unglaublicher Zufall, dass sie den Schlaganfall genau an jenem Abend erlitt.«

»Es war der Stress.« Tjard Onnen musste die letzten Minuten unbemerkt im Türrahmen gestanden haben. Er trat näher und blickte seine Frau an. »Und das weißt du auch.« Er setzte sich neben sie. »Das eine ist das Körperliche, Organische. Aber Studien haben bewiesen, dass es nach stressigen Situationen öfter zu akuten Schlaganfällen kommt als nach stressfreien Situationen.«

»Das sind aber nur wenige Prozent Unterschied«, widersprach seine Frau.

»Das ist egal. Da gab's eine Studie der Schlaganfallgesellschaft zur Fußballweltmeisterschaft 2006. Die haben festgestellt, dass bei den spannenden Spielen zwar nicht die Anzahl der Schlaganfälle stieg, wohl aber das Herzinfarkt-Risiko. Und nach einer Fall-Kontroll-Studie hieß es, dass Stressphasen ein vierfach höheres Schlaganfall-Risiko bewirken. Also tu das nicht als Humbug ab, Suntje. Dieser unsägliche Bericht war der Grund, weshalb unsere Tochter den Schlaganfall erlitt.«

Oda sah ihn an. Er war sichtbar aufgeregt, auch seine Stimme war lauter geworden. »Sie müssen sehr wütend auf Ihren Neffen gewesen sein«, unterstellte sie ihm.

»Oh ja. Das war ich!«, bestätigte er. »Und ich bin es noch. Erik hat alles kaputtgemacht.«

»Tjard. Bitte.« Suntje Onnen wollte ihre Hand auf seinen Unterarm legen, doch er wischte sie rüde beiseite.

»Nix bitte.« Er atmete ein paarmal langsam aus, als könnte ihm das helfen, sich zu beruhigen.

»Haben Sie sich an Ihrem Neffen gerächt?«, fragte Oda ganz direkt. »Haben Sie Ihrem Neffen aufgelauert?«

Onnen lachte laut auf. »Um Himmels willen. Nein! Wie kommen Sie denn auf so einen Unsinn? Ich bin sauer. Immer noch. Wütend. Das auch. Aber wie meine Frau vorhin schon sagte, Heinke litt an einer Arterienverkalkung, von der sie keine Ahnung hatte. Sie hätte diesen Schlaganfall früher oder später ohnehin bekommen. Es war Zufall, dass es an diesem Tag passierte. Auch wenn der Beitrag das begünstigt hat. Außerdem war ich am Montag bei der Chorprobe. Und anschließend habe ich mit unserem Bürgermeister noch auf ein Bier zusammengesessen.«

»Würden Sie mir bitte den Namen und die Anschrift des Bürgermeisters aufschreiben?«, bat Oda. Knudsen sah sie überrascht an.

»Ich hol Stift und Papier.« Suntje Onnen erhob sich, um kurz darauf mit einem Notizblock und einem Kugelschreiber zurückzukehren. Oda bemerkte, dass sie beides in der linken Hand hielt. Ihr Mann hingegen nahm ihr die Sachen mit der rechten Hand ab. Er notierte Namen und Anschrift und reichte ihr den Zettel.

»Danke.« Nun stand auch Oda auf. »Auch dafür, dass Sie sich Zeit für uns genommen haben.«

Mit einem schiefen Lächeln brachte Suntje Onnen sie zur Tür.

Kaum standen sie wieder auf der Straße, sagte Oda: »Frau Onnen kann es nicht gewesen sein. Sie ist Linkshänderin. Die Obduktion hat jedoch ergeben, dass der Täter Rechtshänder sein muss. Bleibt noch ihr Mann.«

»Ach, deswegen hast du ihn den Namen des Bürgermeisters aufschreiben lassen?«

Oda nickte.

»Alle Achtung. Bist ein pfiffiges Kerlchen«, lobte Knudsen. »Aber Tjard hat wirklich ein wasserdichtes Alibi. Ich war doch auch bei der Chorprobe. Und ich glaube kaum, dass er unseren Bürgermeister als Zeugen angibt, wenn die beiden nicht tatsächlich zusammen ein Bier trinken waren.«

Oda sah ihn resigniert an. »Ich weiß«, sagte sie. »Ich weiß.«

***

Enttäuscht und langsam fuhr Lürssen nach Wilhelmshaven zurück. So ein Mist. Da waren ihm heute gleich zwei Verdächtige abhandengekommen. Irgendwas musste er übersehen haben. Er schlug mit der Hand auf den Lenker. Aber das würde er schon ausbügeln. Er trat das Gaspedal durch und beschleunigte. So schnell gab er nicht auf. Er nicht.

Auf dem Parkplatz der Polizeistation nahm er einem anderen Fahrzeug die Parklücke weg und musste fest in die Eisen steigen, um den gegenüber geparkten Wagen nicht zu touchieren. Mit einem lauten Knall schmiss er die Autotür zu. Der Fahrer des anderen Wagens, der schon den Blinker für diesen Platz gesetzt gehabt hatte, war ebenfalls ausgestiegen. Scheiße. Das war ja sein neuer Chef. Kontrolliert ließ Lürssen die Luft aus seinem Mund entweichen, während er fieberhaft nach einem Weg suchte, wie er aus der Nummer rauskam.

Siebelt sah ihn wortlos an.

»Sorry, Chef.« Lürssen hob entschuldigend die Hand. »War keine Absicht. Hab nicht gewusst, dass Sie es sind. Sonst hätte ich natürlich nie …«

»Fahren Sie den Wagen da wieder raus«, ordnete Siebelt an und stieg in seinen Qashqai. Lürssen biss sich auf die Zunge. Fügte sich aber, obgleich widerwillig. Mit dem Chef konnte er sich schlecht anlegen.

Siebelt beanspruchte die wieder freigegebene Parklücke für sich. Und als ob sich der heutige Tag auf allen Fronten gegen ihn verschworen hätte, fand sich kein weiterer Parkplatz auf dem Polizeigelände. Missgestimmt parkte Lürssen am Straßenrand und stapfte ins Gebäude. Irgendwen würde er schon finden, an dem er sich abreagieren konnte. Und wenn es Lemke war.

Der sah ihn selbstzufrieden an, als er das Büro betrat. »Na, wie ist es gelaufen?«, fragte er. »Da du nicht gleich nach Oldenburg durchgestartet bist, um Nadine Hoffmann zu verhaften, vermute ich, dass man dir in Harlesiel nicht bestätigen konnte, dass sie zur Insel gefahren ist.«

Lürssen nickte lediglich. Er fühlte sich vollkommen am Boden.

»Nimm's sportlich. Man kann nicht immer gewinnen.« Lemke sah ihn bei diesem dummen Spruch mit einem derart falschen Lächeln an, dass die deprimierenden Gefühle schlagartig grollender Wut wichen. In Lürssen begann es zu brodeln. Er machte auf dem Absatz kehrt. Er konnte Lemkes selbstgerechtes Grinsen jetzt einfach nicht ertragen. »Ich brauch 'nen Kaffee«, behauptete er und verließ das Büro, bevor Lemke die Gelegenheit hatte, noch etwas zu sagen.

***

Der Wind pfiff heftig, als sie durch die leeren Straßen gingen. »Ist fast wie in einem Geisterdorf«, sagte Oda unwillkürlich. »Wenn man da an die Saison denkt, an den Sommer … man sieht keinen Menschen.«

»Ist ja auch November. So komm ich wenigstens mal dazu, die Dinge aufzuarbeiten, die den Sommer über liegengeblieben sind.«

Am Strand sahen sie von der Strandpromenade aus dann doch noch einige Menschen. Sie standen um die Filmcrew herum. Schneider bediente die geschulterte Kamera, Krieger das an einer Stange hängende Mikrofon, während Beerbaum mit dem Bürgermeister und zwei Mitarbeitern der Touristeninformation sprach.

»Wir warten noch«, beschloss Oda. »Wird wohl nicht so lang

dauern.« Ein wenig fröstelnd rieb sie sich die Hände. »Eigentlich ist es doch gar nicht so kalt«, meinte sie, »aber der Wind drückt die Temperaturen wirklich enorm.«

»So ist das nun mal.« Knudsen griente und erinnerte Oda für einen Moment an Nieksteit. »Hast Glück, dass grad keiner der heftigen Herbststürme über uns wegfegt. Ich kann dir jetzt schon prophezeien, dass wir Anfang des Jahres den ganzen Strand neu aufbauen müssen. Der blanke Hans wird alles wieder wegreißen, was im Frühjahr hergebracht wurde. Eine Sisyphusarbeit ist das. Jedes Jahr aufs Neue.«

Oda nickte. Sie hatte neben dem »Wilhelmshavener Kurier« auch den »Inselboten« abonniert und informierte sich so über alles, was wichtig für Wangerooge war. »Ich hab gelesen, dass sich bis jetzt weniger Sand im Osten abgelagert hat als in den Vorjahren. Der Sand wird doch von dort immer mit Lkws hierher zurückgebracht. Stimmt das?«

»Jo. Mal gucken, ob die den Sand nun aufspülen müssen. Keine Ahnung. Blöd ist das auf jeden Fall.«

Unten trennten sich Bürgermeister und Tourismus-Angestellte vom Filmteam, und Oda ging los. Als Beerbaum sie sah, erkannte sie an seinem Gesichtsausdruck, dass sie ihm langsam auf den Senkel gingen. Aber daran ließ sich nun mal nichts ändern.

Sie ignorierte den Regisseur und trat auf Schneider zu. »Tut mir leid, aber wir müssen noch mal mit Ihnen sprechen. Wenn Sie uns ein Stück begleiten wollen …«

Wütend sah Schneider sie an. »Was ist denn noch? Ich habe Ihnen doch schon gesagt, dass ich mich mit Erik gestritten habe, aber umgebracht hab ich ihn nicht. Basta. Mehr gibt es dazu nicht zu sagen.« Er wandte sich an Beerbaum. »So. Und nun? Bleiben wir beim besprochenen Drehplan? Mit den Befragungen und Interviews sind wir doch durch. Material haben wir genug. An sich müssten wir nun zum Ostende und dokumentieren, was sich in den letzten zwei Tagen dort getan hat. Ob weiterer Müll angespült wurde.«

»Gut, wenn Sie es nicht anders wollen«, fuhr Oda dazwischen, »machen wir das eben hier. Zumal nicht stimmt, was Sie da behaupten. Erstens haben Sie den Streit mit Sander nicht von sich aus erwähnt, sondern ihn nur auf Nachfrage von uns aufgrund einer Zeugenaussage bestätigt. Und zweitens konnte die Kriminaltechnik eine der unter Sanders Fingernägeln sichergestellten DNA-Spuren Ihnen zuordnen. Möchten Sie uns vielleicht erklären, wie Ihre DNA dorthin kam?«

Schneider wurde blass. »Das muss im Supermarkt gewesen sein. Bei unserem Streit.«

»Ach, Sie wurden sogar handgreiflich? Warum haben Sie uns das verschwiegen? Ihnen ist schon klar, dass Sie sich nur immer weiter selbst belasten, wenn Sie uns die Details dessen, was wir herausgefunden haben, erst auf Nachfrage mitteilen?«

»Meine Güte, nun dramatisieren Sie das doch nicht so. Wir haben uns gestritten. Und ich wollte weg von ihm, bevor ich mich vergesse. Ich war sehr wütend. Auch das habe ich bereits gesagt. Da hat er mich am Handgelenk gepackt, und ich hab mich losgerissen. Dabei wird er mich gekratzt haben. Nicht mehr und nicht weniger ist passiert. War's das jetzt?«

Oda nickte. »Für den Moment, ja. Schönen Tag noch.« Damit drehte sie sich um und ging neben Knudsen her zur Promenade hinauf.

***

Nachdem die Kommissarin und Stefan Knudsen fort waren, überzeugte sich Suntje Onnen davon, dass es Heinke in ihrem alten Kinderzimmer gutging. Sie lächelte dankbar, als sie sah, wie gebannt ihre Tochter von der englischen Serie war, die sie sich über den Streaming-Dienstleister Netflix ansah. Tjard hatte einen Tarif gebucht, bei dem man die Filme und Serien auf zwei Geräten schauen konnte, sodass Heinke hier und bei sich zu Hause fernsehen konnte, wann immer sie wollte.

Die Kommissarin hatte die richtige Frage gestellt. Ja, Tjard gab Erik immer noch die Schuld an Heinkes Schlaganfall. Und daran, dass sie erst so spät ins Krankenhaus gekommen war.

Denn Thomas war an jenem Abend nicht direkt nach Schließung des »La Perle« nach Hause gefahren. Er hatte nach der Ausstrahlung von Eriks Beitrag unzählige Nachrichten auf dem Handy vorgefunden, die keinen Zweifel daran ließen, was Erik fabriziert hatte. So hatte er sich gezielt innerhalb von nur einer halben Stunde betrunken. Und war im Lokal eingeschlafen. Erst um viertel nach vier war er hochgeschreckt und nach Hause geradelt. Da war es bereits zu spät gewesen. Die Veränderungen in Heinkes Gehirn hatten sich längst manifestiert. Das Wissen darum, am späten Behandlungsbeginn Heinkes schuld zu sein, nagte heute noch jeden Tag an ihm, und er unternahm alles, damit es seiner Frau so gut wie möglich ging.

Nachdenklich betrat Suntje das Büro ihres Mannes, der hier den Schriftkram der Pension erledigte. Wenn sie ehrlich war, ging es ihr nicht anders. Auch sie selbst gab Erik nach wie vor die Schuld an allem. »Du hast vorhin nicht ganz die Wahrheit gesagt, nicht wahr?«, fragte sie.

Tjard drehte sich auf seinem Schreibtischstuhl zu ihr um. »Inwiefern?«

»Du warst gar nicht so lang mit dem Bürgermeister zusammen.«

»Wieso? Wie kommst du darauf? Es war, wie ich gesagt habe. Erst Chorprobe und dann mit Ewald ein Bier trinken.«

»Ich hab seine Frau Dienstag beim Einkaufen getroffen. Da sagte sie, dass ihr am Montag ja mal außergewöhnlich früh zu Hause wart. Aber hier warst du erst gegen elf. Ich hab dich kommen hören.«

***

»Ich geh jetzt erst mal ins Hotel«, sagte Oda und steckte den Beutel mit den Skatkarten in ihre Jackentasche. »Jürgen muss ja nachher wieder aufs Festland, und ich möchte noch kurz mit ihm sprechen. Danach muss ich alles noch mal durchgehen. Irgendetwas habe ich übersehen. Irgendwas. Aber ich komme dahinter. Da bin ich sicher.«

»Klar, kein Problem«, stimmte Knudsen ihr zu. »Hau ruhig ab. Hier brennt nix an. Und bestimmt fällt dir wieder ein, was du übersehen hast. Wenn nicht dir, wem dann?«

»Na, der Neue drüben bei Lemke scheint jedenfalls ganz erpicht darauf zu sein, den Fall vom Schreibtisch aus zu lösen.«

»Aber der hat doch von den Gesprächen hier vor Ort selbst gar nichts mitgekriegt. Das scheint mir ein Schaumschläger zu sein.«

»Ich werde es erleben«, meinte Oda. »Dann bis morgen. Schönen Feierabend.«

»Dir auch.«

Als Oda das Hotelzimmer betrat, klappte Jürgen gerade seinen Laptop zu.

»Das nenne ich Timing«, meinte er. »Mein Artikel ist vor zwei Minuten an die Redaktion rausgegangen. Ich habe also Zeit für dich, bis die Inselbahn nachher abfährt.«

Oda trat auf ihn zu und drückte ihm einen Kuss auf den Mund. »Klingt verlockend«, sagte sie, griff in ihre Jackentasche und zog die Tüte mit dem Kartenspiel heraus. »Hier. Nicht dass wir das noch vergessen.«

Jürgen steckte die Tüte in seine lederne Umhängetasche. »Und du glaubst, dass das was bringt? Natürlich sind Fingerabdrücke auf den Karten.«

»Ich weiß. Aber wenn sie nicht gespielt haben, weil sie sonst auch nie spielen, könnten sie hier einen Fehler gemacht haben.«

»Du weißt, ich drück dir die Daumen, obwohl ich mir nicht vorstellen kann, dass jemand so blöd ist zu behaupten, gespielt zu haben, und dann gibt es keine Fingerabdrücke.« Er zuckte mit den Schultern. »Und jetzt hab ich Hunger«, gab er zu. »Ich hab heute früh das letzte Mal was gegessen. Was kannst du mir hier denn empfehlen?«

»Essen gehen ist eine hervorragende Idee«, meinte Oda. »Und es gibt einige Lokale, die eine wirklich gute Küche haben, nur sind etliche davon bereits geschlossen und öffnen erst zu Weihnachten wieder. Aber wir finden schon was.«

Letztlich landeten sie beim Italiener. »Pizza geht immer«, waren beide sich einig und bestellten Roséwein und eine große Flasche Mineralwasser. Die Getränke wurden zügig gebracht, Oda entschied sich für eine Pizza Hawaii, während Jürgen am Ende dann doch ein Saltimbocca alla romana bevorzugte. »Ist nicht immer dieser Einheitsbrei«, sagte er, »und ich mag nun mal die Salbei-Note.«

Er reichte die Speisekarte dem Kellner, während Oda wie vom Donner gerührt an ihm vorbeistarrte.

»Oda?« Jürgen sah sie fragend an. »Alles gut bei dir?«

Langsam wandte sie ihm ihr Gesicht zu. »Ach Jürgen, du bist einfach ein Schatz!« Sie beugte sich vor und drückte ihm einen dicken Schmatzer auf den Mund.

»Oda!«

»Nein, den hast du dir verdient. Denn jetzt weiß ich, was ich übersehen habe!« Sie strahlte.

»Und was?« Jürgen griff zu seinem Weinglas. Oda tat es ihm nach.

»Prost, mein Bester.« Sie stieß mit ihm an. »Es ist die Salbei-Note, die bei mir Klick gemacht hat. Ich habe mich so sehr darauf versteift, dass einer der drei Filmleute oder auch zwei oder alle drei mit Sanders Tod zu tun haben, dass ich andere Gedanken einfach nicht zugelassen habe.«

»Welche anderen Gedanken?«

»Ich habe nicht wirklich unter den Insulanern nach dem Täter gesucht. Gut, ich habe den früheren Klassenkameraden, die Tante und den Onkel befragt, aber die schienen mir weit weg zu sein. Ebenso wie der Verriss, den Sander damals über das Restaurant des Mannes seiner Cousine gedreht hat. Ich habe der Tante geglaubt, als sie behauptete, dass man ihrem Neffen keine Schuld am Schlaganfall der Tochter geben könne, obwohl der Onkel genau das bis heute tut.«

»Ja und? Wie passt da jetzt meine Vorliebe für Salbei rein? Du sagtest doch, die Frau sei Linkshänderin. Und der Mann hat ein Alibi. Chorprobe und Bier mit dem Bürgermeister.«

»Das schon. Aber gerade fiel mir der Mageninhalt ein, der bei der Obduktion analysiert wurde. Ich meine mich zu erinnern, dass das eben kein ›Einheitsbrei‹ war. Irgendwas war da, ich kann dir gerade nur nicht sagen, was. Das muss ich unbedingt noch überprüfen.«

»Was meinst du damit?«

»Na ja, der Mageninhalt war noch nicht komplett verdaut, und mir fiel in der Auflistung im Obduktionsbericht irgendein Bestandteil auf, den man hier nicht überall zu essen bekommt. Ich weiß nur nicht mehr, was das war, denn ich war wegen eines anderen Hinweises abgelenkt und habe dem Mageninhalt keine weitere Beachtung geschenkt. Als du jetzt aber den Salbei erwähnt hast, der ja frisch auch nicht überall verwendet wird, fiel es mir wieder ein.«

»Ach so. Willst du jetzt sofort los, oder wollen wir erst auf unser Essen warten?«, fragte Jürgen ein wenig spöttisch.

Oda lächelte ihn an. »Nee, wir essen erst mal. Auf das Stündchen früher oder später kommt es nun auch nicht mehr an.«

***

Stöhnend ließ Stefan Knudsen sich im Wohnzimmer auf die Couch fallen. »Oh Mann, das ist vielleicht ein Geeiere.« Er streifte die Schuhe ab und legte die Füße hoch. »Also, wäre das mein Fall, ich wüsste wirklich nicht, wie ich an den Täter komme.«

Seine Frau goss ihm einen Tee ein und reichte ihm die Schale mit den Orangenplätzchen.

»Danke, meine Süße«, sagte er und platzierte die Schale auf seinem Bauch. Das erste Plätzchen wanderte in seinen Mund. »Die sind dir aber wirklich ganz besonders gut gelungen«, lobte er kauend.

Martina schmunzelte. »Na, den Fall zu lösen, ist auch nicht dein Job«, sagte sie beruhigend. »Oda Wagner hat schließlich gelernt, wie man Mörder fängt. Sie wird schon die richtigen Fragen stellen und anhand der Antworten herausfinden, wer gelogen hat. Das habe ich in so vielen Krimis im Fernsehen gesehen. Die sind da richtig drauf geschult.«

Er griff bereits zum dritten Keks, da wurde die Schale wie von Geisterhand von seinem Bauch genommen.

»Nun iss nich so viel davon«, mahnte seine Frau, »sonst hast du später keinen Appetit mehr aufs Abendbrot. Außerdem solltest du aufpassen, dass du nicht weiter zunimmst. Ich finde, ein paar Kilo weniger könnten dir nicht schaden.« Sie zwinkerte ihm zu, als sie sein verdutztes Gesicht sah. »Aber natürlich liebe ich jedes Gramm an dir, mein Bärchen!«

Entrüstet setzte Knudsen sich auf. »Bärchen? Ich bin doch kein Bärchen! Oder sehe ich etwa aus wie der Schäffer von ›Mord mit Aussicht‹?« Er packte sich mit beiden Händen an den Bauch. »Und dick bin ich nun wirklich nicht. Das musst du zugeben.«

»Nein, dick bist du nicht, aber wehret den Anfängen. Ich hab doch gemerkt, dass du gern den Knopf an der Hose auflässt und den Gürtel ein Loch weiter nach vorn stellst. Ist jetzt egal. Erzähl. Wie will Oda Wagner weiter vorgehen?«

»Och, wir haben heute noch mal mit Suntje und Tjard gesprochen. Aber ich glaub wirklich nicht, dass die was mit Sanders Tod zu tun haben. Die sind mit Heinkes Betreuung mehr als genug beschäftigt. Und man muss doch immer damit rechnen, dass ein Mord aufgeklärt wird. Die können sich das gar nicht erlauben, in den Knast zu wandern. Die müssen sich schließlich um Heinke kümmern.«

***

Nachdenklich scrollte Oda im Frühstücksraum des Hotels auf ihrem Laptop den Obduktionsbericht Seite um Seite nach unten. Sie hatte Jürgen noch zum Bahnhof gebracht, es war kaum etwas los gewesen. Seit Langem erlebte Oda Wangerooge wieder als die beschauliche Insel ihrer Kindheit. Das erste Mal war sie im zarten Alter von fünf Jahren mit ihrer Oma hier gewesen. Nicht dass sie sich daran erinnern könnte, aber es gab Fotos im Familienalbum. Ihr Opa war schon früh gestorben, leider hatte sie ihn nicht wirklich kennengelernt. Eine Aufnahme an Weihnachten, auf der er sie als Kleinkind auf dem Schoß hielt, war das Einzige, was sie als Erinnerung an ihn besaß.

Endlich kam sie an den Punkt im Dokument, der sie im Moment am meisten interessierte: Sanders Mageninhalt.

Dass sie darauf nicht eher gekommen war! Krüger hatte neben anderen Lebensmitteln auch Queller aufgeführt, eine Pflanze, die die Wattböden der Meeresküsten besiedelte. Warum hatte sie dem keine Bedeutung beigemessen? Sie könnte sich ohrfeigen dafür! Schließlich gab es auf Wangerooge garantiert nicht viele Restaurants, die den sogenannten Meeresspargel verarbeiteten. Vor allem in diesen Tagen nicht, in denen ein Großteil der Restaurants in die Vorweihnachtspause gegangen war. In einem der übrig gebliebenen aber musste es diese außergewöhnliche Zutat geben. In der Pizzeria war sie schon mal nicht angeboten worden.

Oda biss sich auf die Unterlippe. Sie ahnte, in welcher Gaststätte Queller auf der Karte stehen würde. In dem Restaurant, in dem Thomas Siefken arbeitete. Er, der so lange außergewöhnlich gut und mit Begeisterung für exquisite Küche gekocht hatte, würde im Rahmen seiner Möglichkeiten auch in anderer Umgebung versuchen, dem Gast etwas Besonderes auf den Teller zu bringen. Angestrengt versuchte sie sich daran zu erinnern, wie das Lokal hieß, in dem er derzeit arbeitete. Gerade war sie darauf gekommen und tippte »Restaurant Im Westen Wangerooge« in die Maske der Suchmaschine, als Christine im Türrahmen stand.

»Hi, Oda«, grüßte ihre Kollegin. »Bist du noch fleißig?«

Oda nickte. »Dem Täter auf der Spur sozusagen. Und ich behaupte mal, ich bin ihm ziemlich dicht auf den Fersen. Eigentlich sogar richtig nahe an ihm dran.«

Neugierig trat Christine näher. »Echt?« Sie setzte sich auf den Stuhl neben Oda.

»Ich hätte schon eher drauf kommen können«, gestand Oda und deutete auf den Bildschirm ihres Laptops, wo jetzt die

Speisekarte des Restaurants »Im Westen« zu sehen war. Unter der Rubrik »Vorspeisen und Salate« war an dritter Stelle »Tartar von Thunfisch auf Queller« aufgeführt. »Sander hat kurz vor seinem Tod einen solchen Salat gegessen. Er starb im Westen der Insel. Und nur weil ich so verblendet von diesem unsäglichen Skat-Alibi war, haben wir bis jetzt nicht herausgefunden, weshalb er dort unterwegs war. Jetzt aber ist alles klar. Er ist gezielt dorthin gegangen. Weil in dem Restaurant der Mann seiner Cousine kocht. Er wird mit Thomas Siefken geredet haben. Und wir müssen herausfinden, worüber sich die beiden Männer unterhalten haben. Haben sie sich gestritten? Ist dieser Streit eskaliert?«

Christine blickte nachdenklich auf den Bildschirm. »Also deutet doch alles darauf hin, dass das Motiv in der Vergangenheit liegt.«

»Danach sieht es tatsächlich aus.«

***

Stefan Knudsen wollte sich gerade seinen Jogginganzug anziehen, als sein Handy klingelte. »Och nö, ich hab Feierabend«, ächzte er, denn niemand anders als Oda war an der Strippe, wie er auf Anhieb sah. Widerwillig nahm er das Gespräch an. »Jo, Oda, was gibt's denn?«

»Tut mir leid, dich stören zu müssen«, hörte er seine Kollegin sagen, allerdings weniger mit Bedauern als mit Aufregung in der Stimme. »Du musst mich bitte in den Westen begleiten. Wir müssen mit Thomas Siefken reden. Ich komm zu dir und wir radeln hin, ja?«

»Wenn's sein muss … Dann zieh ich mir die Uniform eben wieder an. Bis morgen kann die Angelegenheit nicht warten?« Einen Versuch war die Frage wenigstens wert.

»Nein. Also bis gleich.« Schon hatte Oda das Gespräch beendet.

Knudsen holte die Uniform aus dem Schrank und zog sie an. Na, vielleicht kamen sie jetzt bald zum Ende, und er hatte wieder seine Ruhe. So spannend die Sache am Anfang auch gewesen war, wenn er nun ständig außerhalb der Dienstzeiten arbeiten musste, gefiel ihm das ganz und gar nicht.

***

Das Licht von Martinas Fahrrad war ein wenig funzelig, und wirklich erstklassig war auch die Beleuchtung der Straße zum Westen nicht, sodass Oda sich auf dem Weg dorthin ein wenig wie im Blindflug vorkam. Zum Glück leuchtete Knudsens Vorderlicht grell. »LED«, verkündete er stolz. »Kommt im Winter ja doch ab und zu mal vor, dass ich dienstlich mit dem Rad unterwegs bin.«

Es dauerte keine halbe Stunde, da hatten sie die Räder vor dem Restaurant angeschlossen. »Sicher ist sicher«, meinte Knudsen, »obwohl mir hier noch nie ein Rad geklaut wurde. Und um diese Jahreszeit sowieso nicht, ist ja kaum noch wer da.«

Sie betraten das Lokal, das gemütlich, aber sehr rustikal eingerichtet war. Tische und Stühle aus Eichenholz, orangefarbene Tischläufer, ein kleines Väschen mit einer Gerbera neben Salz- und Pfefferstreuern sowie geblümte Sitzkissen waren ein Hinweis darauf, dass die Inhaber sicher schon etwas älter waren. An drei Tischen saßen jeweils zwei Personen, gedämpfte Musik bildete eine angenehme Geräuschkulisse.

Eine Bedienung in schwarzer Hose, schwarzer Weste und weißer Bluse kam auf sie zu. »Moin, was kann ich denn für Sie tun?«, fragte sie und beäugte sie skeptisch. Wohl weil Knudsen die Uniform trug.

Oda zückte ihren Ausweis. »Moin. Kripo Wilhelmshaven. Oda Wagner. Meinen Kollegen kennen Sie sicher.«

Die Frau nickte. »Ja. Moin, Stefan.«

»Moin«, erwiderte Knudsen.

»Wir müssten kurz mit Herrn Siefken reden«, erklärte Oda.

Fragend hoben sich die Augenbrauen der Kellnerin. Doch sie hielt sich zurück und sagte lediglich: »Ist es sehr dringend? Thomas muss noch zwei Essen rausgeben, dann hätte er Zeit.«

»Kein Problem«, meinte Oda. »Wir setzen uns einfach und warten solange. Mir können Sie ein Jever Fun bringen.« Sie blickte Knudsen an. »Und für dich?«

»Ebenfalls. Kein Alkohol im Dienst. Obwohl ich streng genommen schon lange Feierabend habe.«

»Brav.« Oda öffnete den Reißverschluss ihrer Jacke, zog sie aus, hängte sie über die Stuhllehne und setzte sich. Die Bedienung brachte die Getränke, und Oda griff zur Speisekarte, die in Kunstleder gebunden auf dem Tisch lag. Sie stimmte mit dem Angebot auf der Website überein.

Einem Impuls folgend, stand Oda auf und trat an den Tresen, hinter dem die Bedienung gerade ein Bier zapfte. »Ist 'ne interessante Karte«, lobte Oda. »Thunfisch mit Queller ... Was darf ich mir denn darunter vorstellen?«

»Das ist ein Salat. Also, der Queller. Den nimmt Thomas als Grundstock für das Salatbett. Thomas hat jede Menge neuer Ideen. Vieles schlägt der Chef ihm zwar ab, weil er meint, das sei zu neumodisch und das wolle hier keiner essen, aber inzwischen hat sich herumgesprochen, dass wir nicht nur gutbürgerliche Küche anbieten, sondern auch Ausgefalleneres. Selbst aus der Jugendherberge kommt der eine oder andere Gast. Obwohl die Jugendherberge Vollpension anbietet. Und während der Familien-Ferientörns kommt es manchmal sogar zu Wartezeiten. Weil wir hier eben die Atmosphäre eines Restaurants bieten. Und Essen, das nach der Wahl des Gastes zubereitet wird. Also nix vom Warmhaltebüfett und so. Und auch aus dem Ort haben wir Gäste. Insulaner und Urlauber. Thomas stellt wöchentlich die aktuelle Speisekarte in den sozialen Netzwerken ein, und das hat tatsächlich schon was gebracht. Auch wenn es der Chef erst nicht glauben wollte.«

»Moment.« Oda lief zurück zu ihrem Tisch und zog ein Foto von Sander aus der Jackentasche. Die Bedienung servierte derweil das Bier. Als sie wieder hinter dem Tresen stand, hielt Oda ihr das Bild hin. »War dieser Mann am vergangenen Montag hier Gast?«

Die Bedienung warf einen kurzen Blick darauf. »Ja. Der war

hier«, sagte sie. »Das ist doch dieser Filmtyp, der dann umgebracht wurde, oder?«

»Genau. Wir versuchen herauszufinden, was er an diesem Abend gemacht hat. Er selbst kann es uns nicht mehr sagen. War er in Begleitung hier?«

»Nee. Der war allein.«

»Sind Sie sicher? Alles deutet darauf hin, dass er sich an dem Abend mit einer Frau treffen wollte.«

»Nee. Der war wirklich allein. Er fragte nach Thomas und wollte sich von ihm ein Menü zusammenstellen lassen. Das bieten wir ja auch an.«

»Und?«, wollte Oda wissen.

»Wie? Und?«

»Na, hat Herr Siefken das Menü für Herrn Sander gekocht?«

»Nee. Wollte der nich. Für den Filmfuzzi gäbe es nur à la carte, sollte ich ihm ausrichten. Hab ich dann auch getan. Das Wort Filmfuzzi hab ich allerdings weggelassen. Na, jedenfalls hat er sich dann selbst eine Vorspeise und ein Hauptgericht ausgesucht. Thunfischtartar auf Quellersalat und Deichlamm mit Rosmarinkartoffeln.«

»Können Sie sich an jedes Essen, das die Gäste bei Ihnen bestellen, Tage danach noch erinnern?«, wollte Oda belustigt wissen.

»Nee. Aber weil Thomas Filmfuzzi sagte und weil die Kombination von Deichlamm und Quellersalat nicht wirklich oft bestellt wird, hab ich mir das gemerkt. Die meisten essen den Salat mit Fisch.«

»Okay. Hat der Gast später noch mal nach Herrn Siefken gefragt?«

»Nee. Der hat relativ bald nach dem Essen bezahlt und ist gegangen. Hat ein großzügiges Trinkgeld gegeben.«

»Und dann?«, fragte Oda.

»Keine Ahnung. Er war der letzte Gast. Ich hab sauber gemacht, Theke und Kaffeemaschine, die letzten Tische für den nächsten Tag vorbereitet, und dann bin ich nach Hause.«

»War Herr Siefken zu dem Zeitpunkt noch da?«

»Als ich weg bin? Nee. Der hatte die Küche schon aufgeräumt. Das macht er immer gleich, wenn das letzte Essen raus ist. Küche gibt's schließlich nur bis einundzwanzig Uhr. Normalerweise ist Thomas um spätestens halb zehn hier raus. Ich muss noch bis zehn bleiben. Weil viele Gäste nach dem Essen noch was trinken. 'nen Kaffee oder so. Oder einfach nur in Ruhe ihre Getränke austrinken. Ist ja Urlaub für die. Und kein schnelles Abend- oder Mittagessen.«

»Wissen Sie, ob die beiden sich doch noch miteinander unterhalten haben?«, wollte Oda wissen.

»Nee. Ich muss auch ehrlich gestehen, das war mir vollkommen wurscht. Ich war froh, als ich Feierabend hatte und nach Hause gehen konnte. Wenn man den ganzen Tag auf den Beinen ist und immer freundlich zu allen Leuten sein muss, das schlaucht ganz schön, kann ich Ihnen sagen. Da ist man froh, wenn man die Schuhe wegschleudern, aus den Klamotten hüpfen und sich um seinen Mann kümmern kann. Die Kinder sind ja inzwischen aus dem Haus. Das war ganz schön anstrengend, als die noch klein waren. Egal. Ich hab's überstanden, und wir brauchen das Geld. Mein Mann verdient nicht so viel.«

»Danke. Wird jetzt sicher nicht mehr lange dauern, bis Herr Siefken Zeit für uns hat, oder?«, fragte sie. In diesem Moment ertönte die Klingel aus der Küche.

»Nee. Ist gleich so weit.«

***

Nachdem Sabine die beiden »Schnitzel à la Meyer« nebst Bratkartoffeln und einem kleinen Beilagensalat rausgebracht hatte, goss Thomas Siefken sich eine Cola ein. Er brauchte einen Augenblick für sich, bevor er die Küche verließ. Um den Kochmodus runterzufahren, der während seines Dienstes permanent auf Hochtouren lief. Obwohl die meisten Gäste à la carte bestellten. Selten ein eigenes Menü wünschten. Das letzte Mal kam Sabine am Montag mit einer individuellen Bestellung an. Ausgerechnet

Erik Sander hatte ihn an seinen Tisch zitieren wollen. Doch Thomas hatte ihn bereits durch die Durchreiche gesehen. Er hatte Sabine aufgetragen, dem Gast zu sagen, für diesen Abend gebe es dieses Angebot nicht mehr. Daraufhin hatte Sander à la carte bestellt. Am liebsten hätte Thomas ihm ins Salatdressing gespuckt. Natürlich hatte er es nicht getan. Obwohl ihm dieser Mann alles verdorben hatte. Ach was, nicht nur verdorben. Er hatte sein Leben zerstört.

Mit gurgelndem Geräusch ließ Thomas den Rest der Cola in seinen Rachen laufen. Dann nahm er Schürze und Kochmütze ab, hängte beides ordentlich auf und ging hinaus.

***

Oda erhob sich, als Thomas Siefken an ihren Tisch trat. »'n Abend. Tut uns leid, Sie so spät noch stören zu müssen, ich weiß, Sie wollen so schnell wie möglich heim zu Ihrer Frau, aber ich hätte noch ein paar Fragen an Sie.«

Siefken sah sie ausdruckslos an. »Hat das nicht Zeit bis morgen? Sie wissen doch über meine private Situation Bescheid.« Er wandte sich an die Kellnerin, die hinter dem Tresen eifrig Gläser polierte und dabei offensichtlich zu verbergen versuchte, wie aufmerksam sie der Unterhaltung folgte. »Sabine, die Getränke der beiden Herrschaften gehen auf mich. Wir werden in der Küche miteinander reden.« Er drehte sich um. »Folgen Sie mir bitte.«

Als sie den Küchenbereich betraten, staunte Oda darüber, wie sehr alles blitzte und funkelte. Aber das musste wahrscheinlich so sein, sonst würde sicher das Gesundheitsamt Alarm schlagen. Dennoch: Nicht in allen Restaurants sahen die Küchen so vorbildlich aus wie hier.

»Herr Siefken, wir wissen, dass der Cousin Ihrer Frau am Montag hier gegessen hat. Unter anderem den Thunfischtartar auf Quellersalat. Das hat uns die Obduktion, also da natürlich der Mageninhalt, verraten. Denn selbstredend war der Queller noch nicht vollständig verdaut, Herr Sander ist ja bereits kurz nach seinem Besuch in diesem Restaurant ums Leben gekommen.«

Thomas zuckte mit den Schultern. »Der Salat wird gern genommen. Ist ein modernes Essen mit bekennendem Statement zum Weltnaturerbe Wattenmeer. Haben die Leute Spaß dran und fühlen sich ökologisch nachhaltig, wenn sie das bestellen.«

»Ihre Kollegin sagte, Herr Sander wollte sein Menü mit Ihnen absprechen, aber Sie hätten das abgelehnt?«

»Jo. Warum sollte ich auch für ihn eine Extrawurst braten? Der hat vor Jahren mein Restaurant in einem Fernsehbeitrag in der Luft zerrissen, wie Sie ja wissen. Erik hat sich dafür nicht mal bei mir entschuldigt! Ich wüsste nicht, warum ich für ihn außerhalb der normalen Karte kochen sollte. Allein das hat mir schon widerstrebt, aber das ist nun mal mein Job.«

»Herr Siefken. Alles deutet darauf hin, dass Erik Sander, kurz nachdem er hier gegessen hatte, gewaltsam ums Leben kam. Unter seinen Fingernägeln haben wir eine DNA sichergestellt, die wir bislang nicht zuordnen konnten. In Anbetracht der Gesamtumstände benötigen wir einen DNA-Vergleichstest von Ihnen.« Sie griff in ihre Jackentasche und holte eins der Röhrchen heraus. »Keine Angst. Das tut nicht weh.«

***

Als die Kommissarin ihm mit aufforderndem Blick das Stäbchen vor den Mund hielt, wusste Thomas, dass er verloren hatte. Wieder einmal. Sein Leben bestand inzwischen nur noch aus verlorenen Kämpfen, wo er doch früher gedacht hatte, auf der Siegerstraße zu laufen. Seine Liebe zum Kochen hatte ihm nicht nur eine hervorragende Ausbildungsstelle in einem exquisiten Restaurant beschert, auch danach war er auf der kulinarischen Ebene vom Erfolg verwöhnt worden. Mit den Besten der Besten hatte er gekocht; so viele Fotos, Zertifikate und Urkunden bestätigten, dass er zu den oberen Einhundert der Meisterköche gehört hatte.

Allerdings war das gewesen, bevor er Heinke geheiratet

hatte. Natürlich hatte er gewusst, dass sie und ihr Cousin Erik von klein auf zunächst wie Geschwister zueinander gestanden hatten und später ein heimliches Liebespaar geworden waren. Dass die jugendliche Verliebtheit bei Erik über das normale Maß hinausging, hatte er allerdings erst kurz vor der Hochzeit erfahren. Bei der Verlobungsfeier, als Erik ihm zuraunte, es sei ein Fehler, Heinke zu heiraten. Er, Erik, werde dafür sorgen, dass ihre Ehe nicht dauerhaft glücklich würde. Er hatte Erik ausgelacht. Nicht wissend, zu was dieser Mistkerl in der Lage war. Nicht wissend, dass Sander sein eigenes Ego über das der Person stellte, die er angeblich am meisten liebte.

Und tatsächlich hatte Erik Sander es geschafft. Er hatte Geduld gezeigt. War taktisch vorgegangen. Der Hochzeit war er ferngeblieben, hatte vorgeschoben, in Asien zu tun zu haben. Das hatte Heinke sehr wehgetan. Ihren Eltern ebenso, war Erik für sie doch wie ein zweites Kind gewesen. In den darauffolgenden Jahren hatte er stets Gründe gefunden, nicht bei den Onnens vorbeizuschauen, selbst wenn er auf der Insel war. Jedes einzelne Mal hatte sein Fernbleiben Suntje, Tjard und Heinke verletzt. Letztere vielleicht am schlimmsten. Am Ende hatte Erik nicht einmal mehr Gründe genannt. Hatte sich einfach nicht mehr gemeldet. Was hatte Heinke geweint, wenn sie ihn zufällig auf der Straße getroffen hatte, er nach einem knappen Gruß jedoch zügig weitergeeilt war. Er hatte ihr keine Gelegenheit für ein persönliches Gespräch mehr zugestehen wollen. Sie hatte versucht, ihn anzurufen. Ihm Briefe geschrieben. Einmal hatte sie sich ihm sogar in den Weg gestellt. Er war einfach an ihr vorbeigelaufen.

Thomas hatte gehofft, dass Heinke irgendwann abstumpfen, dass sie Eriks Verhalten nicht mehr so nah an sich heranlassen würde. Dass er aufhörte, sie zu verletzen. Aber dem war nicht so. Als bekannt wurde, dass Erik eine Sendung über das »Perle de la Mer« drehen würde, hatte Heinke frohlockt. »Siehst du, nun wird alles wieder gut«, hatte sie gejubelt. Und Thomas war Erik entgegen seiner inneren Stimme mit Offenheit und Vertrauen gegenübergetreten. Hatte ihm mehr Einblicke gewährt, als er das sonst getan hätte. Das war ein Fehler gewesen, wie sich herausstellte.

Nein. Für Thomas hatte es absolut keinen Grund gegeben, für Erik Sander zu kochen.

Ergeben öffnete er nun den Mund, damit die Kommissarin den Abstrich vornehmen konnte. Sie fummelte mit dem Wattestäbchen an den Innenwänden seiner Wangen herum, dann steckte sie es zurück ins Plastikröhrchen. Thomas gab sich nicht der Hoffnung hin, dass dieses Wattestäbchen eines sein könnte, das bei der Herstellung mit fremder DNA kontaminiert worden war. Das war in der Kriminalgeschichte des Landes zwar schon einmal vorgekommen und hatte die angebliche Mordserie des Heilbronner Phantoms ad absurdum geführt, doch bei seinem Pech war dieses Stäbchen jungfräulich.

***

Nachdenklich beobachtete Oda Thomas Siefkens Miene, während sie den Abstrich vornahm. Resignation breitete sich auf seinem Gesicht aus.

»Wenn Sie uns etwas sagen wollen, wäre jetzt ein guter Zeitpunkt dafür«, sagte sie behutsam und steckte das Wattestäbchen in das Plastikröhrchen.

Siefken nickte und zuckte mit den Schultern. »Ja, es ist wohl besser«, gab er zu. »Sie werden es nun ohnehin herausfinden.« Er lehnte sich an die metallene Arbeitsfläche und verschränkte die Arme vor der Brust, so als könnte er dadurch alles Unheil von sich abwenden. »Als Sabine kam und mir mitteilte, dass Erik mit mir das spezielle Menü besprechen wollte, wusste ich, der war extra wegen mir hergekommen. Wollte wohl noch ordentlich Salz in die Wunde streuen. Sie müssen wissen, dass er mir gegenüber am Abend unserer Verlobung angekündigt hatte, er wolle dafür sorgen, dass unsere Ehe nicht glücklich werden würde. Ich kochte vor Wut und sagte ihr, er solle gefälligst à la carte bestellen. Erik war der Letzte an dem Abend, der Essen bestellte. Das empfand ich als Wink des Schicksals. Ich sollte auf diese Art die Gelegenheit haben, ihn mir vorzuknöpfen. Also habe ich mich beeilt, die Küche aufzuräumen, und dann draußen auf ihn gewartet. Ich war mit dem Rad da, die Wippe hintendran. Das wenige, was wir um diese Jahreszeit in der Küche benötigen, kann ich auch damit transportieren, der Getränkegroßhändler kommt eh extra.« Er machte eine kurze Pause und atmete einmal tief durch, ehe er weitersprach. »Als Erik herauskam, war er wie immer selbstgefällig. ›Na, siehst du jetzt ein, dass es ein Fehler war, Heinke zu heiraten?‹, zischte er zornig. Ich war ziemlich perplex, denn eigentlich war ich es doch, der das Recht auf Wut und Zorn hatte.« Siefken biss sich auf die Unterlippe. »Dann verkündete Erik süffisant: ›Wenn du wüsstest, wie einfach es war, dich fertigzumachen. Genügend Leute auf die Insel und in dein Restaurant zu lotsen, die bei den Aufnahmen alles negativ bewerten, was du gekocht hast! Es war zwar nicht billig, schließlich hab ich sämtliche Anreisen und die Übernachtungen aus eigener Tasche finanziert, aber es hat sich gelohnt. Dein supertoller Ruf ist ruiniert und dein Restaurant inzwischen Geschichte.‹ Ich wusste nicht recht, was ich darauf sagen sollte, im Leben wäre ich nicht darauf gekommen, dass er alles schon im Vorfeld der Dreharbeiten geplant hatte. Aber das Beste kam erst noch, denn dann warf Erik mir vor, schuld an Heinkes Zustand zu sein. Bin ich aber doch gar nicht! Sein beschissener Fernsehbeitrag hat meine Frau so aufgeregt, dass sie den Schlaganfall erlitt. Erik hingegen war der Ansicht, wenn ich zeitig zu Hause gewesen wäre, hätte Heinke schnell genug in die Klinik geflogen werden können, dann gäbe es die irreversiblen Schäden nicht. Ich trüge ganz allein die Schuld an Heinkes Zustand, behauptete er. Das konnte ich nicht auf mir sitzen lassen. Ich war nicht nur auf hundertachtzig, ich war bestimmt auf dreihundertsechzig, wenn man so hochkochen kann. Wie konnte der sich erdreisten, solche Sachen zu behaupten? Als ob ich mir nicht selbst Tag für Tag Vorwürfe machen würde, weil ich mich betrunken habe, statt gleich heimzufahren!«

Oda sah, dass Siefken sich zusammenreißen musste, um nicht

aufzufahren. Knudsen stand da wie festgewachsen und starrte Siefken an. Er schien immer noch nicht recht glauben zu können, dass wirklich er es war, der Erik Sander auf dem Gewissen hatte.

»Dabei hat Eriks Verhalten Heinke noch mal so richtig zugesetzt, als sie ihm vor drei Monaten hier auf der Insel begegnete. Sie war inzwischen auf dem Weg der Besserung, konnte einigermaßen selbstständig mit dem Rollator laufen. Brauchte keine dauerhafte Begleitung, war in der Lage, kleine Wege allein zu bewältigen. Wir waren zuversichtlich, dass es zumindest mit dem Laufen bergauf ging. Sie hat sich so gefreut, dass Erik endlich wieder Notiz von ihr nahm und sie zum Kaffee ins Café Treibsand einlud. Aber kaum saßen sie, hat er sie verbal attackiert. Unter Tränen berichtete Heinke mir später, Erik habe ihr vorgejammert, wie schön es doch früher mit ihnen beiden gewesen sei. Dass er nach ihr nie wieder eine Frau so geliebt habe wie sie. Und dass er als ihr Ehemann dafür gesorgt hätte, dass Heinke in die richtigen Kliniken gekommen wäre. *Er* hätte die besten Ärzte engagiert. *Er* hätte sich nicht wie ein Verlierer verhalten.«

Siefken fuhr sich mit der Hand über den Mund. »Nachdem er das alles gesagt hatte, ist er aufgestanden und gegangen. Heinke war nach diesem Gespräch nicht mehr in der Lage, allein am Rollator nach Hause zu laufen. Ich musste sie abholen und nach Hause tragen. Bis heute ist sie nicht wieder auf dem gesundheitlichen Stand wie vor dem Gespräch mit Erik. Das habe ich *ihm* an den Kopf geworfen, diesem selbstgerechten Arschloch von einem Cousin. Und auch wenn ich mich inzwischen dafür schäme, gebe ich zu, ich habe die Kontrolle über mich verloren, als er mir ins Gesicht schrie, ich allein sei schuld an Heinkes Zustand. Da hab ich ihn gepackt, doch er hat sich gewehrt. Es ist ihm gelungen, mich zu Boden zu werfen. Bei dem Versuch, wieder aufzustehen, sah ich einen Stein. Ich griff zu. Mein Hass war maßlos. Ich schlug mit dem Stein auf Eriks Kopf ein. Wieder und wieder. Erst als er hinfiel, liegen blieb und sich nicht mehr regte, wachte ich auf. Erik war tot. Ich geriet in Panik. Ich zog meine Jacke aus und band sie ihm um den Kopf. Dann hob ich ihn in meine leere Wippe. Ihn und den Stein. Ich fuhr vom Bauhof, wo wir gekämpft haben, zum Deichsicherungsweg. Legte ihn hinter einem der Basaltsteinhaufen ab. Es war ablaufendes Wasser, kurz nach Hochwasser. Den Stein und die Jacke, die ich Erik vom Kopf genommen hatte, warf ich in die Wellen. Dann bin ich nach Hause gefahren.« Siefken hob den Kopf und sah Oda an. »Ich fühlte eine eigenartige Ruhe. Erik konnte uns nichts mehr tun. Er konnte Heinke nicht mehr wehtun. Der Stein war weg. Und meine Jacke auch. Alles würde gut werden. Dachte ich.«

»Leider ist nicht alles gut«, sagte Oda leise. »Wir müssen Sie wegen Körperverletzung mit Todesfolge, wenn nicht sogar wegen Totschlag verhaften.«

Siefken nickte. »Ich weiß.« Er blickte ihr direkt in die Augen. »Darf ich einen Wunsch äußern?«

»Welchen?«, wollte Oda wissen.

»Es besteht ja keine Gefahr, dass ich einfach türmen könnte. Das nächste Schiff geht erst morgen früh, und auch die Flieger starten im Dunkeln nicht. Darf ich heim zu Heinke und ihr behutsam erklären, dass ich für eine Weile aufs Festland muss? Darf ich mit meinen Schwiegereltern reden und sie bitten, sich ganz um Heinke zu kümmern, wenn ich es nicht mehr kann? Ich liebe meine Frau. Ich möchte alles dafür tun, dass es ihr immer gut geht. Ich kann nicht so einfach von ihr fernbleiben.«

Oda kniff die Augen zusammen und dachte nach. Tatsächlich sprach nichts dagegen, Siefken heute Abend zu seiner Frau zurückkehren zu lassen. Er hatte keine Möglichkeit, die Insel zu verlassen. Außerdem war es schon spät, Heinke Siefken würde sicher in Panik geraten, wenn ihr Mann nicht nach Hause kam.

»Wann geht morgen der erste Zug?«, fragte sie Knudsen.

»Um sieben Uhr dreißig«, antwortete er nach einem Blick auf sein Handy.

»Meinetwegen«, sagte Oda. »Wir sind eine halbe Stunde vorher bei Ihnen und holen Sie ab. Und bitte ersparen Sie sich, Ihrer

Frau und uns irgendwelche Täuschungsmanöver. Wir kriegen Sie, was auch immer Sie versuchen.«

Siefken lächelte schwach. »Ich weiß«, sagte er.

***

Thomas Siefken wartete noch ein paar Minuten, nachdem Stefan Knudsen und die Kommissarin gefahren waren. Er wollte nicht neben ihnen her ins Dorf radeln. So ging er zurück in die Gaststätte. Sabine war beinahe fertig mit den Vorbereitungen für morgen. Er trat an den Getränkekühlschrank unterhalb der Theke, zog die Schublade auf und nahm sich ein Jever Fun.

»Was ist denn los?«, fragte Sabine. »Ich dachte, du bist schon längst zu Hause.«

»Der Chef muss morgen die Küche übernehmen«, erwiderte Thomas. »Ich muss aufs Festland. Kann sein, dass es länger dauert.«

»Ist was mit Heinke?«, fragte Sabine besorgt.

»Es geht ihr nicht gut.« Er trank das alkoholfreie Bier in zwei Zügen aus und stellte die leere Flasche auf der blitzenden Arbeitsplatte ab. »Tschüss denn«, sagte er.

»Ey, warte. Wann bist du denn zurück?«, wollte Sabine wissen.

Er zuckte mit den Schultern. »Wer weiß das schon«, sagte er nebulös.

Draußen stieg er auf sein Rad und fuhr ins Dorf. Dabei spürte er jeder Bewegung nach, die seine Beine machten. Vielleicht war es ganz gut, dass sie ihm draufgekommen waren. Dass sie am Abend gekommen waren. Nicht erst morgen. So blieb ihm diese Nacht als Gnadenfrist.

Ein trauriges Lächeln glitt über sein Gesicht. Er würde Heinke nicht im Stich lassen. Nicht noch einmal. Das hatte er unwissentlich an jenem Abend getan, als er das Entsetzen über Sanders Fernsehbeitrag im Alkohol ertränkt hatte. Seitdem rührte er keinen Tropfen Alkohol mehr an.

Zu Hause angekommen, schob er das Rad in die kleine Gartenhütte, in der nicht nur die Terrassenmöbel, sondern auch Heinkes Fahrrad untergebracht war. Sie würde nie wieder damit fahren können. Sorgfältig verschloss er die Hütte. Öffnete die Haustür. Hörte Heinkes stotternde Stimme aus dem Wohnzimmer, als sie nach ihm rief. Sie begrüßte ihn jeden Abend auf diese Art. Das war ihr Liebesbeweis, denn ihm schnell entgegenzulaufen, das vermochte sie nicht mehr.

Er zog Jacke und Schuhe aus, hängte die Jacke ordentlich an die Garderobe, stellte die Schuhe darunter und schlüpfte in seine Filzpantoffeln. Dann betrat er das Wohnzimmer, in dem Heinke auf dem Sessel saß, die Füße hochgelegt. Sie strahlte ihn an und streckte ihm die Hand entgegen. Dankbar hockte er sich neben sie. Küsste ihre Hand. Dann ihren Mund. »Heute ist ein besonderer Tag«, sagte er. »Lass uns zur Feier ein Glas Sekt trinken.«

Mit überrascht aufgerissenen Augen sah Heinke ihn an. »Was für ein Tag?«, fragte sie schleppend.

»Ein besonderer, mein Schatz. Ein ganz wichtiger für uns beide. Heut ist unser Tag.« Er stand auf, ging zum Wohnzimmerschrank, nahm zwei Sektgläser heraus und aus dem Barfach eine Flasche Sekt.

»Ah …« Wieder strahlte Heinke. »Kennenlerntag!«

Thomas nickte, obwohl das nicht stimmte. Er küsste sie auf die Stirn. »Ich bin gleich wieder da. Lauf mir nicht weg.«

Heinke lachte gurgelnd und blickte wieder auf den Fernseher.

Thomas ging hinaus. Lief ins Schlafzimmer. Dann in die Küche. Aus dem Gefrierfach des Kühlschranks nahm er Eiswürfel, gab sie in die Gläser und goss den Sekt darüber, langsam, damit er nicht überlief. Dann ging er zurück zu Heinke. Wieder hockte er sich neben sie. Reichte ihr das Glas, das er nur zur Hälfte gefüllt hatte, damit sie trinken konnte, ohne zu kleckern. »Prost meine Liebste. Auf uns. Auf unsere Liebe.«

Glücklich erwiderte sie sein Lächeln. Er stieß mit ihr an. Dann hob er sein Glas zum Mund. Sie tat es ihm nach.

***

Oda hatte das Fahrrad mit zum Hotel genommen. »Ist einfacher«, hatte Knudsen gesagt. »Dann sind wir morgen früh schneller bei Siefken. Der wohnt zwar auch im Ort, aber Mensch, sieben Uhr ist schon verdammt früh um diese Jahreszeit.«

Als sie im Zimmer war, zog sie ihr Handy aus der Tasche. Sollte sie, oder sollte sie nicht? Sie entschied sich für nicht. Christine befand sich in den Flitterwochen. Nicht im Dienst. Und doch. Zu gern hätte Oda jetzt mit ihr das besprochen, was ihr durch den Kopf ging. Sie goss sich ein Glas Mineralwasser ein. War es richtig gewesen, Siefken heute Abend nach Hause gehen zu lassen? Menschlich hatte Oda absolutes Verständnis dafür, dass er seiner kranken Frau behutsam beibringen wollte, was nun auf sie zukam. Auf sie und ihre Eltern. Doch da war etwas, das Unbehagen in ihr auslöste. Etwas, das sie nicht ganz zu fassen bekam. Sie drückte auf die Fernbedienung des Fernsehers. Vielleicht konnte der sie aus diesen negativen Gedanken reißen. Eben flimmerten die ersten Bilder über die Mattscheibe, als ihr Handy eine Nachricht ankündigte. Christine. »Bist du noch wach?«

»Ja. Bin in meinem Zimmer«, schrieb Oda zurück.

Keine zwei Minuten später klopfte es an der Tür.

»Und?«, fragte Christine. »Wie hat Siefken reagiert, als du ihn drauf angesprochen hast, dass Sander seine letzte Mahlzeit bei ihm im Restaurant eingenommen hat?«

Oda deutete auf den Sessel neben dem kleinen Tisch. »Setz dich«, sagte sie und hockte sich auf die Bettkante. »Ich hab ihn gebeten, einem DNA-Abstrich zuzustimmen. Hat er auch. Und dann hat er gestanden.«

Überrascht sah Christine Oda an. »Wirklich?«

»Ihm war bewusst, dass wir seine DNA den Spuren unter Sanders Nägeln zuordnen können. Und er weiß sicher, dass es sich strafmildernd auswirkt, wenn er gesteht«, sagte Oda beinahe bedauernd.

»Wo ist er jetzt?«

»Zu Hause. Er bat darum, es seiner Frau und seinen Schwiegereltern selbst sagen zu dürfen. Knudsen und ich holen ihn morgen früh um sieben ab. Der Zug geht um halb acht, ein Flieger startet eh nicht, bevor es hell ist. Er kann uns nicht abhauen.«

Christine sah Oda lange an. »Physisch nicht«, sagte sie dann.

***

Nachdem sie getrunken hatten, nahm Thomas Heinke das Glas ab. Er sah, dass der Alkohol, den sie nicht gewohnt war, zu wirken begann. Zusätzlich hatte er ihr eine hohe Dosis der Schlaftropfen ins Sektglas gegeben, die er manchmal nahm, wenn er dringend Ruhe brauchte und Heinke bei ihren Eltern übernachtete. Er umfasste ihren Kopf mit beiden Händen. Küsste zärtlich ihre Augen. Die Nase. Den Mund. Sie lächelte selig. Dann trat er hinter sie. »Ich massier dir den Nacken«, bot er ihr an. Sie nickte dankbar.

Langsam begann er, mit der linken Hand ihren Nacken zu streicheln. Mit der rechten zog er die Spritze aus seiner Hosentasche. Als Diabetiker verfügte er stets über einen ausreichenden Vorrat an Insulin. Er würde ihn nicht mehr benötigen. In der Spritze hatte er eine für Heinke tödliche Dosis aufgezogen. Unter seinen Streichelbewegungen wiegte sie wohlig schnurrend den Kopf hin und her. Mit der rechten Hand gelang es ihm, den Schutzverschluss der Nadel abzustreifen. Er beugte sich vor. Küsste Heinkes Nacken. Dann setzte er die Spritze an den Haaransatz an. Stach zu und ließ das Insulin in ihren Körper laufen.

***

Erschrocken sah Oda Christine an. »Du meinst …«

»Er hat doch nichts zu verlieren«, sagte Christine. »Das Lokal ist weg, sein Ruf ruiniert, seine Frau ein Pflegefall, und ihm selbst droht der Knast, selbst wenn es nur Körperverletzung mit Todesfolge gibt. Da muss seine Frau wieder bei ihren Eltern leben, er steht für alle Zeiten als vollkommener Versager da … Mal ehrlich, ich könnte verstehen, wenn er in dieser Situation einen erweiterten Suizid begeht. Erst seine Frau und dann sich selbst umbringt. Dann hat er es hinter sich und hat, so pervers es klingen mag, seine Frau nicht im Stich gelassen.«

Wie von der Tarantel gestochen sprang Oda auf. »Scheiße, du hast recht! Deshalb war Siefken vorhin so ruhig, als er darum gebeten hat, ihn mit seiner Frau und seinen Schwiegereltern reden zu lassen. Verdammt, da hätte ich selbst drauf kommen müssen.« Schon hatte sie ihr Handy in der Hand.

***

»Oh nee, das ist 'ne richtige Nervensäge«, maulte Stefan Knudsen, als sein Handy schon wieder einen Anruf von Oda Wagner anzeigte. Er lag auf der Couch, die Füße hoch, den Kopf auf Martinas Schoß, die ihm die Schläfen massierte, weil er so intensiv an den Mordermittlungen arbeitete. Vor einigen Jahren hatte Martina auf dem Festland ein Reiki-Seminar besucht und besaß seitdem den ersten Reiki-Grad. Damit bot sie den Insulanern schon mal die eine oder andere Reiki-Behandlung an, obwohl sie das natürlich offiziell nicht durfte, aber da sie kein Geld dafür verlangte, sondern es als Arbeitsübung für sich ansah, war nichts dagegen einzuwenden, fand Stefan. Am liebsten hätte er Odas Anruf ignoriert – die Uniform hing schließlich wieder im Schrank, und er hatte verdammt noch mal Feierabend –, doch als Oda ein zweites Mal anrief, musste er rangehen.

»Wir müssen umgehend zu den Siefkens«, brüllte sie in sein Ohr, kaum dass er sich gemeldet hatte. »Gefahr im Verzug!«

»Hä?«, fragte er, »wieso das denn? Der kann doch nicht abhauen. Hast doch gehört, der Zug geht um sieben Uhr dreißig und der erste Flieger noch viel später.« Er versuchte, beruhigend zu klingen, während er auf der Couch lag und Martina weiterhin seine Schläfen streichelte.

»Hör auf zu quatschen. Wir treffen uns in fünf Minuten bei den Siefkens!«

***

Friedlich lag Heinke im Fernsehsessel. Ihre Füße ruhten auf dem Hocker. Thomas hatte die Rückenlehne nach hinten gefahren und sie mit der kuscheligen blauen Fleecedecke mit den Ankern, die sie so liebte, zugedeckt.

Erneut fühlte er ihren Puls.

Nichts.

Liebevoll betrachtete er sie. Dann schrieb er auf einen DIN-A4-Zettel: »Vergebt mir. Ich konnte sie nicht allein zurücklassen.«

Den Zettel nahm er mit ins Bad, legte ihn auf den Fußboden, nahm den Bademantelgürtel. Schlang ihn sich um den Hals. Das andere Ende knotete er um die oberste Röhre des Handtuchheizkörpers, den sie vor vier Jahren hatten installieren lassen.

»Ich liebe dich, Heinke«, flüsterte er, als er sich mit voller Kraft fallen ließ.

Epilog

Schweigend saßen sie im Frühstücksraum. Oda, Christine und Phillip an einem Tisch. Sie waren zu spät gekommen gestern Abend. Auf ihr Klingeln hatte niemand reagiert. Oda war zu Heinkes Eltern gerannt. Hatte an die Tür der Pension gehämmert. Im Schlafanzug waren die beiden neben Oda hergelaufen, und Suntje Onnen hatte zitternd die Haustür aufgeschlossen.

Aber es war zu spät gewesen. Heinke hatte friedlich im Wohnzimmersessel gelegen, Thomas hing am Heizkörper im Bad. Neben ihm der kurze Abschiedsbrief. Mit vereinten Kräften hatten Stefan Knudsen und Tjard Onnen ihn losgeschnitten. Oda hatte den Puls gefühlt, Knudsen den Arzt verständigt. Doch der hatte sowohl bei Heinke als auch bei Thomas Siefken lediglich den Tod feststellen können. Auf den Wunsch von Heinkes Eltern hatten sie beide nebeneinander aufs Ehebett gelegt. Seine Hand auf ihrer. Es reichte, wenn der Bestatter am nächsten Morgen kam. Die Heizung im Schlafzimmer hatte Oda ausgestellt und das Fenster geöffnet, glichen doch die Außentemperaturen der normalen Kühlschranktemperatur.

Bis tief in die Nacht hatten Christine und Oda mit Suntje und Tjard Onnen geredet. Hatten ihnen zugehört. Und erfahren, dass Heinkes Vater Thomas Siefken an dem Abend, an dem Erik Sander ums Leben gekommen war, gesehen hatte. Tjard Onnen war nach dem Bierchen mit dem Bürgermeister auf dem Heimweg gewesen.

»Ewald bekam eine seiner Migräneattacken, deshalb hat er die Kneipe früher verlassen als gewöhnlich«, hatte er gesagt. »Ich bin noch geblieben und hab mit ein paar Bekannten bei einem weiteren Bier geklönt. Als ich mich auf den Heimweg machte, radelte Thomas an mir vorbei. Er hat mich nicht bemerkt. Ich wollte ihm noch was hinterherrufen, aber irgendwie wirkte er wie weggetreten. Er hatte auch keine Jacke an. Dabei war es arschkalt, und der Wind blies heftig. Ich hab mich zwar gewundert, aber Thomas war ja alt genug, um zu wissen, was er tut.«

Dann hatten sie geschwiegen. Und nicht nur bei Heinkes Eltern, auch bei Oda und sicher auch bei Christine war eine tiefe Traurigkeit zurückgeblieben, die sie in dieser Form in ihrem Berufsleben nur selten empfunden hatte.

Natürlich hatte Oda dem Chef umgehend Bericht erstattet und in Absprache mit ihm beschlossen, entgegen der gestrigen Planung heute nicht die Frühfähre zu nehmen. Über die Konsequenzen und den möglichen Ärger, den ihre Entscheidung, Siefken zu seiner Frau zu lassen, nach sich ziehen würde, hatte sie gestern nicht mehr nachdenken wollen.

Sie und Christine verspürten keinen Appetit. Christine hatte einen Joghurt angebrochen, eine Scheibe Brot lag angebissen auf Odas Teller, und doch hatten sie nichts davon wirklich aufgegessen. Nur Phillip hatte beim Frühstück ordentlich zugelangt.

»Ich hab Ihnen noch Kaffee aufgebrüht.« Joanna stellte die Kanne auf den Tisch. »Heute wirklich keine Rühreier?«

Oda verneinte. Auch Christine schüttelte den Kopf.

»Ist gut.« Die junge Frau drehte sich um und ging.

»Tja, die Liebe ist schon ein seltsames Spiel«, meinte Oda und stellte mit gemischten Gefühlen fest, dass sie gerade eines der Lieblingslieder ihrer Mutter zitiert hatte.

»So viele Verbrechen sind schon im Namen der Liebe verübt worden«, ergänzte Christine und goss ihnen Kaffee nach. »Man könnte jetzt stundenlang darüber diskutieren, welche Auswirkungen die Liebe auf das individuelle menschliche Verhalten haben kann.«

»Man kann es aber auch lassen«, sagte Phillip mit vollem Mund. »Wann geht dein Zug?«, fragte er Oda.

»Ich hab noch ein paar Stunden«, entgegnete sie. »So kann ich in Ruhe packen und mich von Stefan verabschieden. Von euch natürlich auch.« Sie lächelte. »Schickst du Siebelt dein Schwangerschaftsattest per Post, oder sagst du es ihm persönlich?«

»Ich komm natürlich persönlich vorbei«, begehrte Christine auf. »Das müsstest du doch wissen.«

Odas skeptischer Blick streifte den kauenden Phillip, als ihr Handy blinkend einen Anruf anzeigte. »Entschuldigt«, sagte sie, stand auf und nahm das Gespräch an. »Ach, Lürssen, was gibt's denn?« Sie verließ den Frühstücksraum.

»Na, ich will dir doch schon mal telefonisch zu deinem Ermittlungserfolg gratulieren, liebe Oda«, sagte ihr neuer Kollege jovial. »Das hast du ja mit Bravour geschafft. Ich meine, mir ist der Quellersalat im Obduktionsbericht selbstverständlich sofort aufgefallen, aber ich wollte dir da vor Ort natürlich nicht reinreden. Ich hätte dich heute drauf angesprochen. Hier in der Inspektion. Umso schöner, dass das nun nicht mehr nötig ist. Ach, die Kollegen von der Kriminaltechnik waren heute früh übrigens fleißig: Auf den Skatkarten gab es nur Fingerabdrücke von Lars Schneider. Die drei haben tatsächlich gelogen. Aber warum, das spielt ja nun keine Rolle mehr.«

»Danke«, sagte Oda kurz angebunden. »Wir sehen uns.« Damit beendete sie das Telefonat. Für einen klitzekleinen Moment beneidete sie Christine darum, demnächst eine Weile nichts mit der Polizeiinspektion zu tun haben zu müssen. Dann aber siegte ihr Kampfgeist.

Sie würde Sven Lürssen schon zeigen, wer das Heft in der Hand hielt.

Und das war nicht er.

Das war sie!

Nachwort

Das Thema Plastik im Meer, das zu einer großen Bedrohung nicht nur für viele Tierarten geworden ist, beschäftigt mich schon länger. Die Müll-Sammelboxen stehen tatsächlich an den Dünenübergängen und werden regelmäßig geleert.

Den monatlichen Müllsammel-Tag an der ostfriesischen Küste habe ich allerdings erfunden. Genau wie die Restaurants »Perle de la Mer«, »Im Westen«, die Familie Onnen und fast alle anderen Personen im Buch.

Tatsächlich existieren aber Hajo Albrecht und Joanna Jelinska vom Hotel Atlantic und auch »Bohne« von der Deutschen Bahn. Sie sind gern als real existierende Personen im Buch dabei.

Hinsichtlich der Strukturen im Filmteam bedanke ich mich für Infos bei Simon Grohe und Philipp Goeser von Schiwago-Film. Falls ich es dennoch nicht korrekt dargestellt habe, liegt es allein an mir.

Wie bei den anderen Büchern auch möchte ich meiner Lektorin Marit Obsen für das einfühlsame und bereichernde Lektorat danken. Es macht Spaß, mit Ihnen zusammenzuarbeiten.

Und vor allem Ihnen, liebe Leserinnen und Leser, möchte ich dafür danken, dass Sie Oda und Christine nun schon im elften Fall die Treue halten! Ihre Rückmeldungen zeigen mir, wie sehr die beiden auch Ihnen ans Herz gewachsen sind. Danke dafür!

Bis bald

Christiane Franke

Weitere Kriminalromane von Erfolgsautorin Christiane Franke:
Alle Titel sind auch als eBook erhältlich.

Mord ist aller Laster Ende
ISBN 978-3-89705-708-1

Mord im Watt
ISBN 978-3-89705-827-9

Mord unter Segeln
ISBN 978-3-89705-917-7

Mord im Nebel
ISBN 978-3-95451-067-2

Mord zwischen Ebbe und Flut
ISBN 978-3-95451-256-0

Mord in den Dünen
ISBN 978-3-95451-549-3

Mord auf der Sandbank
ISBN 978-3-95451-956-9

Mord im Küstenwind
ISBN 978-3-7408-0175-5

Mord zwischen Wind und Wellen
ISBN 978-3-7408-0407-7

www.emons-verlag.de